BACANALIA

PEDRO ÁNGEL FERNÁNDEZ VEGA

BACANALIA

ESPASA

A don Emilio Pérez Pujol

No será Dionisos quien obligue a las mujeres a la continencia en el amor; pero la cordura depende, en todas las cosas siempre, de la propia naturaleza. Hay que advertirlo. Tampoco, pues, la que es casta se pervertirá en las fiestas báquicas.

EURÍPIDES, *Las Bacantes* 315-319

Una mujer rebelde era peor todavía que un hombre rebelde, porque los hombres rebeldes se convertían en traidores, pero las mujeres rebeldes se convertían en adúlteras.

MARGARET ATWOOD, *Los testamentos*

Prólogo

Roma, 186 a. C.

Marchaban a buen paso sobre las losas de la acera, al borde de una calzada pestilente. Las inmundicias corrían arrastradas por el agua que se desbordaba de una fuente calle arriba. La primavera estaba avanzada y hacía calor. Hedía.

La mujer, seguida por su esclava, se encaminó hacia una casa de dos plantas con aire señorial. Al llegar al majestuoso portal flanqueado por dos prominentes columnas, entró con decisión entre las altas puertas tachonadas de bronce. De inmediato se detuvo. En el amplio vestíbulo los doce lictores de la escolta oficial de un cónsul parecían custodiar la residencia. En sus hombros reposaban los fasces de varas, sin el hacha, los distintivos de los guardias republicanos. Aturdida, se dirigió al portero, pero él habló antes.

—¿Hispala Fecenia?

—Sí, soy yo —balbuceó la mujer, paralizada, a pesar de su naturaleza desenvuelta.

—Te esperan. Acompáñame dentro.

—Tengo que ver a Sulpicia, la dueña de la casa. Me ha enviado un mensaje.

La esclava quedó atrás. Entraron al atrio de la casa. Al otro lado, en la puerta del tablinio, aguardaba una matrona ya anciana. Hispala supuso que se trataba de Sulpicia, la mujer que la había citado. Estaba conversando con el cónsul Espurio Postumio Albino. Mientras rodeaba el pequeño estanque de mármol que constituía el impluvio central, Hispala intentaba calmar sus nervios. La presencia inesperada del cónsul le había hecho per-

11

der la seguridad. Manejar a los hombres formaba parte de su trabajo, pero el cónsul, uno de los dos magistrados supremos de Roma, estaba allí escoltado y ejerciendo sus responsabilidades. No buscaba placer. Los lictores con sus fasces no dejaban lugar a dudas. Hispala estaba en manos de la autoridad.

Lejos de tranquilizarse, la agitación retornó a su pecho. El asunto era oficial y seguramente grave, pero no alcanzaba a imaginar la razón de la cita.

Tras acceder al despacho, un esclavo corrió los paneles articulados de la puerta. Dentro había varias sillas en aspa y un armario que contenía documentos en tablillas. Sulpicia e Hispala tomaron asiento, pero el cónsul permaneció de pie. Sulpicia era la suegra del cónsul. Hispala comprendió lo que ocurría: Sulpicia, una respetable madre de familia patricia, mediaba entre su yerno, el cónsul, y la propia Hispala. La reunión, en presencia de una mujer honorable, no podía ser intranscendente. Hispala era prostituta. Sulpicia restablecía la dignidad a la entrevista y evitaba los equívocos malintencionados acerca de un cónsul reunido con una cortesana.

Hispala adoptó una apariencia sumisa, con la cabeza baja, pero en esta ocasión no fingía como en su trabajo. El decoro se imponía. No era momento para demostrar sus habilidades en un trato desenvuelto. El cónsul habló.

—Hispala Fecenia, puedes estar tranquila. No hay motivos para que te preocupes. Sulpicia nos acompaña para que te sientas más segura. Nuestra palabra, tanto la de Sulpicia como la mía, es de fiar. Estamos aquí para ayudarte, pero necesitamos tu colaboración. El asunto del que tenemos que tratar afecta a los intereses de la República.

Hispala se removió incómoda en su asiento. Miró al cónsul y luego a su suegra. Fijo su vista en Postumio. Su cara reflejaba desconcierto, pero no se atrevió a decir nada. Aguardó. El cónsul volvió a hablar.

—Queremos que nos cuentes qué ocurre en las Bacanales. Sabemos que formas parte de los seguidores de Baco.

Un temblor súbito sacudió a Hispala. No lograba disimular su agitación, pero se mantuvo sin articular palabra mientras cavilaba cómo responder. Era evidente que no podía negar lo que sin duda sabían. Decidió reconocer su condición de iniciada en los misterios báquicos.

—No voy a negar que he participado. Me introdujo entre los seguidores la esposa de mi señor Fecenio cuando yo era una niña aún y servía como esclava. No era dueña de mi voluntad, pero, desde que obtuve la condición de liberta, no he vuelto a las reuniones de bacantes.

—Has comenzado bien, reconociendo tu pertenencia, pero queremos saberlo todo. ¿Qué pasa realmente en esos ritos nocturnos?

—No puedo decir nada más. En realidad, ya no lo sé. Hace tiempo que no participo.

—Te advierto que de momento cuentas con mi favor, pero solo si declaras voluntariamente. Te prometo perdón y puedo asegurarte una recompensa... —Hispala callaba, calculando, pero el cónsul añadió—: Sé toda la verdad. Me lo ha contado quien lo ha oído de tu boca.

Entonces Hispala comprendió. Su amante, el joven Publio Ebucio, había hablado. Se arrojó entonces a los pies de Sulpicia implorante.

—Señora, no puede ser que una conversación de alcoba interese a la República. Yo solo he hablado de este tema con Publio, el hombre con el que tengo una relación. Por favor, dígaselo al cónsul.

Sulpicia mantenía su actitud: la espalda recta y la expresión seria, sin conmoverse, mientras Postumio observaba. Hispala continuaba apelando a su mediación.

—Las conversaciones de amantes son privadas. En el lecho se dicen cosas que no deben salir del dormitorio. Solo quería evitar que Publio ingresara en la religión de Baco... pero yo ya no sé qué pasa en ese culto, en realidad. Ya he dicho que he dejado de asistir a los ritos hace tiempo.

Postumio empezaba a perder la paciencia. Con una mirada en la que se adivinaba una cólera creciente y poca disposición a la indulgencia, el cónsul, habituado a ser obedecido, la increpó:

—¿Acaso crees que sigues en el lecho con tu amante? ¿Crees que tú, una cortesana que seduce a jóvenes caballeros, adinerados, pero sin cabeza, puedes reírte de una de las mujeres más respetables de Roma y de un cónsul de la República?

Sulpicia entonces, en un reparto de papeles planeado seguramente con su yerno, se levantó e hizo alzarse también a Hispala. Por un momento pareció que su máscara de frialdad se descongelaba.

—Levanta, Hispala. Tienes que calmarte. No te va a ocurrir nada. —Mientras, volviendo su mirada a Postumio, le decía—: Espurio, ten paciencia. Hispala te va a decir lo que quieres saber, pero necesita un poco de tiempo.

Hispala, con la cabeza hundida, pensaba en voz alta.

—Ebucio es un ingrato. Así me agradece lo que he hecho por él. Soy su consuelo, la única persona de quien puede fiarse. ¡Hasta su madre quiere arruinar su vida con tal de encubrir lo que ella y su nuevo marido, el padrastro de Ebucio, ese vividor de Tito Sempronio Rutilo, están haciendo! Están fundiendo la herencia de Ebucio.

A Postumio, que no era eso lo que quería oír, se le estaba agotando la paciencia ante una mujer que no le merecía respeto alguno. Sulpicia le hizo una seña, imperceptible para Hispala, de que se contuviera. Mientras, sujetando con convicción a Hispala de los brazos, la animaba a hablar.

—Nada hay tan perjudicial para el patrimonio y los intereses de un hijo como perder a su padre antes de alcanzar la edad para poder administrar bienes. Ya sabemos cómo obran algunos tutores, lo que ha pasado con esas fortunas... Pero ¿por qué dices que quieren perderle con las Bacanales? ¿Qué pasa realmente?

Hispala suspiró y volvió a temblar. Comprendió que no podría salir de allí libre sin haber hablado, pero confesar lo que sabía era grave, le cambiaría la vida.

—No puedo hablar. He hecho un juramento sagrado al ingresar en los misterios de Baco. Es imposible desvelar lo que solo descubren los fieles cuando se inician en los ritos.

14

Postumio intervino entonces.

—No tienes nada que temer. Te escucha un cónsul de Roma. Los dioses están conmigo. El pueblo me ha votado y ellos me han concedido el imperio. El supremo Júpiter y su voluntad hablan por mi boca.

—Pero Júpiter no me va a salvar. Tendré que irme de Roma o vivir bajo amenaza, con miedo constante por mi vida.

—Yo me ocuparé personalmente de que puedas seguir viviendo en Roma sin preocupaciones, de que tu vida no corra peligro y de que tu colaboración sea debidamente recompensada.

Hispala pareció derrumbarse. Se tomó un tiempo y comenzó a hablar con resignación, bajando el tono de voz.

—En realidad todo ha cambiado con Pacula Annia, la sacerdotisa campana...

Parte I

Un griego desconocido, una mezcla de practicante de ritos y adivino.

Tito Livio, *Historia de Roma*, XXXIX, 8, 3

Hispala

218 a. C., Hispania

Iba camino de casa con paso trabajoso, cuando se detuvo al notar humedad en sus piernas. Entre sus muslos descendía un fluido abundante. Se acercó a una pared para apoyarse y sobreponerse, tras depositar en el suelo el canasto de racimos de uva que portaba. Con una mano se sujetó su abultado vientre mientras apoyaba la otra sobre la hiedra que trepaba por el muro. Observó que la túnica de lino, mojada, cambiaba de color entre sus piernas.

Entonces comprendió que el momento de dar a luz se aproximaba, a pesar de que no se sentía mal. Por su cabeza pasó entonces fugaz todo lo que la preocupaba. Estaba sola. Su esposo se había marchado, enrolado en un ejército mercenario reclutado por los cartagineses. El caudillo Aníbal había buscado soldados entre los hispanos con la promesa de retornar pronto, con la soldada ahorrada y la esperanza firme de un botín. Un futuro prometedor pero aventurado.

Unos cuantos hombres voluntarios habían abandonado la aldea meses antes y ya no se había vuelto a saber nada. Cuando él partió, ella ya tenía dos faltas, pero no quiso decirle nada. No estaba segura, después de todo. Y además podía perder el niño, o hasta fallecer ella misma. Traer hijos al mundo entrañaba riesgos. Era preferible no preocupar a un esposo que iba a jugarse la vida por mejorar el futuro de ambos, para procurar un porvenir a un modesto hogar: una viña en un terreno pequeño cerca de la cabaña donde vivían y unas cabras por todo patrimonio. «El día que vuelva —pensó— tendrá una sorpresa si los dioses lo quieren».

Se acercaba el momento, parecía. Se incorporó y se dio cuenta de que, de manera inadvertida, había arrancado con la mano unas hojas de hiedra adheridas a las piedras. Mientras las contemplaba, aturdida, oyó los graznidos de un águila. Elevó la mirada y observó al majestuoso animal como si planeara intencionadamente sobre ella. La sobrevoló y se alejó. Lo interpretó como una señal mientras de su vientre empezaba a irradiar intranquilidad.

Cuando la sorprendió la primera contracción intensa, estaba acabando de pisar las uvas en un pequeño lagar de madera. Apuraba el tiempo. Ese año tenía que hacer ella sola lo que antes hacían juntos, su esposo y ella. Estaba empeñada en extraer el mosto antes de dar a luz. Llegado el parto, al menos el vino —*bacca* le llamaban— ya estaría fermentando. Mientras se aproximaba la vendimia, era consciente de que su tiempo encinta llegaba a término. Al romper aguas, había intentado ultimar la tarea.

En realidad, era costumbre. A las mujeres el parto les sobrevenía en el trabajo. Luego se preguntaban y comentaban entre ellas si los esfuerzos no habrían acabado de provocar el alumbramiento, pero hacerlo así formaba parte de la normalidad aparente. Era su modo natural de propiciar un feliz trance.

Con una tranquilidad aprendida, la mujer salió de la tina de madera donde había pisado las uvas. Por sus piernas corría el zumo de uva, entre pieles y oscuros granos adheridos. Un aroma dulzón con un regusto avinagrado, que emanaba, reavivado por el jugo nuevo, de la cuba en la que año tras año en la casa se prensaba una modesta vendimia, se adueñaba de la estancia. Un embriagador ambiente sofocó los sentidos despiertos de la mujer, que se acomodó en su lecho mientras por oleadas llegaban las contracciones.

Alzó la parte inferior de su túnica y pareció relajarse mientras de sus labios escapaba el murmullo de una plegaria tenue, pero anhelante. El ritmo de su respiración luego se agitó y calculó los esfuerzos mientras pujaba.

Levantó con sus propias manos a una grácil niña, pequeña, de entre sus piernas, unida aún por el cordón umbilical a su cuerpo. El parto había resultado sencillo y rápido. Un feliz alumbramiento, porque la criatura se desprendió de su vientre sin contratiempos y porque ella había tomado la decisión de afrontarlo por sí sola, sin ayuda, como su madre le contó que había hecho cuando la dio a luz a ella. Lo había logrado.

Observó a la criatura mientras, tomando un paño de lino del camastro, limpiaba con delicadeza la piel de la recién nacida. Sobre su pecho izquierdo apreció algo que le llamó la atención. Por dos veces, aplicó el lienzo para secar los fluidos adheridos en la zona. Era una mancha pequeña, pero con una forma inequívoca: le recordó a una hoja de hiedra.

Se le antojó entonces que algo que no lograba entender estaba anunciándose, mientras le venía a la cabeza un sueño enigmático de una de aquellas noches agitadas que había tenido desde que su pareja partiera, cuando iba ganando fuerza la certeza de que una vida nueva anidaba en su vientre.

En el sueño, ella, junto con otras muchachas de la aldea, están danzando entre las encinas de troncos retorcidos de un bosquecillo próximo mientras anochece. Se mueven en un círculo espontáneo de manera descoordinada, con túnicas largas que les llegan a los pies y que se agitan sin ataduras a la cintura. Los pechos trémulos se mecen en unos cuerpos que se contorsionan. Las cabezas caen a los lados y parecen rotar con la mirada perdida. En el centro, un lienzo blanco oculta un objeto de un codo de alto, que se erige vertical dentro de un canasto ancho de poca altura. Al detenerse la danza, los rostros enajenados concentran la vista en un macho cabrío que se vislumbra entre los árboles y se dirigen hacia él. Lo rodean y estrechan un círculo que se cierra amenazante sobre el animal.

Al abrirse de nuevo el grupo de muchachas, estas exhiben en sus manos los miembros desgarrados del animal, desmembrado vivo, y se llevan a la boca para consumirlos los trozos de carne cruda. La visión truculenta por un momento se tiñe del rojo de la sangre. Envuelta en las primeras sombras nocturnas, de entre los árboles emerge una figura con el paso firme de un varón, pero que porta la misma túnica larga de las mujeres. Su aspecto es equívoco. Con una larga cabellera negra coronada de hiedra y la vestimenta de mujer, muestra sin embargo facciones masculinas. Es joven, con piel delicada y rasgos suaves, simétricos pómulos rellenos y una tez pálida surcada por labios carnosos y cejas oscuras. En su rostro, imperturbable a pesar del desasosiego circundante, se dibuja una serenidad altiva. Avanza con aplomo hacia el lugar entre las encinas donde se yergue el lienzo de lino y lo alza. Descubre entonces un falo erecto. Vuelve la vista y enseña una mirada profunda de ojos negros.

La muchacha salió del sueño bruscamente entonces. En su vientre se agitaba sobresaltada la criatura. Ese había sido el momento del embarazo en el que mayor conciencia tuvo de su estado encinta y de la vida que gestaba dentro de ella misma.

Sulpicia

216 a. C., Roma

En el Foro una muchedumbre se agitaba nerviosa y vociferante. Eran mujeres.

En esos primeros días de agosto, el sol canicular que había recalentado Roma durante un prolongado estío no lograba fundir las voluntades de las matronas. La preocupación por los suyos podía más. Clamaban ante la Curia donde estaban reunidos los senadores. En la cámara, después de cerrar las puertas y acallar el griterío, latió por un momento un silencio espectral y ominoso: una buena parte de los ausentes, más de la mitad de los *patres*, podrían estar ya muertos.

Desde que las tropas de Aníbal abandonaran Hispania dos años antes y cruzaran los Alpes, el terror se había apoderado de la población y las últimas noticias no podían ser peores. En la primera derrota, la de Tesino, las pérdidas no habían sido cuantiosas, pero los galos del norte sumaron sus fuerzas a las de los cartagineses. Después, todo había ido empeorando mientras estos avanzaban: tras el desastre de Trebia, con millares de soldados muertos, las calles de Roma se poblaron de mujeres impelidas por el miedo y el dolor. En menos de seis meses, en el lago de Trasimeno, el desastre fue aún mayor. Roma había perdido así más de cincuenta mil soldados entre ciudadanos romanos y tropas aliadas itálicas.

Se había designado un dictador como medida de excepción —Quinto Fabio Máximo—, y se había hecho creer a la población que el cónsul Flaminio, un irreverente general que, ensoberbecido por su arrollador empuje popular, no había cuidado los protocolos religiosos, había conducido las tropas de manera inconsciente hacia una derrota inevitable: los dioses estaban airados con los romanos.

Roma se había sumergido en una efusión religiosa de ceremonias, ritos y votos. Se estaba construyendo un templo nuevo a Venus y otro a la Inteligencia. La primera diosa, la madre de Eneas, habría de proteger a su pueblo; la segunda, proveerle de la estrategia de la victoria. Se les había ofrecido un banquete a los dioses durante tres días y se les había prometido la inmolación de todos los animales recién nacidos en una próxima primavera sagrada.

Pero los dioses se le resistían a Roma. Acababan de llegar ya las primeras noticias de un desastre mayor que los anteriores, sumiendo a la población en una descorazonadora incertidumbre. Las matronas, cuyos maridos e hijos se habían desplazado al frente, clamaban por los suyos. El esfuerzo militar había sido extenuante. Uno de los nuevos cónsules recién elegidos había prometido acabar con Aníbal y los cartagineses, y había arrastrado un masivo voto popular. Los reclutamientos habían puesto a sus órdenes un ejército ingente. Sin embargo, los presagios no habían sido buenos. Los prodigios demostraban que los dioses seguían en contra de Roma. Había llovido piedras, las aguas de un río se habían teñido de sangre y a las afueras de la ciudad, en el campo de Marte, los rayos habían abatido a algunas personas.

—Vamos. ¡A casa! ¡Todas a casa! Aguardad noticias allí.

Los senadores acababan de abandonar la Curia. Intentaban disolver la masa de mujeres que colmaba el foro, enfurecidas unas, llorosas otras, y todas indignadas. En la Curia se había decidido resolver lo urgente. Lo importante se atendería más tarde.

Era preciso controlar la información que llegara. Así que por la Sacra Vía marcharon hombres en dirección al extremo del Circo Máximo. Allí, un contingente cuantioso de mujeres anhelantes e inquietas aguardaba en la puerta meridional de la ciudad, por donde la Vía Apia debería traer a los informadores con noticias desde la zona de Cannas. Aníbal había avanzado hacia el sur de Italia para hacer cambiar de bando a los aliados de Roma. El desastre militar podía resultar definitivo, sumando a la derrota del ejército las defecciones masivas. De confirmarse lo peor, el pánico se iba a desatar en la ciudad. Todas las puertas debían cerrarse y quedar bajo una vigilancia reforzada. Las murallas garantizarían la seguridad.

Pero en primer lugar había que devolver la tranquilidad a las calles y evitar el contagio de aquel dolor no contenido y del pavor de las manifestantes a toda la población. Tras evacuar el foro, el Senado podría volver a reunirse a puerta cerrada de nuevo, sin presiones. Cuando los senadores salieron de la Curia con la consigna de despejar el Foro como primera medida de seguridad, el clamor de las mujeres se dejó oír con intensidad antes de que aquellos lograran disolver la espontánea asamblea femenina.

Quinto Fulvio Flaco, entre los senadores más eminentes, no pudo evitar un gesto de disgusto cuando comprobó que su esposa Sulpicia también se encontraba allí. La reconoció entre un grupo de distinguidas matronas de la nobleza. Debería hablar con ella después, en casa. En ese momento había otras prioridades. No tenían hijos combatiendo, pero sí parientes, y en su fuero interno entendió que, después de todo, su esposa estaba donde debía estar: al lado de otras mujeres, patricias y plebeyas. Daba igual. Su círculo de relaciones requería de su presencia allí.

—Sulpicia, ¿qué hacías ayer en el Foro?

—Quinto, no utilices ese tono conmigo.

No fue necesario decir más. Era un plebeyo. La superaba en treinta años y era su marido, pero plebeyo. Su padre, que le procuró la posición y el nombre —Quinto Fulvio Flaco—, había alcanzado la máxima dignidad política casi medio siglo antes. Era el primero de esa rama de la familia en ingresar en la nobleza, aunque otros Fulvios lo habían logrado una centuria antes. La posición que se labró había permitido a Fulvio —el hijo— llegar a ser cónsul también, veinte años antes, y después de haber quedado viudo y sin hijos de un primer matrimonio con una mujer de su condición plebeya, Mucia, volver a casarse con Sulpicia, una patricia, miembro de uno de los linajes más antiguos de Roma.

Un Sulpicio ya se contaba tres siglos antes entre las primeras parejas de cónsules de la República. Después, la familia no se había prodigado en la jefatura del Estado, pero el padre de Sulpicia —Servio Sulpicio Patérculo— había combatido a los cartagineses como cónsul cuarenta años antes, en la guerra anterior, y había sido distinguido con los honores de una entrada triunfal en Roma a su vuelta de Sicilia. El poder de los Sulpicios Patérculos había que consolidarlo.

La alianza matrimonial, pactada por Fulvio con el padre de Sulpicia, les había aprovechado a ambos cónyuges. Afianzaba la posición social de Fulvio y le garantizaba una vida desahogada a Sulpicia, además de aportarles influencias políticas vivas a sus familiares. Pero ninguno perdía de vista sus propios orígenes y su posición. El matrimonio se había instalado en un equilibrio negociado.

Estaban en el tablinio de su residencia del Aventino. Fulvio había vuelto avanzada la noche precedente y había salido de nuevo al alba. Regresó a casa cuando caían ya las primeras sombras crepusculares, que se iban adueñando del interior de la casa desde el compluvio del atrio, poco luminoso.

—Lo que ocurrió ayer estuvo a punto de provocar un tumulto —dijo Quinto—. No entiendo qué hacías tú entre todas aquellas matronas desbocadas. ¿Qué esperaban del Senado? ¿Qué podíamos hacer si aún no había noticias de los cónsules?

—Información. ¿Es tan difícil comprender la desesperación de una esposa o de una madre que no sabe si ya es viuda o si las Parcas le han privado de su hijo? ¿Acaso es tan costoso decir que no se sabe nada? Ayer, los rumores se desataron y las mujeres empezaron a sospechar que se les ocultaba la información, porque ya se habían propagado las peores noticias. Todo era pacífico y tranquilo, pero los nervios y el miedo se fueron contagiando. ¿Se sabe ya algo oficial?

—Hoy ha llegado una carta del cónsul Terencio Varrón. El otro, Lucio Emilio Paulo, ha caído. Ha habido una batalla total contra los cartagineses.

—¡No puede ser! ¡Un cónsul muerto! Ayer vi a la esclava de compañía de su esposa en el Foro. Supuse que estaba intentando enterarse de algo discretamente y que su ama habría preferido no dejarse ver. Así que imaginé que no sabía nada..., pero todo eran suposiciones. ¿Entonces, ha sido tan grave como se estaba rumoreando?

—No debiera decirlo, pero creo que peor aún... La carta de Varrón habla de diez mil supervivientes desorganizados y en desbandada después de la batalla, que él está intentando congregar en Venusia. ¡Es menos de la quinta parte del ejército!

—Ese inconsciente de Varrón no podía traerle nada bueno a Roma. Seguro que la decisión de entrar en batalla ha sido suya. Sus promesas electorales llevaban al desastre. Ya lo decía Fabio Máximo... Ha cambiado votos por muertos.

—Aún es pronto para saber qué ha pasado. Pero está claro que Aníbal ahora...

—¿Qué va a pasar? —acertó a balbucear Sulpicia, mientras tomaba conciencia de la gravedad de la situación.

—Debemos confiar en los aliados... y en las murallas de Roma que nos protegen.

—¿Vienen ya hacia aquí los ejércitos de Aníbal?

—Tranquila, no se sabe nada aún.

—Pero no puede ser de otro modo —dijo Sulpicia mientras se llevaba la mano a la cabeza con un gesto involuntario de desesperación—. Ya nada le frena, ¿no?

—En el Senado se están tomando decisiones rápidas.

—¡Que los dioses nos protejan!

—Tal vez ese sea el problema: que nos han abandonado. Hay que hacer algo urgente...

—¡Señora, señora! Traigo noticias muy graves.

La esclava exaltada entró en el salón donde Sulpicia se encontraba acompañada de otras dos sirvientas. Flotaban en el ambiente los filamentos de la lana cardada por una de ellas, mientras la propia Sulpicia manejaba el huso con la soltura de quien ha dedicado muchas horas de su vida a hacer lo mismo, sin descuidar con la mirada el avance de la otra sirvienta, que tejía sobre un telar apoyado en la pared.

Sulpicia, educada en los valores antiguos, seguía empeñada en hacer ropa en casa. Se resistía a las nuevas modas que se habían ido imponiendo antes de la guerra entre las plebeyas de familias prósperas. Pertenecían también al orden ecuestre, y algunas de ellas a la nobleza política, como los patricios, pero les faltaba distinción y pretendían suplirla con dinero. Sulpicia no dudaba al respecto: «Esas advenedizas encubren con perfumes sofisticados y con tintes vistosos en túnicas delicadas su falta de nobleza. La cuna nos viene dada. No es algo que se pueda comprar». Estiraba su cuello con el orgullo y la dignidad de las grandes damas. Se guardaba para sí las dificultades financieras atravesadas por su familia en las generaciones anteriores, felizmente remontadas al menos para prepararle su dote.

Ante la súbita interrupción, Sulpicia miró a la esclava recién llegada con una mezcla de sorpresa y reprobación. Formaba parte de sus exigencias al servicio que no perturbaran la serenidad de la *domus* con gritos o risas. Educar esclavos y esclavas formaba parte de la responsabilidad de Sulpicia como matrona.

—¿Qué ocurre? Habla. Espero que sea importante.

—Señora, yo sé que agradece recibir noticias cuando salimos. He ido al Foro Boario, a comprar la carne que me había encargado, y allí todo el mundo estaba hablando de lo mismo.

—¿De qué? Habla de una vez.

—Del incesto sacrílego de dos de las vestales.

—¿Qué estás diciendo? ¿Cómo va a ser verdad?

—Opimia y Floronia. Han sido apresadas y acusadas.

—¡Qué escándalo! Pero cómo se puede saber...

—Con ellas se ha detenido a Lucio Cantilio, el escriba pontificio, un pontífice menor.

—¡No es posible! Han roto el voto sagrado de castidad con un sacerdote... Primero el desastre de la guerra y ahora esto.

Y no dijo más. Frenó su lengua ante sus esclavas. Enmudeció cavilando. «Conozco a Opimia y a Floronia. Son dos plebeyas que ingresaron en el colegio de vestales siendo niñas, como todas. No tenían más de ocho años. Ahora Floronia tendrá mi edad, más o menos. Aún le quedarán más de diez años para abandonar el sacerdocio, y Opimia es mayor, por lo menos dos años mayor que yo. Tendrá treinta y siete, tal vez. Han sido educadas en la casa de las vestales. Viven apartadas. Salen cuando se espera que lo hagan y los pontífices las acompañan normalmente. Está claro que, salvo que el escriba las haya seducido, su virtud no podría correr mucho riesgo, pero ¿ha seducido a las dos? No es la primera vez que se descubre un incesto de vestales. Ya ha pasado media docena de veces en los siglos anteriores y, al parecer, casi siempre en momentos apurados para Roma, por pestes y guerras. Siempre que la paz de los dioses estaba rota. Por eso tampoco es extraño que se sepa ahora, después de la matanza que han hecho los cartagineses. Si lo de las vestales es verdad, no hay duda de que los dioses tienen que estar airados con el pueblo romano. ¡Qué sacrilegio! Eso explicaría la derrota contra Aníbal. A menos que... Tengo que hablar con Quinto».

—¡No puedo creer lo que habéis hecho!

Quinto acababa de volver a casa. Se estaba despojando de la pesada toga de lana con ayuda de un esclavo en el tablinio cuando Sulpicia había irrumpido por la puerta abierta de la estancia. Quinto sin perder la compostura, hizo un gesto al esclavo atriense para que saliera.

—¿A qué te refieres, Sulpicia?

—¡A las vestales acusadas de incesto! Esas dos pobres desdichadas van a cargar con la deshonra de haber profanado su virginidad sagrada para encubrir la derrota de nuestras legiones.

—¿Pero qué estás diciendo? ¿Cómo se te ocurre? No hay duda de que los dioses han abandonado la causa romana y favorecen a los cartagineses.

—Y por eso habéis encontrado unas culpables que castigar. ¿Quién ha descubierto el estupro?

—Lo ocurrido no admite duda. No creo desvelar un secreto del Senado porque toda Roma sabe ya que el propio pontífice máximo lo ha reconocido. ¿Qué interés podría tener en desacreditar al colegio de pontífices culpando a tres de sus miembros?

—El de encontrar solución a un problema mayor: para poder explicar el desamparo al que nos someten los dioses, nuestra desfavorecida situación.

—Sulpicia, estás dudando de la palabra de Lucio Cornelio Léntulo Caudino. Le conoces perfectamente, ha estado en nuestra casa y sabes que puedo contar con su favor...

—Lo sé perfectamente, y también que le apoyas incondicionalmente. Quinto, soy una mujer piadosa: rezo, hago votos, ofrezco sacrificios y ofrendas a los dioses. Todo eso forma parte de mis ocupaciones habituales. Cumplo con mis obligaciones y además estoy convencida de lo que hago. Pero esto me resulta difícil creerlo...

—Pues no hay duda. Se trata de un prodigio, una confirmación de que se ha roto la paz de los dioses y de que los rituales públicos han sido profanados por el comportamiento de las vestales. Están impuras. Solo tienen que mantener vivo el fuego sagrado del templo de Vesta y mantenerse vírgenes, pero han puesto a Roma en riesgo con su impúdico comportamiento.

—Haré libaciones a Vesta en casa, como de costumbre, pero ¿qué más se puede hacer? —Sulpicia se mostraba obstinada en sus afanes, se resistía a asumirlo—. Desde que Aníbal invadió Italia, las matronas nos hemos dedicado a plegarias, rogativas y procesiones. Estamos ayudando como podemos en la guerra...

—Enseguida se dictarán instrucciones para que el orden de las matronas participe en las expiaciones que se decidan. Seguramente se consultarán los Libros Sibilinos para ver qué recomiendan. Por el momento, procura no ir sembrando dudas por ahí sobre asuntos tan delicados.

—Y ¿qué va a pasar con Floronia y Opimia?
—Ya lo sabes. La ejecución será inmediata.

Roma se sumió en el luto. La noticia de la derrota en Cannas había llegado durante la novena de las fiestas plebeyas de Ceres. Sorprendió a las mujeres en sus días de casta abstinencia, a la espera de la fiesta final con los sacrificios y la procesión en honor a la diosa. Los senadores no tuvieron duda: había que suspender la celebración. No había mujer que no estuviera de luto porque no había apenas familia donde la noticia del desastre no hubiera sobrevenido como una amenaza obsesiva, a la espera de poder confirmar si le había ocurrido lo peor a ese padre, hijo o hermano que había sido reclutado los meses anteriores de modo apresurado, o al que ya se llevaba sin ver varios años. Unos y otros formaban parte del formidable ejército organizado para frenar a los cartagineses de manera desesperada. Ahora ese ejército estaba desbaratado.

Las mujeres esperaban noticias en casa. Así lo había decidido el Senado. Y fueron llegando. En su mayoría adversas. Pero en casa el duelo no era público, ni exaltado, sino sofocado, ahogado en las lágrimas de una soledad insoportable e impura. ¿Quién iba a celebrar a Ceres si todas las familias estaban contagiadas por el miasma funesto de la muerte? Había que suspender la fiesta. Los senadores calcularon también que así evitaban el riesgo de nuevos tumultos en las calles. En medio del desastre, seguían tomando decisiones: se necesitaba que las matronas mantuvieran vivo el culto a los dioses. De hecho, era más necesario que nunca seguir orando y propiciando las voluntades de los inmortales. Así que se decretó que el duelo no podía durar más de treinta días.

Entre las decenas de miles de fallecidos en Cannas había caído Quinto Elio Peto. De origen plebeyo, era uno de los pontífices y uno de los políticos con más pujanza del momento. La vacante plebeya que su muerte había dejado en el colegio de pontífices, constituido por cuatro patricios y cinco plebeyos, despertó entonces las ambiciones adormecidas de Quinto Fulvio Flaco.

Tenía ya cincuenta y cinco años, y Sulpicia veinte menos, aunque esto no era desacostumbrado. Ella se había casado con un político brillante, que había culminado su carrera quince años antes. Entonces no era más que una niña recién llegada a la adolescencia, traicionada por su incipiente menstruación, que la convirtió de repente en mujer y esposa. Quinto había sido un brillante esposo plebeyo para una casta virgen patricia. El amor, en cambio, no quedó acordado en la alianza. Les bastó con el respeto mutuo, la sumisión de Sulpicia y su condescendencia al débito conyugal en un triste tálamo que Quinto no frecuentaba, ocupado como estaba entre sus negocios inmobiliarios en Roma, que le aportaban unos alquileres regulares, y dos haciendas rurales en la región sabina de las que extraía más honorabilidad como propietario que rentabilidad como hacendado. Había procurado, además, abrir otras fuentes de negocio en el transporte marítimo, pero estaba liquidando ya sus participaciones en esa actividad. Desde hacía dos años, la ley Claudia se lo había vetado a los senadores.

Los censores, hacía veinticuatro años, le habían incorporado al Senado. Para entonces, él había sido ya cuestor y edil y se le vaticinaba un futuro prometedor en la política. Esa había sido su pasión desde aquel momento, y en efecto, después de ejercer como pretor y alcanzar el consulado a los cuatro años, su carrera había quedado completada: había logrado ser censor seis años más tarde. No había cargo más honorable ni más distinguido. Solo dos senadores, dos magistrados generalmente salidos de entre los diez cónsules anteriores, eran votados cada cinco años para ejercer como censores. Él lo había logrado. Pero no ejerció: los augures sentenciaron que se había producido un error en la elección, un vicio formal que invalidaba el nombramiento y la toma de posesión. Tuvo que abdicar junto con su colega, el otro censor, Tito Manlio Torcuato. Los dictados de los sacerdotes que visaban los rituales truncaron su mandato y abrieron paso a otros censores.

La fortuna, siempre favorable, de Fulvio Flaco se tornó adversa. Y le marcó desde entonces la amargura del éxito abortado, mientras su genio, esa dimensión sobrehumana suya, a la que sus esclavos rendían culto en el pequeño altar de la casa familiar del Aventino, se volvía gris, tomaba el color mortecino de las glorias pasadas a la espera de que una nueva generación de Fulvios las revitalizara y superara.

Al casarse con Sulpicia, la esperanza de la descendencia abrió un nuevo horizonte a Quinto, aunque durante años el tono gris acabó por sumir la casa en un marasmo poco prometedor. En un tálamo triste, el embarazo se hizo esperar. Ni el languideciente vigor de Quinto lograba vitalizar sus músculos con frecuencia, ni un deseo avivado ni tenaz le conducía cada noche a un lecho conyugal donde dormía una esposa escrupulosamente correcta según querían las tradiciones, poco dispuesta a estimular los adormecidos instintos de un hombre atareado, que, además, se sentía definitivamente vencido allá donde había puesto sus anhelos, en una gloria política abortada y ya amortizada.

Era hombre enjuto de cuerpo y largo de talla, con la cabeza ligeramente hundida entre los hombros y las piernas torcidas. Había heredado los rasgos de sus antepasados, los Flacos, rindiéndoles la honra debida de la memoria tanto en el físico frágil, como en una entereza de ánimo decidida, aunque quebradiza.

Tras dos abortos frustrantes, en el primer parto, la comadrona puso a los pies de Fulvio para que lo levantara del suelo, si lo reconocía y aceptaba, a un niño. Con él, las esperanzas truncadas del padre parecieron renovarse. Se llamaría Quinto, como él y como su abuelo. Ese año, transcurridos trece, alcanzó a ser cónsul por segunda vez. Después habían llegado otro niño, una niña, y también la guerra.

No era una guerra normal, aunque Roma siempre estaba en guerra. Formaba parte de la tradición y de un sistema político corrupto y competitivo, donde las ambiciones de la clase política estimulaban la belicosidad a la búsqueda de triunfos y botines de guerra, el encadenamiento de los conflictos bélicos. Cada año dos cónsules accedían al poder sedientos de sendos escenarios donde medir sus posibilidades de éxito con el enemigo y acrecentar su prestigio con la gloria en un desfile militar triunfal ante el pueblo de Roma. A Quinto Fulvio Flaco y su colega Lucio Cornelio Léntulo Caudino, el otro cónsul, les correspondió batallar con galos y ligures en el norte de Italia. Ambos arrancaron al enemigo la ansiada victoria memorable que les reportó los respectivos honores del triunfo.

Habían pasado veinte años ya desde entonces. La nueva guerra con los cartagineses, sin embargo, amenazaba en ese momento todo el entramado de dominación militar y política que Roma había creado. Las batallas perdidas contra Aníbal y los ejércitos enemigos moviéndose por el territorio de los aliados itálicos exigían de manera urgente invertir el curso de la guerra. Pero el Senado valoró con preocupación la situación. Por eso había sometido hacía menos de un año a plebiscito en la asamblea de la plebe una ley extraordinaria que había sido aprobada. Tras el desastre del cónsul Flaminio en Trasimeno, se había decidido que el pueblo podría reelegir como cónsules a quienes quisiese y cuantas veces así lo votase. Los cónsules victoriosos del pasado, hombres maduros, algunos ya ancianos, recobraron un insólito reconocimiento y prestigio. Por su experiencia militar demostrada, se les veía acreditados para intentar salvar a Roma de las poderosas mandíbulas de Aníbal.

Poco antes de aprobar la ley, se había nombrado dictador de emergencia a Quinto Fabio Máximo para un periodo de seis meses. Era uno de los dos censores que desplazaron del cargo a Fulvio y a su colega cuando se les obligó a abdicar. Ver a su viejo rival, el que le usurpó la censura, recién restablecido, ocupando responsabilidades en la República, alimentaba las esperanzas de Fulvio de retornar también él a la primera línea de la política. De hecho, podía contar con un gran aliado: el pontífice máximo Lucio Cornelio Léntulo Caudino. No solo representaba la mayor autoridad religiosa de Roma, era además el *princeps senatus*, el primer senador, el que abría los debates, el primero en opinar en la Curia, un presidente de la cámara sin cargo político, pero con el título y el reconocimiento de *primus inter pares*. El hombre que compartió los honores del consulado con Fulvio, su colega y amigo, ocupaba dos décadas después una óptima posición vitalicia como supremo sacerdote y como primer senador. A Fulvio solo le quedaba esperar junto al calor amigo del poder. Un renovado ánimo combativo se había apoderado de él. Con sus cargos del pasado y su viejo triunfo, siempre memorable, como avales, abrigaba fundadas expectativas de que los resortes políticos se activaran en su favor. Las bajas creadas por la guerra iban a ir abriendo posibilidades.

La brutalidad se apoderó de Roma. La gran masacre de las legiones romanas a manos de Aníbal en Cannas se redimió con sangre. Los sacrificios humanos y las ejecuciones espeluznaron al pueblo romano, y a Cornelio Léntulo, el amigo de Fulvio, le correspondió hacerse cargo como pontífice máximo. El estupro de las vestales lo había consumado Lucio Cantilio, el escriba pontificio: todos, él y ellas, iban a pagarlo con su vida. Cornelio Léntulo los conocía bien. A pesar de todo, este debía seguir adelante. Era una cuestión de Estado. Rearmar la moral abatida de la población solo se conseguiría con expiaciones cruentas, convincentes, que, aunque reconocieran que algo muy grave había enajenado el favor divino a Roma, hicieran creer que ya se estaba erradicando el tabú transgredido. No bastaban los sacrificios de bueyes, ni las rogativas colectivas, ni los banquetes ofrecidos a los dioses como convidados.

El colegio de pontífices lo regía el pontífice máximo, Cornelio Léntulo, e integraba a las vestales y a otros sacerdotes, los quince flámines que cuidaban del culto a los dioses y el *rex sacrorum*. La delación del incesto de las vestales entrañó una verdadera purga dentro de la corporación sacerdotal, pero Cornelio actuó con determinación a pesar de que le aguardaba un singular e indeseado protagonismo: le correspondía la ejecución de Cantilio. La sangre correría abundante y le iba a salpicar sin remisión.

Tras un primer momento de confusión en Roma sobre el escándalo entre las vestales, las acusaciones se concretaron: a Lucio Cantilio se le acusó de estuprar la virginidad sagrada de Floronia. Lo ocurrido con Opimia, la otra vestal acusada de incesto, quedó velado. Se suicidó. Estaba arrestada y apareció muerta. Estrangulada. La versión oficial del colegio de pontífices y de la casa de las vestales decía que Opimia se había suicidado. En el templo, las tres vírgenes restantes y la vestal máxima asistían aterrorizadas al escándalo del descrédito popular y a una inopinada vigilancia inquisitiva que parecía gravitar amenazante sobre la única congregación de sacerdotisas que había en Roma. No faltaron las sospechas de que alguien había podido ayudarla. En todo caso, una vez muerta, su culpa podía darse por expiada. Los rituales de la ejecución conforme a los designios establecidos por la tradición sacrificaron a Cantilio y a Floronia.

Hubo juicio ante los pontífices. Poco importa si el testimonio procedió de un esclavo y si declaró libremente confiando en ganar la libertad con la acusación, o si lo hizo por tortura; poco importaron las declaraciones de inocencia formuladas por Floronia y por Cantilio bajo juramento sagrado ante el pontífice máximo, Cornelio Léntulo. Roma necesitaba encontrar culpables para el desastre militar. Los sacerdotes, con Cornelio en la presidencia del tribunal de derecho pontificio, condenaron.

Cantilio fue ejecutado en el Comicio. Frente a la Curia donde se reunía el Senado, un área despejada con una tribuna para oradores que congregaba las asambleas de la plebe, ya se tratara de magistrados en ejercicio, cónsules y pretores, normalmente, o se tratara de candidatos a las elecciones. Fue allí mismo donde se reunieron para ver el castigo centenares de ciudadanos y una nutrida representación de la mitad de senadores que aún seguían vivos. Los circunstantes echaban en falta a muchos conocidos que hasta unos meses antes comparecían por allí con frecuencia. Los habían alcanzado las últimas levas de tropas. Estaban muertos muy probablemente, o presos en manos de Aníbal, aún no se sabía a ciencia cierta. Las noticias irían llegando o no llegarían nunca, y sumirían a las familias en una incertidumbre corrosiva y sin paliativos. Ante todos ellos, Cantilio era el chivo expiatorio.

El colegio de pontífices estaba presente al completo, incluidas las vestales puras. Los ritos que habían realizado las otras, las incestuosas, eran los que habían abocado a Roma a penar por el despecho de los dioses que todo lo ven. El blanco del velo ritual y sus túnicas ceñidas a la cintura con el nudo hercúleo fue observado por algunos ciudadanos irreverentes con una sorna especial, pues era signo de una virginidad inmaculada. Las sacerdotisas comparecían uniformadas: las ínfulas en forma de bandas delataban su condición sagrada, y al llegar, aún sin el velo colocado, todas dejaban ver tres rizos en cada sien.

La agitación y los murmullos se intensificaron unidos a gritos airados contra Cantilio. Junto al Comicio, al borde de la escalera que ascendía al Capitolio, había estado el reo, encerrado en una mazmorra subterránea en el Tuliano, a la espera de su ejecución.

Salió escoltado por los triunviros capitales, los magistrados encargados de los reos, que le obligaron a avanzar hasta el lugar del suplicio. Se le despojó de la túnica. Quedó desnudo. Se metió su cabeza en una horca de madera para dejarlo inmovilizado. Entonces el pontífice máximo avanzó. Un silencio ominoso se apoderó del lugar. Cornelio se despojó de la toga y se preparó. Cogió una vara, tomó una distancia precisa respecto a Cantilio y apuró el trago más amargo y cruel, el que siempre pensó que podría eludir. Era muy distinto ordenar ejecuciones que ejecutar. Comenzó a azotar a Cantilio. Los golpes, incontables, cayeron con una fuerza que por momentos parecía declinar. Pero la responsabilidad obligaba al pontífice máximo a eludir la flaqueza. Matar fustigando es bañarse en sangre. El agua limpia al verdugo, pero no purifica la conciencia de quien, además, ha sido juez.

Dos hibiscos y un mirto crecían junto a la alta tapia que encerraba la propiedad en la parte trasera de la casa. El espacio de la *domus* se organizaba en torno al atrio. Enfrente del vestíbulo de entrada se abría vanidoso el tablinio. Desde la puerta de la calle se podía ver a Fulvio recibir en él todas las mañanas temprano a sus protegidos y amigos. Al costado del despacho, un corredor permitía acceder al huerto trasero, que mostraba un brocal de un pozo y un poyo de piedra a la sombra de un limonero. Entre los hibiscos y el mirto crecían matas de romero, tomillo, perejil y menta. El centro del huerto estaba cultivado. Lechugas, berenjenas, pepinos, puerros, cebollas y coles se disponían en hileras para recordar que la tierra ennoblece también a los más ricos.

Caía la tarde mientras un esclavo escardaba las plantas e iba regándolas a medida que eliminaba las malas hierbas. Sulpicia estaba sentada en el poyo. Observaba a los niños y de paso vigilaba la labor del esclavo. El pequeño Quinto probaba a alcanzar un limón con un palo y Fulvia daba saltos al tiempo para apoyar a su manera el esfuerzo estéril de su hermano. Al otro niño, Cneo, que corría por los surcos en el sembrado de hortalizas, su madre le hizo salir de allí. Fulvio avanzó desde la puerta trasera del tablinio al encuentro de Sulpicia. Por un momento, disfrutó de la inocencia despreocupada de sus hijos.

—Ya has vuelto —dijo Sulpicia—. ¿Cómo ha ido la ejecución?

—Mejor no quieras saberlo. Yo no he tenido opción. Tenía que estar, y sé que Cornelio agradece mi presencia allí. Pero no ha sido agradable precisamente, aunque fuera de ley.

—¿Dónde ha quedado la humanidad de la que tanto se complace el pueblo romano? Hasta los delincuentes condenados pueden apelar a los comicios centuriados y el pueblo puede absolver a un ciudadano común. En cambio, un sacerdote no puede recurrir.

—Es derecho pontificio, ya lo sabes, obra de tus antepasados patricios. No ha cambiado desde tiempos de los reyes. Como todos los ritos.

—Y, sin embargo, los plebeyos ya ocupáis sacerdocios. Eso sí lo habéis cambiado.

—Pero hay una diferencia. Los ritos y las tradiciones fijadas por la costumbre deben repetirse. Solo así se puede estar seguro de que nuestros votos y nuestros sacrificios resultan gratos a los dioses.

—Y aún queda la ejecución de Floronia...

—Sí, y conviene que asistas —le dijo Quinto sentándose a su lado.

—Contaba con ello. Pero no acierto a saber si lo hago por ella o por el orden de las matronas.

—Es tu parte de responsabilidad con la República. Ella ha sido juzgada y condenada. Su ligereza ha causado un irreparable daño a Roma. Estaba consagrada desde niña. Tenía encomendada una alta misión. Conviene que te asegures de que asisten las demás matronas de la nobleza.

—Son muchas las afectadas por el duelo como para exigirlas que estén. No se me ocurriría escribir ahora a la esposa del cónsul Emilio ni a la de Elio Peto, por ejemplo.

—Seguro que estarán. Los dos, Emilio y Elio, eran pontífices. En parte, ver a Floronia recibir su castigo será un modo de encontrar consuelo para todas aquellas que han perdido a hijos, esposos o hermanos.

—Con Pomponia, la esposa de Publio Cornelio Escipión, ya he hablado, y seguro que también estará la de Fabio Máximo. Se cuida mucho de comparecer en todos los actos del orden de las matronas.

—Pues no hace falta que te diga que no es momento de quedarse atrás. Hay que ayudar, y hay que estar presentes. Tú también.

La niña Fulvia llegó en ese momento corriendo y se aferró a las piernas de su padre. La perseguía su hermano mayor, Quinto, con el palo. El senador Fulvio pasó la mano sobre el cabello de su hija, protector, y le pidió al mayor que le entregara la vara animándole luego a perseguir al otro, a Cneo. Fue solo un instante de alivio a sus preocupaciones. Sonrió pensando en la feliz inconsciencia de la infancia. Los niños volvieron a alejarse.

—Roma atraviesa una situación crítica —confesó a Sulpicia, como pensando en alta voz.

—¿Ha habido novedades? —inquirió esta, volviendo el rostro con renovado interés y no menor preocupación.

—De Aníbal no. No parece que se dirija a Roma de momento. El Senado no se explica que no aproveche nuestra momentánea debilidad, salvo porque parece haber optado por desarbolar toda la confederación de aliados itálicos. Así que urge actuar entretanto.

—¿Se ha decidido ya algo?

—Se nombrará otra vez un dictador para hacer un nuevo reclutamiento de tropas y parece que habrá que enrolar a adolescentes con menos de diecisiete años. También hará falta volver a pedir a los aliados un nuevo esfuerzo. La situación es muy delicada. Nosotros tenemos que exigirles más soldados mientras Aníbal los está animando a pasar a su bando y liberando prisioneros itálicos para demostrar su amigable clemencia. De hecho, el Senado se ha planteado la posibilidad de crear una tropa excepcional.

—¿A qué te refieres?

—A esclavos soldados.

—No lo entiendo. ¿Puede alguien fiarse de poner armas en manos de los esclavos? —exclamó mientras llevaba sus manos instintivamente a la frente.

—La República se los pagaría a sus dueños y ellos combatirían con la expectativa de ganar en la guerra su libertad.

—Libertad o muerte... —Sulpicia bajó la mirada—. No sé si les merecerá la pena conseguir la libertad a un precio tan caro. ¿Cómo puede estar Roma segura de que no la traicionarán? ¿Tan desesperada es la situación?

—Sulpicia, como siempre espero que no traiciones mi confianza. Guarda estas informaciones para ti por el momento, aunque todo se conocerá en breve. La situación requiere obrar con urgencia.

—¿Y respecto a los dioses? Los sacrificios de las vestales y del pontífice parecen más el pago de una deuda que actos para propiciar su favor.

—Así es. Se trata de hechos nefandos, abominables, y no solo hay que repararlos, ahora hay que aplacar a los dioses. Por recomendación del colegio de pontífices se consultarán los Libros Sibilinos.

—¿Otra vez? Ya se sabe que sirven para situaciones excepcionales, pero ya se han consultado tres veces desde que empezó la guerra. Los lectisternios que recomendaron no parece que hayan satisfecho mucho a los dioses... ¿No habría que pensar en algo más que en ofrecerles banquetes?

—Eso parece —dijo mientras se levantaba—. Por eso se ha decidido otra cosa: consultar al oráculo griego de Delfos.

Muerte en vida, una agonía lenta, por asfixia o inanición, era el trágico destino que Roma deparaba a las vestales incapaces de mantener su virginidad. Floronia lo iba a conocer.

Muy poca distancia, unos centenares de pies, separaban el Comicio, donde Cantilio fue fustigado hasta la muerte, de la Regia, la sede oficial del pontífice máximo y de la vecina casa de las vestales. En la explanada deprimida entre las colinas del Palatino y del Capitolio, Roma tomaba sus decisiones. El Foro había ido rodeándose durante siglos de edificios para el poder. En un extremo, la Curia para el Senado y el Comicio para las asambleas populares. En el opuesto, siguiendo la Sacra Vía, donde antaño vivieron los reyes, encontraban sus sedes los sacerdotes. Y en lo alto, en el Capitolio, los templos de los dioses.

Allí, al borde de la Sacra Vía, se fue concentrando gente hacia la hora octava, al comenzar la tarde. Había muchos hombres, pero sobre todo se veían mujeres. Las esclavas y las plebeyas humildes vestían túnicas ligeras. Las matronas distinguidas habían elegido estolas discretas y, de manera instintiva, se habían cubierto la cabeza con la *palla*, el manto que, bajo aquel calor sofocante que se había adueñado de Roma desde el amanecer, les habría sobrado. La tensión emocional provocaba un silencio contenido. Las ausencias de los hombres caídos encendían sentimientos no expresados: pena, pérdida, desamparo, incertidumbre, miedo, angustia.

La responsable de tanta desgracia estaba a punto de salir de su arresto en la casa de las vestales para encaminarse a su morada final. Los pontífices y las vestales restantes esperaban fuera, en orden. Podía verse a todos los sacerdotes —los flámines, los decenviros de los sacrificios, los augures, los arúspices...— y no faltaban tampoco las flamínicas y las escasas sacerdotisas de Roma. Los senadores se habían agrupado detrás. Un largo recorrido aguardaba a la comitiva hasta la Puerta Colina en el extremo norte de la muralla, pero para ver a Floronia solo habría dos oportunidades, al inicio y al final.

Salió escoltada y cubierta por un velo. Las bandas sacerdotales que a modo de ínfulas había portado antes le habían sido arrancadas. Con la cabeza baja, abatida, con la barbilla hundida y falta de fuerzas, avanzó en silencio sintiéndose observada y hostigada por todos los presentes. Se la hizo ascender a la litera.

Espesas telas que fueron cerradas con cuerdas sellaron el transporte. Pretendían ahogar los posibles lamentos o los gritos de terror y angustia de la vestal, pero no iba a ser necesario. Floronia estaba dispuesta a apurar su drama en el silencio de quien, aunque se siente inocente, sabe reconocer su irremediable destino y mantiene orgullo suficiente para no exteriorizar su sufrimiento ante quienes querrían complacerse en una mezquina y postrera satisfacción de venganza. La dignidad, aprendida desde los ocho años, la acompañaría hasta el final. Esa actitud logró despertar entre algunos curiosos, los más bondadosos, dudas sobre si verdaderamente su virginidad estaba perdida, sobre la necesidad de su sacrificio. En aquellos rostros se percibía una piedad equívoca. Nadie podría saber si se trataba de dolor por Floronia o por los parientes perdidos en la guerra. Otros, en cambio, preferían creer que asistían a una ejecución más que a una expiación de culpas ante los dioses. La ira los delataba.

Tras la litera de la vestal se organizó más una procesión que una comitiva. Se colocó en cabeza el pontífice máximo, acompañado de sus colegas, de las vestales y de los sacerdotes de los restantes colegios y cultos. El grupo de senadores correctamente togados marchaba después. Los séniores primero, y entre ellos podía verse a Quinto Fulvio Flaco. Se echaba en falta, sin embargo, a muchos de los nombrados recientemente, magistrados jóvenes que habían sido movilizados y no habían podido eludir sus responsabilidades militares como tribunos o en los consejos de campaña de cónsules y pretores que se encontraban al mando de las tropas. Probablemente, muchos no iban a volver. Detrás se fueron situando las damas más distinguidas, esposas de consulares, que encabezaban el orden de las matronas, informalmente constituido, pero que movía sus hilos de manera coordinada para las celebraciones religiosas. Tras las matronas y sus esclavas acompañantes, marchaban más mujeres y una masa heterogénea, como lo era también la muchedumbre que se agolpaba a los bordes de las calles por las que se adentró la procesión ascendiendo por la colina del Viminal.

El campo Sceleratus, un montículo maldito, acogía a las muertas en vida. En las inmediaciones de la Puerta Colina, una pequeña loma de tenebrosa fama había ya recibido en su seno a otras vestales condenadas para la seguridad y la tranquilidad de Roma. Un habitáculo excavado en la roca, apenas una cueva, con un modesto lecho y un poco de pan, de leche, de aceite y de agua, se convertiría en la última morada de la vestal. En una muestra suprema de cínico respeto a los designios de los dioses, Roma se deshacía de sus sacerdotisas como si no se atreviera a consumar el supremo acto de expiación. El campo Maldito estaba al borde de la muralla, junto a la puerta de salida, pero dentro del recinto de la urbe. La vestal era abandonada, pero con alimentos. Se la arrinconaba contra la puerta sin expulsarla de la ciudad; se la encerraba sin ejecutarla. Como entregada a la voluntad de los dioses.

Al llegar la silenciosa procesión, los sacerdotes abrieron los cordeles que ataban los tupidos mantos que cerraban la litera y la vestal, velada, descendió. El pontífice máximo pronunció unas plegarias en un latín antiguo que a los asistentes les costó entender, y volviéndose hacia el cielo, invocó con sus manos a las divinidades. Al terminar, condujo a la vestal hacia la trampilla de la cueva acompañado del séquito de sacerdotes. Luego, todos se retiraron volviéndole la espalda. Quedó sola. La resignación de Floronia evitó una escena desgarradora. Dispuesta a demostrar con dignidad su inocencia, como en una especie de ordalía o juicio de los dioses, bajó a la cueva sin dramatizar el escalofriante ritual con sus gritos o con resistencia. Respetó hasta el último rito, el que la inmolaba.

No bien hubo descendido, los ayudantes pontificios retiraron la escala y se aprestaron a taponar la entrada con tierra hasta confundirla con el resto del terreno. Al finalizar nada quedaba del horror, enterrado y sofocado, salvo una leve mancha, apenas un cerco inapreciable de tierra de un tono distinto, para atestiguar que los dioses habían sido aplacados, que el orden y la paz se habían restablecido. Poco a poco los presentes, que habían asistido en respetuoso silencio, comenzaron a moverse y las conversaciones fueron despertándose. Roma reanudaba su vida, reconfortada.

Sulpicia se acercó a Cecilia, la esposa del pontífice fallecido Elio Peto. Era una de las hijas de los Cecilios Metelos, plebeyos como Elio, pero miembros en activo de la nobleza, de los que seguían contando para los cargos y para presentar candidaturas con éxito a la carrera política. La distinción de Sulpicia, con su perfil adusto de abundante cabello negro enmarcando una tez blanca, ojos marrones almendrados y labios finos, de pecho generoso y cadera ancha, firmes promesas de maternidad, aventajaba al porte más frágil de Cecilia, ligeramente más baja, pero con la barbilla erguida que reforzaba unas facciones delicadas, resaltadas por sus ojos verdes. Su rostro, coronado por un cabello castaño levemente teñido ya de blanco en las sienes, no dejaba adivinar el drama interior que debía de bullir en su cabeza. Era unos años mayor que Sulpicia, avanzada la treintena, y súbitamente se había quedado viuda. Sulpicia quería expresarle sus condolencias.

—Cecilia, no he tenido aún ocasión de decirte cuánto siento lo ocurrido. ¿Cómo te encuentras?

—Gracias, Sulpicia. Aprecio sinceramente tu interés —dijo esbozando una sonrisa contenida por el luto.

La deferencia de una patricia como Sulpicia constituía una condescendencia apreciable. Entre ellas no había habido mucho trato, aunque se conocían.

—No consigo aún hacerme a la idea —prosiguió Cecilia—. ¡Ha sido tan inesperado! Te tranquilizas a ti misma confiando en que un mando militar corra una suerte más segura que la tropa, pero ya se sabe que cuando un hombre marcha a la guerra, hay que estar preparada. Generación tras generación en mi familia, como en la tuya, los hombres han combatido. No es nada nuevo que alguno muera. Supongo que los dioses han querido que a mí me correspondiera.

—La vida en Roma vale muy poco. Ya lo sabemos. Nacemos para morir sin poder haber vivido. Ellos, para servir en el ejército, y nosotras, para estar al servicio de ellos. Servimos a la familia, servimos al matrimonio, servimos a la República. Somos servidoras, aunque no hayamos nacido esclavas.

—Tienes razón. Además, nos resta encajar las fatalidades del destino, los designios que nos deparan unos dioses a los que no dejamos de honrar, a pesar de que no se apiadan de nosotras. Pero eso no es lo peor. Lo peor, y no se lo deseo a nadie, es no poder enterrar a tus muertos. Aunque me aseguren que mi esposo fue sepultado, no puedo dejar de pensar que habrá quedado tendido en el campo de batalla, pasto de los buitres.

—No debes pensar eso, Cecilia. No de tu marido. Si fuera cualquier legionario quizá, pero no tu esposo.

—Te agradezco tus buenas intenciones, pero no tengo dudas de su desgraciada suerte: parece que las legiones se dispersaron huyendo sin orden, y que Terencio Varrón ha agrupado a los hombres en Venusia, lejos del campo de batalla. Aquello ha tenido que ser espantoso. Seguro que los huesos de mi Quinto se están blanqueando al sol, sin enterrar.

—No te inquietes más. Está ya en el Averno, aguardándonos, y ¡que nos espere largo tiempo!

—Así sea. Tengo dos hijos de los que ocuparme y deseo que los dos se abran un camino glorioso al servicio de la República. Es lo que su padre habría querido.

—Tú eres joven aún. Tus hijos tendrán su destino, pero tú también debes cuidar del tuyo.

—Tengo vocación de *univira*, soy mujer de un solo esposo. Y no es solo fidelidad o tradición. Ser viuda es honroso. Ya sé que muchas vuelven a casarse, y que el matrimonio puede ser muy ventajoso, pero este no es momento de bodas. Hay más caídos que maridos —hizo una pausa—. Además, te debo confesar algo: ahora, por primera vez en mi vida, estoy empezando a tomar mis propias decisiones, no dependo de nadie. Y de momento no me disgusta...

Mientras hablaban, Sulpicia no perdía de vista que Servilia, la esposa del pontífice máximo, se encontraba muy cerca. Estaba hablando con Pomponia, la esposa de Publio Cornelio Escipión, pariente del marido de Servilia, Lucio Cornelio Léntulo, aunque se trataba de otra rama familiar. Servilia se despidió y se acercó. Sulpicia la recibió con afabilidad después de que Servilia saludara a Cecilia. Por lo que Sulpicia dedujo, ellas ya se habrían visto anteriormente, pues no le ofreció sus condolencias. El tema fue otro:

—Ha sido espantoso. Nunca pensé que me tocaría asistir a algo así —dijo Servilia—. Ese silencio..., oír solo el ruido de los pasos... Me ha resultado más sobrecogedor, yo creo, que si la propia Floronia se hubiera lamentado o gritado.

—Tampoco la habríamos oído, encerrada en la litera —recordó Cecilia.

—¿Qué tal tu esposo, Servilia? —preguntó Sulpicia, un tanto deseosa de acercamiento—. ¡Qué responsabilidades está teniendo que asumir!

—Ya sabes cómo es, porque ha estado en varias ocasiones cenando en tu casa, Sulpicia. Se limita a cumplir los designios de los dioses. Las misiones que le han encomendado últimamente han sido duras, especialmente la ejecución del pontífice, pero las asume. No dice nada. La gravedad es un rasgo de su carácter, pero estos días le veo muy concentrado. Habla muy poco.

—No me extraña. Le conozco. Al margen de que sean aliados políticos, Quinto le tiene en gran aprecio. Él me cuenta algo de vez en cuando. De todos modos, me imagino que tú, como yo, estamos al margen de sus temas de Estado.

—A mí me ocurría igual con mi Quinto. No contaba nada de los asuntos oficiales en casa —manifestó Cecilia.

—¡Qué pena, la muerte de tu esposo! ¡Qué pérdidas las de Peto y el cónsul Emilio para el colegio de pontífices! Esa es otra de las preocupaciones de Lucio en estos días, elegir a unos pontífices nuevos dignos de serlo.

A Sulpicia no le pasó inadvertido cómo Servilia, después de expresar su tristeza a Cecilia, había vuelto la vista hacia ella, como si quisiera darle a entender algo. La contención y el silencio podían ser más elocuentes que las frases de conveniencia falsaria en los códigos de comunicación de las matronas.

Mientras tanto, los Libros del Destino hablaron. Los decenviros de los sacrificios, los diez sacerdotes encargados de custodiarlos en el templo de Júpiter en el Capitolio, fueron consultados una vez más desde el inicio de la guerra contra Aníbal. Lo excepcional se estaba tornando acostumbrado. El prodigio tenebroso ocasionado por el incesto de las vestales lo justificaba.

La respuesta evacuada desde el colegio de decenviros resultó abominable. El Senado la conoció y la aprobó: había que ejecutar una pareja de galos y otra de griegos, dos hombres y dos mujeres. Hacía apenas diez años había ocurrido lo mismo cuando se combatía a los galos del norte, pero no se recordaba, o no se quería recordar que algo así se hubiera producido antes. Se decía que eliminar enemigos en un ritual probablemente ayudaría a Roma. Eso lo podía entender toda la población por propia intuición, aunque, en verdad, los designios de los dioses se antojaban inescrutables.

Sulpicia se había acercado a Quinto al verlo haciendo una libación en el larario doméstico, el altarcillo del atrio dedicado al Lar del hogar y a los Penates. Ella misma solía dirigirse allí con devoción a Vesta. Le hacía ofrendas de flores y le pedía por el bienestar familiar. Al igual que Quinto, se cubrió la cabeza y se colocó tras él con recogimiento. Después de acabar, avanzaron por el atrio despacio, hablando. Iba a anochecer en breve.

—No te había visto llegar, y ayer tampoco nos vimos.

—Son días complicados —contestó Quinto.

—¿Estuviste ayer en el sacrificio de los galos y los griegos? —preguntó Sulpicia.

—Debía estar —respondió Quinto lacónico.

—¿Fue en el Foro Boario?

—En efecto, como la otra vez. En el espacio cercado con piedras. Es lo que indicaron los Libros Sibilinos.

—Ese lugar infausto... No puedo evitar estremecerme cuando paso por allí.

—Ya. Lo entiendo. Enterrar personas vivas es designio de los dioses. Solo nos queda obedecer.

—Hablas como si fueras un pontífice... o un decenviro.

—Estoy a punto de serlo.

—¿A qué te refieres?

—He hablado con Cornelio Léntulo. Va a promover mi nombramiento en el seno del colegio de pontífices para suplir a Elio Peto.

—¡Magnífico! Yo creo que él ya lo había comentado con su esposa... Aunque ella no me dijo nada, me lo dio a entender el otro día. ¿Pero es seguro?

—El nombramiento es por cooptación. Deciden entre ellos. Los pontífices plebeyos me apoyarán y quedan cuatro tras fallecer Elio, frente a dos patricios y el propio Cornelio, después de morir Emilio. De todos modos, yo creo que habrá acuerdo, porque la propuesta de pontífice patricio para sustituir a Emilio te la puedes imaginar. Lo que todo el mundo esperaba...

—Supongo que te refieres a Quinto Fabio Máximo, ¿quién si no?

—Así es. Después de todo lo que hizo al asumir la dictadura tras el desastre de Trasimeno, por reforzar el papel de los sacerdotes el año pasado, no hay duda. Los colegios sacerdotales tienen que agradecerle el favor.

—No te desprendes de él.

—No. El maldito Verrugoso. Tuve que renunciar a la censura con Manlio Torcuato para dejarles paso a él y a Sempronio, y ahora me lo voy a encontrar no solo en el Senado sino también en el colegio de pontífices.

—Pues te conviene reconducir la relación con él. Está claro que no hay nadie con más poder ni más proyección en Roma. La guerra le ha fortalecido como a nadie.

—¿Es un consejo de patricia?

—Es un consejo práctico y oportuno, que estoy convencida de que sabrás apreciar porque nunca te ha fallado tu instinto político, aunque ya no estés en la carrera de los cargos políticos.

—No lo descartes.

—¿Que no descarte qué?

—Que se reactive mi carrera. La República necesita hombres experimentados, triunfadores, capaces de comandar tropas frente a Aníbal con garantías de victoria. No olvides que Marcelo acaba de ser elegido pretor de nuevo, tras haber sido cónsul. Ha ido ya a hacerse cargo del ejército de Cannas. Y es plebeyo como yo. No es momento para candidatos nuevos. Ya no queda tiempo.

—Si es así, me alegro mucho por ti y por nuestros hijos, Quinto. De verdad. Pero no anticipemos acontecimientos.

—Tienes razón. Por el momento esperemos. Entretanto..., quizá pase esta noche por tu alcoba.

Sulpicia no dijo nada. Bajó la mirada y se retiró. Iba a ver si los esclavos tenían listo el servicio para poder cenar juntos.

Europa amaba el campo. Vivía en Fenicia, la patria del rey Agénor, su padre. El encanto de la joven y su candor enamoraron a Júpiter cuando la vio recogiendo flores junto con sus sirvientas, y reconociendo la dificultad para seducirla, porque siempre estaba acompañada, se metamorfoseó. Un blanco toro, como la nieve recién caída, sin hollar, se presentó ante Europa, embebido en una fragancia aún más encantadora que la natural de las flores. Meloso, se fue aproximando despacio y plegó sus rodillas, para incitar con mansedumbre a la joven a que montara sobre su lomo. Cuando esta se dejó tentar y subió, el toro Júpiter levantó la testuz y salió corriendo mar adentro. No se detuvo hasta llegar a Creta. Allí, consumó la unión de la que acabarían naciendo tres hijos.

Con frecuencia Sulpicia había evocado el mito como propio. Apenas con ocho años ya había sido prometida a Fulvio por su padre, pero aquello había caído casi en el olvido porque no volvió a verle. Llegada a los catorce años, su primera menstruación despertó cierto nerviosismo en su madre y una agitación familiar que reavivó la memoria de una alianza ya pactada. Y Fulvio, el toro blanco, el prometedor hombre, mucho mayor que ella, pero que gozaba de la fama consular y de la gloria del triunfo en Roma, reapareció aureolado de un carisma embriagador para sus padres, que ella no alcanzaba a vislumbrar, aunque se dejó llevar por su desavisada inocencia y por la obediencia debida. Y él la raptó. La trasladó desde la casa del Palatino, al otro lado del valle Murcia, donde se erguía el Circo Máximo, para llevarla a vivir al Aventino junto a él, un plebeyo prometedor. Todos decían que el matrimonio no podía ser más ventajoso para ambos. De un lado el triunfo y la fortuna, del otro la juventud y la clase patricia.

Y consumaron. Era lo que se esperaba y lo que había que hacer. A ella, él no la había visto del todo desvestida. Y a él, ella no le había mirado directamente desnudo. Un matrimonio casto. Él, dominante, raptor, tomaba al asalto su lecho, el supuesto lecho conyugal, y luego se retiraba. Ella lo sentía llegar, acoplarse con método, sin juegos, y la dejaba después como con vergüenza. De él solo quedaba su rastro fluido. No dejó de conocer el placer, pero fue una experiencia momentánea y solitaria que le hizo sentirse culpable. No lo repitió.

La educación hacía el resto. La cortesía aprendida en el seno de las buenas familias de la nobleza cuidaba de mutar la alianza conyugal pactada por el novio con el padre de la novia en una suerte de institución matrimonial formalmente irreprochable. Después llegaron los embarazos. Los hábitos cambiaron. Percibió la pérdida de ímpetu en su esposo y los asaltos se prolongaban. La distensión muscular interior de ella tras los partos y la exterior de él, por su edad, se dejaron notar. Una noche la pidió ponerse de espaldas. *A tergo*. No hubo más cambios en sus relaciones. Desde entonces ya siempre fue así. A él le satisfacía, pero ella ya no le veía ni la cara. Era su momento de intimidad más profunda, pero hurtada. Y cada vez más distanciada.

La noche del anuncio de su nombramiento inminente como pontífice no fue diferente. Mientras él se afanaba, ella se ensimismaba, como ausente.

—Nuestro amo Fulvio no frecuenta su lecho.

—¿Qué dices, Filenia? ¿Cómo puedes saberlo si te retiras después de dejarla acostada?

—No olvides que soy la primera en visitarla al amanecer.

—Pero no la asistes, ¿no?

—Sulpicia es muy recatada. Se empeña en que deje la escudilla y la jarra con agua y que salga. Cada mañana es igual.

—¿Y entonces? ¿Qué puedes saber tú? —se interesa la otra esclava, Halisca.

—Es fácil: el lecho más revuelto, las manchas dejadas por el amo, la túnica del ama salpicada de agua en los muslos después del aseo... —confiesa sin rubor Filenia.

—La verdad es que por su cara no se adivina cuándo ha tenido motivos de alegría.

—Pues ya te digo —repone entre risas— que no le ocurre a menudo.

—De todos modos, el amo tampoco se permite otras licencias.

—A lo mejor es porque le han hecho sacerdote, pontífice.

—Yo llevo más años que tú en esta casa, Filenia, y no he tenido que preocuparme nunca por sus intenciones. Y puedo asegurarte que, al menos una vez, no me hubiera importado... ¡Que una también tiene su dignidad aunque sea esclava! ¡Nadie recobrará la libertad aquí como concubina del amo! ¡Ni como concubino! —sentencia Halisca.

—Por eso entonces será pontífice, porque tiene la castidad de una matrona.

Ambas ríen. Filenia prosigue:

—Es un hombre sin sangre, solo vive para los negocios y la política. Y ahora como sacerdote no querrá comprometer su virtud ni poner en riesgo su reputación.

—Oye, pues para no visitarla de noche a menudo, por lo menos ha demostrado la hombría suficiente como para dejarla preñada —dice la tosca Halisca.

—No es que él la preñara, es que ella se ha quedado preñada.

—Pues tampoco lo entiendo, porque no parece que ella tenga mucha más vida en el cuerpo que él.

—Pero sabe lo que quiere y lo que tiene que hacer. La han educado así. No pierde las formas en ningún momento. Pero también te digo que por eso no tengo queja de ella. Es una buena ama. No me ha propinado ni un solo alfilerazo.

—¡Pues me parece que ella tampoco ha recibido muchos de él! —Y ríen con ganas.

—¡A nosotras que nos dure esa falta de interés por sú parte! —Y vuelven a reír.

Pero la risa se les congela de inmediato y bajan las cabezas cuando, en la puerta de la cocina donde están hablando, se recorta a contraluz la silueta de Sulpicia con su esbelto moño recogiendo la cabellera tensada, y con el manto que le envuelve los hombros y cae por encima de las caderas sobre la larga estola, ocultando toda forma femenina.

215 a. C.

La urbe quedó demudada. Por un momento, el pánico se apoderó de Roma ante la noticia del nuevo desastre contra los galos. Esta vez, las mujeres no se echaron a las calles. No había supervivientes; por tanto, no quedaban resquicios de esperanza. No había dudas. El duelo atrapó a la ciudad y la clausuró: las calles quedaron vacías; las tabernas, cerradas;

los talleres, inactivos, y en las casas, en privado, se vivía el drama de los caídos o se revivía el dolor por los desaparecidos meses antes con decenas de miles de muertos y el resto convertidos en prisioneros de guerra.

Ocurrió pasado poco más de medio año de la catástrofe militar de Cannas, cuando aún la ciudad intentaba salir adelante. Se perdieron veinticinco mil hombres en una emboscada urdida por los galos del norte de Italia. El itinerario que debía seguir el cónsul Postumio con su ejército atravesaba una zona baja boscosa. Los galos prepararon los árboles que flanqueaban el camino dejándolos talados de modo que con un empujón se desplomaran sobre las tropas romanas. La estrategia funcionó. Los legionarios romanos y los aliados itálicos que no acabaron aplastados o asfixiados por los árboles, perecieron en la matanza posterior que ejecutaron los galos boyos.

Roma supo con estupor cómo decapitaron el cadáver de Postumio para llevar la cabeza en ofrenda a su templo principal, cómo vaciaron el cráneo y lo cincelaron con un recubrimiento de oro. Quedó en manos de los sacerdotes galos: una selecta copa para brindar en banquetes, usada, además, como vaso ceremonial para libaciones sagradas.

La noticia llegó apenas se habían celebrado los comicios en los que el propio Postumio resultó elegido a pesar de estar ausente, siendo nombrado el quince de marzo. Se trataba de un hombre de gran experiencia que desempeñaba la magistratura ya por tercera vez. Le unía una amistad política duradera con Quinto Fulvio que este anudaría años después con una alianza matrimonial entre un hijo de Lucio y su propia hija Fulvia.

Ante la brutal desaparición de Postumio hubo que convocar nuevas elecciones. Se eligió al plebeyo Marcelo para sustituirle, y por primera vez iba a haber dos cónsules plebeyos en Roma, pero intervinieron los augures, los sacerdotes adivinos que leían el vuelo de las aves, que escudriñaban las señales en el cielo y que observaban el apetito de los pollos sagrados para interpretar los augurios. Velaban también por la corrección de los rituales y declararon que el nombramiento había sido irregular. Marcelo renunció. De hecho, era uno de los augures y no le quedaba opción. Las elecciones se repitieron. Resultó elegido otro augur, Quinto Fabio Máximo, que además había sido dictador el año anterior. El hombre fuerte de Roma copaba el poder.

Solo unos meses antes había sido cooptado como nuevo pontífice, junto con Quinto Fulvio Flaco. También Fulvio se presentó a los comicios como candidato a la pretura. Fue elegido. Los cónsules y los demás pretores marcharon a la guerra. Él en cambio, designado pretor urbano, quedó todo el año en Roma, como magistrado de mayor autoridad, asistido por un Senado renovado por completo, con ciento setenta y siete *patres* bisoños, más de la mitad en una cámara de trescientos. Se había nombrado senador a todo el que había desempeñado un cargo político por nimio que fuera, hasta los magistrados menores. Nunca se había devaluado tanto la composición del Senado. La guerra había causado un estrago tan desproporcionado en la Curia como en el conjunto de la población.

Ante la nueva masacre, esta vez perpetrada por los galos, del Senado emanaron decisiones de signo contrario a las que se habían tomado unos meses antes: los ediles salieron a las calles ordenando abrir las tiendas para reactivar la vida, prohibiendo las muestras públicas de duelo.

—¡No levantamos cabeza! —exclama Halisca.

—Pero ya se va recuperando el comercio, ¿no? Se oye el ruido de los talleres...

—Sí, Filenia, poco a poco. Pero lo grave no es lo que se ve, sino lo que se esconde.

—¿A qué te refieres?

—Ya no hay familia que no se haya visto afectada. Han muerto el sobrino de Sulpicia y el cuñado de la hermana de Quinto, sin ir más lejos.

—¿Y qué? Las demás estamos sin familia... Nos despojaron de ella. Ahora les toca a ellos su parte.

—A los esclavos nos va a tocar la nuestra también.

—¡Siempre te pones' en lo peor! Por el momento, tú y yo podemos estar tranquilas. El amo no deja de progresar. Además, no llegan nuevos esclavos porque no hay conquistas, así que no nos van a poner en venta.

—Tú, como estás al servicio directo de Sulpicia, no te das cuenta de lo que le pasa realmente al pueblo. La situación es muy mala. Muchas casas se han quedado sin padre de familia. El futuro se ha vuelto incierto. Han empezado a vender a parte de la servidumbre. Se pone en venta sobre todo a las concubinas y favoritos, que, además, no saben trabajar. Los liquidan las dueñas. Al quedarse viudas, se están desquitando. Por celos. Pero nadie los quiere comprar.

—Así que no se pagarán nada, ¿no?

—Claro. No se venden. Y las calles siguen llenándose de campesinos. Han abandonado sus tierras huyendo de Aníbal. Vienen todos a Roma.

—Piensan que es el sitio más seguro y donde puede haber trabajo.

—Pero duermen en las calles. Esperan que los ediles repartan trigo, pero el precio sigue subiendo. Cada vez somos más y sobra más gente. Y al tiempo, todo se para. Los negocios cierran. No hay dinero para nada. Han armado las tropas nuevas con las armas de los galos, capturadas como botín y que ya estaban decorando los templos como despojos de guerra. Y, para colmo, las matronas tienen que decidir sobre asuntos que nunca habían llevado y que no entienden.

—¿Qué sabe una viuda ahora de un negocio? Y, además, apenas se compra.

—Pues esa es la otra preocupación del Senado: las viudas y los huérfanos.

—¿A qué te refieres?

—A qué va a pasar con las fortunas, quién va a tutelar a las mujeres. Ahora se ven libres de la mano del marido. Nadie las controla. Y ya se habla de algunas que se están desquitando.

—¡Qué dices! ¿Te refieres a lo que me imagino?

—¡A todo! ¡Filenia, no te enteras de nada! Ahora deciden ellas con quién comparten el lecho. No hacen más que lo que han visto hacer toda su vida. Ellas son ahora el-dueño-de-casa. Y los esclavos ya sabemos que valemos para todo. Aunque también te digo... que los jóvenes más fuertes están ya camino de la guerra, comprados con dinero público. A luchar por la libertad o por la muerte. ¡Qué pena!

—Sulpicia, no voy a discutir contigo.

—No pretendo discutir yo tampoco, Quinto, pero eso no significa que esté de acuerdo. Haré lo que deba hacer, pero pensaré conforme me han enseñado.

—No es momento de lujos ni de exhibiciones. El cónsul Tiberio Sempronio Graco quiere dejarlo resuelto antes de marchar al frente y Fabio, recién nombrado, lo apoya. La propuesta de ley la presentará a plebiscito el tribuno de la plebe Cayo Opio de manera inmediata.

—Yo, ya sabes que nunca he sido mujer de presumir con joyas, ni de llevar mucha escolta, pero no veo por qué he de prescindir del carro también para ir a Roma. Vivimos en el Aventino, y me enseñaron cuál era un comportamiento decoroso, el que seguía mi madre y el mismo de mis abuelas... No tiene nada que ver con exhibir joyas o moverse por Roma en carro.

—Empieza a haber carestía, hay gente que pasa hambre. No está bien que algunas matronas se paseen cargadas de oro mientras hay muchas que han quedado desasistidas. Y, además, hay viudas que parece que hubieran decidido vivir ya sin freno. Por unas y contra otras, tanto por las viudas pobres como por las ricas, la ley es conveniente.

—Pero, exactamente, ¿qué se va a prohibir?

—El carro de caballos para uso privado solo se autorizará para asistir a actos religiosos públicos.

—Un buen motivo para quedarse en casa, sin salir. ¿Qué más?

—Eso no es verdad. Lo que se prohíbe es moverse en carro, no discretamente.

—Ya, pero anima a las matronas nobles a no hacerlo. Nos han educado así. La discreción está en moverse sin ser vista, no en moverse pasando inadvertida.

—Pues de eso se trata, y por eso se limita a media onza de oro las joyas que podéis tener.

—¡Pero si eso no es nada! ¡Unos pendientes buenos ya lo sobrepasan!

—Y tampoco se van a permitir vestidos de colores.

—¡Vamos, qué se trata de una ley contra las mujeres!

—¿Cómo puedes decir eso? Es una ley por el decoro en una situación excepcional.

—Es una ley de luto general para las mujeres. ¿Qué se busca? ¿Nos van a quitar las joyas?

—Los esfuerzos económicos de la República para hacer frente a Aníbal son enormes y no se sabe cómo se va a pagar el coste de la guerra, no se puede ir por las calles exhibiendo riqueza mientras la situación es extrema. No es oportuno y pone en riesgo la tranquilidad y el orden en las calles.

—Eso lo puedo entender, pero tengo la sensación de que lo que queréis es tutelar a las mujeres, a las viudas, y, al final, también a todas las demás. Si fuera ciudadano romano estaría temblando: el Senado parece que cuenta con seguir derramando sangre legionaria y dejando esposas sin marido y madres sin hijos.

—¡Parece que no te haces cargo de la situación que se vive, Sulpicia! Aníbal está ganando la guerra a Roma. Cada día llegan noticias de nuevos territorios que se pasan al bando cartaginés: no solo son ya los galos del norte, sino también samnitas, tarentinos, lucanos, brucios... En el sur, los aliados hacen defección en masa.

—Quinto, soy consciente, pero no puedo dejar de opinar. Soy tan consciente de todo que sé que solo puedo decirte esto a ti y con la puerta de este tablinio cerrada. La esposa del pretor urbano debe serlo en casa y fuera de casa. Sulpicia ya solo puede ser Sulpicia con su marido, ¿o también me tengo que reprimir contigo?

—Hasta ahora no he tenido queja de ti. Me consta que entre las matronas tu reputación es tan honorable que ni la casta Lucrecia te hace palidecer —repuso Quinto con cierta sorna.

—No necesito cumplidos. Puedes contar conmigo para respaldarte, pero te advierto que yo no tengo ninguna intención de suicidarme. ¡Yo no soy Lucrecia!

Desde que escuchaba de pequeña a su nodriza, la diosa Juno, la que presidía junto con Júpiter y su hija Minerva el sagrado templo del Capitolio, ocupaba el lugar preferente en su imaginario devocional. Su destino la obligaría a encarnar a la esposa perfecta.

Sulpicia no leía. Aprendió a leer y con eso bastó. Le relataban las epopeyas de Homero y le quedó grabada aquella imagen de Hera —la versión griega de Juno— afanándose por ayudar a los helenos, aunque cuidando de no contrariar a su esposo. Recordaba con precisión aquel pasaje en el que la diosa se hacía encontrar por su esposo Zeus en el monte Ida, y después de escucharle confesar todos sus adulterios, yacía con él, resarcida con los placeres ardientes de una noche de amor, pero, sobre todo, satisfecha como consorte del poder supremo. Hera había tomado partido por los griegos contra los troyanos. Pero tras pasar por el tálamo, su verdadera causa volvía a ser la de su alianza matrimonial.

Sulpicia tenía bien aprendidos, inculcados, unos valores más matronales que maternales. Nació del vientre de su madre, una Sempronia, pero creció con su nodriza. Y ella, Sulpicia, había hecho lo mismo con sus dos hijos y su hija. Nacidos de ella, crecían con la nodriza y se convertían en Fulvios. Los hijos nacían, pero muchos morían. Era mejor querer a los que salían adelante que encapricharse con recién nacidos de destino aún incierto. Luego había que sacarlos adelante, y propiciar un relevo generacional tan próspero e influyente, por lo menos, como el alcanzado por la propia pareja. Eso era el matrimonio: una colaboración estrecha al servicio del patrimo-

nio; la causa materna de la procreación quedaba denodadamente entregada a la paterna, la patriarcal de la posición.

Ahora Fulvio la requería. Conocía de qué lado debía estar.

En cuanto a la ley, fue presentada por Cayo Opio en la
asamblea de la plebe y salió adelante. Sin contestación. La
guerra imponía sus urgencias. El plebiscito lo votaban los ciudadanos, hombres, y, después de todo, poner limitaciones a
los privilegios de las ricas matronas resultaba popular. Sulpicia callaba, como todas.

—Es preciso que las matronas sientan la conveniencia de perseverar en la moral tradicional —decía el pontífice máximo,
Cornelio Léntulo.

—Lo cierto es que nada debe cambiar ahora. No podemos
consentir que se abran más frentes —convenía con él Fabio
Máximo, el nuevo cónsul—. Tenemos a los hermanos Escipión combatiendo en Hispania, a Aníbal campando por el
sur de la península, y al tiempo que se suceden las defecciones masivas de aliados itálicos, no puede ser que también
queden fuera de control las matronas. Las mujeres pretenden
cambiar el orden de nuestros mayores.

Una reunión en la Regia al más alto nivel congregaba al
cónsul Fabio y el pretor Fulvio, ambos pontífices recientemente nombrados, junto con el pontífice máximo. Se había
convocado en la residencia oficial de este al colegio de pontífices, pero antes se estaba preparando la propuesta.

—No creo que el asunto sea tan grave como indicas. La
situación está aplacada. De todos modos, hay mucho dolor
sofocado en las casas, y el dolor alimenta la ira —explicó Fulvio—. Hay decenas de miles de muertos y no queda casa
donde no se conozca la desgracia. Y luego, está la negativa a
pagar el rescate de los prisioneros...

—No se podía hacer otra cosa —intervino Fabio—. Son más
de ocho mil, una fortuna que Roma no puede pagar ahora.

—Ya lo sé —asintió Fulvio—. No vamos a reabrir ahora el
debate que el Senado ya resolvió. Pero si hasta los senadores

estábamos divididos y enfrentados casi a partes iguales, y el rescate no se ha aprobado por pocos votos; parece claro que la plebe en su mayoría no entiende que compremos ocho mil esclavos para crear un ejército y en cambio no rescatemos a los ciudadanos cautivos que Aníbal está a punto de esclavizar. Y para colmo, viendo cómo libera a los prisioneros itálicos con el fin de animar a nuestros aliados a que se pasen a su bando. Hay mucha rabia latente en Roma. La situación es incontenible. Lo hemos visto al llegar las primeras noticias de Cannas y con la manifestación en el Comicio, mientras se votaba la aprobación o denegación del rescate de prisioneros.

—Por eso el plebiscito que ha presentado Opio era fundamental para frenar cualquier desatino contra el orden. Teníamos la imperiosa necesidad de asegurar la discreción por parte de las matronas nobles —reconoció el pontífice máximo.

—Pero además de reprimir, debemos obrar con inteligencia. Yo lo he defendido desde el principio —afirmó Fabio—. La religión es fundamental para ganar voluntades. La vuelta de mi pariente Fabio Píctor de Delfos, con el oráculo favorable, está siendo, o tiene que ser, decisiva: la victoria es posible si se procura propiciar a los dioses. Lo ha sentenciado Apolo.

—Al menos ha de servir para que Roma recupere la fe, para que vuelva a depositar la esperanza en el favor perdido de los dioses —corroboró Cornelio.

—Por mi parte —prosiguió Fabio—, antes de partir para el frente quiero dedicar el templo de Venus Ericina y que Otacilio dedique también el de la Inteligencia, tal y como se ha votado ya en la asamblea popular. Las ideas irán calando en la población. Con la imagen de Venus traída de Sicilia, se reforzará el convencimiento de que la victoria es posible. Ya les hemos ganado una guerra allí a los cartagineses, y ahora sus dioses son nuestros. Venus es nuestra, es la madre de Eneas y protectora de Roma, después de todo.

—Y en cuanto al templo a la Inteligencia, parece claro que esa es la vía para ganar la guerra. Después de los desastres que hemos sufrido, es la única salida que nos queda —reconoció el pontífice máximo—. Los hombres combaten. Tenemos que conseguir que las mujeres realicen su contribución para ganar la guerra. Sus plegarias, sacrificios y votos serán gratos a los dioses. Esto es lo que debe ocuparlas ahora y no una libertad traidora con los suyos y con Roma.

—Yo debo partir cuanto antes para Campania, como mi colega Sempronio —anunció Fabio—. Es primordial que Cumas y Capua sigan fieles a Roma. A vosotros os queda la tarea de reconfortar el ánimo del pueblo romano. La religión ahora es la vía para la tranquilidad, por donde han de llegar tanto el consuelo como la esperanza a la población civil. Entretanto, no podemos volver a enfrentarnos a Aníbal. Hay que acecharlo sin tregua, pero evitando la batalla campal. Si somos capaces de resistir, el tiempo correrá en su contra.

—Es evidente que la respuesta de los Libros Sibilinos que han evacuado los decenviros de los sacrificios al Senado va en ese sentido —añadió Cornelio—. Y, por cierto, conviene que dejemos la conversación y lo resolvamos: para eso nos hemos reunido.

—Esa resolución del Senado sobre dedicar una estatua a Venus Verticordia por parte de las matronas, es una idea brillante —afirmó Fabio—. Será un gran momento verlas congregadas consagrándose a la Venus que aparta-los-corazones-del-deseo.

—¿Tenéis pensado algo especial? —preguntó Fulvio—. Sea lo que sea lo que vamos a proponer ahora al resto de pontífices, me gustaría saberlo antes. Supongo que tendrá también implicaciones políticas, y al final soy yo el que se queda como responsable en Roma, en ausencia de Sempronio, en cuanto tú partas, Fabio.

—Por eso estamos aquí reunidos, Fulvio —respondió Fabio, mirando al pontífice máximo.

—Hemos pensado en una competición entre matronas —dijo este.

—No entiendo muy bien...

—Se trataría de premiar a la matrona más virtuosa, la más casta, la que las demás matronas designen como la mujer más honorable. Así se seleccionaría a la más digna de dedicar la estatua.

—¿Y han pensado en mí? —preguntó Sulpicia entre sorprendida y alarmada.

—Hemos pensado nosotros. Ya sabes, discretamente, como en todos los asuntos oficiales —respondió Fulvio.

Había sorprendido a su esposa en la sala donde habitualmente se ocupaba con sus esclavas en el hilado y tejido.

—No entiendo muy bien lo que me propones. Hoy se ha comentado después del sacrificio a la Bona Dea, cuando nos hemos reunido todas para preparar los ritos de las Matralias. Se decía que tenemos que nominar a cien candidatas.

—Tú tendrás que estar entre ellas.

—Pero luego habrá un sorteo, ¿no?

—Así es. Del sorteo saldrán diez matronas, y tú serás una de ellas. El procedimiento le corresponde al colegio...

—... Y de entre esas diez se elige a la más casta...

—Cumples con el requisito: has sido esposa mía, y de nadie más, desde hace casi veinte años. *Univira*, mujer de un solo marido, es como quiere la tradición a las matronas honorables. Y además me has dado descendencia. Nadie ha hablado nunca mal de ti, ni has despertado sospechas de adulterio.

Sulpicia asentía mientras notaba el rubor que cubría su rostro. Nunca había escuchado de su esposo palabras similares. No eran elogios, pero se veía reconocida por primera vez.

—Hay muchas univiras mayores, viudas abnegadas... —repuso.

—No viudas, sino casadas, es como Roma quiere a sus matronas. Y las viudas, que por desgracia hay muchas, castas también.

—Comprendo... Pero todo el mundo dirá... —seguía objetando Sulpicia.

Fulvio no la dejó continuar.

—Reúnes las características que se necesitan para dedicar una estatua a la diosa Verticordia, la que encamine a las jóvenes por la senda de la virtud y aparte a las matronas del vicio y del camino equivocado —insistió—. Roma lo necesita ahora más que nunca. Ya sabes lo que está ocurriendo con algunas: se han quedado viudas y no solo han perdido el decoro, sino también la razón, según parece.

—Pero se hablará de que la esposa del pretor y pontífice Fulvio ha sido preferida por sus influencias —insistía Sulpicia.

—Para una dedicatoria como esa no puede sorprender que, como mujer más casta de Roma, se seleccione a la esposa de un pontífice. La fama del marido, un antiguo cónsul triunfador, te procura celebridad. Es fácil pensar que por eso se te elige.

—Pero esos son méritos tuyos...

—Los tuyos corresponden a una mujer sin duda virtuosa. También es adecuado que se elija a una patricia, por la dignidad, pero no es menos oportuno que seas esposa de un plebeyo. Sirves de ejemplo a patricias y plebeyas sin distinción. Cuanto más lo pienso, más me convenzo. Y no solo lo pienso yo... Está hablado.

—A ti, te conviene, me parece.

—Soy pretor urbano. Me mantengo discretamente en un segundo plano..., por el momento. Pero sin duda, tu nombramiento consolidará también mi fama.

—Fulvio, veo que todo parece madurado y decidido. Lo que me propones no deja de abrumarme, y si te soy sincera, el honor sería muy grande, pero no sé si soy la persona adecuada...

—Tu modestia es una muestra más del candor que debiera mostrar una casta matrona. Yo no tengo duda. Eres casta y lo pareces.

—Y entonces ¿la viste? ¡Cuéntame! —se interesa Halisca—. Toda Roma habla de ella.

—He estado muy cerca. Apartada, pero cerca. ¡Soy su esclava personal! —exclama con orgullo Filenia.

—¿Y cómo ha sido? ¿Muy solemne? —pregunta Halisca.

—Figúrate. Ella en lo alto de la escalinata. Los sacerdotes delante del templo y el Senado en pleno, a falta de los cónsules que están ausentes, combatiendo a Aníbal.

—¿Y Fulvio? ¿Estaba con ella?

—No, entre los pontífices como le correspondía. Lo busqué entre los senadores, pero, como es pontífice también, estaba con ellos.

—Y ¿qué ha hecho ella? ¿Cómo ha sido la ceremonia?

—Los augures ya se habían pronunciado favorablemente. Así que después del sacrificio, ella ha desvelado la estatua de la diosa en la entrada de templo. Yo no he llegado a verla de cerca, pero supongo que el pedestal lleva grabada la dedicatoria de Sulpicia. Dicen que es un gran honor dedicar la estatua.

—Ya. Es verdad. Como los políticos, que están siempre empeñados en dejar inscripciones para que no se les olvide...

—Sulpicia puede presumir de un honor muy especial. Ha sido elegido la matrona más casta de Roma. Seguro que se la recordará durante siglos. Cónsules se eligen dos cada año, pero esto no había ocurrido hasta ahora. De momento su nombre ha quedado inscrito en piedra. Ni siquiera las vestales tienen un honor tan exclusivo.

—Tendrás razón, aunque de momento eso no evitará que se hable. Todo el mundo lo comentaba ayer en el mercado.

—¿Qué escuchaste?

—Pues ya te imaginas: que la designación de Sulpicia estaba preparada, que qué casualidad que es la mujer del pretor urbano, que patricia tenía que ser...

—No deja de ser verdad que tienen el control del poder y de la religión, pero tú sabes como yo que nuestra dueña es un ejemplo de castidad.

—Ya. De algo le tenía que servir la tristeza de su lecho —sonríe con picardía Halisca.

«La gloria es efímera —piensa Sulpicia—. Lo saben bien los generales que disfrutan del triunfo. A ellos se lo recuerda un esclavo. A mí no me ha hecho falta. Por un momento, cuando ya empezaba la ceremonia, he dominado la agitación y la timidez. Creo haber estado bien, distinguida. Me han felicitado por el título: la-matrona-más-casta. Lo soy, pero no sé si la que más. Más bien me han designado, no me han elegido. Yo no me engaño. El honor de un momento queda grabado en una inscripción para que se recuerde, pero yo ya no estaré ahí para verlo. Los honores en los que se afanan los hombres se me antojan especialmente fatuos. Esas inscripciones antiguas me provocan más melancolía que admiración.

»No sé si me miento a mí misma, si digo que lo hago por Quinto y por mis hijos. Me han enseñado desde pequeña que las familias deben labrarse una fama creciente; superar, generación tras generación, los méritos de la anterior. Esa es la voluntad que se les supone a los patricios y el deseo por el que se afanan todos los nobles, también los plebeyos. Fulvio y yo hemos crecido hoy en fama y en dignidad.

»Siento orgullo. Lo he sentido, más bien. Ahora, cuando vuelvo a la soledad de mi alcoba, se apodera de mí una sensación de desasosiego. He pasado de la inseguridad inicial, a disfrutar de una gloria querida por los dioses y decidida por los sacerdotes, pero en ningún momento he sido dueña de mí misma. He cumplido una alta misión para la República según me hacen entender. Los Libros del Destino han hablado y yo he cumplido con el oráculo.

»Me enseñaron a ser así y obedezco. Y sin embargo, algo me desazona: soy la primera mujer de Roma, la matrona más casta, por voluntad de los dioses y designio de sus hombres. ¿Me va a corresponder siempre obedecer? Yo no quiero quedar viuda. Aprecio a Quinto porque es correcto y porque juntos tenemos una familia, planes... Pero muchas mujeres en Roma se están emancipando, escapando de la mano de sus padres y maridos merced a la guerra. Hoy me han convertido en un ejemplo para ellas, o mejor dicho, contra ellas. Yo me pregunto: ¿se equivocan realmente estas mujeres? ¿Defender el orden de los antepasados, como hoy he hecho, es lo que me corresponde?

Pacula

Aquel año despertó la desconfianza oficial contra los cultos foráneos. También contra Baco. Se decía que un griego, llegado del norte, desde Etruria, estuvo en el origen del mal. En los primeros tiempos de la República, donde los orígenes de las tradiciones se confundían con las esperanzas de una era nueva, los Libros Sibilinos habían hablado. Fue entonces cuando los romanos ganaron a los latinos la batalla del lago Regilo, comandados por el dictador Aulo Postumio Albo, y por su jefe de la caballería Tito Ebucio Helva. Fue entonces cuando la recién nacida República, tras expulsar a los reyes etruscos, inició su carrera imperial.

Pero fue también entonces, cuando una hambruna asoló la ciudad, cuando la guerra estuvo a punto de perderse por falta de suministros. Por eso se consultaron los libros sagrados. Y dijeron que había que propiciar a Ceres, Líber y Líbera y hacerles votos. Y Postumio los hizo para el caso de que ganara la guerra, y la ganó. Fue entonces cuando pagó con el botín el templo a Ceres, la diosa de la agricultura, que los griegos llaman Démeter, y a su hija Líbera, la conocida como Proserpina, que mora en el Hades, y al hijo de esta, Baco mismo, pues no de otro se trata cuando se habla de Dionisos o Líber. Y el templo, que se construyó en los pies del Aventino, allá por donde entraban los carros de caballos al Circo Máximo, iba a ser honrado cada año. En honor a los tres dioses se celebraba un festival de juegos durante una semana, en los días centrales del mes de abril, para propiciar la fertilidad de la tierra al despertar la primavera. El circo se colmaba de una plebe que honraba a sus deidades. Los ediles plebeyos se ocupaban de organizarlo, y la Cerealia, la gran fiesta, cerraba cada 19 de abril las celebraciones a la espera de una fecunda cosecha.

Y entonces llegó un griego perturbador, un practicante de ritos extraños, foráneos, un supuesto adivino que hablaba por inspiración divina. Y junto a los rituales antiguos, se empezaron a practicar otros, envueltos en el misterio de una secta, aptos solo para iniciados que se reunían de noche. Los banquetes, regados por el vino, se convirtieron en otro modo de honrar a Baco, distinto. Los hombres romanos se adentraron en un culto de misterios que hasta entonces eran femeninos.

Pacula Annia, la sacerdotisa del templo de los tres dioses, de los que se reconocía devota la plebe, vivía cerca, en el Foro Boario, un mercado de reses. Cuatro años atrás pudo asistir a un espectáculo singular: cómo un buey remontaba unas escaleras de un bloque de pisos y se precipitaba al vacío desde una tercera planta. Y no le cupo duda de que para Roma se avecinaban tiempos muy difíciles. No se trataba de un accidente, sino de un prodigio, una señal bajo la forma de un sacrificio cruento, aunque no premeditado. Los dioses se cobraban sangre por su propia cuenta, sin esperar a los ritos de los mortales.

Después de aquello, Aníbal, que ya estaba en Italia, se impuso: llegó la derrota en Trasimeno y el desastre de Cannas. Y los colegios de sacerdotes se aplicaron en ritos y expiaciones, y volvió a derramarse sangre humana —de vestales, de un pontífice, de una pareja de galos, de otra de griegos—, y se inauguraron templos, se dedicaron estatuas y se consultó a Apolo en Delfos, que anunció que la victoria era posible... En vano.

La religión oficial no lograba propiciar a los dioses. Los años pasaban y no todo seguía igual, sino que empeoraba. Las calles se llenaron de gentes que huían de las represalias de Aníbal y hasta de las antorchas romanas, que incendiaban campos y cosechas para evitar que los cartagineses se apoderaran de grano y siguieran resistiendo.

Y el fuego llegó a Roma. Desde el balcón, cerca del templo de la triada plebeya, Pacula vio arder Roma durante dos noches y un día. Primero afectó muy de cerca al Foro Boario donde ella vivía, a la zona que se extendía más allá de las murallas hasta el río Tíber. Pero luego las llamas penetraron las fortificaciones del muro serviano y avanzaron hasta los pies del Capitolio por el callejón Yugario. Pacula vivió con angustia creciente la proximidad del fuego que amenazaba su casa y podía alcanzar su templo. Una Roma de madera y tierra, de postes, vigas y tapial, la capital de un incipiente imperio, parecía desmoronarse, insoportablemente vulnerable a los peligros.

La miseria seguía creciendo en derredor y con ella la desesperanza. Tras el incendio aún había más gente a la intemperie. Bajo los puentes, entre las tumbas a la salida de la ciudad y, por supuesto, en la calle, no eran pocos los que habían perdido todo y los que penaban su desolada existencia. Pero también en las casas. Muchas salieron a la venta, los precios cayeron y ni siquiera así se vendían. La expectativa de muchas viudas y huérfanos de vender y contentarse con algo más modesto, pero tener un poco de liquidez, se desvanecía.

Se multiplicaron entonces los charlatanes y adivinos que vaticinaban el futuro, los sacrificadores que alquilaban sus servicios rituales para propiciar a los dioses, y los propagadores de nuevos cultos a la búsqueda de seguidores. Todos ellos eran vendedores de promesas que se lucraron despiadadamente del desconsuelo de gentes que anhelaban un horizonte al que aferrarse. Discretamente, los embaucadores se metieron en las casas y fueron ganando fama en privado. Luego, a demanda de una población sumida en la incertidumbre, salieron a la calle y tendieron sus redes abiertamente en el Foro.

Pacula Annia no estuvo entre ellos, pero llegó a sentir dudas en algún momento, cuando el quebranto desarbolaba a algunas de las fieles que buscaban consuelo en sus palabras

primero y en los misterios después. Las experiencias iniciáti-
cas proyectaban sobre un reparador futuro tras la muerte las
pocas esperanzas que quedaban sofocadas en una vida de
desdicha. Les contaba que también Ceres vagó por las tierras
sin rumbo tras perder inexplicablemente a su hija concebida
con Júpiter. Y cómo logró finalmente averiguar que Líbera
—Proserpina— se hallaba en el inframundo, raptada por su
tío Plutón. Y es que Plutón, Ceres y Júpiter eran hermanos.
Proserpina había consumido unos granos de granada en ese
inframundo de los muertos. Apenas nada. Sin embargo, su
retorno a la faz de la tierra ya no era posible. A modo de consuelo, Ceres logró de Júpiter, padre de la propia Proserpina,
que pudiera retornar seis meses cada año. Eran los meses de
la esperanza, de la alegría primaveral y del fecundo verano,
antes de que la tierra volviera a aletargarse, sumiéndose en la
tristeza que embarga a Ceres cada año, cuando Proserpina
retorna al Averno.

Un mensaje de esperanza quedaba abierto para los cre-
yentes: la vida renace de la muerte, el retorno del infierno es
posible. Pacula era depositaria oficial de los arcanos, mucho
más profundos aún, de una religión prometedora, pues Proserpina —Líbera— no engendró de su esposo Plutón —estéril dios infernal—, sino de su propio padre Júpiter transformado en serpiente, a Zagreo, la primera de las identidades
de Líber, conocido como Baco.

En manos de Pacula estaban un culto y un mensaje, pero
también una reputación acreditada. Era campana, ciudadana
romana nacida en la ciudad de Capua. Roma captaba, entre
las sacerdotisas griegas de Ceres procedentes de Campania,
a las que debían mantener el culto a la diosa en la propia Roma.
Se trataba de mujeres cultas, matronas de la aristocracia, destinadas a gozar de una privilegiada posición en la urbe.

Pacula se había trasladado junto con su esposo, también
campano. La llegada, hacía nueve años, había sido relativa-
mente sencilla. Fue requerida para un servicio sacerdotal y
Pacula procedía de una familia, los Annios, perteneciente al
círculo senatorial de la ciudad de Capua. Por su parte, Minio

Cerrinio, su esposo, llevaba a gala en su mismo nombre la pertenencia a una hacendada familia vinculada desde antaño al culto a Ceres.

Por ambas partes, encontraron en Roma puertas dispuestas a abrirles el paso. No eran pocos los campanos establecidos allí. Algunos habían abierto negocios. Regentaban prósperas tabernas o hacían llegar desde el sur un activo flujo de lino, lana y productos de consumo frecuente, mucho vino, algo de aceite y sobre todo salazones, *garum* en especial. Un apreciable número de mujeres de Capua y de Campania habían ingresado, además, en la nobleza romana. Eran matronas casadas con ciudadanos romanos de posición muy aventajada, también algún patricio. Los enlaces matrimoniales vertebraban los intereses de los ciudadanos romanos: las gentes de Capua y de algunas otras ciudades de Campania habían recibido también esa condición privilegiada de ciudadanos romanos y podían contraer matrimonio con los de Roma misma en uniones de pleno derecho. Y lo habían hecho. Anudaban con lazos familiares los intereses comerciales de Roma en la producción de la fértil y rica Campania. Por eso Pacula y Minio se pudieron integrar fácilmente y de manera activa en la vida de la urbe. Las amistades de sus respectivas familias en Capua les habían puesto en contacto con sus parientes y amigos en Roma.

Así que todo resultó fácil al principio. Roma era un faro de oportunidades. Llegar a Roma con la condición de sacerdotisa confirió a Pacula un verdadero privilegio social para labrarse una buena posición en la capital, en la ciudad más pujante.

Pero la guerra había venido a trastocarlo todo. Desde hacía dos años, había dejado de ser ventajoso vivir en Roma habiendo nacido en Capua. Ninguna otra ciudad de Italia que no fuera Capua podía disputarle a Roma la condición de capital. Aníbal lo sabía y por eso la tentó. Prometió a Capua que sería la futura capital de una Italia liberada de la prolongada y opresora hegemonía romana. Y Capua aceptó, convirtiéndose en la gran traidora a la espera de ser la nueva Roma.

Roma no olvidaba a los traidores, aunque ninguna otra traición en la guerra de Aníbal iba a ser tan dolorosa. La de Capua llegó tras el desastre de Cannas. Había sido tan traumática como la derrota misma, porque pudo haber arrastrado tras ella a la confederación de itálicos en masa.

Pacula había dejado de sentirse cómoda. Su posición no había cambiado, pero su porte distinguido se había quebrado. No sabía muy bien si se trataba de inseguridad propia o de desconfianza ajena. Los que la sabían campana, la seguían tratando con corrección y su autoridad religiosa no había perdido ni un ápice de respeto. Sin embargo, echaba en falta una empatía que antes fluía de manera natural en sus relaciones con la gente.

—Madre, ¡cuéntanos la historia de Ariadna!

Minio, el mayor, tenía seis años. Herennio era dos años menor. Pasaban la mayor parte del tiempo con una de las esclavas, Lidia, que había sido nodriza en su momento y que hablaba griego. Ese era uno de los motivos por los que fue adquirida por Pacula y Cerrinio. Habían decidido llevar una vida modesta y discreta en Roma. Eran conscientes del motivo de su peculiar promoción social y estaban dispuestos a transmitirla a sus hijos. El primer embarazo correspondió a una niña, pero no sobrevivió. Fue la mayor y estaban aún en Capua. Luego, Pacula tardó en volver a quedar encinta. Los niños llegaron estando ya en Roma. Pacula procuraba no distanciarse de sus hijos y les dedicaba parte del tiempo que había sido comprado por la República y que consagraba mayoritariamente a los ritos.

—¿Y por qué no me contáis ese mito vosotros? A ver Minio, ¿de dónde procedía Ariadna?

—Vivía en una isla. Era hija de un rey y de una reina y la reina tuvo un hijo con cabeza de toro, pero le mató el hombre que se marchó con Ariadna.

—Muy bien, Minio. Vivían en la isla que se llama Creta. Y el rey era Minos. Y el hermanastro con cabeza de toro era el Minotauro. ¿Os acordáis de dónde estaba encerrado?

—Encerrado... —balbuceó Herennio.

—En un laberinto y no podía salir. ¿Y qué es un laberinto? —preguntó Minio.

—Un lugar lleno de caminos, pero solo uno es el bueno, el que permite escapar. Ariadna fue la que le dio el hilo a Teseo para que encontrara el camino de salida. Confió en él. Luego, dejó a su familia y marchó con Teseo en su nave, pero se detuvieron en otra isla que se llama Naxos. ¿Sabéis lo que es una isla?

—Un sitio donde hay mar por todas partes y solo se puede escapar en barco.

—Así es. Y entonces Teseo zarpó con su barco y dejó abandonada allí a Ariadna.

—¿Y por qué hizo eso, madre?

—Porque era el destino. La vida a veces hace que nos veamos solos y encerrados, y no encontramos una salida.

—Pero vino un dios y la salvó, ¿no?

—Así es, ¿y se llamaba...?

—Baco. ¿Qué quiere decir que la salvó? ¿La llevó en un barco?

—La encontró dormida, vencida, pero la despertó. Y la quiso mucho y celebraron sus bodas. Pero lo importante no era que se casaran: era como si la vida de Ariadna empezara de nuevo, querida y protegida. Inició una nueva vida mucho más feliz.

Sus pechos vibraban palpitantes mientras ella ascendía y descendía de manera reiterada con cierta calma, sin agitación. Había levantado los brazos hacía la nuca para recogerse el cabello y asegurar así una turgencia mayor en sus senos, que, por naturaleza y por peso, más que por edad, habían comenzado a descolgarse ligeramente. Con las axilas expuestas, los ojos entrecerrados, un movimiento profundo y una sonrisa cómplice, avanzaba hacia el clímax sin perder de vista el rostro del joven, preocupado por contenerse y demorar el goce en una rivalidad sin sentido con la amante experimentada que se erguía sobre él. Cuando ella se dejó ir, él también cedió. Ella se recogió sobre él, dejando caer su cabeza en el amplio pecho, con una sonrisa gozosa. Fue solo un instante. De inmediato, se deslizó hacia un lado en el lecho.

—Puedes retirarte... Hiperión —le dijo.

En cierto modo, Popilia se traicionó. Le había tratado como lo que era, su esclavo, pero añadió un matiz de aprecio al pronunciar su nombre. Le estaba tomando un poco de afecto. El esclavo se ponía la túnica por la cabeza. Lo miró, pero su rostro se mantenía imperturbable. Formaba parte de lo que había aprendido en la casa. Se había criado allí. Era hijo de una esclava. Alguna vez su esposo le había comentado a Popilia que él tenía la sospecha de que su padre había frecuentado a aquella mujer. No había sido su concubina declarada, aunque pudo ser una amante encubierta.

Popilia había visto a Hiperión por primera vez cuando, tras casarse, se había instalado en la casa familiar de su esposo. Era unos cinco años más joven que ella. Tendría unos veintiséis. Desde que su esposo le había confiado aquello, Popilia miraba disimuladamente a Hiperión. Cuando se descubría a sí misma en esa actitud, se decía que una malsana curiosidad la empujaba a encontrar indicios de la paternidad encubierta por parte de su suegro, un hombre hosco que ya se aproximaba a los sesenta cuando ella llegó y que tuvo la delicadeza de fallecer apenas dos años después de la boda, de modo que, desde entonces, su esposo, Marco Ogulnio, el único varón, pudo ejercer allí no solo de marido, sino también de padre de familia. Y al observarlo, creyó descubrir en el esclavo algunos de esos rasgos familiares, los de su esposo, rejuvenecidos. El tono un tanto cobrizo de la piel, el cabello moreno, el pecho amplio, las piernas ligeramente cortas pero robustas, un modo de balancearse al andar... Lo cierto es que se acostumbró a verlo y a apreciarlo imperceptiblemente, como no se aprecia a un esclavo. Lo demás vino precipitado por la guerra, por el reclutamiento masivo de hombres en edad de combatir, aunque ya se hubieran licenciado hacía tiempo del servicio militar, y por la eficacia mortífera de las tropas de Aníbal.

Cuando quedó viuda, Popilia hizo frente a todo. A los dos hijos pequeños que habían sobrevivido después de haber sufrido un aborto y la muerte de otro más en los primeros meses de vida, y a la amplia casa con media docena de esclavos, que en su mayor parte se ocupaban de la tintorería y de un taller de calzado abiertos en sendas tabernas emplazadas en la fachada de la casa, ascendiendo la calle del Argileto. En aquella casa de los olores, que el principio la aturdían y luego se hicieron imperceptibles por acostumbrados, hasta que en algún momento insospechado se despertaba su sensibilidad hacia los tintes o torcía el gesto porque los efluvios del cuero irrumpían en la casa al abrir la puerta de la trastienda, había sido razonablemente feliz. Pero lo descubrió después, cuando le faltó Ogulnio.

Entonces todo se precipitó. La pena, la ansiedad, la zozobra, las responsabilidades y la autoridad cayeron sobre ella al tiempo. Y tuvo que hacerse fuerte cuando era más vulnerable. Habían pasado tres años desde entonces. El primero fue el del aturdimiento y la supervivencia, el segundo el de la necesidad de remontar vuelo, y el tercero el de la determinación. En el primero se convirtió en la dueña de la casa y aprendió a hacerse respetar por los esclavos. En el segundo, inició la relación con Hiperión, o lo que fuera aquello, que ocurría con cierta regularidad. En el tercero, había decidido que la situación estaba estabilizada y que se sentía bien. No se planteaba cambiar. Tan solo tenía pendiente una decisión por tomar.

—Hiperión, espera. Quiero preguntarte algo —le dijo cuando este estaba a punto de descorrer la cortina de la alcoba para salir—. ¿Está pasando algo entre Calcis y tú?

No acertaba a entender muy bien lo que le ocurría. Quizá fuera que se había habituado a observar de manera recurrente a Hiperión. Quizá fuera que reconoció algo familiar en él. O quizá fuera simplemente deseo y no había que justificarse más. Le salía de dentro, de manera impulsiva. Y era suyo.

Los esclavos cumplen normalmente servicios para los varones de la casa. Eso lo aprendió desde pequeña en su propia familia. Ahora era ella la dueña de su casa. Una tarde, tras la siesta, pasado un año de la muerte de Ogulnio, le hizo llamar para desplazar el lecho y colocar una cortina nueva en la alcoba. Luego, dejó caer su túnica y no le dejó marchar. Ni siquiera corrió la cortina recién colocada. Se habituó desde entonces a tomar la iniciativa, aunque la respuesta de Hiperión era siempre pronta y ardiente.

En cuanto a Calcis, la había preocupado siempre. También era de la casa, como Hiperión. La habría irritado profundamente sospechar que aquella niña esclava yaciera con su marido, pero con él nunca tuvo motivos de desconfianza. Sin embargo, al iniciar sus encuentros furtivos y cada vez más frecuentes con Hiperión, Calcis comenzó a inquietarla, probablemente porque la encontraba en una adolescencia floreciente, con formas rotundas y una feminidad exultante. Al menos se lo parecía. No estaba dispuesta a que un contubernio se forjara bajo su techo con Hiperión como varón. Podía interesarla como dueña, se decía a sí misma, que tuvieran hijos. Los esclavos engrosan siempre el patrimonio. Sin embargo, se despertaban en ella sentimientos encontrados. Y la preocupaba. No podía reconocerse con celos.

Hiperión negó desconcertado.

—No sé a qué te refieres.

—No finjas. Sabes de qué te hablo.

—Calcis y yo somos esclavos de esta casa desde que nacimos. La llevo casi diez años. Nos conocemos desde niños...

—Por eso mismo —dijo airada Popilia.

Y entonces se dio cuenta de que estaba yendo más lejos de lo que su sentido común como dueña recomendaba.

—Vete.

Hiperión abandonó la estancia. Esta vez una sonrisa enigmática iluminaba débilmente su inexpresivo rostro, pero no era fácil definir si se trataba de satisfacción o de despecho, o de ambas cosas.

Popilia y Pacula se encontraron en el vestíbulo del templo plebeyo a los pies del Aventino, el de Ceres, Líber y Líbera. Solían verse discretamente, en situaciones no creadas, como por casualidad. Los iniciados en los cultos báquicos compartían signos y contraseñas para reconocerse, pero ellas no lo necesitaban.

—Se acerca la próxima iniciación —dijo Pacula.

—Allí estaré, como siempre. ¿Son muchas esta vez?

—El número sigue creciendo. Cuando tú entraste hace... —por un momento dudó.

—Casi tres años, poco después de morir Marco, mi marido —repuso rápida Popilia.

—Entonces celebrábamos tres ceremonias de iniciación al año. El número ahora es el doble y sigue creciendo. Espero seguir viéndote.

—Ya sabes que no falto y que aportaré lo que pueda. De todos modos, es imposible ya hablar contigo.

—Me falta tiempo. Es verdad. Además de lo que dedico al templo, la atención a los misterios de Baco me absorbe cada vez más. Vosotras hacéis una gran labor de difusión, pero luego hay que formar a las que acuden individualmente hasta que acceden a la iniciación.

—Ya. Requiere dedicación por tu parte, aunque te debes consolar con la gran tarea que realizas. Estás ayudando a muchas mujeres.

—Es mi misión... La guerra está siendo implacable.

—Yo, por mi parte, te estoy muy agradecida. Ya lo sabes. Me ayudaste mucho al morir mi esposo. Todas las responsabilidades me cayeron encima. Tenía que ser fuerte y mostrar decisión. Hasta entonces no había hecho más que organizar a los esclavos de casa. A las mujeres nos educan para obedecer y para ser, más que sumisas, dependientes. Cuando te ves sola, corres el riesgo de ahogarte.

—Lo que ocurre es que no está previsto que una matrona se vea sola. Siempre deberá haber un *pater familias* o un tutor del que depender. La verdad es que la guerra está dislocando las familias.

—Te parecerá adulación, pero contigo aprendí que quedaba esperanza. Cuando me hablabas de Ariadna abandonada
en Naxos, viendo zarpar la nave de Teseo después de haberse
consagrado por completo a él, incluso traicionando a su propia familia, me hacías ver que yo sentía lo que ella sentía. Ese
abandono y esa soledad eran los míos. Por fin, la religión, que
siempre pide sacrificios, ofrendas, votos y libaciones con los
que combatir el temor a los dioses o comprar su favor, me estaba hablando a mí.

—Es cierto. Baco es la esperanza. Es el dios que llega, res-
cata a Ariadna y la convierte en su esposa, aunque esto no
sea lo más importante. Lo importante es el mensaje de salvación, de esperanza como tú dices. Puede haber una vida mejor después de que todo está perdido.

—Claro y luego están los misterios, y la dicha tras la muerte... Y ayuda especialmente la hermandad, el tíaso de bacantes,
el no sentirse sola, el estar con más mujeres que comparten
contigo una suerte, unos misterios secretos que son únicamente nuestros... Cuando estás tan aislada, sentirte acompañada es importante. Salir, evadirte, aunque solo sea por un
tiempo, te mantiene viva el resto de las horas. El matrimonio
te crea como matrona un muro de aislamiento alrededor, y
cuando te encuentras viuda, se hace infranqueable.

—Y ahora, ¿cómo va todo?

—Mis hijos con salud y creciendo, y económicamente me
mantengo. La *fullonica* ha tenido tiempos mejores, no es momento para púrpuras, y la ley Opia, que nos impuso el luto a
las mujeres, ha hundido el resto del negocio en la tintorería.
Ahí se ha perdido mucho. Pero el taller de calzado se mantiene mejor: suministramos a las legiones. Logré un buen
contrato. Los precios de venta se han hundido, pero se com-
pensa con el número de pares de sandalias que hacemos.
Hay que trabajar mucho más para ganar lo mismo, aunque
se llega...

—¿No has pensado en volver a casarte, Popilia?

—No son tiempos para bodas. Después de cinco años de
guerra, va a quedar una generación de mujeres más jóvenes

sin casarse, y yo ya tengo una edad... Me veo envejeciendo tranquilamente y sin marido, si la guerra termina felizmente.

—No es bueno que una mujer quede sola, yo creo.

—No estar casada no es estar sola, Pacula.

—Por cierto, ¿querías verme por algo en especial? ¿Tenías algo que contarme?

Popilia dudó por un momento. Pensó si sincerarse, confidencialmente...

—En realidad, no. Simplemente me tranquiliza hablar contigo.

—Traigo noticias. Ha habido un tumulto en el Foro —dijo Minio Cerrinio al llegar a casa.

—¿Es grave? —preguntó Pacula—. Vamos a cenar mientras me lo cuentas.

Se sentaron frente a una mesa. Tenían un verdadero comedor con lechos en una habitación contigua, pero lo usaban en las cenas con invitados. Para tomar un poco de verdura, vino, queso, pan y algo de fruta, preferían hacerlo en la estancia central del apartamento, donde de noche se acomodaban las dos esclavas de la casa, Lidia y Cosia, en un jergón para dormir. Daba al balcón sobre el Foro Boario. El resto de las habitaciones, la de los dos niños, su dormitorio, el comedor y una minúscula cocina, no tenían más luz que la que les llegaba de manera indirecta. Vivían en una primera planta, sobre los altillos de un par de tabernas. Sentían el bullicio de la calle a sus pies, la gente transitando y hablando, los golpes inconstantes de un carnicero partiendo carne, los anuncios a gritos de un vendedor de salchichas infatigable y, sobre todo, el traqueteo de las ruedas con llantas de hierro de los carros sobre el enlosado de las calles, porque la grava que hubo la habían ido arrastrando las lluvias, no frecuentes aunque intensas cuando caían. Pacula había querido un hogar discreto, sin pretensiones. Por lo menos, para empezar en Roma, lo consideró más decoroso en alguien que vivía del dinero público y también más acorde con la dignidad sacerdotal.

—Bueno, ¿qué ha pasado? —retomó Pacula, cuando se sentaron.

—¿Cuánto hace que no vas por el Foro?

—Hace meses. No salgo de aquí. Voy y vuelvo al templo, ya lo sabes.

—Sí, por eso te pregunto. Es que últimamente está lleno de gente sin casa. Todos los refugiados venidos del campo se amontonan allí, a la espera yo no sé muy bien de qué. No tienen casa, lo han perdido todo y estiran hasta agotarlo el poco dinero que les queda. Como lo que les sobra es tiempo y desesperación, se encomiendan a sus dioses, pero allí puedes ver de todo: adivinos, nigromantes, sacrificadores y mucho charlatán y embaucador también.

—La gente desesperada busca consuelo, necesita certezas. Como no las tiene, las deposita en magos, en quimeras o en cultos alternativos, ahora que los oficiales parecen haber fallado.

—El caso es que el asunto ha preocupado al Senado, supuestamente por insistencia de la «buena sociedad». Seguramente los nobles y los ricos están presionando porque lo ven con preocupación.

—Ya me imagino: habrán decidido actuar «en interés de la República» contra los desarrapados, que casualmente son latinos, sabinos, oscos, etruscos, campanos, apulios... Crean un imperio que corre el riesgo de desmoronarse y se encuentran con que los refugiados de esos que hasta ahora llamaban aliados, se están convirtiendo en un problema de seguridad.

—Tienes toda la razón, pero no ha sido exactamente así: han cargado contra las manifestaciones de contenido religioso. Esa ha sido la excusa. El Senado ha recriminado a los ediles y a los triunviros capitales por no ser capaces de mantener el orden y les ha ordenado impedir sacrificios en el Foro y desalojar a la multitud. Te puedes imaginar... Los ediles tienen toda su autoridad, pero cuando la gente los ha visto en compañía de los verdugos de la prisión ha entendido claramente la amenaza del Senado. Han ido directamente a detener un sacrificio que se estaba preparando, pero los asistentes los han amenazado, han comenzado a vociferar, se han encarado con ellos, y ha faltado muy poco para que los agredieran. Los ediles han tenido que retirarse de esa zona y disimular, actuando contra otros grupos reducidos.

—Es lo que te decía, les preocupa la multitud de extranjeros, pero tampoco pueden actuar directamente contra ellos.

—Tienes razón —confirmó Minio—. Pero también hay ciudadanos romanos mezclados con esos alienígenas a los que, además, Roma no puede negar asilo dadas las circunstancias. No puede traicionar las lealtades porque necesita más que nunca los apoyos militares de los itálicos.

—Por eso se les va a reprimir por lo religioso —sentenció Pacula—. Se dirá que los dioses podrían airarse de nuevo con los cultos foráneos.

—Claro. Se acepta a los refugiados, pero con condiciones. Las costumbres de los antepasados van a servir para justificar la vuelta al orden. Hay que integrar a los recién llegados, aunque Roma no va a dejar que esto ocurra sin exigir respeto a sus tradiciones.

—Ya sabes lo que eso significa, ¿no? —inquirió Pacula.

—Yo supongo que el desafío a los oficiales no quedará ahí, pero, ¿a qué te refieres?

—Voy a tener problemas.

Cerrinio volvió al Foro al día siguiente. Estaba inquieto por Pacula y por toda la familia. Su suerte estaba vinculada a la condición de sacerdotisa oficial de Pacula. Ninguno de los dos olvidaba su origen campano, que en ese momento no podía ser más inoportuno. Proceder de Capua y vivir en Roma en ese momento de la guerra era un desatino. Desde que, tres años antes, la ciudad se había pasado al bando cartaginés, se había tornado en el baluarte estratégico a reconquistar. Los esfuerzos militares se centraron en evitar una nueva batalla campal, en hostigar al enemigo, en intentar no perder más territorios ni ciudades. Era la estrategia de la dilación establecida por Quinto Fabio Máximo, que llevaba tres años instalado en la jefatura del Estado, dos como cónsul patricio y otro más como padre de cónsul. Se trataba de hacer que Aníbal se desgastara, mientras el tiempo fuera de su patria corría en su contra, minando la moral y la resistencia de su ejército. Aguantar, ganar tiempo, no perder más terreno... y Aníbal se iría debilitando, mientras sus tropas remoloneaban y se corrompían en los placeres de aquella Capua placentera y traidora.

La plebe de la ciudad la había entregado a los cartagineses dejando en comprometida situación a una buena parte de la aristocracia, que tenía tejido un entramado de alianzas matrimoniales y de relaciones personales de clientela con los nobles de Roma. Cerrinio, y por supuesto la propia Pacula, se encontraban en esa situación especialmente incómoda: gozaban de una posición de favor en Roma, tanto por los lazos familiares como por el singular ofrecimiento del sacerdocio que Pacula había aceptado. Pero no olvidaban sus orígenes, y desde que habían llegado a la urbe, siete años atrás, habían atendido a los requerimientos eventuales de hospitalidad y a las recomendaciones remitidas por parte de sus conocidos desde Capua. Se trataba de compromisos ineludibles, a menos que se deseara romper las convenciones sociales, algo impensable en su caso: ser sacerdotisa de Ceres convertía a Pacula en la matrona con la mayor responsabilidad pública en Roma. Las vestales no eran matronas y estaban apartadas, recluidas. Los sacerdotes eran varones. De hecho, en el templo plebeyo de Ceres, Proserpina y Baco, un flamen de Ceres representaba la autoridad de los sacerdotes varones, aunque no podía oficiar los ritos griegos. Pacula, matrona entre matronas, había accedido a su posición precisamente por conocerlos.

Con todo, aprovechando los contactos, Cerrinio se había introducido en un tráfico de mercaderías que la guerra había paralizado. Llevaba un tiempo atisbando que, en torno a los cultos báquicos que Pacula oficiaba en misterios paralelos a los ritos del templo, podía articularse una cofradía religiosa prometedora, con futuro..., y quizá una copiosa fuente de ingresos complementarios y hasta de donaciones. Por supuesto, esto no lo había comentado aún con Pacula, no era el momento.

La guerra creaba una inestabilidad que recomendaba prudencia. Estaban en Roma para atender un culto plebeyo, público, pero alternativo. No era un culto de la República, no entraba dentro de la oficialidad que regía desde el colegio de pontífices. Y además de eso, Pacula alentaba una forma de culto a Baco en forma de misterios femeninos, una religión revelada solo a sus seguidoras, que estaba cobrando un renovado auge con las miserias de la guerra. Era un rito antiguo, helénico, no romano, pero en eso consistía precisamente el magisterio y la autoridad por la que se le había ofrecido a Pacula instalarse en Roma, en su conocimiento de los ritos y la lengua griegos.

En el Foro había expectación. El Senado estaba reunido y se intuía que habría un comunicado oficial al terminar la sesión. Se había congregado una asamblea espontánea. Cerrinio no era ciudadano de pleno derecho, pero nada le impedía escuchar. Roma les había otorgado a los campanos la ciudadanía romana sin derecho a voto, así que su presencia allí respondía a la de un miembro más de la plebe romana. Pacula siempre pensó que, con el tiempo, estando en la urbe, por lo menos podrían legar a sus hijos la ciudadanía plena. Sin embargo, la guerra había venido a trastocar todo y la defección de Capua se iba a pagar cara. Si Roma la reconquistaba, las represalias iban a ser ejemplares.

Mientras el tiempo transcurría, se adivinaba debate dentro de la Curia, y se estaba imponiendo entre los congregados la sensación de que se iban a comunicar resoluciones, de que no se iba a consultar al pueblo. Finalmente, las puertas de bronce de la cámara senatorial se abrieron. Algunos senadores salieron apresurados, probablemente a atender sus compromisos. Al resto se los podía ver en corrillos dentro de la Curia. La sesión la había presidido, como era habitual, un pretor, dado que los cónsules se ocupaban de la guerra fuera de Roma. No fue el pretor urbano, sino el peregrino el que se encaminó hacia la tribuna de oradores. En cuanto Marco Emilio salió, los seis lictores de su escolta se colocaron a sus flancos ligeramente retrasados. Iban con toga y portando su inequívoco haz de varas, las *fasces*, aunque sin hacha por estar dentro de la ciudad.

Para los presentes, resultó desconcertante que fuera el pretor peregrino, que se ocupaba de los asuntos de los extranjeros, los no ciudadanos romanos, el que se disponía a leer un comunicado, en lugar del pretor urbano. El mensaje iba a ir dirigido a los foráneos que estaban en Roma. Para Minio Cerrinio no había duda, pero así se lo confirmó Cayo Bebio Herennio, un amigo al que frecuentaba y con el que se había encontrado entre la concurrencia. Era hermano de un senador que había sido tribuno de la plebe tres años atrás, y cuya carrera política parecía haberse estancado.

—No hay duda —dijo Cayo Bebio—. Quieren poner orden en la plebe urbana extranjera. Hay preocupación. Mira quién se coloca detrás.

—Quinto Fulvio Flaco. La autoridad en la sombra. Como ha sido pretor urbano los dos años anteriores, conoce bien la situación. Pero, la verdad es que él tampoco ha hecho nada al respecto —repuso Minio.

—Estaba con las manos atadas. Roma no puede rechazar a los refugiados. Ahora la situación es grave. Ya exige intervención.

El pretor Emilio proclamó el texto de dos documentos que portaba. Primero dio lectura al Senadoconsulto. Su contenido era sencillo: el Senado depositaba sobre él la responsabilidad de «liberar al pueblo» de aquellos cultos. A continuación, autorizado como estaba, el pretor hizo público un edicto disponiendo que todo aquel que tuviera «libros de profecías o plegarias o copias del ritual de sacrificios» se lo entregara antes del primero de abril, con poco más de un mes de plazo. Y añadió una prohibición, la de no realizar «sacrificios ni en lugar público ni sagrado, según ritos nuevos o foráneos».

Cuando dejó de hablar, se hizo el silencio por un momento. Luego, al ver que se retiraba, los asistentes se dedicaron a comentar. El pueblo no iba a ser consultado. Recibía órdenes, pero las prohibiciones no le incumbían después de todo. Iban contra los extranjeros, contra aquella multitud de alienígenas, como decían, que invadía y se adueñaba de las calles de Roma. Minio no pudo evitar darse por aludido. Regular contra extranjeros era como regular contra él. No se sintió cómodo.

—Hay que salvar las esencias de la República —dijo Bebio—. Lo que no sé es si los pontífices han presionado o si son una vez más una herramienta de la estrategia de Estado. Viendo a Fulvio Flaco en la sombra, no sé si es el político o el sacerdote el que establece las directrices.

—No te equivoques, Bebio —le corrigió Minio, con confianza—. Son la misma cosa. Los aristócratas de la *nobilitas* hacen política con la religión, y salvan la religión mediante la política. Pero no son conscientes de que la religión oficial se está distanciando de las necesidades del pueblo.

—Tienes razón, es esa minoría que se reparte cargos y sacerdocios la que rige Roma. Pero en estos tiempos, con Fabio Máximo un tanto desgastado políticamente, después de dirigir la guerra contra Aníbal sin avances, y con el pontífice máximo recién fallecido, no hay duda de que la autoridad religiosa de Fulvio Flaco es extrema. Seguro que está detrás de todo esto.

—No te olvides del reaccionario de Manlio Torcuato, su viejo colega y amigo. Hace casi veinte años ya, los dos fueron censores al tiempo y tuvieron que abdicar, y cónsules de nuevo siete años más tarde. Siempre han ido de la mano. Torcuato es un hombre de ideas extremas, el que se negó a pagar el rescate de los prisioneros después de Cannas y a que se admitiese a senadores latinos en la Curia. Con Fabio decayendo, yo lo veo como el pontífice patricio más reputado —puntualizó Minio, que tenía muy presentes los entresijos de la política de extranjeros.

—Lo que hace meses que se comenta en el Senado es que el Capitolio está vacío, que los romanos no hacen sacrificios a sus dioses oficiales, y que la misión de las mujeres en esta y en cualquier guerra, que es colaborar con plegarias, votos y sacrificios, la tienen abandonada. Como tú decías, la religión está fallando o no alivia las incertidumbres —comentó Bebio, que parecía tener información del Senado, seguramente por su hermano o por su círculo de relaciones.

—Y siempre el tema de las matronas por medio... Pues que vuelva Fulvio a exhibir a su esposa, la-matrona-más-casta-de-Roma —sonrieron los dos discretamente.

—Tú lo tienes muy presente, como eres el esposo de una sacerdotisa pública —le espetó Bebio.

—La religión cumple su función, Bebio. Sin los sacerdotes, sus augurios y sus ritos, los políticos no tendrían legitimidad, las asambleas no podrían celebrarse y las leyes no podrían aprobarse.

—Lo sé bien, Minio. La política interpreta la voluntad de los dioses.

—Sostiene el orden. Los ritos no cambian desde hace siglos ni pueden cambiar. En su pervivencia reside la tranquilidad de la población.

—Por eso mismo. Roma no puede olvidar sus orígenes, pero tampoco su identidad. El Senadoconsulto y el edicto parece que te han irritado un poco, Minio, pero la plebe está cada vez más mezclada, sois muchos los que llegáis a Roma y el orden debe mantenerse. Sin orden, no hay estabilidad. No se pueden crear más problemas, con un enemigo como Aníbal ya nos basta.

—Los foráneos no somos ni un problema, ni mucho menos un enemigo de Roma —repuso Minio—. Somos aliados. Estamos aquí para contribuir con nuestro esfuerzo a la causa de Roma y esperamos ser recompensados cuando recupere su prosperidad.

—Yo no he dicho que lo seáis, pero debéis entender que Roma no se puede permitir romper de nuevo la paz de los dioses.

—Roma promueve edictos con cautela. Roma teme a los extranjeros y a sus dioses, Bebio.

—¿A qué te refieres?

—¿Finges, Bebio, o no te has dado cuenta de que la prohibición para sacrificar a dioses no oficiales solo se refiere a lugares sagrados o públicos? No ha impedido el culto privado.

El contenido del Senadoconsulto y del edicto se propagaron rápido. Y la población lo entendió. Toda la población. Los romanos y los foráneos. El mensaje era religioso, pero su significado se interpretó en doble sentido y en clave social.

Cuando Minio Cerrinio llegó a casa, Pacula aún seguía en el templo. Se enteró allí de lo ocurrido. Regresó casi al anochecer, con aspecto preocupado. Contó que los tribunos de la plebe habían estado reunidos en el templo, aunque los ediles plebeyos no habían aparecido. Estaban recorriendo las calles de la ciudad con intención disuasoria, para que se respetara el edicto. Adivinos y predicadores se esfumaron del Foro en cuanto se conoció que se había decretado la erradicación de cultos y la incautación de libros sagrados. Los tribunos comentaron que el miedo se había propagado rápido. El propio Cerrinio lo había comprobado también de vuelta a casa.

—Me he sentido interrogada por los tribunos, y esto no ha hecho más que empezar —dijo Pacula.

—¿De qué tendrías tú que responder? —la intentó tranquilizar Minio.

Estaban en el lecho. Ella, recostada de lado con la mirada perdida. La madurez avanzada de sus treinta y cinco años recién superados encanecía sus sienes. La nariz recta definía una simetría rigurosa en un rostro de ojos glaucos y boca grande de labios violáceos sobre una tez morena. Era alta, más que Minio, un hombre doce años mayor, ancho de hombros, discreto de talla y despierto de mente. Él se alzaba sobre su codo derecho para mirarla.

—Los misterios de Baco despiertan desconfianza —confesó Pacula tras encontrar las palabras.

—No veo por qué... Son antiguos, tradicionales. Y solo hay mujeres.

—Por eso mismo. En Roma siempre han sido misterios femeninos, y así sigue siendo por lo que de mí depende. Pero ya sabes que entre los griegos y en Egipto se han extendido mucho en los últimos tiempos y se acepta a los hombres. Y entre los griegos de Sicilia y del sur también. Hasta los etruscos han adoptado esos ritos y sé que ya se han introducido aquí.

—Lo sé. Esto va a cambiar rápido.

—Yo lo entiendo. El mensaje báquico de salvación no puede ser solo para mujeres. Baco es varón; es el engendrado dos veces, de Proserpina primero y de Estímula más tarde, después de ser devorado por los Titanes; el que descendió al inframundo a rescatar a su madre mortal y volvió con ella. Su mensaje habla de salvación y no entiende de sexos.

—Lo hemos hablado alguna vez y conoces mi opinión. También te dije que no era prudente variar los ritos.

—Y no lo he hecho, pero ya hay otros tíasos creándose en Roma, con hombres. Los refugiados han empezado a organizarlos y las sospechas nos van a alcanzar.

—De momento no tienes que preocuparte. Intenta dormir.

Los ediles de la plebe Marco Fundanio Fúndulo y Lucio Vilio Tapulo la hicieron llamar en el templo. Mantenían una relación formal y fluida con Pacula. Les resultaba desconcertante por ser mujer y, al tiempo, doblemente respetable como matrona y como sacerdotisa. Se veían con relativa frecuencia porque las dependencias del templo servían también de sede oficial para los ediles y los tribunos de la plebe.

—Pacula, tenemos que hablar contigo —comenzó Marco Fundanio con tono grave—. Ya conocerás el Senadoconsulto y el edicto que se han promulgado. Tenemos que preguntarte si el templo está al abrigo de sospechas...

—Por supuesto.

—Marco quiere saber si se está dando cobijo a alguna forma de rito mistérico no tradicional —concretó Lucio Vilio.

—Nada que no se avenga a la moral tradicional de los antepasados o a los cultos autorizados por los pontífices. Se siguen los ritos oficiales.

—Supongo que te refieres a los rituales de Ceres y Proserpina, pero ¿en los ritos de Baco está ocurriendo algo excepcional o nuevo? —quiso precisar Fundanio.

—Sabéis como yo que están aceptados desde hace siglos.

—¿Ha crecido el número de seguidores? —dijo Vilio.

—De seguidoras. Sí. Hay mucha mujer en Roma necesitada de consuelo. Estoy haciendo todo lo posible por dar respuesta.

—¿Y hombres?

—No. Algunas han propuesto insistentemente iniciar a sus hijos. Quieren los misterios de salvación también para ellos.

—¿Y los has aceptado?

—No hay ningún niño ni adolescente varón que se haya iniciado por el momento, aunque no voy a negar que ya no sé resistirme con argumentos. Especialmente, cuando tengo delante a matronas con niños huérfanos de padre o a las que han tenido hijos en estado muy grave y han hecho votos por su salvación.

—¿Conoces a Popilia? —cambió de repente Vilio.

—Sí.

—¿Es una iniciada?

—Se trata de un culto mistérico y secreto. No puedo revelarlo.

—Nos han dicho que es así —reforzó Fundanio.

—¿Y qué, si así fuera?

—Parece que su comportamiento privado no es el que se espera de una matrona...

—Y eso, ¿qué tendría que ver con el ritual báquico?

—Digamos que podría no ser casual, un comportamiento privado no casto con el hecho de participar en los ritos mistéricos, ¿no es así? —inquirió Fundanio.

—Nos tranquilizaría saber qué pasa en los ritos —aprovechó a decir Vilio.

—Es sagrado y no puede ser revelado, salvo a las iniciadas. ¿Queréis incurrir en sacrilegio y airar a los dioses? —se revolvió Pacula con firmeza—. Os recomiendo cautela. No debéis sobrepasar los límites de lo lícito.

Sulpicia

212 a. C.

Calcis e Hiperión tuvieron que penar por las veleidades de su dueña.

Acababa de comenzar el nuevo año y se preparaban las elecciones, mientras los magistrados del año anterior apuraban su tiempo en el cargo con iniciativas tardías que querían ejecutar antes de ceder el mando. El quince de marzo tomaban posesión los nuevos magistrados. Los ediles de la plebe se habían lanzado con celo tardío a aplicar la política de limpieza moral y de cultos foráneos puesta en marcha con el beneplácito del Senado. Iban a convertir a Popilia en víctima propiciatoria de la depuración.

La casa se encontraba agitada desde hacía dos semanas. Popilia había hecho llamar a un tratante de esclavos, un hombre malencarado y sin modales, que se presentó al día siguiente, como había anunciado. La matrona lo recibió en el tablinio y le pidió al atriense que hiciera venir a Calcis. El esclavo portero, que hacía las funciones también de atriense porque en la casa, desde que había fallecido Ogulnio, no había muchas visitas, reconoció al tratante. Una vez hecho lo que se esperaba de él, no pudo ser más indiscreto: de inmediato se dirigió a la cocina y habló con las dos esclavas que estaban allí, una cocinera y la camarera. Todos intuían que se avecinaba una desgracia para Calcis y convinieron en avisar a Hiperión. Estaba trabajando en la tintorería, entre cubas encastradas en el suelo, semillenas unas y sedientas otras de colorantes. Habían conocido tiempos mejores.

Mientras Hiperión merodeaba por el atrio a la espera de acontecimientos, la casa bullía. Entre los demás esclavos no se sabía muy bien qué estaba pasando. Se habían dado cuenta de que Calcis mostraba cierta debilidad por Hiperión, aunque nadie podía confirmar si era correspondida, ni mucho menos si habían consumado. Sin embargo, les constaba desde el primer día que entre Hiperión y Popilia se había iniciado trato carnal. Nada escapa en una casa a la inadvertida mirada del servicio.

Tras la espesa cortina marrón que cerraba la visión del tablinio desde el atrio, el tratante no se había demorado. Le había dicho a Calcis que se despojara de la túnica. Observó, palpó con manos expertas, exploró la boca y ofreció una cantidad, mientras Calcis se apresuraba a ocultar con sus manos los senos y el pubis, ya no de la mirada huidiza del tratante, sino del duro semblante de Popilia. La dueña, sin darse cuenta, apretaba los labios mientras hablaba, fruto de una tensión evidente. Calcis temblaba. Sus certezas se desmoronaban súbitamente. Su casa desde que nació iba a dejar de serlo y no alcanzaba a entender por qué estaba siendo vendida. Era esclava, no esperaba aprecio, pero tampoco desprecio: en la mirada dura, centelleante, de Popilia alcanzaría a intuir después cuál podía ser la causa.

No hubo mucho regateo. Popilia, acostumbrada ya a los negocios, fingió no estar de acuerdo con lo ofrecido por el tratante. Recordó lo obvio: la juventud, la salud, la hermosura y las prometedoras caderas de Calcis para procrear. Formuló su precio al alza. El tratante hizo su última oferta. Y Popilia, que dudó por un instante, aceptó. Mejor acabar cuanto antes. El tratante le indicó a Calcis que se vistiera. Pagó. Los formalismos del contrato de compraventa se resolverían más tarde. Había que evitar el desgarro familiar en lo posible. Después de todo, Calcis se había criado allí. La tomó del brazo, descorrió la cortina y la hizo avanzar por el atrio. Se cruzaron con Hiperión. Calcis y él pudieron intercambiar una última mirada: él la contempló fijamente, pero ella, atribulada, con la mirada baja y sollozando, no lo vio hasta que se cruzaron, y esa última visión, muy fugaz, fue dolorosamente definitiva. Los ojos vidriosos de Hiperión entonces se volvieron hacia Popilia. Ninguno dijo nada. Él, esclavo, bajó la vista.

Hubo algunos días más para el sexo. Popilia parecía obsesionada desde que había vendido a Calcis. Hiperión perseveraba en una imperturbabilidad servil que en nada difería de su comportamiento anterior en el lecho de su dueña. Sus músculos respondían por él como se esperaba, y obedecía. Sin embargo, Popilia creía percibir una frialdad mayor aún: nunca hubo pasión, pero sí entrega. Ahora era rendición. O a ella se le antojaba así.

Había pasado de la duda por la que decidió vender a Calcis, a una culpabilidad insatisfecha. La frustración iba a ceder paso al drama. Pasadas dos semanas de aquello, se presentaron en la casa de improviso Fundanio y Vilio, los ediles de la plebe, junto con los triunviros capitales. Preguntaron por Popilia y por Hiperión. Mientras los ediles se reunían con ella en el tablinio, los triunviros se llevaron a Hiperión.

Popilia apenas alcanzó a preguntar a qué se debía aquel modo de entrar en su casa, sin respetar su propiedad y sus derechos, mientras el interrogatorio comenzaba. Lo llevó Fundanio. Vilio observaba.

—Popilia, ¿eres viuda, no es así?

—Así es, perdí a mi marido en esta maldita guerra.

—¿Y has vuelto a contraer matrimonio?

—No.

—Por tanto, ¿no estás bajo tutela?

—Perdí a mi padre hace años y no tuve hermanos. Administro ahora la hacienda de la familia, mis bienes y los de mi esposo que era *pater familias*, para mis hijos.

—¿Y te estás comportando como una matrona debe hacerlo?

—¿Acaso hay dudas de mi proceder? ¿He cometido algún delito? No soy más que una matrona viuda.

—Pero tienes obligaciones morales. La República debe velar por el orden. Hace tiempo que se rumorea sobre ti en Roma. Te comunicamos que acabas de ser denunciada.

—¿A qué os referís? —mientras palidecía y empezaba a sospechar.

—Existe una acusación contra ti.

—Pero, ¿en qué consiste la denuncia? ¿Quién la ha formulado? Tengo derecho a defenderme...

—Mantienes trato carnal con un esclavo. Una esclava te ha acusado y conoce bien lo ocurrido.

—No es cierto —balbuceó, reaccionando rápido—. ¿Cómo podéis dar crédito a la palabra de una esclava? ¿Quién ha sido? ¿Calcis?

—No podemos desvelar su identidad.

—Calcis —afirmó rotunda Popilia al apreciar cómo Vilio giraba la cabeza para buscar la mirada cómplice de Fundanio—. ¿Debo interpretar que dos ediles aprecian una denuncia formulada por una esclava desleal que acaba de ser vendida y pretende vengarse? ¡Qué ingratitud! Toda la vida en esta casa...

—Precisamente por eso, ¿por qué la has vendido si es una esclava de confianza de la familia de tu esposo? —la interpeló esta vez Vilio.

—Atravieso dificultades económicas —acertó a argumentar rápidamente—. Necesitaba vender. Por ella podía ingresar una cantidad razonable...

—Vamos a interrogar a Hiperión. Nos lo llevamos. Sabemos que es tu amante.

Hiperión fue torturado. Los triunviros lo condujeron al Tuliano, la prisión del Foro. Cuando comenzaron a azotarlo, no tardó en confesar los contactos mantenidos con su dueña por iniciativa de esta. Después de todo, él se salvaba mientras Popilia quedaba expuesta.

Tras la reprimenda recibida en la sesión del Senado en la que se decretó la persecución de los cultos foráneos por no controlar las calles, Fundanio y Vilio, los ediles plebeyos, estaban deseosos por demostrar un celo escrupuloso en el cumplimiento de sus funciones. Su carrera política futura dependía de su credibilidad antes de finalizar el mandato. Se esforzaban por rehabilitarse. Popilia fue solo una de las mujeres investigadas y acusadas.

En situación normal, las conductas indecorosas, no ajustadas a la moral, debían ser vigiladas y castigadas por los padres de familia. Y las de los hombres las censuraban y, llegado el caso las multaban, los censores, elegidos cada cinco años. Pero aquella no era una situación normal. Desde hacía un año el poder había animado a viudas y huérfanos a que depositaran en el erario sus fortunas. Los cuestores, los magistrados encargados de las finanzas, se ocuparían convenientemente de administrar esos bienes y sufragar así el coste de la guerra, anotando, por supuesto, las cantidades depositadas y los reintegros que se fueran haciendo. Los tentáculos del Estado habían intentado captar las fortunas de los legados, vigilar los movimientos económicos, controlar a las matronas viudas y proteger los bienes patriarcales de los pupilos. No fue posible legislar esta cuestión, pero se instaron desde el poder los depósitos de esas fortunas en el tesoro público. La desconfianza hacia las matronas había quedado explícita.

Como los censores anteriores ya habían cesado en su mandato de año y medio, los ediles que asumieron el control de la situación se arrogaron la responsabilidad adicional de la tutela de las viudas que estaban sin control parental, y hasta de las matronas que estaban solas, con sus maridos combatiendo. Popilia, entre otras, cayó bajo la mirada vigilante de Fundanio y Villio, necesitados de méritos. No tuvo escapatoria.

La infamia de la denuncia arrastró la reputación de Popilia en la asamblea popular. Fue juzgada. Su caso y otros similares se vieron en sucesivas reuniones multitudinarias en el Foro, en la asamblea de ciudadanos varones. En continuas sesiones de acusación, se valoraron las denuncias, se estimaron, se propusieron condenas y finalmente se votaron las penas. Algunas se salvaron, sobre todo las matronas acusadas de adulterio mientras sus maridos se hallaban alistados y combatiendo. Responderían después, a su retorno, si estaban entregadas por matrimonio *cum manu* a los designios del esposo. Por el momento, habían incurrido en infamia pública y arrastraban su particular sambenito. Pero Popilia, con dos confesiones en su contra, fue condenada. Tuvo que asumir la ignominia del destierro por comportamiento indecente. Salió de Roma, con destino a Etruria, de donde procedía su familia, para sepultar allí la vergüenza del oprobio, mientras los bienes parentales de sus hijos quedaban preservados en manos de los cuestores, que buscarían tutores.

A todas esas sesiones asistió con complacencia Quinto Fulvio Flaco, el plebeyo más eminente en ese momento. Se acercaban las elecciones para el nuevo año cuando el proceso se inició. Como el cónsul Tiberio Sempronio Graco, al que le correspondía presidirlas, se hallaba ocupado con la guerra en el sur y no podía asistir, nombró un dictador para presidirlas. Se trató del patricio Cayo Claudio Centón, quien, a su vez, designó como ayudante a un comandante de la caballería: eligió a Quinto Fulvio Flaco. De este modo, Quinto, con pleno protagonismo político, no solo tuvo la campaña electoral hecha, sino que además tenía a su favor el hecho de que el control de la votación en los comicios estaba en manos de su protector, el dictador, y en segunda instancia en las suyas propias. Asistió a las asambleas populares del proceso contra las mujeres con la toga cándida que, con su blancura refulgente, lo señalaba como candidato. Dos veces cónsul, censor en su momento, pretor los dos años anteriores, y también pontífice, su carrera lo avalaba como una buena opción, un hombre experimentado al que poner al frente de las legiones contra Aníbal. Y fue elegido. Cónsul por tercera vez. Habían pasado veinticinco años desde el primer consulado y doce desde el segundo. Y junto con él, su hermano Cneo fue elegido pretor. Fulvio tuvo dominados los resortes electorales ese año. Aprovechó.

—Estaba segura de que lo lograrías —dijo Sulpicia esbozando una sonrisa complaciente.

—No podía ser de otro modo Sulpicia. —Y esbozó Quinto una sonrisa un tanto jactanciosa—. Como Marcelo fue cónsul hace dos años y está en Sicilia como procónsul, no queda en Roma en este momento rival que me pueda hacer sombra para el consulado de la plebe. No hay ningún otro plebeyo que pueda acreditar ni mi experiencia ni mi autoridad como digno rival de Aníbal. Roma no puede permitirse elegir a candidatos nuevos.

—Supongo que tienes razón, pero te seré sincera. Lo que percibo entre las matronas no es una gran simpatía ni hacia mí ni hacia tu causa. Desde que me designaron la más casta, todas me respetan y me saludan con deferencia calculada. Sin embargo, ya no noto la cordialidad anterior.

—No espero simpatía de las matronas, sino respeto. El mismo que deben a sus esposos vivos, o a la memoria de sus muertos. El orden de matronas no puede verse influido ahora por el proceder de todas esas mujeres que han encontrado en la guerra y en la muerte de los suyos una ocasión para emanciparse.

—Es espantoso, sin embargo, lo ocurrido con esas mujeres que han sido juzgadas: arrastradas públicamente, sin respetar su nombre ni el de sus familias ni el de sus hijos; sometidas a un largo proceso y vejadas en boca de todo el pueblo de Roma.

—No estarían siendo procesadas si no hubiera motivo. Lo deben a su falta de castidad y pudor. Tenían que haberlo pensado antes.

—¿Y las no condenadas? ¿Cómo recuperan ahora su fama?

—Las desterradas han merecido su castigo. Otras, serán castigadas por los suyos cuando les corresponda, cuando vuelvan sus maridos de la guerra. Las absueltas se rehabilitarán. Y para las demás, queda el ejemplo.

—Caro ejemplo. Yo no cuestiono la moral de nuestros antepasados. Al contrario, la respeto y he asumido públicamente su defensa cuando recibí el honor de ser la matrona más casta. Pero no puedo dejar de observar que algunas acaban de pagar un precio muy alto por dar ejemplo.

—Sea por la República —cerró la cuestión Quinto.

Por un momento, se hizo un silencio. Conversaban en el atrio, ante un armario enrejado en rombos amplios, dentro del cual podían adivinarse el retrato en cera del padre de Quinto que había alcanzado las más altas dignidades políticas. Sulpicia bajó la cabeza y retomó con un tono menos airado la conversación.

—Ahora mi preocupación eres tú. ¿Cuándo marcharás al frente?

—Ya sabes cómo funciona... Tras tomar posesión y cumplir todo el ritual. Debo hacer el ofrecimiento solemne de los votos en el Capitolio, en el templo de Júpiter Óptimo Máximo. Luego, tomar posesión ante el Senado y anunciar la fecha de las ferias latinas, ofrecer el sacrificio solemne a Júpiter Laciar, tomar los auspicios... A partir del quince de marzo, en que asumiré la magistratura, se asignarán los destinos en el Senado. Y habrá que hacer el reclutamiento de nuevas legiones... Me iré con la primavera ya avanzada. Pero antes de irme de Roma tengo otros planes todavía, más duraderos.

—¿A qué te refieres? Ahora no alcanzo a entenderte...

—Voy a postularme como pontífice máximo. Con la muerte de Cornelio Caudino he perdido un gran apoyo político, pero estoy en disposición de intentar sucederlo. Hemos nombrado pontífice en su sustitución a su pariente Cornelio Cetego, pero, aunque sea un Cornelio y le apoye toda su gente, no está maduro para optar a la dignidad de pontífice máximo.

—No dejas de sorprenderme... De todos modos, optará también Manlio Torcuato, ¿no? ¿Te vas a enfrentar a él?

—¿Lo dudas? Hemos sido colegas como censores; los dos fuimos revocados al tiempo y siete años después se nos desagravió nombrándonos cónsules. Fue un año de concordia consular, estuvimos bien avenidos. De hecho, somos buenos amigos y no estamos distantes en cuanto a nuestras ideas. Pero esto es la política. Él es patricio y yo plebeyo. Ha llegado el momento de medir fuerzas, y yo parto con ventaja. El pontificado máximo se otorgará en unos comicios y espero revalidar el favor popular que acabo de merecer en las elecciones consulares.

—Ahora tendré más trabajo. ¡Todavía más visitas y más saludos! —dice Halisca.

—Te quejas constantemente... —le reprocha Filenia.

—Pero es verdad. Si ya venía mucha gente todas las mañanas, cada vez vendrá más... Lo que no me explico muy bien es a qué vienen.

—Vienen a saludar al amo Quinto, a mostrarle su respeto, y a pedir favores también.

—Eso ya lo imaginaba, aunque no me gusta nada.

—Qué más te da a ti... Hay gente muy importante en casa todas las mañanas, ya lo sabes.

—Son los que más me preocupan, los clientes modestos saludan a su patrón y se van, pero los otros... El pequeño pide favores pequeños, pero el grande compra y vende voluntades. Tú ten en cuenta que, desde este tablinio, que tengo que limpiar todos los días, cuando todos se van, se decide también la suerte de Roma.

—Será por poco tiempo. El amo marchará en uno o dos meses a la guerra. Y aquí ya no vendrá nadie. Cuando solo quede Sulpicia en Roma, todos esos desaparecerán. ¿No te acuerdas de lo que pasó hace doce años, la otra vez que fue cónsul?

—¡Que los dioses te escuchen! Sí, me acuerdo. Luego, cuando volvió, ya no era cónsul, había terminado el mando y no venía casi nadie. ¡Mientras eres, vales!

Sulpicia se inquietaba constantemente por su marido. Sabía lo que tenía en casa. No se engañaba. De hecho, Fulvio comenzó el consulado con problemas. Tanto a él como a su colega, el cónsul patricio Apio Claudio Pulcro, les correspondería operar militarmente en Campania contra los ejércitos de Aníbal por decisión del Senado. Pero antes de marchar al frente para ponerse al mando de las tropas que les iban a ser transferidas, debían reclutar tropas de refuerzo. La leva, sin embargo, desató un conato de insumisión popular. Los tribunos militares encargados de ponerla en marcha detectaron resistencia a la incorporación a filas.

En una Roma agobiada por el coste de la guerra y la carestía, el pueblo había perdido la confianza en sus políticos. Tres años antes, Fulvio se había visto obligado por el Senado a negociar con los publicanos unos contratos públicos para enviar suministros, ropa y trigo, sobre todo a las tropas hispanas. Y los contratos habían acabado en fraude. Tenían una cláusula por la que el erario pagaría también, a modo de seguro, la pérdida de los barcos y los cargamentos. Y meses antes de las elecciones se descubrió que las sociedades de publicanos habían fingido falsos naufragios. Fletaban barcos viejos y averiados, y los hundían con suministros escasos y de poco valor. Al llegar a alta mar, lejos de la costa, la tripulación se trasladaba a lanchas y hundía las naves. Luego, se reclamaban cantidades infladas al erario basándose en informes que exageraban el importe de la mercancía y de la embarcación perdidas. El Senado intentó taparlo para evitar poner en riesgo los suministros, se dijo. Pero se supo. Y la plebe se resistió a la leva de tropas como protesta. Fulvio estaba doblemente atrapado: los contratos se firmaron bajo su responsabilidad y al llegar al nuevo cargo tuvo que poner en marcha el juicio en la asamblea popular contra los defraudadores.

—O sea que se sospecha del Senado...

—Claro, ¡están todos compinchados! Eso es lo que se dice. No te enteras de nada, Filenia.

—Bueno, Halisca, es que tú sales y entras, pero yo siempre voy de acompañante de Sulpicia y me toca ser más discreta. Pero alguna explicación habrá dado el Senado...

—¡Qué inocente eres! Sí. Que no se había actuado por patriotismo, que no conviene enfadar a los publicanos, que la República depende de ellos. Ya sabes, se tapan.

—Pues será verdad a lo mejor. Con las desgracias de la gente, la cantidad de muertos de esta guerra y los tributos que todo el mundo ha pagado, la situación ya está bastante caliente.

—Pues ahora lo está mucho más. Los ciudadanos se han plantado al reclutamiento. ¡Imagina lo contento que estará nuestro dueño!

—No sé. Yo he notado más seria a Sulpicia desde hace una semana o así. Y eso que se la veía contenta después de que le eligieran cónsul... Pero a él, como no le cambia la cara... Siempre parece que acaba de perder un hijo... Son muy importantes, pero al final no viven. No sé qué ganan con todo eso. Están siempre preocupados.

Llegado el momento de la votación de fuertes multas, los publicanos hicieron que los suyos reventaran la asamblea provocando tensión e impidiendo la votación. Fulvio decidió disolver la asamblea, pero, semanas después, para cuando los empresarios iban a ser juzgados por alta traición con condena de muerte, habían huido al exilio. Fulvio quedó expuesto. Había estado demasiado cerca de los defraudadores. Por tanto, el año consular había comenzado extremadamente mal, con un importante desgaste para su marido. Sulpicia veía, observaba. A su casa llegaba todo tipo de gente. Él recibía a magistrados menores, a sacerdotes, a publicanos, a sus clientes. Todo funcionaba así. Se tejía una red de intereses, y se hacía desde el tablinio de casa. Aquellos estantes llenos de tablillas que contenían documentos eran testigos solo de una mínima parte de todo. Las cortinas del despacho enmudecían el resto: subvenciones de la campaña, favores, compromisos verbales que no podían ponerse por escrito, que se sellaban con besos de fidelidad y con apretones de brazos entre aliados. Ella veía, observaba. No sabía nada apenas, pero los conocía a todos. Y mientras, seguía con lo suyo. El ama y la madre en casa, la matrona en la calle y en los templos, la consorte del cónsul llegado el momento.

—Fulvia, hija, nosotras nos debemos a la familia —dijo Sulpicia, hablando con la niña en el huerto trasero de la casa—.

Cada cual tiene que hacer lo que se espera de él para cumplir su misión en la vida y poder ser feliz.

—Y eso ¿qué significa, madre?

—Pues que tu destino es casarte y ser madre como yo.

—Cuando sea mayor, ¿no? —preguntó la niña, que acababa de cumplir siete años.

—Antes de lo que crees. Quizá el año que viene celebremos tus esponsales y quedarás prometida en matrimonio.

—No te entiendo...

—Pues que conocerás al hombre que, dentro de unos años, seis o siete, cuando ya seas mujer, será tu marido.

—Pero yo no me quiero ir de aquí, yo quiero estar en esta casa...

—Te contaré una historia. Hace muchos años, cuando el primer rey de Roma, Rómulo, fundó la ciudad, había con él más hombres, pero no había mujeres. Y sin mujeres, no hay niños, porque ya sabes que los niños los traemos las mujeres. Los romanos querían conseguir esposas y les dijeron a los sabinos, un pueblo vecino de Roma, que acordaran con ellos el matrimonio de sus hijas. Los romanos se casarían con las sabinas y les proporcionarían una vida próspera y tendrían muchos hijos.

—¿Y ellas querían?

—Nadie le pregunta a una niña, a su hija, si quiere casarse. Es así. Siempre ha sido así. Pero los padres de las sabinas se negaron a celebrar los matrimonios. Entonces, Rómulo y los romanos idearon un plan: prepararon unos juegos atléticos como los que has visto alguna vez en el Circo. Habría carreras de romanos contra los pueblos vecinos, y carreras de carros, y luchas. Y a los sabinos les pareció bien la invitación porque habría trofeos. Acudieron junto con sus hijas para que pudieran ver el espectáculo. —Se detuvo un momento.

—¿Qué pasó? Lo pasarían bien... —preguntaba la niña que pocas veces encontraba a su madre especialmente habladora.

—Sí, hasta que los romanos raptaron a las sabinas. Las cogieron y se las llevaron.

—¿Como a Gidenine, mi nodriza?

—Bueno, eso fue distinto, a ella la raptaron muy lejos para venderla como esclava aquí en Roma.

—Sí, unos hombres muy malos, que la pegaban y le quitaban la ropa...

—No es lo mismo —repuso Sulpicia, vivamente contrariada. Pensó en hablar con la nodriza que tenía encomendada la custodia de Fulvia—. Los romanos querían hacer de las sabinas sus esposas. Se las llevaron y se casaron con ellas.

—¿Sin pedir permiso a sus padres?

—Así es. Pero ellas aceptaron casarse con los romanos con una condición: se ocuparían de las labores de hilado y tejido, solo eso. Serían las amas de casa. No esclavas. Sin embargo, sus padres y hermanos prepararon una guerra contra los romanos.

—¿Y a quién querían más las sabinas?

—Pues ellas impidieron la guerra al final: porque si ganaban los romanos eso significaba que sus padres y hermanos morían en la lucha, y si ganaban los sabinos, ellas perderían a sus esposos, que eran ya los padres de sus hijos.

—O sea, que las mujeres primero estamos con los padres y luego nos casamos y nos vamos a vivir y a tener hijos con nuestro esposo.

—Así es, Fulvia, ese es el destino de una matrona romana, como el tuyo, que eres hija de una familia noble. Cuando crezcas serás la esposa de un hombre tan importante como tu padre, o quizá más, y le darás hijos y le ayudarás, porque si él es importante y feliz, tú y tus hijos también lo seréis.

—Madre, lo que no acabo de entender es lo del rapto. ¿Eso es bueno o malo?

—¿Está el señor en casa? —El atriense asintió—. Dile a mi esposo que quiero verlo.

Sulpicia volvía del templo de la Fortuna Viril. Era el primero de abril, festividad de las Veneralias en honor a Venus.

Había acudido a los ritos ufana. Se trataba de un culto femenino, pero desde hacía dos años era el día en que se rendían honores especiales a la estatua de Venus Verticordia que ella había tenido el honor de dedicar. Las matronas de la buena sociedad romana acudían allí tradicionalmente para propiciar la armonía y la concordia de una vida plácida. La Verticordia había pretendido restablecer la buena moral, la virtud de la castidad matronal. Mientras las mujeres plebeyas de condición más humilde acudían a las termas para un baño purificador bajo ramos de mirto verde, las matronas nobles se concentraban en rituales más púdicos.

Sulpicia se había aseado escrupulosamente en casa. Al lado de la cocina, en una pequeña estancia que contenía la letrina, había pedido a Halisca que llenara una tina con agua caliente y se había aseado cuidadosamente con la ayuda de Filenia, su asistenta personal, una esclava que mediaba la treintena como ella, pero menuda y sencilla. Morena, de ojos negros y de facciones serenas, cumplía con discreción sus funciones sin eclipsar la dignidad patricia de su dueña. Había ayudado a Sulpicia, como cada día, a peinarse con un sencillo moño en la nuca, y la había acompañado a pie, tras la litera portada por cuatro esclavos.

Los oficios de las Veneralias en el templo consistían en desvestir la estatua de Venus y despojarla de la peluca y los adornos, asearla por completo y volver a vestirla. Los ritos finalizaban con una comunión de las devotas: tomaban *cocetum*, una cocción de leche con amapola, endulzada con miel, mientras conversaban entre ellas. Se trataba de una verdadera fiesta esperada por las matronas, una ocasión fijada por el calendario para encontrarse y romper la monotonía de sus anodinas vidas, sumidas en las rutinas del hogar y las labores de la lana, que solo esporádicamente a lo largo del año quedaban de lado para asistir a algún rito o sacrificio.

Con la ocasión de las Veneralias, el orden de las matronas tenía también un motivo para reunirse, para hablar, por ejemplo, de preparativos de ritos o procesiones que estaban por llegar. No era una institución jerarquizada de mujeres, pero se escuchaba especialmente a las patricias más eminentes y las esposas de magistrados en ejercicio —cónsules y pretores, y cada cinco años, también las de los censores—. De manera espontánea asumían un protagonismo efímero, que Sulpicia había consolidado desde que fuera elegida como la más casta. Aquel año comparecía, además, como esposa de cónsul.

Las conversaciones fluían después de los ritos de manera informal en corrillos o parejas, estimuladas por la embriaguez letárgica, entre el aturdimiento y la espontaneidad, que la cocción de amapola infundía en los ánimos de las mujeres. En ese momento, había tenido ocasión de conversar con Servilia, la viuda del pontífice máximo Lucio Cornelio Léntulo Caudino, fallecido unos meses atrás. El negro del luto se dejaba ya notar menos entre las presentes que en los últimos años, en los que la guerra había provocado muchas bajas. Servilia no quiso faltar al atuendo convencional de viuda, aunque había llevado un velo blanco para cubrir la cabeza durante los ritos. Tras saludarse, Servilia había ido al grano.

—Dime, Sulpicia, ¿piensa tu esposo postularse para suceder al mío como pontífice máximo?

—Servilia, no conozco en verdad sus intenciones —contestó Sulpicia, evasiva—. Supongo que podría hacerlo. Por experiencia, honores y autoridad reúne unas condiciones dignas de tener en cuenta, ¿no crees?

—Tienes razón. Eso es indiscutible, y sabes que siempre gozó del apoyo de mi esposo. Pero la designación va a estar en manos de los comicios tributos por primera vez, ya no va a haber cooptación dentro del colegio.

—En verdad acaba de ser elegido cónsul hace poco y sus apoyos populares son sólidos. Pero, también podría optar Manlio Torcuato, ¿no? —repuso Sulpicia.

—No dudes que lo hará. Podría presentarse también Fabio Máximo, que no renuncia a nada, pero ninguno de ellos supondría un problema para Quinto, el plebeyo con más proyección por ahora al estar Marcelo en Sicilia. De todos modos, hay más. Voy a contarte algo que debes saber, pero te pido que seas muy discreta...

El atriense se dirigió al tablinio, para ver si Quinto Fulvio podía recibir a su esposa. Salió acompañado del esclavo secretario y le indicó a Sulpicia que podía pasar.

—¡Sulpicia, ya has vuelto! Estaba pendiente de tu regreso. ¿Cómo ha ido?

—Según lo esperado. Un ritual correcto. Me han reservado el lugar que me corresponde junto a la estatua de Verticordia que tuve el honor de dedicar oficialmente. Cada año las demás consortes de magistrados cambian, pero yo sigo teniendo mi lugar distinguido.

—Me complace que digas eso, sobre todo porque no creías en la posibilidad de lograr ese honor. Y después de tomar el *cocetum*, ¿ha habido alguna novedad? Las conversaciones entre las ilustres matronas de Roma son siempre interesantes —dijo con cierta sorna Quinto.

—He estado hablando con Servilia.

—¿Y cómo la has visto? Desde el funeral de su esposo, no hemos sabido nada de ella.

—Bien, Quinto. Hemos sido educadas para saber estar en sociedad. Servilia es una patricia de una dignidad especial. Aunque estuviera a punto de morir, no lo percibirías. Hemos hablado de la elección del pontífice máximo. Quería saber si te presentarías.

—¿Y qué le has dicho? ¿Se lo has confirmado? —preguntó Quinto con cierta inquietud.

—Le he dicho que ignoraba tus intenciones, pero que serías un buen candidato.

—Bien dicho. Prefiero ser dueño de los tiempos. Ya decidiré cuándo anunciarlo.

—Es muy previsible para todo el mundo que te presentes, como lo es que Manlio Torcuato va a concurrir, y que también lo sopesará Fabio, a pesar de que deben activar una votación popular que no se adivina muy favorable para ellos. Pero me ha dicho algo más. Confidencialmente.

—¿Es importante? —preguntó, percibiendo cierta inquietud en su esposa.

—Puede serlo. Parece que se va a presentar Publio Licinio Craso.

—¿Y por qué te inquieta? Algo he oído al respecto, pero no me preocupa. ¿Dónde se ha visto que un plebeyo de una familia sin precedentes en la política pretenda llegar a pontífice máximo? ¿Cómo se le puede ocurrir a alguien que se presenta al mismo tiempo como candidato a edil curul y que no ha desempeñado ni una sola responsabilidad política digna de mención? Es una insensatez a la que no hay que dedicar ni un instante.

—Pues creo que no haces bien menospreciándolo. Para empezar, según Servilia, va a contar con el apoyo de los Cornelios. Es algo que ella no puede entender porque parece que sus propios parientes hicieran de menos el pontificado de su esposo. Sin embargo, dice que la plebe quiere insuflar en el colegio de pontífices una corriente de opinión regeneradora y de cambio. Que es algo que los que estáis dentro no percibís, y que su esposo sentía ya cómo el fervor popular hacia los dioses parece haber ido enfriándose.

—Quizá tuviera razón. La plebe parece no haber entendido que todas las decisiones tomadas estos años pasados han sido por el bien de la República. A los pontífices se nos asocia con decisiones dramáticas, muy reaccionarias. No nos han granjeado simpatías ni han fortalecido la fe en unos dioses cuyo favor no hemos conseguido propiciar de manera evidente. Ha habido que gastar muchos fondos públicos en sacrificios, ofrendas y rogativas. Y además, el castigo de las vestales y los sacrificios humanos, la ley Opia contra el lujo de las matronas o la persecución de los cultos foráneos nos han puesto en evidencia ante la plebe, aunque se haya tratado de medidas necesarias para la paz de los dioses y para el orden social.

—Hacer lo necesario en la República es el mejor modo de ser impopular. De todos modos, no olvides el asunto más reciente, el fraude de los publicanos y el juicio en la asamblea abortada... Lo ocurrido no te va a ayudar: has quedado muy expuesto.

Sulpicia no pudo evitar disfrutar íntimamente de la contrariedad que había percibido en el rostro de su marido. Se sentía cada vez más distante de él. No pudo celebrar el nuevo consulado con él más allá de una felicitación expresa, aunque no entusiasta. No sabía muy bien si era por la barrera de seguridad y distanciamiento que su mente había forjado al saber que partía a la guerra, como una prevención contra el latente riesgo de quedar viuda. Y luego mediaba la distancia física. Quinto se aproximaba a los sesenta años. Su matrimonio había sido correcto, excesivamente correcto, sin pasión, sin contacto carnal desde hacía mucho. No la parecía posible seguir ilusionándose por los éxitos personales de Quinto, y no era que echara de menos precisamente el calor del lecho compartido. Es que solo les quedaba la racionalidad fría de perseverar en construir un futuro solvente y consolidado para sus hijos. Guardaban las convenciones, pero los lazos se iban distendiendo.

El día se agotaba y Sulpicia se encaminó a su fría alcoba, aún aturdida por el *cocetum* venéreo. Para una matrona que no probaba el vino, la sensación de aturdimiento que le había inoculado la cocción de amapola parecía llamar a Somnus por anticipado. Se acostó dejándose llevar por un sueño reparador en el que se le apareció Venus. Sulpicia reconocía a Verticordia pulcramente vestida en actitud de despojarse del atuendo. La diosa se reclinó desnuda en un lecho al que acudió solícito Marte tras desprenderse de las armas, la coraza y la túnica. Una pasión irrefrenable se desencadenó entre sus cuerpos, que se reconocieron y se acoplaron con premura. El balanceo de músculos broncíneos y delicada carne marfileña fundidos sumió a Sulpicia en una agitación gozosa. Despertó con una indecible sensación de bienestar.

Desconcertada por lo que acababa de experimentar, y con una sensación de húmeda y placentera comezón entre sus piernas, solo se le vino a la cabeza el final del mito: los dioses amantes Venus y Marte quedan apresados por una fina red metálica urdida por Vulcano, el esposo de Venus, que los somete a vergüenza pública ante el resto de los dioses. Sulpicia necesitaba lavarse.

—Halisca, Sulpicia nos va a sorprender en cualquier momento. Nos tiene prohibidas las conversaciones.

—Somos esclavas, no tontas, Filenia. Cada vez que salgo de los muros de esta casa y bajo a comprar, aprovecho para hablar con otras y enterarme de lo que pasa. ¿No lo haces tú cuando acompañas a Sulpicia? Además, ¿no me has dicho que Sulpicia se ha retirado a descansar?

—Sí. Ha llegado un mensaje y se ha quedado abatida.

—¿Qué ha pasado con las elecciones? ¿Han elegido a Quinto pontífice máximo?

—Al parecer no. Ha llegado un emisario para ella, con un mensaje muy escueto. Que la asamblea había terminado y que se había elegido al tal Licinio —informó Filenia.

—Ah, claro. A Craso, el Rico. Por eso le llaman Craso.

—Ya. El nuevo edil. Al final, los ricos al poder. He oído comentar que tiene prometidos unos juegos en el Circo como no se han conocido en Roma. ¡Qué vergüenza, en plena guerra!

—Filenia, la gente está deseosa de olvidar y de volver a la normalidad. Roma siempre estuvo en guerras y siempre hubo juegos. Tienes razón. Ha comprado los votos con dinero, pero esta vez hay más.

—No sé. Si le llaman «el Rico» será porque su fama y sus votos se los procura su fortuna.

—No te engañes, todos los políticos son de partida ricos, unos más que otros, pero no son gente corriente. Como nuestro dueño, ya lo sabes.

—¿Pero por qué decías que esta vez hay más?

—Estoy segura de que, si Licinio ha ganado, es porque Quinto y el otro pontífice que se presentaba, el Torcuato ese, han perdido.

—No te entiendo.

—En las tribus, los ciudadanos votan según las treinta y cinco zonas de Roma, ¿no es eso?

—Eso he oído, sí.

—Pues eso significa que la mayoría de los barrios, además de querer buenos juegos para entretenerse, está descontenta con los pontífices. Han votado como pontífice máximo a alguien que ni siquiera era pontífice. Quieren cambiar. Los sacerdotes y sus dioses han puesto a prueba la paciencia de los romanos. Están hartos.

—Pues no lo entiendo, porque a nuestro dueño lo han elegido cónsul hace poco.

—Sí, claro, para que se vaya a la guerra. Ya fue cónsul dos veces y no lo hizo mal, al parecer, mandando tropas. Se lo reconocieron con un triunfo. Pero, además ha pasado lo otro...

—¿A qué te refieres?

—Al escándalo de los publicanos. Todo el mundo lo comenta. Los comicios para juzgar al publicano empresario se suspendieron porque Quinto se lo pidió a los tribunos.

—O sea, que se le acusa de ayudar a los defraudadores... ¿No se suspendieron para evitar una trifulca?

—Hay quienes dicen que ha ayudado a los empresarios publicanos porque en su día firmaron los contratos públicos por mediación de Quinto.

—... Y para colmo, ¡los acusados han pagado la fianza y han aprovechado para huir!

—Así es. No va a haber apenas juicios. Parece que solo han quedado encarcelados unos incautos que no tenían para pagar las fianzas. ¡Una vergüenza!

—Me consta que me habías advertido, Sulpicia. Lo sé. Y sin embargo no debía haber ocurrido así. ¡Elegido pontífice máximo un recién llegado, un absoluto ignorante!

—La obstinación en negar lo ocurrido no te va a llevar muy lejos, Quinto.

—No es negar lo ocurrido. Es resistirse a asumir la insensatez del pueblo romano. Esta guerra ha confundido todo. Ya sé que yo soy un plebeyo también, y puedo entender que un advenedizo sin pasado como fue Flaminio llegue a lo más alto en una carrera política si demuestra capacidad oratoria, méritos militares y habilidad para ganar votos haciendo obras públicas, por ejemplo. Pero lo de Licinio es distinto: es comprar la más alta dignidad religiosa al pueblo, sin experiencia ninguna, con el único mérito de su fortuna.

—Es eso, y un descontento popular por la gestión del asunto de los publicanos...

—Precisamente, si la huida al exilio de los publicanos y sus secuaces tiene airado al pueblo, ¿por qué votan al rico Craso?

—Porque están hartos de nosotros, de esta nobleza, de los patricios y plebeyos que les gobernamos año tras año sin que la guerra acabe. Hablabas de Flaminio... Han pasado cinco años de su muerte, y cuatro desde Cannas, cuando ese líder infausto de la masa que fue Terencio Varrón dirigió las legiones al mayor desastre. Desde entonces, los demás solo han dejado que el tiempo pasara. «Aníbal se va a agotar», ha dicho Fabio Máximo. Es la única estrategia, pero el pueblo, mientras tanto, está siendo sometido a una prueba extrema. Ese es tu verdadero reto, Quinto: Aníbal, no el título de pontífice máximo.

—Me consta. He conseguido lo que esperaba desde hacía cinco años: el consulado y la oportunidad de revalidar mi triunfo militar, aunque he de confesar que no tranquiliza marchar a la guerra contra Aníbal teniendo presentes a todos los que me han antecedido sin éxito. Probablemente, si todo marcha bien, tardaré en volver.

—Pero estarás a final de año aquí, ¿no? —se inquietó Sulpicia.

—No me corresponde presidir las elecciones. Lo hará mi colega Claudio. Así que no volveré a final de año. Voy a intentar hacer lo que han hecho otros: que se me prorrogue el mando como procónsul para otro ejercicio, si los dioses así lo disponen. Los hermanos Escipión llevan ya cinco años en Hispania y Marcelo no ha vuelto de Sicilia desde que se marchó hace dos. Entre todos acabaremos con Aníbal. De momento, mi destino está en Campania. Mi objetivo es Capua.

Mientras Fulvio estaba en la guerra, Sulpicia brillaba como nunca en Roma. Fue la primera matrona de Roma, la esposa de uno de los cónsules, del plebeyo ciertamente, pero el patricio colega de Quinto, Apio Claudio Pulcro, con proceder de una familia eminentísima, no gozaba del prestigio, ni de la experiencia, ni de la fama de Fulvio. Era mucho más joven y le iba a la zaga, un aliado. Sulpicia, por su parte, contaba con su título de castidad excepcional. Se afanó en reinar aquel año en el orden de matronas, sabiendo que disfrutaba de una gloria efímera. Se cobró todo el protagonismo que le confería su dignidad de consular consorte, una distinción ni escrita, ni ejercida nominalmente, pero visible en las ceremonias.

Aquel año retomaron el culto los templos incendiados el año antes en el Foro Boario. No quedaron seriamente dañadas las estructuras de piedra, pero habían ardido las cubiertas. A pesar de la penuria de las arcas públicas, se había puesto todo el empeño en recuperarlos en un tiempo mínimo. Y allí estaban. Renacidos de sus cenizas encarnaban para Roma una garantía de fortaleza, más que una esperanza, una promesa de victoria definitiva.

El día undécimo del mes de junio, para celebrar las Matralia, se reabrió el templo de Mater Matuta, recién restaurado. Una selección de matronas casadas una sola vez, encabezada por Sulpicia, cumplió con los rituales anuales. Como *univira* que era, nadie le recusó el honor de ser ella quien coronara aquel año la imagen sagrada, ni la que abriera el ritual por el que la única esclava presente en el interior del templo recibiera las bofetadas y vergajazos de las honorables matronas. Luego se procedió a la oración en la que todas pedían a la diosa de la Aurora que bendijera a sus respectivas sobrinas y sobrinos. Sulpicia lo hizo por los suyos, de manera distraída.

Tenía demasiado en lo que ocuparse aquel año y se hallaba demasiado en vilo para hacerlo con el recogimiento que la tradición pretendía. No era un año para pensar en la piedad familiar, ni tampoco estaba en riesgo la concordia cuando todos se aprestaban a pedir favores a su marido.

Terminados los ritos a la Madre del Amanecer, las matronas se encaminaron a honrar con plegarias el templo aledaño a la Fortuna Virgen. Lucía renovado. Dentro olía intensamente a una mezcla de humo y vejez rancia, y a la savia de las maderas de la nueva cubierta. Una estatua andrógina que representaba a la diosa, pero totalmente cubierta por dos togas regias de varón, era objeto de un culto con tabú: no se podía tocar. Se decía que la estatua databa de los tiempos del rey Servio. No era solo veneración a la Fortuna lo que entrañaba. Era respeto y obediencia a los dioses y al poder: las plegarias a la Fortuna pidieron por la República y por la victoria en aquella guerra sumida en un marasmo sin horizonte apreciable. Con Sulpicia a la cabeza, las damas romanas cumplieron con los ritos anuales por la renovación de la fecundidad y de la gobernación, por la continuidad de la descendencia familiar y por el futuro de la patria. Cuando salían de casa demostraban, pidiendo a los dioses por los suyos y por la sociedad romana, que podían ser útiles.

La satisfacción para Sulpicia en aquel día de plegarias fue doble. Era mujer de criterio independiente, que había sido amamantada por una nodriza en una casa patricia. Desde su nacimiento, supo lo que eran el desapego afectivo y la razón de las conveniencias. ¿Para qué encariñarse demasiado con un recién nacido que puede morir en breve? ¿De qué sirve el afecto sin una voluntad propicia de los dioses? La religión lubricaba los engranajes. Los dioses debían contar siempre. Aquel día, con las matronas rogando, recordaba que los inmortales mediaban entre adultos y niños, entre familiares y, por supuesto, entre los ciudadanos y la República. Ella era consciente de que lo que hacía era su deber como matrona y, en su caso, también como consorte consular. Así que el orgullo honorario la regocijaba.

Pero en aquella jornada tan religiosa, camino ya de su casa del Aventino, mientras los portadores de su litera ascendían la colina, paladeaba otra complacencia íntima: organizaría en su casa los ritos de la Bona Dea para los primeros días de diciembre. En los días anteriores, Filenia, su esclava, había estado muy activa portando tablillas con mensajes para las grandes damas de Roma. Había movido los hilos para anticipar que estaría encantada de patrocinar y acoger el ritual. La esposa del otro cónsul, aquella Papiria altiva, pero jovencita e inexperta, ni siquiera se atrevió a postularse en la reunión informal del orden de matronas, después de terminar las oraciones en el templo de la Fortuna Virgen. La esposa de Licinio Craso, el pontífice máximo, y la de Fabio Máximo dieron por descontado que Sulpicia albergaría aquel año la liturgia de la Bona Dea, de modo que Sulpicia solo tuvo que asentir con un gesto majestuoso, mientras Papiria apretaba su delicada mandíbula. «La alta sociedad de las matronas, junto con las vestales —pensaba Sulpicia— comparecerá en mi propia casa, convertida en templo por unas horas para un ritual mistérico. ¿Puede alguien imbuido de un profundo sentido del deber religioso ambicionar un honor mayor?».

En la casa de Sulpicia y de Quinto Fulvio el nerviosismo se intensificó a medida que se aproximaba la fecha. Los esclavos temían la mirada vigilante, que parecía estar al acecho en todo momento, del ama de casa. No se trataba solo de limpiar de manera impecable: se remozó el atrio, se embetunaron todas sus vigas para que tomaran un tono envejecido más oscuro, se pintaron los paramentos imitando incrustaciones de mármoles y granito, y se aplicaron molduras de yeso en la zona alta, a modo de cornisas. Luego, como a Sulpicia le pareció que todo estaba demasiado nuevo, se matizó con visos de betún: el lustre de lo viejo, que tanto apreciaban los aristócratas. Se mudaron las cortinas de las estancias aplicando cenefas de color púrpura y se adquirieron decenas de copas de barro campaniense con fino barniz negro, que la guerra había encarecido mucho por las dificultades del comercio. Eran necesarias para las libaciones.

El atrio de la casa se llenó con macetas de plantas variadas, todas tupidas, y se decoraron con guirnaldas las paredes. El huerto, muerto en aquella época del año, fue cuidadosamente podado y desbrozado, pero los esclavos tuvieron mucho más trabajo aún: se levantó una pérgola desde el corredor que unía el atrio a través del huerto trasero, se trasplantaron parras, ya escasas de hojas al final del otoño, y se trajeron ramas de vid podadas para decorar. Había un tabú: el mirto. Así que hubo que arrancar el que había, y que llevaba años allí, junto a la tapia del huerto entre los hibiscos.

Frente a la entrada del tablinio, en el lugar más prominente del atrio, se colocó la imagen de la diosa trasladada desde el templo cercano y la adornaron con hojas de vid. Era la innombrable, por eso la llamaban la Buena Diosa. Representaba a una diosa con aire de matrona sobre un trono. Portaba túnica larga y un amplio manto formando ampulosos pliegues. Mientras en su brazo izquierdo mostraba el cuerno de la abundancia, una serpiente descendía enroscada por su brazo derecho para beber del cuenco de la mano, recordando que la diosa protectora y fecunda dominaba además la farmacopea. A su vera, en el suelo, un ánfora grande llena de vino cubierta con un velo que ellas llamaban decorosamente «la vasija de la miel». Ni un solo varón quedó en la casa, y ni la máscara de cera del padre de Fulvio, que fue cónsul, quedó sin tapar, para que nada varonil profanara el misterio femenino del ritual.

Avanzada la tarde, Filenia, que conocía a todas las matronas de la nobleza, veló a la entrada de la casa porque no hubiera entrometidas que no fueran bien recibidas. Y vio pasar a todas: Fabia, Pomponia, Julia, Valeria, Claudia, Licinia, Sempronia... Normalmente una de cada clan, la de más ilustre tálamo. Las esclavas que las acompañaban quedaron de lado y los esclavos con sus literas fueron despedidos hasta el alba del día siguiente.

Al otro lado del vestíbulo, Sulpicia, con su dignidad natural, escasamente empolvada, pues presumía de no maquillarse apenas, recibía en el atrio a todas y cada una de ellas. No tuvo mayor honor que el de recibir a las vestales, que llegaron todas juntas y escoltadas.

Una cerda joven ya parida regó con la sangre de su sacrificio a manos de la vestal máxima el inicio del ritual. Se hicieron luego libaciones a la Bona Dea, aunque el vino no se nombró. Lo vertían de «la vasija de la miel» y lo llamaban «leche». Bebieron en aquella larga velada en la que varias esclavas tocaron música con flautas y tímpanos y las matronas danzaron. Danzaron y bebieron, cantaron y danzaron, bebieron y ulularon, danzaron y ulularon..., transidas. Luego, al alba, llegó la flagelación ritual, con unas varas de mirto. El misterio se cumplió.

Les fue lícito lo ílicito: beber vino. Sin embargo, fingieron no hacerlo. Honraban a la que no podían nombrar y ni siquiera hablaron de lo que era mejor no hablar, de aquella Fauna a la que llamaban la Bona Dea, esposa de Fauno, el dios más montaraz y rijoso, un verdadero chivo. Ella fue una mortal prudente y casta sin par, de pudor extremo y a la que nadie conocía porque nunca hombre alguno la había visto ni pronunciado su nombre, salvo su marido. Pero la intachable Fauna cometió al fin una falta: bebió vino de un cántaro. La cólera se apoderó de Fauno, que la apaleó con una vara de mirto hasta matarla. Luego, el dios se arrepintió y le concedió a su mortal esposa honores divinos.

En aquella noche de diciembre, Sulpicia triunfó entre las damas más honorables de Roma. Bebió con decoro, porque debía beber. Guardó la compostura pendiente de que las demás disfrutaran, con el orgullo de la anfitriona y la beatitud entregada de la oferente más digna. Honorablemente escoltada, había acogido y agasajado a la Buena Diosa en su propia casa. Rompiendo los convencionalismos y en ausencia de hombres, las matronas nobles más distinguidas y las vestales celebraron con nocturnidad su comedida orgía, oficialmente consentida.

Hispala

211 a. C., Hispania

El mar, en el horizonte. Desde las sierras se veía el mar. No estaba distante. Que su padre estaba más allá, al otro lado de mar, le decía su madre. Y lo miraba anhelante. Pensaba que, aunque marchó a pie para no volver, quizá retornara en uno de aquellos barcos. Los descubría en la distancia y los veía acercarse, con sus velas henchidas y sus vientres repletos. Venían al cercano puerto, a Baria*. Cuando iba a aquella ciudad con su madre, al mercado, los miraba con curiosidad, atracados, mucho más grandes de lo que ella pensaba. Hombres que descargaban y descargaban. Hombres que cargaban y cargaban. Grandes ánforas, pesadas, que llevaban entre dos, y mineral arrancado a la tierra.

El mar. No era nostalgia en una niña de casi siete años. No podía haberla. Miraba con curiosidad, con el anhelo del que espera; con el convencimiento de que algún día lo cruzaría.

Entretanto cuidaba las cabras. Las sacaba al amanecer y las ordeñaban juntas, su madre y ella. Aprendió rápido. Sus pequeños dedos se adaptaron con facilidad a aquellas ubres de pezones menudos. Después se iba ella sola con las cabras, remontando las sierras. No había que alejarse mucho de la cabaña. No había rebaños cerca y abundaba el matorral que las cabras ramoneaban.

---

* Actual Villaricos, en Almería.

Abajo, a sus pies, las vegas fértiles cultivadas tenían sus dueños. Gente rica. Vivían en Baria. Venían del otro lado del mar. Su madre le decía que no eran de allí, pero allí estaban. Desde siempre estaban allí. Ya nadie se acordaba de cuándo habían llegado. Se quedaron con las tierras, con las buenas. Y con las minas: cicatrices en la sierra de donde sacaban plomo y plata.

Cuando volvía a casa hablaba con su madre. Su madre sabía muchas cosas. Le hablaba de las cabras, y de las vides que crecían, y de su trabajo en las grandes fincas al sembrar y cuando llegaba la cosecha. Y le hablaba de la abuela y de sus hermanos, todos muertos. Luego la abrazaba y le decía que era especial, y que los dioses la querían. Y ella le preguntaba por qué. Y su madre callaba. Después, le ponía un dedo en el pecho y le enseñaba su mancha que parecía una hoja de hiedra y le decía: «Ves esto. Ellos saben». Le decía que un día su padre volvería. Que había ido con los hombres aquellos de Baria. Con uno que mandaba. Aníbal, se llamaba. Que traería mucho dinero. Y entonces vivirían en la ciudad, en una de aquellas casas grandes, con criadas.

Volvía con las cabras al atardecer. Una tarde, el viento trajo nubes muy negras y tuvo miedo. Se puso muy oscuro. Pensó en volver, aunque fuera pronto. Metió las cabras en el aprisco y entró en la cabaña. Entonces vio a su madre en el lecho. Le pareció que sufría. Estaba con un hombre. Encima de ella. Desnudos los dos. Y él se quejaba, también. Fuerte. Cada vez más. Se pararon. Entonces su madre la vio. La llamó. Ella preguntó: «¿Padre?». Su madre dijo: «No».

No volvió a ver a aquel hombre. Pensaba cada día, mientras estaba con las cabras, si su madre estaría sola, o con un hombre, o con su padre. La imaginaba de todas las suertes, aunque solo una le gustaba. Cada tarde, al volver, pensaba que su padre ya habría vuelto.

Su madre le habló de hombres. De los de Baria, «los púnicos» los llamaba. Y de aquel Aníbal que era el jefe, amigo de su padre. Y también de los otros. Notó miedo en su madre. Los llamaba «romanos». Hablaba con rabia. «Malos», decía: su padre había ido a enfrentarse a ellos. Decía que venían. Que incendiarían Baria. Que menos mal que ellas no vivían allí. Que a su cabaña no irían.

Luego, el peligro pasó. Habían muerto muchos romanos. Al otro lado de las sierras. No muy cerca, pero no muy lejos. «A dos días de marcha», decía. Y murieron también sus dos jefes, dos hermanos, le contó. En Baria habría fiestas para celebrarlo. Sacrificios a los dioses, un gran festín para todos y música. Que irían, le anunció su madre.

Siguieron el camino al pie de la sierra. El olor del mar cada vez era más intenso. Podía olfatear de lejos los depósitos cuadrados donde se pudría el pescado. Allí maceraban al sol las tripas de pescado con sal y hierbas. Luego, cuando peor olía, lo metían en ánforas. Y con las ánforas llenaban sus naves. Andando, dejaron atrás las minas. Pasaron junto a las cuevas excavadas en la montaña. En ellas se enterraban los púnicos. «No paran de remover la tierra, malditos sean. No es suya. Es nuestra», decía su madre. Tras las tumbas estaba la ciudad. Un olor a pescado llenaba todo. Pescado salado, seco, podrido.

Pasaron entre las casas de paredes de tierra, hasta el lugar del sacrificio. Una plaza llena. Púnicos y gentes de la tierra, venidos de la vega y bajados de la sierra. Iban a inmolar un toro. No había muchos. Se criaban para los sacrificios. Aquel era grande, el más grande que ella había visto. Dos ayudantes lo agarraron por los cuernos y metieron sus dedos en los orificios del morro. El sacerdote se acercó con el cuchillo para sacrificarlo. Se volvió hacia la gente y miró al cielo. Oró. Luego se volvió y clavó su cuchillo en el cuello al animal. El toro bramó y sacudió la cabeza con fuerza brutal. Logró tirar a un hombre y corneó al otro. Corrió, perdiendo sangre a borbotones. Pero ya estaba perdido. Corrió, pero al llegar al puerto, cayó muerto.

Su madre dijo que los dioses no querían el sacrificio. Que el toro de los púnicos era para dar gracias a los dioses. Por vencer a los romanos. Pero que a los dioses no les fue grato. Y que el toro no era ni de púnicos ni de romanos. Que era de la tierra. Los dioses lo sabían. Por eso no lo quisieron. Aunque lo dejaron morir, desangrado.

Sulpicia

211 a. C.

En Roma no se conocía el riesgo que se avecinaba, aunque los ánimos, de hecho, habían entrado en una fase de sobresaltos. Por un lado, poco después de que, en el sur, Tarento cayera en manos cartaginesas, se había tenido noticia de la conquista de Siracusa por las tropas romanas comandadas por el general Marco Claudio Marcelo, amigo de Quinto Fulvio. Al menos la situación en Sicilia entraba en una vía favorable. Sin embargo, por otro lado, se había sabido de la súbita caída en combate, en sendas batallas en Hispania, de los dos hermanos Cornelios Escipiones, Publio y Cneo. Los cartagineses habían hecho que se desmoronaran en un breve lapso, en tan solo un mes, los avances por el litoral levantino hispano. Las legiones habían cedido y solo les quedaba bajo control el territorio al norte del Ebro.

Roma digería su suerte poco favorable en una guerra sin final cuando un fregelano, que escapó en avanzada desde su patria al ver acercarse las tropas de Aníbal, llegó portando la noticia de la inminente amenaza: los ejércitos cartagineses avanzaban hacia la capital destruyendo granjas y saqueando campos y haciendas, decía, con el resuello exhausto de quien ha montado a caballo durante noche y día para llevar un mensaje de vida o muerte.

El pánico retornó a la urbe. Y también una espontánea fe en los dioses nacida del horror. El humo de los sacrificios se elevaba al cielo desde todos los altares. Aníbal se encontraba prácticamente en las puertas de la ciudad y las mujeres salieron de casa a implorar en los templos. Votos y oraciones en medio de la desesperación. Matronas con los cabellos sueltos, llorando, enloqueciendo de terror, pedían de rodillas a los dioses la salvación. Elevaban sus brazos con las palmas hacia arriba impetrando por ellas y sus hijos al cielo. El miedo a la muerte a manos de los cartagineses, a la violación y al cautiverio, les había hecho volver al Capitolio en masa, también a manifestarse en el Foro. Depositaban en los dioses y el Senado sus últimas esperanzas. El resto de matronas se consumía en casa rumiando las zozobras de la inseguridad, ahogando en llanto los temores.

Sulpicia estaba en el Capitolio. Caducado su particular reinado, mantenía la dignidad inherente a la mujer de un consular. De hecho, a Quinto Fulvio se le había renovado su imperio con el cargo de procónsul. Había logrado sus objetivos, aunque su año como magistrado supremo había finalizado no sin desagradables sobresaltos. Después del escándalo de los falsos naufragios que le había manchado y de perder la dignidad de pontífice máximo, había marchado hacia Campania. Meses después, su hermano Cneo, al que había logrado que se eligiera pretor, había sufrido una lamentable derrota en Herdonea tras permitir que la moral de la tropa se degradara, perdiendo todo el vigor marcial de un ejército y comportándose de modo cobarde. Sobre el campo de batalla habían quedado cerca de veinte mil hombres. Cneo fue encausado por alta traición y rogó a su hermano Quinto que intercediera por él. Este remitió desde el frente una carta al Senado, pero Cneo escapó al exilio en la ciudad etrusca de Tarquinia antes de que pudiera votarse su condena a muerte en los comicios. Fulvio Flaco volvió a quedar en evidencia ante el pueblo.

Al margen de esto, a Fulvio y a su colega Apio Claudio Pulcro se les prorrogó el mando como procónsules con el encargo expreso de no abandonar el cerco de Capua hasta rendirla. Las tropas romanas, que estrecharon el asedio a la ciudad enemiga, obligaron a Aníbal a optar por una estrategia audaz para que Capua no cayera: atacar Roma. El cartaginés sabía que en su estado mayor se murmuraba porque había dejado escapar la ocasión excepcional de la victoria en Cannas para intentar asestar un golpe final a la urbe. Ahora que Capua era suya y corría el riesgo de volver a manos romanas, un ataque a Roma se le antojó como el único señuelo capaz de hacer que los campamentos que cercaban Capua se levantaran. ¿Cómo no iban a acudir las legiones en ayuda de Roma? Y ahora Aníbal estaba allí, acampado a pocas millas de las murallas de la urbe otrora invencible. Sulpicia había acudido a orar al Capitolio y a ofrecer sus votos a los dioses por la seguridad de sus hijos y la suya propia. Aquel vetusto edificio, con su escalinata majestuosa en la fachada, sus tres hileras de robustas columnas toscanas, el entablamento de madera y los remates de terracotas etruscas sobre el frontón, que siempre le había parecido un reducto de venerable seguridad, se le antojó entonces insoportablemente anticuado, una última prueba de la fortaleza romana superada por los acontecimientos, por una amenaza real. El aura de protección ancestral que inspiraba había sucumbido para su desazón, ante la presencia de Aníbal.

Desde lo alto del Capitolio, el Foro se veía, a los pies de la colina, colmado de mujeres desesperadas, que preferían exigir a los senadores una solución en lugar de pedir auxilio a los dioses. Dirigiéndose a Filenia, que la acompañaba, o tal vez hablando para sí, Sulpicia acertó a pronunciar unas palabras mientras su rostro se resistía, en tensión, a dejar brotar las lágrimas provocadas por la zozobra que la agitaba.

—Roma sobrevivió ya a la invasión de los galos. No es la primera vez que esto ocurre, pero hubiera sido mejor que no nos tocara vivirlo.

En el Senado, ya habían anticipado la desesperada situación que vivía la ciudad. Ya se habían tomado medidas, aunque el pueblo lo desconocía. Fulvio había logrado enterarse de la estrategia de Aníbal por unos desertores. Informaron de que un númida, fingiendo desertar y rendirse a Roma, había sido acogido por las legiones acampadas. Luego, volviendo a traicionar la confianza romana, había abandonado el campamento. Pudo cruzar así las líneas para llegar a Capua llevando un mensaje que comunicaba las órdenes de Aníbal: la ciudad debía mantenerse firme a la espera de resultados y no rendirse, aunque viera marcharse a los ejércitos cartagineses.

Fulvio, como procónsul, no podía tomar decisiones unilaterales en una situación tan grave. Debía comunicarlo a Roma cuanto antes, consultar al Senado y aguardar, aunque se perdiera tiempo. Mandó emisarios. En la capital, el Senado debatió en secreto cómo hacer frente a la inminente amenaza de Aníbal. Hubo posiciones diversas. Un Cornelio, Publio Cornelio Escipión Asina, que había sido cónsul diez años atrás y se sentía sólidamente respaldado por la influencia política de su familia, a la que pertenecían los dos generales romanos que operaban en Hispania, manifestó la oposición más timorata:

—Es preciso asumir que la situación es muy grave. Siete años lleva ya Aníbal en Italia y no parece que el desgaste haya hecho mella en sus tropas como pretendía la estrategia que hemos adoptado desde Cannas. Nos hemos equivocado. Tenemos ejércitos en Sicilia, en Hispania y en Campania, pero hemos dejado desguarnecida Roma y ahora la ciudad está en peligro. ¿De qué nos aprovecha conquistar los ricos territorios hispanos si perdemos Roma? ¿De qué recuperar los campos amigos de nuestro llorado aliado Hierón en Siracusa? ¿Para quiénes reconquistar Capua, si los ciudadanos romanos son ejecutados, y sus mujeres e hijos violados y esclavizados por Aníbal? Ha llegado el momento de concentrar todas las tropas en Roma y librar la batalla definitiva, la que llevamos años rehuyendo, con Aníbal.

Quinto Fabio Máximo no pudo dejar de darse por aludido al escuchar la crítica a su estrategia de la dilación, de no presentar batalla frontal a los cartagineses. Con su flema característica y una dignidad de afectada majestuosidad en los gestos, pretendió infundir tranquilidad:

—Avergonzaría a las generaciones de senadores que nos han precedido en esta Curia escuchar una incitación a la cobardía como la que se acaba de pronunciar. Nada sería más humillante que retirar el cerco de Capua cuando se está a punto de conseguir su rendición. Roma no puede temblar, ni andar moviendo sus tropas de acá para allá ante el menor gesto o amenaza de Aníbal. Debe seguir sus propios planes como corresponde a una ciudad que ya domina Italia. ¿Cómo defender nuestra posición ante los aliados, si nos plegamos a las decisiones de Aníbal? ¿No es acaso ese cartaginés el mismo que, a pesar de resultar vencedor en Cannas, no se atrevió a marchar sobre Roma? ¿No se trata del mismo que, ahora que se ve rechazado en Capua, se ha forjado la esperanza de apoderarse de nuestra ciudad? Aníbal no viene a asediar Roma, sino a liberar Capua. A Roma la defenderán el ejército que está en la ciudad, el Gran Júpiter, que es testigo de la violación de los tratados de paz por parte de Aníbal, y los demás dioses. Nos protegen un ejército y las murallas centenarias de la ciudad, y nos asisten la verdad y la voluntad de los dioses.

Se escucharon otras voces, pero se apreció especialmente la de un tercer senador patricio, Publio Valerio Flaco, que había sido cónsul dieciséis años antes y que mostró una prudencia encomiable:

—Apreciamos la confianza y la seguridad del experimentado Quinto Fabio Máximo, que conoce muy bien a nuestro gran enemigo, pero no podemos dejar de valorar las cautelas que nos recomienda tomar Cornelio, sabiendo, como sabemos, que nuestras fuerzas para la defensa de Roma son exiguas. Guiémonos por la mesura y tomemos la solución más conveniente. Propongo que confiemos en nuestros generales en Capua, Fulvio y Claudio. Remitámosles un mensaje informando de los efectivos con los que cuenta la ciudad para su defensa. Son ellos quienes saben cuántas tropas conduce Aníbal hacia aquí y cuántas se necesitan para mantener el cerco a Capua. Que valoren si es posible que uno de ellos venga hacia aquí con la parte del ejército prescindible, mientras el otro mantiene el asedio de Capua con la adecuada firmeza. Que sean ellos de común acuerdo quienes decidan cuál debe situar Capua y cuál debe acudir a Roma para impedir el asedio de su patria.

Y fue esta última propuesta, nacida de la conciliación, la equidad y la inteligencia, la que había resuelto adoptar el Senado.

Un emisario había llegado al campamento de Capua con el mandato. No pudo haber discusión entre los procónsules: en una batalla reciente a las puertas de Capua, en la que Aníbal había comprobado la imposibilidad de romper el asedio, Claudio había sido herido por una jabalina en lo alto del pecho, bajo el hombro izquierdo. Por tanto, le correspondía a Fulvio dirigirse a Roma. Marchaba ya, al mando de quince mil soldados y mil jinetes.

—¿Y cómo está la gente, Filenia? Solo habéis salido tú y los portadores de la litera. Ya sabes que el ama ha dado orden de que todo el servicio permanezca en casa.

—Pues te puedes imaginar, Halisca. Hemos ido al Capitolio y nunca ha estado como hoy. He visto varios sacrificios seguidos, todos ofrecidos por matronas. Había muchas. Se saludaban, pero sin ganas de hablar. Guardaban las apariencias, como siempre, aunque las caras lo decían todo.

—¿Miedo?

—Sí, claro. La pregunta era siempre la misma. Todas querían saber si había noticias. Y le preguntaban a Sulpicia. ¡Si supieran que aquí no llegan apenas cartas de Fulvio...!

—No me extraña. Cuando está aquí parece que no fuera su esposa, así que cuando está lejos, ni acordarse.

—Tiene otras preocupaciones. Todo el mundo dice que está a punto de tomar Capua, pero ahora no sé qué va a pasar.

—Pues muy sencillo. Que Aníbal le tomará la delantera. Lo ha hecho desde el principio de la guerra.

—Ay, Halisca. ¡Parece que te alegras!

—No sé si me alegro, pero tengo una sensación rara. Es como si al fin mi vida pudiera cambiar.

—No te entiendo. Si los cartagineses entran en Roma, van a arrasar la ciudad.

—La ciudad de nuestros amos. No es la nuestra.

—Quiero entenderte...

—Pues es muy sencillo. Tengo más de cuarenta años. He perdido la cuenta. No he tenido hijos, ni hombre. Alguna vez me quise dar alguna alegría furtiva con alguno, y fue mayor el miedo que pasé a que nos cogieran que el gusto. Ya sabes que aquí no podemos hacer nada. Lo tenemos prohibido todo... así que de eso, poco, muy poco, mal y con el miedo de quedar preñada. Me faltan ya varias muelas y no sé los años que me restarán de vida. Seguro que no muchos. Hay días que las piernas no me soportan, pero solo nos espera más trabajo, hasta que nos muramos. Y ya sabes que viejas no nos quieren... Con este porvenir, poco me asusta Aníbal, poco tengo que perder. En todo caso, algo que ganar.

El terror sembrado por los cartagineses en los campos de las regiones vecinas avanzaba hacia Roma inexorable y acampaba ya a ocho millas de la urbe. Los senadores paseaban por el foro para infundir tranquilidad. Estaban presentes y dispuestos en todo momento a reunirse a demanda de los magistrados. El estado de alerta se dejó notar en la presencia de retenes de tropas en el Capitolio y en la ciudadela, bien visibles para la población, así como en las murallas y en plazas fuertes próximas. Los soldados pretendían apaciguar, o más bien sofocar, los ánimos incontrolados de una población que vivía con ansia y desesperación la inminente llegada cartaginesa. El orden debía mantenerse. Y en aquel momento se supo que el ejército de Quinto Fulvio avanzaba rápido desde Capua y, oportunamente, se le otorgó por parte del Senado el imperio consular, para que no tuviera limitaciones de poder al llegar a Roma.

En avanzada de las tropas de Aníbal marchaba la caballería númida haciendo prisioneros entre la población rural fugitiva que caía abatida por las armas o era apresada. El pavor crecía ante lo que los refugiados referían, cuando llegaban a ponerse al cobijo de las murallas de Roma, acerca de la crueldad de la guerra, cuya garra cernía su amenaza sobre la urbe.

Quinto Fulvio Flaco encarnaba la esperanza. Aníbal se había demorado en una operación de saqueo y terror en los campos durante unos días. Y Quinto llegó antes. El desfile por el centro de la ciudad era prescindible. Sin embargo, entró por la Puerta Capena, al sudeste, para cruzar la urbe y salir por el nordeste con el objetivo de acampar entre las puertas Colina y Esquilina. La población civil recibió el mensaje tranquilizador: no estaba sola ante Aníbal. Y los esclavos y sometidos recibieron también el suyo: Roma no se rendía.

Una masa, de mujeres sobre todo, se agolpaba en las calles al paso de las fatigadas legiones de Fulvio, que marcharon polvorientas y cansadas por haber forzado la marcha durante varias jornadas, pero que sentían recobrar bríos al desfilar por el corazón de la urbe. No hubo muestras de gozo, ni de alegría. El ritmo marcial del paso de la tropa con el golpeteo sordo de las armas —metal con cuero— tensaba aún más con una inminente violencia, ya presentida, los ánimos de las mujeres. Observaban anhelantes, sopesando mentalmente que, aunque volvían a quedar esperanzas, no se vislumbraban certezas de victoria.

Quinto a su querida Sulpicia.

Aunque me cueste reconocerlo, me ha alegrado mucho verte al pasar por la casa de las vestales. Hubiera querido parar y abrazarte, pero no era posible, como tampoco lo va a ser que pase por nuestra casa. Al menos, no por el momento. En este año que ha transcurrido, son muchas las ocasiones en las que tu recuerdo y el de mis hijos me ha asaltado, en las que hubiera deseado retornar a la seguridad del hogar. Sin embargo, ya sabes cuáles son las altas responsabilidades que tengo contraídas con Roma y no puedo abandonarlas cuando más se me necesita. Espero que me confirmes que todos estáis bien como me ha parecido percibir en tu rostro, que parecía querer decirme todo con la mirada.

Estamos acampados a las puertas de Roma, como sabrás. La defensa de la ciudad tiene ahora la máxima prioridad y no puedo dedicar tiempo a los asuntos domésticos, pero sí te agradeceré, no solo que me informes de la salud de nuestros hijos, sino también que me hagas llegar tus observaciones, que siempre valoro en mucho, acerca de lo ocurrido en Roma en este tiempo de mi ausencia. Vale.

Sulpicia a su querido Quinto.

Me ha sido muy grato poder ver que sigues bien. Había ido al Capitolio. No he descuidado a los dioses mientras estabas fuera. ¿Qué más puedo hacer, salvo encomendarme a Juno Regina y pedir a Júpiter la victoria? Hago sacrificios y formulo votos por tu salvación y la de Roma. Y también, en los últimos días, desde que se ha sabido que venías al mando de un ejército, por que seas tú quien aleje de Roma la amenaza y merezcas ser el vencedor de Aníbal para que tu fama permanezca en la memoria por siempre.

Nuestros hijos están bien. Fulvia, como recordarás, acaba de cumplir los ocho años y está ya en edad de contraer esponsales, aunque este asunto deberá esperar a tu vuelta. Imagino que ya tendrás alguna alianza matrimonial pensada. Temo por Quinto y por Lucio, que siguen creciendo y, antes de lo que parece, deberán comenzar a cumplir con sus deberes militares. Confío en que, para entonces, la amenaza de Aníbal se haya vencido.

No sé qué esperas que yo pueda decirte que tus informadores y las misivas oficiales no te hayan comunicado. Yo por mi parte, quiero creer, más ahora que nunca, en los vaticinios de Marcio que, como te habrán informado, se dieron a conocer poco después de tu marcha. Al principio me parecieron más bien parte del efecto renovador buscado por el nuevo pontífice máximo. ¿Para qué necesitaría Roma unos nuevos juegos anuales dedicados a Apolo, con ritos griegos y con el pueblo portando coronas de laurel mientras se está en plena guerra? Sin embargo, ahora no me parecen desatinados: el pueblo debe distraerse de tanta adversidad y cualquier promesa de ayuda divina o cualquier atisbo de esperanza no solo son bienvenidos, sino también bien aprovechados. Yo quiero creer en la victoria. Roma necesita creer. Los dioses proveerán.

No puedo ocultarte, a pesar de contrariarte, que ningún bien te ha hecho lo ocurrido con tu hermano Cneo al perder la batalla de Herdonea y cerca de veinte mil hombres. Se ha conocido públicamente tu carta de intercesión por él ante el Senado. Ha sido doblemente inoportuna, porque ni la Curia ni tus aliados han podido presionar a los tribunos de la plebe en su favor y, al hacerlo, tú te has puesto en evidencia. Has querido forzar un procedimiento adverso a las competencias de la asamblea de la plebe al intentar frenar los comicios de las centurias que debían votar su condena a muerte. Yo creo que todas las clases, de la primera centuria de los caballeros a la última de los proletarios, habrían votado su condena, dado el desastre militar y la reputación que la tropa ha propagado sobre él. La huida al exilio de tu hermano era su única escapatoria, pero ha servido también para confirmar la cobardía y la falta de coraje que se le imputaban.

Así que nada de esto te favorece. Encadenas —ya lo sabes— el juicio de los publicanos con el fracaso de tu candidatura a pontífice máximo y ahora el exilio, o más bien la vergonzante huida, de tu hermano. A tu favor cuenta, sin embargo, que se ha difundido en Roma que por fin Claudio y tú podríais estar culminando el cerco a Capua. Nadie se engaña aquí. Tu colega Claudio es un patricio sin experiencia militar reseñable. Tú, en cambio, acumulas tres consulados y un triunfo. El mérito sería tuyo. La reacción de Aníbal, que parece desesperada para no perder Capua, confirmaría un prometedor éxito de vuestro asedio a esa ciudad, pero ha venido a crear tremendas incertidumbres. Es una nueva oportunidad para ti, pero el peligro para Roma resulta insoportable. Hago votos por tu victoria, pero no puedo dejar de pensar que de poco sirven mis votos y sacrificios ante el tamaño de la empresa que tienes por delante. Vale.

El caos se apoderó de Roma, sin embargo. Los ediles llevaron provisiones y el Senado y los magistrados se desplazaron también al nuevo campamento a las afueras, muy cerca de las puertas. Los cónsules del nuevo año aún no habían marchado a sus provincias y pasaron también a instalarse allí. Tres autoridades consulares, los dos nuevos cónsules y Fulvio comandaban el ejército romano. Había dos legiones más recién reclutadas y que estaban destinadas a Hispania.

Aníbal desplazó su campamento a solo tres millas de Roma y avanzó con dos mil jinetes para reconocer las murallas. Entonces, por fin, la ciudad de Roma vislumbró a su enemigo directamente, desafiante, acercándose al campamento de Fulvio en la Puerta Colina, y este envió a su caballería para repelerlo. Por su lado, los cónsules decidieron hacer frente a los cartagineses con las fuerzas a su mando: mil doscientos desertores númidas estaban acampados en la colina del Aventino y se les hizo descender cruzando por dentro de Roma para sorprender por la retaguardia a los jinetes de Aníbal.

Y la población se confundió. Creyó que los cartagineses ya estaban dentro al ver a los númidas africanos descender desde la colina periférica del Aventino. Los hombres se apostaron en tejados y balcones, y hostigaron a los jinetes a su paso, con piedras y objetos contundentes. El caos y la alarma se desataron en las calles, atestadas de campesinos y rebaños que se habían refugiado dentro de las murallas de Roma. Todos los magistrados con rango consular o superior —antiguos censores y dictadores— fueron investidos excepcionalmente de autoridad imperial para poder controlar los tumultos que el pánico provocó entre la muchedumbre que se agolpaba en las calles. Ese día y a lo largo de la noche, se declararon varias alarmas que hubo que sofocar. En cuanto a la caballería cartaginesa, fue repelida.

La gran batalla por Roma era inminente. Al día siguiente, Aníbal formó sus tropas dispuesto a afrontarla. Fulvio y los cónsules se aprestaron a entablarla. Pero tronó. El cielo se abrió de repente y una lluvia torrencial, seguida de granizo, se precipitó sobre las tropas, de modo que a duras penas podían sostener las armas. Los ejércitos se retiraron.

Al día siguiente, volvió a ocurrir lo mismo. Y tan pronto como los hombres se refugiaban en sus campamentos, mojados, ateridos y con el peso acumulado del agua que empapaba lino, lana y cuero, el firmamento se despejaba. Los funestos presagios resultaron disuasorios para la tropa. Los elementos se confabulaban contra la victoria final cartaginesa. Y a Aníbal también le había asombrado ver que dos nuevas legiones estaban ya reclutadas y a punto de partir para Hispania. Roma no cesaba de alistar hombres. Estaba más cerca que nunca, pero la empresa, después de siete años de guerra, se antojaba cada vez más ardua para Aníbal. Un prisionero le comunicó que en Roma se acababan de vender, porque habían encontrado comprador, las tierras donde los cartagineses estaban acampados. Aunque Aníbal encargó a un pregonero que anunciara la puesta en venta de las oficinas de banca emplazadas en el foro de Roma, ni él mismo creyó tal muestra de vana presunción. De cerca, Roma resultaba abrumadora.

Sembrando la destrucción y cometiendo el error de saquear el templo de Feronia, sin sopesar que sus hombres iban a pensar que perpetraban un inquietante sacrilegio, Aníbal levantó el campamento y se retiró. La moral de su tropa había decaído. Volvía hacia el sur.

Quinto a su querida Sulpicia.

Apenas me queda tiempo aquí. Hubiera querido veros, pero los códigos militares imponen sus deberes. Pasado el riesgo, retorno a Capua cuanto antes para finalizar el asedio y rendir esa traidora ciudad. Ahora ya sabemos que Aníbal no es invencible. Se ha retirado de Roma consciente de su impotencia. Aún estoy a tiempo de recibir un mensaje tuyo antes de partir, si te apresuras. Haz saber a mis hijos que su padre parte de nuevo a la guerra para cumplir con una gloriosa misión que espera culminar con los honores de un nuevo triunfo. Vale.

Sulpicia a su querido Quinto.

No acierto a transmitir la sensación de orgullo y de alivio que me posee. De orgullo porque has estado al frente de la retirada de Aníbal, y de alivio porque el riesgo ha pasado y toda Roma vuelve a respirar confiada, mientras tu nombre vuelve a estar en todas las bocas, pero esta vez para bien.

En verdad, sin embargo, nadie es capaz de explicar lo ocurrido de manera convincente. Yo, por mi parte, no tengo duda: ha sido la voluntad de los dioses. Tal vez los designios estaban ya verdaderamente trazados y escritos, como aseguraban los vaticinios de Marcio, o tal vez han sido los votos, los sacrificios y las ofrendas, que por fin han conmovido a nuestros dioses. No pretendo arrebatarte tus merecidos méritos en lo ocurrido y que, conociéndote, estoy segura de lo mucho que te complacen. Es cierto que sin tus hombres y tu coraje Aníbal no habría retrocedido, pero temo por esa soberbia que parece entreverse en tu carta y que tú, como pontífice que también eres, sabes que en nada te aventaja y que puede airar las voluntades supremas.

De nuevo te marchas sin vernos.

Yo me confío a Juno Regina para que siga confortándome en mi soledad de matrona, y pido a Júpiter Capitolino, el Mejor y más Grande, que te proteja, especialmente en la prueba que parece que se te avecina, pues entraña mayor riesgo que nunca, ahora que Aníbal ha de estar ciego de ira. No dejes de encomendarte a la protección divina, como sé que no olvidas hacer, pero conviene que, después de lo que Roma ha vivido, fíes más tu futuro a los dioses que a la fuerza de las legiones. Vale.

PARTE II

Matronas con el cabello suelto corriendo hasta
el Tíber con antorchas encendidas.

Tito Livio, *Historia de Roma*, XXXIX, 13, 12

Pacula

211 a. C.

El Ónfalo. El Ombligo del Mundo. Un vórtice infernal se abría tres veces al año en el Foro de Roma. La piedra de los Manes se descorría y dejaba ver un pozo negro, un abismo insondable por donde las almas de los muertos escapaban por unas horas del inframundo, ascendían a la superficie y vagaban a través del mundo de los vivos, aliviando sus penas y dejando sosiego a sus descendientes: la tranquilidad que confiere saber que los espíritus de los muertos se han aplacado. Así lo había previsto Rómulo desde la fundación de la urbe y así se repitió el ritual aquel día sexto antes de los idus de noviembre, octavo día del mes.

Pacula Annia, la sacerdotisa de Ceres, Proserpina y Baco, se encontraba presente en esa apertura ritual del Mundo de Ceres, la puerta al Hades que conmemoraba que la diosa descendió al inframundo a rescatar y llevar consigo a su hija Proserpina, estableciendo así una vía de salvación, una promesa de vida eterna y bendita después de la muerte para las seguidoras de sus misterios.

Fue durante el ritual, cuando Pacula Annia se asomó a las fauces de Plutón, que se sintió transida. Una corriente fría, el aliento del Averno, la estremeció. Nadie más la percibió. Fue un mensaje que penetró en sus entrañas y se instaló en ella. La impaciencia que la inquietaba desde que Aníbal se dejó ver ante las murallas de Roma se intensificó a su marcha, cuando Pacula tuvo conciencia de que Capua, su ciudad natal, estaba perdida. En ese momento, ante la garganta infernal, el desasosiego se emboscó en sus tripas, por encima del ombligo, transformado en una congoja que parecía atenazarla. Iba a ser su «angustia onfálica». Viviría allí instalada.

Su presentimiento se confirmó de inmediato. Apenas acabados los ritos, alguien gritó con júbilo en el área vecina del Comicio: «¡Capua se ha rendido! ¡Es nuestra!».

Aquel era un día nefasto, no hábil para negocios públicos, ni siquiera para reuniones del Senado. La noticia corrió de inmediato por la ciudad, propagándose con júbilo. Por fin, la guerra concedía un respiro a Roma. Tras la marcha de Aníbal, las esperanzas no habían hecho sino crecer. Solo una parte de su ejército había estado con él ante Roma, pero, para el pueblo romano, el cartaginés había arrostrado un doble fracaso: se había retirado impotente de las murallas de Roma y su estrategia para romper el cerco de Capua tampoco había tenido éxito. Unos días después se supo que no se había detenido en Campania, sino que había marchado más al sur. Tenía un nuevo objetivo en el extremo de Italia: Regio, pero eso era solo el envés de una nueva estrategia. El haz para los romanos era que Capua había sido abandonada a su suerte y Fulvio la había recuperado.

El Senado fue convocado para el día siguiente. Del mando, en manos de los procónsules Fulvio y Claudio, había llegado comunicación oficial confirmando la toma de la ciudad. Minio Cerrinio se acercó a la zona del Comicio, fuera de la Curia del Senado, para aguardar novedades. Durante la tarde y la noche precedentes, había intentado tranquilizar a su esposa Pacula por la suerte de los familiares de ambos. Desde que Capua abandonara su lealtad a Roma, no habían tenido noticias de los suyos. Él, sin embargo, en su fuero interno sabía, como ella, que debían esperar lo peor. Aunque apelaba a la paciencia y a la esperanza para diferir el duelo y el dolor por los parientes muertos o represaliados, confiando en que el paso del tiempo mitigara el efecto de las aciagas noticias que se les avecinaban, estaba convencido de que la angustia que ella sufría acabaría confirmando sus premoniciones. Era una sacerdotisa mística.

Minio se aproximó a hablar con su amigo Cayo Bebio Herennio. Apenas le había saludado cuando la puerta de la Curia se abrió. Los senadores togados comenzaron a abandonar la cámara y se fueron dispersando. Algunos se detuvieron en el área del Comicio formando corrillos. Al ver salir a Quinto Bebio, Cayo propuso a Minio que se aproximaran para ver si podían conocer lo tratado en la sesión. Se acercaron a él, y en su rostro apareció una repentina tensión al darse cuenta de que Minio, el campano, acompañaba a su hermano.

—Querido Minio, sabes bien que os aprecio mucho a ti y a tu esposa, y quiero que sepas que lamento la suerte corrida por los campanos. Aunque ellos han decidido de qué lado estaban, sois muchos los que habéis dado muestras de lealtad a Roma.

—Te lo agradezco, Quinto. ¿Qué nos puedes contar?

—Enseguida se va a difundir lo que ha pasado..., por lo que estoy viendo —dijo mirando alrededor, donde los corrillos rodeaban a los senadores—. Capua se ha rendido y las tropas de Roma han entrado en la ciudad.

El semblante de Minio quedó atravesado por una sombra apenas perceptible. El desgarro fue interior. A pesar de que ese desenlace, posible desde hacía casi cinco años, se había ido volviendo cada vez más probable, no pudo evitar un estremecimiento. Fuego, muerte, violaciones de mujeres y de niños y adolescentes, esclavitud y destrucción pasaron fugazmente por su mente en una secuencia de convicciones por confirmar.

—¿Qué... qué ha ocurrido entonces? —acertó a balbucear.

—Ignoro con detalle lo que habrá pasado. Sin duda, se habrá ejecutado el derecho de guerra. No hace falta decir más, Minio. Conoces bien, porque sospecho que te ha tocado sufrirlo, lo que el pueblo romano sintió ante la traición de Capua y cómo el tiempo ha ido intensificando esa rabia.

—Pero ¿el Senado ha tomado alguna resolución? —quiso saber Cayo.

—Se ha debatido acerca de la suerte de los senadores de Capua y acerca del mando. No puedo decir más. El Senado ha decretado que, si les parece a los procónsules Claudio y Fulvio, sometan a la Curia lo que deba decidirse, aunque es claro que ellos estarán ya tomando resoluciones. Les compete hacerlo.

—Por la suerte de los habitantes de Capua, mejor que no tomen muchas decisiones inmediatas. El tiempo aplaca los ánimos y así las iras se entibian —aventuró Cayo.

Minio los miraba, pero en sus ojos perdidos se adivinaba que su mente estaba ya fuera de la conversación, errando por las calles desoladas de Capua, intentando vislumbrar la suerte corrida por los suyos.

—¿Has estado en la apertura del Mundo de Ceres como nos dijiste? —dijo Minio, el niño.

—Así es. ¿Y qué es ese Mundo? —los puso a prueba Pacula.

—Ahí siguen viviendo los muertos, en el Averno, ¿verdad? —intervino Herennio, el hermano pequeño.

—Pero si ya están muertos, ¿por qué dices que siguen vivos? —preguntó Minio.

—Mueren en esta vida, pero siguen viviendo en otra tras la muerte. Aquí quedan solo los cuerpos, pero sus espíritus van allá. Se puede volver a la vida después de estar en el mundo de los muertos. Ceres lo hizo, y Baco también. Ese es el mensaje que nos envían. Como las cosechas, que vuelven después de meses en los que el campo ha quedado yermo, muerto. O como los racimos de uva de Baco que, después de que han sido vendimiados y las viñas podadas, vuelven a crecer.

Apenas cinco días después, una tarde, alguien llamó a la puerta de la casa de Pacula y Minio. Supuso un sobresalto en las rutinas de aquel cenáculo en que vivían. Y la sombra ominosa que se había cernido en el hogar desde la incertidumbre por la suerte de los familiares se rasgó. Los que estaban en el apartamento tuvieron de inmediato la intuición de que llegaban noticias. Fue una de las esclavas la que abrió. En la puerta estaba Opio Cerrinio.

Minio corrió de inmediato a abrazarle. No se veían desde antes de iniciarse la guerra, más de siete años. Y ya antes sus relaciones habían estado confiadas a las tablillas de cera por las que se remitían cartas esporádicas, sirviéndose como mensajeros de conocidos que iban de Capua a Roma y a la inversa. Minio era el hermano mayor y le había correspondido regir la próspera y acaudalada herencia familiar cuando el padre de ambos había fallecido. Eran terratenientes con casa en la ciudad, pero no habían tentado la política. Minio pactó con Paco Annio su alianza matrimonial con Pacula, la hija pequeña del senador de Capua. Los contactos de su suegro con senadores plebeyos en Roma le sirvieron para postular a Pacula como sacerdotisa de Ceres en el templo de los tres dioses. Luego, la tentación de irse juntos a Roma pudo con ambos, a la expectativa de una promoción social para ellos y sus hijos en la urbe dominadora. Opio quedó a cargo de la hacienda familiar mientras Minio contaba con establecer un enlace comercial desde Roma. Apenas tuvo tiempo. Llegó la guerra que truncó todas sus iniciativas. La madre de ambos falleció y Minio había alcanzado a saber de la boda de su hermano antes de que las relaciones con Capua se rompieran.

Minio miró a su hermano y apreció el paso del tiempo transcurrido en las sienes despejadas de cabello, en los surcos que bosquejaban una vejez prematura en su rostro y en lo escuálido de su porte, que había perdido la gallardía. Las manchas oscuras y las bolsas bajo los ojos delataban la fatiga de un viaje sin tregua, bajo la opresión sobrevenida de una vida derrotada.

—Siéntate, Opio. Descansa. ¿Llevas mucho tiempo a caballo?

—Apenas he podido descansar después de abandonar Capua. Lo hemos perdido todo, Minio —y se le quebró la voz.

Minio quiso hablar y abrió la boca sin poder articular palabra. Opio prosiguió cuando pudo.

—Estuve escondido y luego logré salir de la ciudad y escapar.

—Pero, ¿has venido solo?

—Es verdad —dijo cayendo en la cuenta de que su hermano ignoraba casi todo—. Llegué a casarme, pero mi esposa falleció víctima de las complicaciones del parto. ¡Han pasado tantas cosas! —dijo, mientras su cabeza vencida se inclinaba sobre el pecho.

Minio llegó a reaccionar por un momento.

—Opio, le diré a la esclava que te prepare un poco de agua en la cocina para que te asees y luego, descansa. Más tarde volverá Pacula del templo, cenaremos algo y hablaremos.

—Tengo malas noticias para ti, Pacula —le confesó Opio con toda la serenidad de que fue capaz—. En verdad, muy malas.

Pacula perdió la templanza que la caracterizaba y en su rostro apareció una actitud anhelante, deseosa de conocer, asumiendo ya el golpe que se avecinaba. La angustia onfálica se ensañó con ella en ese momento, retorciendo la parte superior de su abdomen.

—Tu madre falleció no hace mucho, cuando los cónsules comenzaron a sitiar la ciudad. En Capua se decía que fue una muerte voluntaria, no se sabía si por pena, por temor o por inconformismo. Parece que al ver sufrir a la población a medida que la comida faltaba, se fue negando progresivamente a ingerir alimentos. Respetaron su carisma sacerdotal. Al parecer, en tu familia, ni siquiera tu padre se atrevió a contrariarla ni a forzarla a comer. Ella aseguraba que su tiempo se había cumplido.

Pacula calló, reflexiva. Quiso entenderla. Solo se le ocurrió que era cierto que su madre había alcanzado la tercera etapa de la vida, después de la virginidad prenupcial y de la fase de matrona en la que había concebido a las dos hijas y a un hijo. Llegada la menopausia habría entrado en la última fase para las iniciadas en los misterios, la magistral, la de las más mayores y las ancianas. Pero podía haber algo más, un sentido de misión como el que ella parecía haber comenzado a intuir aferrado a sus tripas y no dispuesto a otorgarle respiro. Su madre le había dejado una incógnita cifrada. Como sacerdotisa que también era, solo podía esclarecerlo por intuición.

Opio prosiguió.

—Tu hermano cayó en la batalla que los campanos y los cartagineses libramos contra las tropas de Claudio y de Fulvio, hace apenas dos meses. Aníbal advirtió previamente de la estrategia a la ciudad y atacamos simultáneamente los campamentos romanos desde dos frentes, Aníbal llegando por sorpresa y nosotros saliendo en tromba de la ciudad. Claudio se defendió de los campanos y Fulvio de los cartagineses. Al final, Aníbal se replegó por encontrar demasiada resistencia y nosotros tuvimos que refugiarnos de nuevo tras las murallas, dejando numerosos caídos al retroceder. Tu hermano fue uno de ellos. Por eso Aníbal decidió atacar Roma, a la vista de que no podía romper el cerco de Capua.

—¿Sabes algo de mi padre y de mi hermana? —interrumpió Pacula impaciente por conocer la suerte de los suyos.

Opio inspiró. Bajó la vista, antes de volver a alzarla para mirar a su cuñada a los ojos.

—Pacula, tu padre se suicidó. A tu hermana no sé qué le ha ocurrido, pero ya sabrás que era viuda.

—No. Tampoco lo sabía.

—Su esposo formaba parte de las tropas de los aliados de Roma en Cannas. No volvió. Desaparecido, seguramente muerto. Tu hermana recuperó la dote y volvió al hogar paterno con sus dos hijas pequeñas. Se decía que no se entendía con su familia política.

Las lágrimas comenzaron a deslizarse por las mejillas de Pacula, que no perdió la serenidad a pesar de que sintió intensificarse la congoja en su estómago.

—Madre, ¿por qué lloras? Tú nunca lloras. Siempre nos has dicho que no debemos llorar.

Conversaban en la habitación de los niños.

—Los mayores no lloramos. Son las lágrimas las que corren, viendo las cosas pasar. ¿A que os lloran los ojos a veces cuando corréis y veis pasar las cosas muy deprisa?

—¡Es verdad! A mí me ha pasado —dijo Herennio.

—Y tú, ¿qué has visto pasar, madre? —preguntó el reflexivo Minio, el hermano mayor.

—A mi madre, vuestra abuela Libra, que era sacerdotisa, como yo. Ya os he hablado de ella. Ha muerto. Y también a vuestro abuelo Paco, que era senador en Capua; y vuestro tío, mi hermano; y no sé nada de vuestra tía Paca.

—Todos lleváis el mismo nombre...

—Como Minio lleva el nombre de vuestro padre. La mía es una familia consagrada a Baco, y por eso mi padre se llamaba Paco y vuestra tía y yo somos Pacas. A mí, por ser la pequeña, acabaron llamándome Pacula, pero todos somos Annios; como vosotros dos que sois Cerrinios, igual que vuestro padre.

—¿Y el nombre de la abuela Libra?

—Ya os he dicho que era sacerdotisa de Proserpina, la diosa Líbera.

—¿Y entonces lloras porque no los ves o por que los ves pasar? —volvió a interesarse Minio.

—En realidad, lloro porque ya no los veré. Han muerto, han pasado.

—Pero siempre dices que tras la muerte tendremos una vida más feliz —repuso el pequeño.

—Así es. Pero hasta entonces seguimos en esta. Y en esta se sufre, se enferma, se llora y, finalmente, se muere.

—Fue una larga agonía —prosiguió Opio con su relato al día siguiente, tras cenar frugalmente—. De nada sirve recordar cómo ocurrió y debatir si nos equivocamos o no en Capua al traicionar la alianza con Roma. Me pareció brutal e innecesario el exterminio de los romanos residentes en nuestra ciudad. Eran comerciantes y militares, y se los ejecutó asfixiados en el vapor de unos baños. Una verdadera tropelía. Y, además, se cometió con saña, sabiendo que aún se disponía de trescientos romanos que nos había entregado Aníbal como rehenes para asegurar que Roma no tomara represalias con gente como vosotros, que ya vivíais aquí.

—Capua decidió entregarse a Aníbal en un momento crítico para Roma. Fue oportunista e interesada, es cierto. Una verdadera traición, aunque me consuela saber que al menos parece que no nos dejasteis a merced de Roma a todos los campanos que estábamos fuera de la ciudad, que por un momento pensasteis en nuestra seguridad... De todos modos, la relación de Capua con Roma se pudo reconsiderar después, volver a la alianza... —dijo Minio.

—No. Fue imposible. Recuerda que al prometer lealtad a Aníbal se asumió la presencia de una guarnición cartaginesa. No era posible negociar ya con Roma. Ni siquiera lo hemos valorado después de saber que Aníbal nos había dejado abandonados definitivamente a nuestra suerte. Los procónsules romanos, de hecho, nos ofrecieron la rendición. Publicaron hace unos meses un edicto refrendado por el Senado de Roma que nos fijaba un plazo para entregar la ciudad, pero no podíamos creer en el perdón de Roma, y en la ciudad no quedaba más autoridad que la de los comandantes de la guarnición cartaginesa.

—Pero el Senado de Capua, ¿qué postura tomó? —quiso saber Pacula.

—Ninguna. De hecho, ni se reunió porque los senadores no comparecían. Estaban encerrados en sus casas, a la espera de un desenlace del que no querían participar por temor a equivocarse de nuevo.

Se hizo un momentáneo silencio. El padre de Pacula y suegro de Minio era uno de aquellos senadores.

—No acierto a ver qué ocurrió entonces, porque creo que no hubo batalla para asaltar la ciudad, ¿no?

—Hubo desesperación. Los comandantes cartagineses redactaron un mensaje para Aníbal instándole a volver, a dejar para más adelante la conquista de Tarento y de Regio y a ayudar a Capua, que se había entregado a su causa, abandonando a Roma. La misiva debían portarla unos númidas que se iban a fingir desertores ante los cónsules romanos, para luego, en cuanto tuvieran ocasión, huir hacia el sur. Se presentaron en el campamento de Fulvio y fueron acogidos. Sin embargo, huyó también al campamento romano una mujer campana que decía haber sido amante de uno de los númidas. Los acusó de traidores. Estaba dispuesta a mantener un careo con su amante y Fulvio aceptó la prueba. En el interrogatorio, el númida mantuvo su inocencia hasta ver que se preparaban los instrumentos de tortura. Entonces confesó y entregó el mensaje. Para salvar la piel, además, denunció a otros espías que ya estaban infiltrados en el campamento romano.

—¿Cómo sabes todos esos detalles?

—Porque los númidas, setenta africanos que habían desertado, fueron azotados con varas por los legionarios romanos y volvieron a Capua sin sus manos, con muñones sangrantes.

—¡Qué horrible! —musitó Pacula.

—Los romanos trataron por igual a los traidores mendaces y a los verdaderos desertores que habían huido de Capua acuciados por el hambre que atenazaba la ciudad. La gente, famélica desde hacía tiempo, sobrevivía a duras penas. La indiferencia, la sensación opresiva de que todo estaba perdido y de que había que aguardar un desenlace fatal que otros decidirían, se desvaneció de repente. A la vista de las brutales amputaciones, el pueblo reaccionó.

—Entonces, ¿hubo rendición o asalto? —preguntó Minio.

—Eso vino después. El pueblo forzó a Sepio Lesio a convocar al Senado. Sepio era el magistrado supremo elegido este año, un verdadero incapaz, claramente superado por la situación crítica de la ciudad. En el Senado, se dejaron escuchar voces que hablaban de enviar embajadores a los generales romanos, partidarios de la paz y la capitulación, pero se comentó especialmente la intervención de Vibio Virrio, el senador que en su momento abogó por abrazar la causa de los cartagineses y abandonar la lealtad a Roma.

—¿Por qué? —se interesó Minio, sin dar respiro a su hermano.

—Porque emplazó a los senadores ante la verdadera dimensión de la tragedia para Capua: Roma no olvidaría ni la traición ni a sus ciudadanos asfixiados. No había renunciado a Capua ni cuando Aníbal amenazó la urbe. Había desoído el llanto desesperado de sus matronas y de sus propios hijos, se había mantenido inflexible a pesar de la amenaza que se cernía sobre sus templos y sus hogares, y no había evitado la profanación de las tumbas de sus antepasados por los cartagineses. Recordó cómo Roma era más cruel que las fieras mismas, pues estas ceden a su instinto y defienden encarnizadamente a los suyos. Nada, en cambio, hizo cejar a Roma del cerco sobre Capua. Y aquella ingente rabia contenida se volcaba ya sobre la ciudad.

—Pero, ¿qué fue lo que propuso? —insistió Pacula mientras se retorcía las manos entrecruzadas.

—La dignidad del suicidio: dijo que él no esperaría a que lo apresaran y lo pasearan los cónsules Apio Claudio y Quinto Fulvio cargado de cadenas en un triunfal desfile por Roma. No esperaría a conocer la prisión, donde lo azotarían sin piedad antes de decapitarlo. Dijo que él no iba a aguardar para contemplar al incendio de Capua. Que no quería asistir a las violaciones de las matronas, de las doncellas y de los hijos de los campanos.

En ese momento, Opio hizo una pausa. Sufría intensamente al recordar lo ocurrido, y lamentaba, además, ser portador de unas noticias que venían a quebrantar la paz de aquel hogar.

—Vibio invitó a cuantos senadores quisieran acompañarlo a un convite en su casa. Creo que al final acudieron veintisiete —prosiguió Opio—. Tu padre, Pacula, era uno de ellos. Se acomodaron en los lechos, y comieron y bebieron cuanto quisieron. Después Vibio le pidió a uno de sus esclavos una copa ya preparada. Bebió en primer lugar y luego bebieron todos. Vibio lo había anunciado: el veneno liberaría sus cuerpos de los suplicios, su espíritu de los ultrajes, y sus ojos y oídos de ver y oír todas las atrocidades y vejaciones que aguardan a los vencidos. En realidad, los había convidado a un suicidio colectivo.

—Más bien fue una gran bacanal, la última —dijo como para sí Pacula completamente conmovida—. Beberían largamente para sumirse en el letargo báquico. Sé que Vibio conocía bien los ritos. Los convidó a una comunión colectiva para un sacrificio final.

—Quizá tengas razón —dijo Opio—. Tú eres sacerdotisa de esos cultos. Tal vez la cena fuera como un ritual, pero os puedo asegurar que, efectivamente, al final hubo fuego y humo, como en los sacrificios: Vibio había anunciado que en el patio de su casa iba a preparar una gran pira para incinerar los cuerpos y preservarlos de la saña de los romanos.

Un silencio se hizo en aquel cenáculo donde las sombras de la noche envolvían amenazantes a los tres conversadores congregados en torno a la tenue luz de una lucerna sobre la mesa.

—¿Se hizo así? —quiso saber Minio.

—En parte, sí —Opio, se pasó la mano por la barbilla, consciente del dolor que sus palabras provocaban en Pacula—. Tras apurar el veneno, parece que estrecharon sus manos derechas como lo harían los miembros de una hermandad y se abrazaron. Algunos abandonaron la casa para volver a la suya, el resto se quedaron, tu padre entre ellos —dijo, mirando a su cuñada. —Por un momento, Opio pareció titubear; luego prosiguió, como pensando para sí—: No ocultaré nada de lo que sé. Habían comido y bebido de manera abundante y los efectos del veneno se retrasaron mucho. No fue una muerte rápida. Para muchos, la vida se prolongó durante toda la noche, hasta el amanecer del día siguiente. En todo caso, la pira ardió antes de la llegada de los romanos.

—Madre, anoche escuché lo que contaba el tío Opio. Ese banquete del que hablaba, ¿es como el banquete final?

Minio, el hijo mayor hablaba con su madre, preocupado por verla visiblemente apenada.

—Lo fue para ellos, al menos —respondió Pacula.

—¿Por qué nos hablas siempre de un banquete eterno? —interrumpió Minio, el niño.

—Porque los hombres son felices comiendo y bebiendo, y se imaginan que después de la muerte puede haber una vida dichosa, distinta de esta, en la que simplemente trabajan, sufren, enferman y luego mueren, sin tiempo apenas para gozar.

—¿Entonces será un banquete como el de los dioses?

—Los dioses del Olimpo también celebran sus banquetes, pero el banquete de Baco, del que yo os hablo, es distinto. Se trata de un banquete del que participan los hombres. Lo ofrece un dios que ha resucitado, ha muerto y ha vuelto a la vida, que celebra el triunfo de una vida eterna, sin preocupaciones ni complicaciones. Es sencillo. Tiene lugar en el bosque. Sátiros y bacantes que tocan sus instrumentos y danzan sin pausa celebran la fiesta y forman el cortejo que acompaña a Baco y Ariadna en su carroza celebrando la vida, la victoria sobre la muerte.

—¿Y por qué beben vino y se emborrachan?

—Porque les libera. El vino es el gran don entregado por Líber, por Baco, a la humanidad. Lo que permite olvidar la vida y sus penalidades, que el espíritu se desprenda del cuerpo y entre en comunicación directa con los dioses. Algún día lo entenderéis. Es como cuando sueñas. Estás quieto, dormido, pero sigues viviendo, volando libre sin necesitar tu cuerpo. Y todo lo malo se queda atrás.

Revivir lo ocurrido resultaba para Opio visiblemente penoso, pero necesitaba hacerlo, sacarlo de dentro. Su relato no había terminado. Lo retomó al día siguiente, mientras las sombras del final del día se apoderaban del cenáculo.

—La mayoría de los senadores había asentido ante el discurso de Vibio en el Senado. No iba a haber perdón. Pero tampoco tenían opción. Se trataba de resistir hasta el asalto final de las legiones romanas, que acumulaban ya una rabia incontenible hacia la población, o de entregar la ciudad y confiar en que hubiera clemencia. Votaron esto y, como os he dicho, solo veintisiete prefirieron la muerte honorable junto con Vibio, para escapar a las represalias de los romanos. Se enviaron embajadores de inmediato a los procónsules.

—¿Cuándo entraron en la ciudad? —preguntó Minio.

—Al día siguiente. Los procónsules mandaron abrir la Puerta de Júpiter. No hubo resistencia. Tampoco clemencia. Una legión y dos escuadrones de caballería penetraron en la ciudad y requisaron las armas, apostaron guardias en las puertas, arrestaron a la guarnición cartaginesa y encaminaron a los senadores de la ciudad al campamento, donde fueron encadenados.

—Pero, ¿cómo pudiste escapar?

—Estuve escondido en casa de Telio, nuestro liberto. No me puedo vanagloriar de ello, ciertamente. Pero solo si escapaba al furor inmediato del saqueo tenía esperanzas de sobrevivir. —Opio sufría visiblemente recordando lo ocurrido—. En la bodega de su negocio había preparado un habitáculo como refugio. El derecho de gentes y la costumbre nos hicieron pensar que, llegado el caso, la saña romana se desbocaría contra los ciudadanos de Capua, pero que se respetaría en la ciudad a los que no lo fueran.

—Entiendo. Era una esperanza razonable. Roma debe obrar con cautela en sus represalias y, sobre todo, no puede enemistarse con sus aliados itálicos —valoró Minio.

—Por lo que he podido saber, los legionarios se dedicaron a saquear las casas más ricas de la ciudad y en especial las de los senadores. Pasados tres días, me arriesgué a salir. No vi las tropelías, pero las sentí. El terror se apoderó de mí allí encerrado, hasta que pude escapar con la túnica raída que habéis visto. Lo logré avanzada la tarde, a pie, como si fuera un esclavo o un humilde trabajador, antes de que se cerraran las puertas de la ciudad. Pasé por el control de la guardia romana. Temía, sobre todo, que cualquier habitante de Capua me reconociera y me delatara. Telio me aguardaba con el caballo que me ha traído hasta aquí. Me lo entregó fuera de las murallas, por el lado opuesto a los campamentos de las legiones, donde habíamos convenido. Ha sido leal hasta el final. Le confié el dinero que tenía en metálico. Si la situación mejorara podríamos intentar recuperarlo. No me atreví a pedirle que se arriesgara a sacarlo de la ciudad.

—Todo depende que lo que se haya decidido hacer con los ciudadanos campanos...

—No sé muy bien qué se habrá decidido. Todo era muy confuso. Se hablaba de miles de esclavos, pero eso sería un problema para Roma. Podrían dispersarlos, como suelen hacer, pero los campanos hemos sido ciudadanos romanos. ¿Se atreverán ahora a esclavizarnos? La ciudad ha quedado en manos de los forasteros que ya estaban allí asentados y, por el momento, iban a respetar también a comerciantes y artesanos, los negocios pequeños. Pero todas las tierras y propiedades han sido requisadas. Todo es ya propiedad del pueblo romano.

—Cuesta asumir la muerte de unos padres, pero no saber ahora qué ha ocurrido con mi hermana, no me permitirá descansar —se lamentó Pacula llevándose la mano involuntariamente al regazo, donde sentía retorcerse sus entrañas.

Pacula procuraba conversar con sus hijos. En aquellos días, hablar con ellos le permitió extraer sus pesadumbres. En los mensajes divinos reconocía la suerte de los suyos anticipada. Y la alivió.

—Baco era como vosotros, un niño, solo que su padre era el gran Júpiter y su madre, Proserpina. Disfrutaba de una infancia feliz, cuidado por las ninfas en el bosque y viviendo en una cueva. Pero debéis aprender que los peligros nos amenazan siempre y que con frecuencia se esconden detrás de lo que más nos gusta. Los hijos de la Tierra, los Titanes, celosos del hijo pequeño y favorito de Zeus, querían acabar con él. Se acercaron con sus rostros blancos, cubiertos de yeso y, para atraer y engañar al niño, le enseñaron un espejo, una peonza, unos dados, un aro, unas pelotas y hasta unas manzanas de oro mágicas. Procedían del jardín de las Hespérides en el fin del mundo occidental, de la lejana Hispania o del África. ¿Qué creéis que ocurrió?

—Que se pusieron a jugar.

—Algo peor. Jugaron sí, pero solo para engañar al dios niño y llevárselo con ellos. Y ya lejos, a este Baco que se llama Zagreo, le arrancaron los brazos y las piernas, le cortaron en siete trozos que cocieron en ollas. Luego los asaron y por fin se lo comieron. ¡Tan grande fue la crueldad de los Titanes!

La cara de Herennio, el menor, mostraba pavor. El mayor, Minio, quiso aliviarse.

—¿Y cómo acaba la historia? Se salvó, ¿no?

—No es un cuento sin importancia, Minio. Es historia sagrada. Nos recuerda la vida de los dioses y explica lo que tenemos que entender los seres humanos. En efecto, Júpiter padre se vio atraído por el olor del festín y entonces descubrió el crimen de los Titanes. Con sus rayos fulminó a unos y a otros los envió al Tártaro, donde viven encerrados para la eternidad. La diosa Minerva logró recuperar el corazón de Baco cuando aún latía. Se lo entregó a Júpiter y el dios padre volvió a engendrarlo y a darle una segunda madre, una mortal llamada Estímula, y una segunda vida. Baco resucitó. Pero hay algo más importante. De las cenizas de los Titanes fulminados, nació la especie humana. Portamos su culpa, pero llevamos también algo de Baco, al que devoraron. Podemos ser inmortales como él y, al mismo tiempo, sabemos ser brutales como los Titanes.

Al mando de Fulvio, la legión y los destacamentos de caballería patrullaron la ciudad de Capua de manera ordenada hasta tenerla en sus manos. Luego, comenzó el saqueo. En las casas de la aristocracia y los notables, los soldados entraron sin miramientos. Una vez que sus mandos los perdían de vista, sus instintos se desataban, acicateados por la rabia de meses de asedio y de escaramuzas, por la venganza de los camaradas caídos ante aquellas murallas que hasta entonces habían sido inexpugnables. En casa de Paco Annio, el padre de Pacula, ocho legionarios hallaron una vajilla de plata, un arca con monedas y el ajuar en joyas que pertenecía a su hija Paca. Pero también encontraron a las mujeres. La matrona y sus dos hijas fueron conducidas al atrio donde se reunió a todos los esclavos de la casa. Mientras unos soldados vigilaban a estos y revisaban la casa, otros tres exigieron a la mujer y a sus hijas que se desnudaran ante todos.

La matrona quiso hablar. La insultaron. La abofetearon. Probablemente quiso explicar que se equivocaban, que era viuda de un campano caído en Cannas, combatiente de las tropas auxiliares aliadas de Roma. Enmudeció.

Las hicieron arrodillarse y, entre risas, les metieron sus miembros en la boca obligándolas a iniciar sendas felaciones. Cuando completaron las violaciones, los demás soldados les relevaron. Desahogaron su furia contenida y la euforia del éxito en aquella irracional toma de posesión violenta. Se lanzaron al sometimiento viril del vencido por parte del vencedor. Cuando acabaron, las degollaron y obligaron a los esclavos a improvisar una pira en el jardín de la casa.

Al fondo de un pozo, en la negrura, seis llamas oscilan hasta apagarse, y de una de ellas renace de manera lenta un resplandor blanquecino en el que se va definiendo el rostro de Libra, la madre de Pacula. Sonríe y atrae a su hija tras ella hacia el fondo del pozo. Aunque Pacula avanza, Libra retrocede y la distancia se mantiene. Entretanto, el rostro, que se parece poderosamente al de la propia Pacula, va tornándose apergaminado, surcándose de pequeñas líneas que acaban definiendo arrugas. Finalmente, solo resta la piel adherida al hueso, como momificada, y Libra abre los brazos. De ellos salen flotando, una tras otra, una secuencia de cabras que avanzan hacia Pacula, mutando según avanzan en mujeres jóvenes con blancas vestiduras talares de lino. Ella abre sus brazos para acogerlas...

Pacula, encogida en el lecho, recupera la conciencia. En el duermevela desasosegado en el que había caído, después de horas de insomnio, mortificada por la pena, desgarrada por las muertes, no sabía al principio si aquello era un sueño o una visión. Las había tenido en ocasiones anteriores y formaban parte, según creía, de su condición de mediadora entre los dioses y las mujeres. Al poco, lo entendió todo. En las llamas reconoció a los suyos —sus padres, su hermano y su hermana y sus sobrinas—, todos extinguidos; en las cabras y las mujeres, su misión. La angustia que se enseñoreaba de su abdomen lo confirmaba. Su centro onfálico contraído le advertía de que su mundo había naufragado precipitándose en el vórtice del caos hacia el vacío.

¡Evohé, evohé!
¡Oh, Bromio!
Las que conocen los misterios
serán bienaventuradas y dichosas.
Para superar el mortal trance
preparan sus almas venturosas.

¡Evohé, evohé!
¡Oh, Bromio!
Feliz, agitando el mágico tirso,
quien a Baco en orgías honra,
quien, coronada de yedra, sacude
su cabellera temblorosa.

¡Evohé, evohé!
¡Oh, Bromio!
De los himnos a Líber vencedor,
contenta quien el son entona,
bendita cuando, del dios posesor,
la presencia en su seno brota.

¡Evohé, evohé! ¡Oh, Bromio!
Los miembros del tierno
cabrito desgarren con sus manos,
consuman su carne cruda,
manchen de sangre el lino blanco.

¡Evohé, evohé! ¡Oh, Bromio!
Recibe, ¡oh, Bromio! este sacrificio.
Que a tu bondad resulte grato.
Y ahora, id Bacantes, id, que ya
Quedó complacido Baco.

¡Evohé, evohé! ¡Oh, Bromio!

Aunque el apartamento de Pacula y Minio era pequeño, de momento Opio no tenía dónde ir, así que se acomodaría allí, aprovechando uno de los lechos del comedor. Habían acordado que, por prudencia, no se dejara ver. Contaban con la lealtad de las dos esclavas. Las trataban como personas de confianza y además estaban iniciadas en los misterios báquicos por su propia dueña. El culto no entendía de jerarquías sociales, aceptaba a mujeres de todas las condiciones que pasaban a formar parte de la hermandad, del tíaso. Ambas le servían de gran ayuda para preparar los ritos y transmitir mensajes. Tenían comprometida la concesión de la libertad en el futuro como pago a sus servicios, pero en aquellos tiempos de penuria todos pensaron que era mejor no hacer cambios a la espera de una época más próspera y segura.

La situación era muy confusa. Los campanos eran ciudadanos romanos. ¿En qué situación habían quedado? ¿Como traidores, como ciudadanos o como ciudadanos traidores? En el primer caso les llegaría la esclavitud, en el segundo prevalecerían los derechos y en el tercero habría castigos, pero mantendrían algunas libertades. En ese caso estaba por ver a cuántos alcanzaban las ejecuciones.

Minio había salido temprano para deambular por la zona del Foro. Era el modo de estar informado en Roma. Las noticias que llegaban a la urbe se encaminaban directamente hacia allí antes de propagarse. Todo el mundo estaba hablando de los senadores de Capua y de los procónsules, de la inclemencia de Fulvio y de la muerte de Claudio. Al volver a casa, informó a Opio y a Pacula, que estaban deseosos de novedades.

153

—El procónsul Claudio ha muerto. La herida en el pecho que había recibido se fue complicando y le ha provocado la muerte —anunció Minio.

—Ya se decía en Capua que estaba muy enfermo... —recordó Opio.

—También han llegado noticias acerca de lo ocurrido con los senadores. Ejecutados. Pacula, parece que al final la suerte que eligió tu padre no estuvo desacertada —dijo Minio a su esposa, en tono suave, de consuelo—. Los habían distribuido entre las ciudades de Cales y Teano para que fueran custodiados. Veinticinco a Cales y veintiocho a Teano. Las ejecuciones han sido cosa de Fulvio al parecer.

—¡Ese criminal...! No se sacia de sangre, ni de botín. Según me contó nuestro liberto Telio, allí se decía que todas las órdenes eran suyas —dijo Opio.

—Se va sabiendo ahora que el debate que hubo hace unos días en la Curia acerca de la suerte de los senadores campanos vino suscitado por el informe de los procónsules nada más tomada la ciudad. Al parecer, Claudio defendía el perdón de los senadores de Capua, pero Fulvio se inclinaba por tratarlos con todo el rigor. Optaba por la ejecución. Claudio argumentaba que era mejor conservarlos con vida e interrogarlos sobre las conexiones o negociaciones secretas que hubieran mantenido con otros pueblos latinos. Decía que podían proporcionar información útil.

—En Roma nadie ignora que el suegro de Claudio fue en su momento el máximo magistrado en Capua. Y fiel a Roma —recordó Pacula.

—Fulvio, en cambio, negaba al perdón —prosiguió Minio—. Decía que eso desestabilizaría a los aliados leales, que iba a sembrar desconfianza entre ellos con acusaciones dudosas y denuncias poco fiables.

—No sé.... —meditó Pacula en voz alta—. No me extraña que el patricio Claudio haya defendido a los senadores campanos. Hay alianzas matrimoniales y muchos intereses coaligados entre senadores romanos y campanos. Seguro que

Claudio quería ganar tiempo, pero no entiendo tampoco la prisa de Fulvio por silenciarlos.

—Pues parece que Fulvio disolvió el consejo militar habiendo tomado su decisión, a pesar de que Claudio creyó entender que iba a aguardar a lo que decretara el Senado romano —prosiguió Minio.

—No hay duda de quién ha sido el hombre fuerte de los dos, sobre todo porque Claudio ya estaba muy grave.

—Más que fuerte, cruel. El caso es que Fulvio no solo los ha ejecutado, sino que además ha obrado con premeditada nocturnidad. Indicó que estuvieran preparados dos mil jinetes y en plena noche, en el tercer relevo de la guardia, abandonó el campamento con la tropa para llegar a Teano al amanecer. Se dirigió al Foro y le ordenó al máximo magistrado que llevara a los senadores campanos. Los hizo azotar con las varas y a continuación ordenó que fueran decapitados.

Pacula se estremeció visiblemente, mientras Opio se mesaba el cabello con semblante muy tenso.

—Luego marchó con su tropa a galope tendido a Cales. Se dice que, antes de llegar, se le entregó la carta enviada por el pretor Gayo Calpurnio, que presidió la sesión del Senado, junto con el decreto en el que se les decía a los procónsules que, si les parecía, el Senado tomaría las decisiones —continuó Minio.

—Pero, entonces, ¿el Senado no había decidido? —preguntó Opio.

—Ten en cuenta que los procónsules tienen el *imperium* otorgado. Yo creo que el Senado pretendía ganar tiempo y se posicionaba del lado de Claudio y de la clemencia con los senadores campanos. Pero, probablemente, hay una cuestión todavía no resuelta: el Senado no puede decidir acerca de ciudadanos romanos y los campanos lo somos. Aunque no votemos, somos pueblo romano.

—¿Y qué ocurrió? —inquirió Pacula impaciente.

—Pues según se dice, Fulvio guardó la carta sin abrirla y ordenó azotar a los senadores y decapitarlos. Y, una vez acabada la ejecución, dio lectura a la carta. Seguro que estaba informado previamente de su contenido.

—Pero ¿puede alguien desafiar así al Senado? —preguntó Opio.

—En Roma, desde que empezó la guerra, se están designando viejos cónsules y procónsules para dirigir las legiones, generales veteranos con prestigio y capacidad de mando, con mucha autoridad... Fulvio ha impuesto la suya en el ejercicio del mando que le ha sido otorgado —razonó Minio.

—Fulvio es un triunfador plebeyo. Probablemente ha contado con los votos que su decisión va a reportarle ante el pueblo romano. No se trata de un patricio prosenatorial con intereses o con parientes en Campania. Habrá optado por la mano de hierro. Proyecta sobre el Senado campano la culpa de la traición a Roma —valoró Pacula.

—Yo dudo de todo ello —añadió Minio—. No sé si ha habido tiempo suficiente para enviar la carta de los procónsules y para que llegara la respuesta antes de que Fulvio ordenara las ejecuciones. Es posible que se trate de rumores puestos en circulación por sus rivales políticos.

—Sea como fuere, ya nada cambia: los senadores están muertos —lamentó Opio—. Además, el odio sigue creciendo contra nosotros, los campanos.

—De lo que no hay duda es de quién ha saqueado Capua, ni de quién ha ordenado las ejecuciones —concluyó Pacula—. Quinto Fulvio Flaco quedará maldito en la memoria de los campanos.

En los días siguientes comenzaron a llegar campanos a Roma. Como Opio. Entraban en la ciudad discretamente, se sumían en la confusión de la urbe, en las populosas calles que se habían descongestionado de ganado desde que Aníbal levantara su campamento y retornara al sur, pero en las que se hacinaban los refugiados itálicos. No resultaba difícil pasar inadvertido. Los huidos desde Capua se encomendaban a la hospitalidad cómplice que les podían proporcionar familiares directos o políticos sensibles a su causa hasta que la situación se tranquilizara.

Tras caer Capua, se rindieron a Roma también Atela y Calacia, otras ciudades próximas. Hasta setenta senadores procedentes de allí fueron también ejecutados, y hasta trescientos miembros de la nobleza encerrados o repartidos para ser custodiados en ciudades latinas. Luego, fueron discretamente eliminados.

La ciudad de Capua se tornó una fachada hueca. El oro y la plata nutrieron en el saqueo un rico botín que Fulvio se preocupó de que fuera escrupulosamente anotado por los cuestores para evitar acusaciones de apropiación indebida —casi dos mil sesenta libras de oro y treinta y una mil doscientas de plata*—. Y la población fue dispersada, sin poder retornar, a aquel caparazón vacuo que conservó murallas y casas, pero en el que solo quedaron forasteros, libertos y trabajadores. Era Capua sin Capua.

Sin embargo, estas medidas sirvieron para alentar la tranquilidad de los fugitivos del primer momento, como Opio, y de sus familiares colaboracionistas, que habían temido represalias.

210 a. C.

Roma ardió entonces. Y se sumió en el terror de un atentado, un terror campano. El año había finalizado envuelto en las represalias a Capua y tomando medidas para la grave situación en Hispania. Para sustituir en el mando a los hermanos Publio y Cneo Cornelio Escipión, derrotados y abatidos por las tropas cartaginesas, no se atrevió a comparecer ni un solo magistrado con experiencia militar que ya hubiera ejercido como pretor o cónsul. Al final, el hijo de Publio Cornelio, que portaba el nombre de su padre, había optado ante la asamblea a suceder a su padre. Carecía de experiencia y solo había sido cuestor en Roma, pero su entusiasmo y su carisma ha-

---

* La libra romana equivale a 335,9 gramos.

bían decidido a la plebe a otorgarle la confianza y la autoridad militar imperial.

El quince de marzo se inició el nuevo año político para el que le fueron renovados sus poderes proconsulares a Fulvio Flaco en Capua. La represión continuaba. El gran incendio ocurrió tres días más tarde. Fue la noche antes del Quinquatro, un festival de cuatro días dedicado a Marte, el señor de la guerra, y a Minerva, la protectora de la inteligencia y las artes, una diosa también guerrera, aunque más artera. Aquel año no iba a ser posible contemplar la danza de los salios, los sacerdotes guerreros de Marte, en presencia de los pontífices. El ritual se celebraba cada año en el Comicio, pero en esa ocasión se encontraba cercado por las llamas. El Foro había comenzado a arder desde varios puntos distintos. Las tiendas, las oficinas de los cambistas, las Lautumias —unas viejas canteras usadas como cárceles—, la Plaza del Pescado, las casas de la zona y el edificio oficial del Atrio Regio, residencia del pontífice máximo, fueron destruidos por el fuego.

De hecho, el alcance del incendio pudo ser mucho peor, porque las llamas cercaron y amenazaron el templo de Vesta. Dos símbolos sagrados para la seguridad de Roma estuvieron en juego. Allí residía la llama sagrada de Vesta que las sacerdotisas vestales mantenían siempre viva. En su fulgor, los romanos habían depositado la confianza en el bienestar de la urbe. De ella dependían la buena fortuna o el desastre para Roma. Y además, en el mismo templo estaba depositado el Paladio, otro talismán sagrado. Se trataba de una arcaica escultura de madera que representaba a Palas Atenea, llevada desde Troya cuando la ciudad fue asaltada e incendiada por los aqueos. Aquella efigie de Minerva encerraba la herencia más ancestral del pasado romano, esforzadamente legada por el mítico Eneas, el hijo de Venus y Anquises, superviviente troyano que fue origen del linaje de Rómulo y Remo y, con ellos, de la ciudad predestinada a protagonizar una historia gloriosa. Hacía treinta y un años, el pontífice máximo Lucio Cecilio Metelo ya la había salvado de un incendio quedándose ciego en la proeza. En esta ocasión fueron trece esclavos los que pelearon denodadamente contra las llamas y las vencieron. Se les recompensó de inmediato con la libertad, comprada con dinero público.

El nuevo cónsul Marco Claudio Marcelo, elegido para la magistratura por cuarta vez y reciente vencedor en Siracusa contra los cartagineses, trató la cuestión del incendio en la Curia como un atentado: había sido claramente intencionado porque se apreciaron varios focos y se había declarado en el centro neurálgico de Roma. El Senado autorizó medidas para capturar a los culpables. El cónsul prometió en una asamblea pública de naturaleza informativa una recompensa a quien facilitara información: se pagaría en metálico si el informador era de condición libre, y se le otorgaría la libertad si se trataba de un esclavo.

Entre los campanos que ya habían llegado en las últimas semanas a Roma y, sobre todo, entre aquellos que llevaban un tiempo allí instalados y cuya lealtad se veía sometida a sospecha, lo ocurrido volvió a desatar una intensa desazón. Tenían motivos. La agitación anticampana en Roma era máxima.

Pronto hubo noticias. Un esclavo de los Calavios delató a sus dueños. Se trataba de una influyente familia de campanos muy estrechamente conectada con Roma, enlazada matrimonialmente con la hija del cónsul romano del año anterior, el mismo que acababa de fallecer por una herida en Capua, el patricio Apio Claudio Pulcro. Otros dos hijos de Pacuvio se habían asentado igualmente en Roma. Fue uno de sus esclavos, un tal Mano, quien los denunció.

Opio y Minio se hallaban en el Foro romano. El juicio era público. Los postes de tortura estaban preparados. Al verlos, se estremecieron. Minio no pudo evitar el comentario en voz baja a su hermano:

—Vaya farsa. Los tienen condenados de antemano.

—Es verdad. No tienen escapatoria. En cuanto interroguen bajo tortura a los esclavos, los delatarán, aunque sea mentira.

—El cónsul Marcelo tiene que entregar unos culpables a Roma. Es el conquistador de Siracusa. No puede permitirse no hacerlo. Después de que Aníbal se haya retirado de Roma y después de la rendición de Capua, este incendio entraña un golpe muy duro. Llega justo cuando los ánimos del pueblo comenzaban a remontar por primera vez desde que comenzó esta maldita guerra.

—Habrá culpables, aunque realmente no lo sean —lamentó Opio.

Para comenzar, fueron interrogados los dos Calavios. Su declaración fue coincidente: no tenían nada que ver con el atentado incendiario. El dueño del esclavo Mano añadió más: este les había denunciado por venganza, porque le había hecho azotar con varas el día anterior a la delación. Por eso se había escapado y había formulado la acusación falsa.

Tras ellos, se interrogó a los cinco jóvenes de la nobleza campana que habían sido denunciados también por Mano como cómplices. Todos ellos cumplían la misma condición: eran hijos de nobles decapitados por orden de Quinto Fulvio Flaco. La delación de Mano era por tanto perfectamente verosímil. Sin embargo, todos negaron la autoría del incendio.

El juicio comenzó a tomar otros derroteros en cuanto comenzaron los interrogatorios de los esclavos que también habían participado, supuestamente, en la provocación de los fuegos. A diferencia de sus dueños, que tenían la condición de ciudadanos, por tratarse de esclavos podían ser torturados. Al comenzar el tormento, se desencadenaron las delaciones. Sometidos a careo unos con otros, cuando ya la decapitación se tornaba una amenaza cada vez más inminente para los nobles campanos, las incongruencias de sus declaraciones fueron saliendo a la luz. Acabaron confesando todos.

En una asamblea posterior, se votaron las condenas: decapitación para los ciudadanos y crucifixión para los esclavos. Y también se aprobó la recompensa: al esclavo Mano se le premió la delación con la libertad y veinte mil ases, una generosa gratificación que le permitiría abrirse camino sin estrecheces.

La animosidad de Roma contra los campanos continuó creciendo. Después de la vista pública final en asamblea, en cuanto se conoció el resultado de la votación popular, Opio y Minio abandonaron el Foro discretamente, pero con premura. Minio no quería encontrarse con conocidos después de lo que acababa de ocurrir. Ya al alejarse, y al recuperar un poco de seguridad y tranquilidad, comentaron lo ocurrido, hablando con un tono de voz contenido.

—Sigo pensando que, sean culpables o inocentes, no habría habido otra resolución —opinó Opio—. ¿Cómo se puede saber que no es la tortura lo que condena a ciudadanos inocentes? ¿Cómo se puede estar seguro de que no han asumido una culpa falsa inducidos por las declaraciones de los esclavos? ¿Que cuando se han visto perdidos no han preferido morir enarbolando la idea de haberlo planeado como una venganza patriótica por la suerte de Capua?

—Ciertamente, el incendio ya es irremediable. El daño está causado. Ahora los romanos tienen sus culpables, pero nosotros, los campanos, tenemos nuestros héroes.

Pacula se sintió muy vulnerable en aquellos meses por su origen campano mientras desempeñaba su posición pública. No era presa del miedo, exactamente. Su «angustia onfálica», como ella llamaba para sí a aquello que experimentaba, parecía aliviarse, en cambio, en la medida en que se entregaba a lo que consideraba justo y necesario: la ayuda a los conciudadanos campanos. Aquella sensación física que parecía corroerle las entrañas no la abandonaba del todo. Remitía, daba una tregua, pero luego volvía para recordarle sus obligaciones, los designios de Baco, la voluntad de Líber por cumplir. Cuando cesaba o se aplacaba, ella sentía que recuperaba su propia paz de los dioses personal. Su angustia no entrañaba sufrimiento, sino revelación. La reconfortaba: se sentía elegida.

Formalmente, estaba en Roma para desempeñar sus servicios sacerdotales en los ritos griegos. Gozaba de una solvencia bien asentada después de llevar más de una década en la urbe. El pueblo la conocía. Su compostura digna, su magisterio reconocido y la cercanía en el trato con la población plebeya la acreditaban y le granjeaban popularidad. Se antojaba imprescindible para el culto oficial plebeyo. El flamen de Ceres no podía suplirla en los rituales.

Y luego estaban los misterios. Los de Ceres y los otros, los de Baco. En Roma se trataba de un culto femenino y, de hecho, fueron las matronas romanas las que la pusieron al frente también de esos ritos. Habían ido llegando a la ciudad, sin embargo, varones iniciados en los misterios de Baco que iban requiriendo atención sacerdotal. En múltiples ocasiones, cada vez con más frecuencia, se había visto obligada a rechazarlos, a no admitirlos en el tíaso, aunque le constaba que se estaban organizando. Se alegró tres años atrás cuando pudo librarse del interrogatorio de los ediles plebeyos sobre la cuestión. Ella no había aceptado varones en los misterios y no tenía nada de lo que responder.

No obstante, en su fuero interno, sabía que estaba equivocada. Su desasosiego onfálico se lo advertía. El mensaje salvador de Baco era universal, no excluía a los varones. Desde aquel momento en que negó ante los ediles, sus dudas, lejos de aplacarse, se habían intensificado. «¿A quién me debo? —se preguntaba—. ¿A los romanos o a sus dioses?». Y la respuesta la dejaba de nuevo nadando en la congoja de un deber incumplido por respetar unas tradiciones oficiales erradas.

Por el momento, se propuso aliviar su conciencia y sus zozobras abdominales con cautela. Había que acomodar a su cuñado y tras él llegaron más, unos cuantos más procedentes de Capua, desarraigados, que sabían que, en una Italia sumida en la crisis económica y la guerra, Roma seguía siendo el lugar más seguro. Sobreviviría a Aníbal, o tal vez no, pero solo en la urbe habría oportunidades sólidas de trabajo, de negocio, de promoción. La ayuda de Pacula, como la de los Calavios antes de lo ocurrido, y de otros campanos asentados en la ciudad, fue requerida por los refugiados recién llegados, que apelaban a lazos de parentesco o pedían hospitalidad por amistad familiar.

En cuanto llegaron los primeros rumores sobre las decapitaciones de los senadores campanos, pronto pareció que los rigores extremos del primer momento, encabezados por Fulvio, iban a dejar paso a la dispersión de la población civil de

Capua sin exterminio ni esclavitud. Después de todo, eran ciudadanos romanos. Sin embargo, el gran incendio provocado en el Foro había reabierto una profunda grieta en la convivencia e intensificado la desconfianza contra los campanos.

Entretanto, Pacula y Minio habían alquilado un local con trastienda y un pequeño patio trasero. Pensaron en montar una panadería. Fue un impulso de supervivencia tras perder las propiedades en Capua, aunque les quedaban sus ahorros en metálico y los ingresos regulares de Pacula. El establecimiento podía servir para que Opio intentara comenzar con un negocio propio ayudado por dos esclavos baratos, maduros ya, pero con capacidad de trabajo. La gente que estaba en la calle no podía cocer pan en casa, como tradicionalmente se hacía. En los pisos de apartamentos y en las buhardillas de los edificios altos se estaban hacinando cada vez más familias a causa de la guerra, ocupando habitáculos donde no podían hornearlo. Desde el inicio de la guerra, a falta de metal para acuñar, se habían aplicado varias devaluaciones. La moneda perdía peso y valor mientras los ediles hacían todos los esfuerzos posibles para abastecer de grano la ciudad intentando contener los precios. Nada era más básico ni más imprescindible que el pan.

Por su lado, Minio y Pacula tenían bastante dinero ahorrado. Lo habían traído de Capua: estaba la dote de ella, las arras de él y el dinero en metálico que él había heredado y que la guerra les había impedido invertir. Era moneda de la de antes de la guerra, moneda de peso y buena ley. Y, además, seguían llegando regularmente los ingresos asegurados de Pacula en pago al sacerdocio público que desempeñaba, así como las cantidades que entregaban los iniciados en los misterios en función de sus posibilidades. Lo que gastaron al llegar en aquel apartamento fue poco. Se habían conformado con un piso en el Foro Boario, el centro secundario de Roma.

Recientemente, Pacula le había hecho una propuesta a su marido.

—Creo que deberíamos comprar una casa. Más grande.

—¿Lo has pensado bien? ¿No quisiste en su momento algo más modesto?

—Sí. Entonces, sí, por discreción. Ahora tengo otros planes —dudó en continuar—. Cada vez más gente se dirige a mí. Recién llegados.

—Pero tu misión es sacerdotal, no puedes ayudar a todo el mundo.

—Se trata de fieles que te estarán agradecidos siempre si les has ayudado cuando lo necesitaron. Lo hago porque siento que se lo debo y porque nos lo podemos permitir. Me gustaría poder acoger a esos refugiados cuando llegan, si fuera necesario. Son hermanos. Forma parte de nuestro deber de hospitalidad. El tíaso está creciendo, así que la hermandad de las bacantes hará el resto. Entre todas podremos ayudar a las que lo necesiten. Esto va a fortalecernos.

Minio pensó más allá. Aquella iniciativa le permitiría alumbrar finalmente una idea que sopesaba desde hacía tiempo acerca de una organización estable para el culto. En Capua había estado funcionando un tíaso bien organizado, con cargos y responsabilidades, al que su familia había estado siempre vinculada. Su nombre familiar —Cerrinio— recordaba, honrosamente para la familia, esa advocación decidida por Ceres, la protectora de las cosechas. Era propia de un linaje de terratenientes que, como su abuelo y su bisabuelo, habían llegado a ser senadores en Capua. Su padre no se inclinó por la política y él había optado por dejar Capua y por intentar una promoción social en Roma al lado de Pacula. Se había distanciado, por tanto, de las tierras familiares ahora perdidas por culpa de la guerra y de los aspectos del culto a Ceres y Baco, que en Roma estaban confiados oficialmente al flamen de Ceres y a su propia esposa. Sin embargo, a diferencia de los misterios de Ceres, específicamente femeninos, ni él, ni seguramente su esposa Pacula en su fuero interno, acertaban a entender que en Roma se mantuviera apartados del mensaje de salvación báquico a los varones.

—Pacula, eres sacerdotisa de unos misterios en los que yo no puedo participar aquí en Roma, ni he querido entrometerme. Conozco los juramentos sagrados que no puedes violar.

Pero, ahora que lo mencionas, y por lo que sé respecto del número de seguidoras, tengo la impresión de que deberías organizarlo de manera más firme, más estable, como funcionaba en Capua. ¿Tú que habías pensado?

—No es un pensamiento, Minio. Es una revelación. Algo que siento, aquí —dijo colocando las manos por debajo de sus senos.

—Entonces, es todavía más digno de respeto y de ser considerado.

—Pensaba en una casa fuera de la muralla. Los rituales se celebran en el Bosque de Estímula, al otro lado de la Puerta Trigémina —continuó Pacula—. Había pensado que tal vez se podría comprar alguna propiedad, si la hubiera en venta, por allí cerca, con un poco de terreno para tener un poco de aislamiento. Serviría para dispensar acogida y también para preparar los ritos, aunque se celebren en el espacio abierto del bosque. Seguiríamos estando muy cerca de aquí y del templo, apenas cruzar la muralla...

—Puede haber algo en venta. Todo el mundo necesita dinero contante. El momento para comprar no es malo. No se vende nada. Lo podría mirar... Pero entonces nos iríamos a vivir allí, tú seguirías cerca y tendríamos una casa más digna de nuestra posición.

—Así lo había pensado, sí. Podría dedicar más tiempo a los ritos báquicos, que me lo están exigiendo, sin desatender los oficiales. Con la guerra, el número de iniciadas no deja de crecer. Y tengo la sensación de que esto va a continuar: con las que llegan a Roma y con las propias romanas que van diseminando el mensaje de Baco.

—Ahora os comunicáis entre vosotras y os reconocéis por contraseñas, habláis secreteando y concertáis fechas para los ritos a través de mensajes, pero el culto no se puede sostener así. Que se contraiga un juramento secreto no significa que no podáis encontraros. El tamaño del tíaso exige que tengáis un sitio reconocible y que podáis reuniros en momentos distintos que no sean los de los rituales. Un lugar estable de congregación os convendría...

—En eso tienes razón. Están las que se inician, las iniciadas que portan el tirso, las ninfas recién casadas o ya madres, y las maestras, ya mayores, que tienen que encargarse de formar a las más jóvenes. Esto se está complicando. Aunque los misterios se van revelando por etapas, requieren preparación. Cada vez es más difícil seguir asegurando a todas que llegan al nivel donde les corresponde plenamente instruidas. Especialmente me preocupa que todas las enseñanzas, también las médicas, mágicas, rituales y proféticas, lleguen a las mayores y que puedan transmitirlas luego.

—Pacula, yo te apoyaré en esto. De hecho, aunque no lo has querido hablar hasta ahora, ya sabes que creo que debes ir más allá.

—Me vas a hablar de aceptar hombres, ¿no? Me colocaría en una posición muy delicada. Recuerda lo ocurrido hace tres años.

—Algunas cosas han cambiado. Entre otras, el pontífice máximo y el rigor del colegio de pontífices. En esos años, el respeto y la observancia del culto oficial fueron extremos por culpa de los temores de la guerra. Ahora eso parece haber pasado.

—No te voy a negar que no dejo de pensar en ello, Minio —dijo frotándose inadvertidamente la parte alta del abdomen—. Y lo hago también como madre que soy, porque las propias madres báquicas me lo piden insistentemente: traen a iniciarse a sus hijas y no entienden que sus hijos no puedan salvarse.

—Madre, ¿qué son los misterios? —preguntó Herennio.

—Son las bienvenidas de Ceres y Baco a las matronas y a las jóvenes que creen en ellos. Son como las salutaciones, cuando un patrono recibe a sus clientes en casa por las mañanas, al amanecer.

—Pero ¿le dan la bienvenida más de una vez? —repuso Minio.

—En cierto modo, sí. En varios momentos, según crecen y van pasando los años, Baco se aparece. Recibe a sus seguidoras y les va desvelando secretos poco a poco. Pero para eso tienen que ser fieles, asistir a los ritos y no olvidarse de él. Es entonces cuando tiene lugar la epifanía, la manifestación del dios en sus misterios.

—¿Por qué se llaman misterios? —quiso saber Minio.

—Habéis aprendido griego desde pequeños con vuestra nodriza Lidia. Misterio es una palabra griega. *Mystes* son los iniciados, los que han aprendido, y yo soy *mystis*, una iniciadora, una maestra para quienes quieren aprender.

—Entonces, cuando hablas con nosotros, ¿nos hablas de los misterios? —inquirió Herennio.

—No del todo, solo en parte. Un misterio es también un secreto. Solo lo pueden conocer las que han recibido esa bienvenida de Baco, en unos ritos especiales, y para ello, antes deben jurar que no se lo revelarán a nadie ni hablarán de ello con ninguna que no sea de la hermandad, del tíaso.

—¿Y cómo saben que son hermanas? ¿Se conocen todas ellas?

—Hace años sí, pero ahora son muchas. Se reconocen por signos y palabras secretos.

—¿Por qué a nosotros no nos enseñas, madre? —insistió Herennio.

—Lo hago, aunque no os hayáis dado cuenta. Cuando os he hablado de Baco y de Ariadna y de los Titanes... Es palabra sagrada.

—Entonces, ¿podremos conocer los misterios?

—No. Lo que yo os he contado es solo una parte. En Roma los misterios solo están abiertos a las mujeres —se detuvo al ver la cara de curiosidad frustrada en sus hijos—. De todos modos, lo hablaremos dentro de unos años, cuando seáis mayores.

No había transcurrido ni un mes desde el juicio a los nobles campanos, cuando el cónsul Marco Valerio Levino, que había sido elegido por segunda vez estando fuera de Roma, hizo entrada en la ciudad. Volvía acompañado de una comitiva de campanos. Regresaba de una campaña de éxitos en Grecia contra las tropas macedónicas de Filipo V, que había iniciado otra guerra contra Roma concertada con Aníbal.

En el camino de retorno, Levino había pasado por Capua. Los campanos le pidieron entre sollozos y con lamentos que, como cónsul que era, permitiera que le acompañara una comisión a Roma para implorar al Senado romano por su causa, antes de que Quinto Fulvio Flaco consumase la extinción de los campanos en la ciudad. El cónsul medió con Fulvio, que se mostró visiblemente contrariado, pero no inflexible: el general que encarnaba se habría negado, pero el político no podía. Un comité de campanos acompañó pues al cónsul Levino a Roma.

Al llegar a la ciudad, Levino convocó al Senado. Intervino en primer lugar y expuso su conversación oficial con el procónsul Quinto Fulvio Flaco y fijó los términos de la presencia de la comisión de los campanos ante una Curia animada, con casi doscientos senadores, unos dos tercios de la cámara. Se les podía ver envueltos en sus togas, emboscados en sus convicciones, con las ideas preconcebidas, rehenes de sus filias y fobias de facciones.

—Padres conscriptos, os disponéis a escuchar lo que tiene que deciros una embajada de campanos elegida de entre una masa de gente que salió a mi encuentro en Capua. Me suplicaron entre lágrimas que les permitiese venir a Roma para rogar al Senado que se deje llevar un poco por la compasión y evite la extinción total de su pueblo, pues según dicen, no otra cosa pretende Quinto Fulvio que borrar la estirpe de los campanos.

»Por descontado, pues no podía desoír las quejas de los campanos, he escuchado entonces lo que el procónsul Fulvio tenía que decir al respecto. Me ha asegurado que no profesa ninguna animosidad personal contra ellos, sino patriótica, y que no la oculta, sino que seguirá manteniéndola en tanto la actitud de los propios campanos hacia el pueblo romano no cambie, pues le consta que no hay sobre la tierra ninguna otra nación, ni ningún pueblo más hostil al nombre romano.

»Me ha asegurado que por eso los mantiene ahora encerrados dentro de sus murallas, porque cuando algunos, por el medio que sea, logran escapar, vagan por el campo como alimañas, destrozando y matando cuanto encuentran a su paso. Que cuando les ha dejado salir, unos han huido a refugiarse junto a Aníbal y otros han venido a Roma a incendiarla. Y me ha anunciado que yo mismo iba a encontrar en el Foro, medio devorado por el fuego hace unos meses, las pruebas del crimen que los campanos han perpetrado; que habían atentado contra el templo de Vesta que cobija la llama perenne y el talismán sagrado, símbolo del predestinado imperio de Roma. Por esos motivos, él ha considerado de lo más arriesgado darles acogida dentro de las murallas de Roma.

»Después de escuchar al procónsul, he tomado la decisión de aceptar que los campanos me siguieran a Roma para presentarse ante vosotros, tras jurar a Fulvio Flaco que estarían de vuelta en Campania en el plazo de cinco días en cuanto se conociera la respuesta del Senado.

Manejados por el juego político, los campanos se disponían a hablar. Habían aprovechado su única posibilidad, la de servirse de las rivalidades entre políticos romanos, para hacerse oír. El patricio Levino había llegado a Roma con una multitud de gente erigiéndose en oportuno protector de campanos. Se sumaba así al cuestionamiento de la victoria de Fulvio, líder plebeyo. Sin embargo, llegado el asunto al Senado, acababa de lavarse las manos. Extremaba la prudencia y evitaba posicionarse. Aparentaba proceder de modo responsable.

Los campanos intervinieron apelando a sus vínculos con Roma, sobre todo, con los propios senadores:

—Senadores de Roma, somos culpables, merecemos el castigo. No tenemos, como los siracusanos, tiranos a quienes culpar por haber abandonado nuestra alianza con Roma, ni por haber abrazado traidoramente la causa cartaginesa. Se trata de errores que cometimos y somos conscientes de que debíamos pagar por ellos.

»Sin embargo, ya lo hemos hecho. Después de que veintisiete senadores de Capua se suicidaran con Vivio Virrio, veinticinco fueran decapitados en Cales y veintiocho en Teano, hubo sesenta senadores más, de los más prominentes de las ciudades de Atela y Calacia, que también se rindieron, que fueron decapitados. Y casi trescientos nobles, de los hombres más influyentes entre los campanos, fueron encerrados en prisión y muchos otros se repartieron para ser custodiados en arresto entre las ciudades latinas aliadas de Roma. Ahora, todos ellos han sido eliminados, decapitados unos y envenenados otros. ¿Cuándo se va a detener esta purga?

»Hemos pagado nuestra culpa. Quedamos vivos unos pocos nobles, aquellos a los que su propia conciencia no ha llevado al suicidio, o a los que no ha condenado a muerte la ira del vencedor. Nosotros somos ciudadanos romanos y la mayoría estamos unidos a Roma por parentesco o por vínculos muy estrechos, a través de matrimonios ya antiguos que fueron contraídos por nuestros antepasados. Apelando a ello y a vuestra clemencia, y sabiendo que se ha derramado ya mucha sangre de la nobleza campana, os pedimos ahora la libertad para los que quedamos y para nuestros hijos, y que nos permitáis mantener una parte de nuestros bienes, los suficientes para poder sobrevivir al menos de manera digna. Capua y Campania han satisfecho ya el pago de su error.

Después de pronunciado su alegato, los campanos abandonaron la Curia para que los senadores deliberaran. Se pensó entonces que, en lugar de hacer venir a Roma a Fulvio para defenderse, hablara en su lugar Marco Atilio Régulo, el hombre de confianza de Fulvio de mayor rango. Este insistió en que se había valorado en consejo qué hacer con los campanos considerando su posición respecto a Roma y que solo se encontró a dos mujeres entre todos los campanos que se hubieran mantenido fieles a Roma: Vestia Opia, una atelana residente en Capua, que había ofrecido diariamente sacrificios por la salvación y la victoria del pueblo romano, y Pacula Cluvia, una prostituta que había suministrado alimentos a los prisioneros romanos de manera clandestina. Solo dos mujeres.

Luego, llamó la atención del Senado sobre algo importante: no era competente sobre la suerte de los campanos, ciudadanos romanos. Era la asamblea de la plebe quien debía decidir.

Opio y Minio se encontraban en la asamblea de la plebe, confundidos en la masa, aunque no podían votar. La incertidumbre acerca de la suerte que iban a correr los ciudadanos campanos y la curiosidad por saber si aún podían afectarles personalmente las decisiones, los mantenían en vilo. Les alentaba, además, una última esperanza: la de recuperar las propiedades familiares en Capua. Haber salvado la vida huyendo, como había logrado Opio, era ya un objetivo superado. Habían renacido las esperanzas, aunque se decían a sí mismos que era remotas.

—Estoy prácticamente seguro de que la votación que va a tener lugar hoy es idea del maldito Fulvio —dijo Minio.

—Pero, ¿no la ha puesto en marcha el Senado? —preguntó Opio.

—Juego político, Opio. Fulvio se ha visto cuestionado, sobre todo por haber ignorado premeditadamente el decreto del Senado. El Senado reclamaba la competencia para decidir sobre los campanos «si a los cónsules les parecía». Pero a Fulvio no le pareció y ordenó las ejecuciones. Cuando sus rivales políticos, a través de Levino, han traído a los campanos a rogar ante el Senado, parece ser que él se ha justificado a través de su lugarteniente Marco Atilio diciendo que todo ello se trató en consejo con el otro cónsul, Claudio, y que solo dos mujeres se mantuvieron leales a Roma. El resto de los campanos eran todos enemigos.

—¡Eso es de un simplismo intolerable! Yo estaba en Capua y no soy procartaginés. ¿Qué podía hacer?

—Esa ambigüedad, así como nuestra condición de ciudadanos, es la que nos podría valer todavía alguna forma de perdón. Fulvio, por boca de Marco Atilio, le ha recordado al Senado que no era competente para decidir sobre los campanos. Por eso él no puede ser cuestionado, ni mucho menos encausado, por ordenar las ejecuciones. Es el pueblo quien decide sobre la suerte de los ciudadanos. Así que solo un tribuno puede poner en marcha una propuesta y presentarla en la asamblea de la plebe para que se vote.

—¡Y lo presenta su pariente Lucio Atilio!

—Así es, los demás tribunos no se quieren implicar en el asunto. Y a este no le queda más remedio. Los Atilios, ya se sabe, han medrado en el bando de Fulvio. Después de haber ejecutado a los senadores campanos, Fulvio devuelve la iniciativa a los ciudadanos. En cierto modo, antepone al pueblo frente a los senadores romanos. Se trata de una jugada que le permite reforzar de paso su apoyo popular y logra legitimar de ese modo sus decisiones sumarísimas. Vamos a escuchar en qué términos se formula la consulta.

El tribuno de la plebe Lucio Atilio subió a la tribuna y leyó en voz alta el texto del plebiscito que se iba a someter a votación:

—Con todos los campanos, atelanos, calatinos y sabatinos que se entregaron al procónsul Quinto Fulvio sometiéndose a la voluntad y el poder del pueblo romano, y con todos los que se entregaron juntamente con ellos, y con todas las cosas que entregaron junto con sus personas: territorio, ciudad, cosas divinas y humanas, utensilios o cualquier otra cosa que entregaron; con todo esto, yo os pregunto, quirites: ¿qué queréis que se haga?

—¿Te has fijado, Opio, que solo se menciona a Fulvio como procónsul vencedor? ¡Qué manipulación! —comentó Minio con la voz temblorosa, que prefería no pensar en los restantes términos de la propuesta de plebiscito.

Opio ni contestó, estaba enmudecido, y en sus labios apretados la tensión de la rabia contenida era evidente.

El pueblo votó favorablemente la resolución que le fue presentada: «Lo que el Senado por mayoría de los presentes acuerde bajo juramento, eso queremos y ordenamos». Y eso hizo el Senado, decidir. Estableció distintos supuestos. De manera general, salvo para los que se posicionaron ostensiblemente del lado cartaginés, otorgó la libertad a los campanos, aunque los privó de la ciudadanía. Sin embargo, ninguno de los que estaba en Capua durante el asedio podría permanecer ni allí ni en territorio campano, por lo que Opio no podría arriesgarse a volver y ser delatado. La confiscación de propiedades inmuebles fue general, y también la de bienes muebles y esclavos varones. Muy poco podía reclamar Minio, porque el ganado sí iba a ser devuelto, pero los Cerrinios habían sido terratenientes agrícolas.

Se reguló, además, dónde se podían asentar los campanos. Los que habían permanecido en Capua hasta el final solo podrían vivir al otro lado del Tíber. Opio, por tanto, debería partir de Roma. Y, además, se les limitaban las posibilidades de adquirir bienes raíces. Minio debería ocuparse en adelante de la gestión de la panadería, que por el momento generaba ingresos modestos. Los esclavos que trabajaban en ella, convenientemente incentivados con la expectativa de comprar su libertad con trabajo y ser manumitidos, la regentarían casi por sí solos.

Nada iba a cambiar sustancialmente en cuanto a la vida asentada de Pacula y Minio en Roma. Estaban libres de sospecha, aunque su ciudadanía romana les había sido arrebatada, y su orgullo y sus expectativas de promoción social en Roma habían quedado definitivamente frustradas.

Hubo más regulaciones. En cuanto a los nobles campanos, se decretaba su encarcelamiento a la espera de decisiones ulteriores. Opio había escapado a esa suerte una vez, pero era conveniente que desapareciera de Roma rápido. Se fue hacia Etruria con un poco de dinero para intentar establecerse. Era aconsejable no dejar rastro por el momento.

Para el caso de los senadores, como lo fuera el padre de Pacula, se establecía la confiscación de bienes. Así mismo, que ellos, sus hijos y esposas fueran vendidos como esclavos, con una sola excepción: las hijas casadas que ya estuvieran fuera de Capua antes de caer la ciudad en poder de Roma. En los meses transcurridos desde la infausta rendición de su ciudad patria, a Pacula no le habían llegado noticias de sus familiares. No sabía nada de Paca, su hermana, ni tampoco de las hijas de esta. El sueño visionario o la premonición revelada que había tenido, la habían convencido prácticamente de que un destino fatal les había sido deparado, y su angustia onfálica se lo había corroborado. Ahora ya no quedaban dudas. En caso de que no hubieran fallecido, su futuro sería quizá peor que la muerte misma para quien no ha vivido como servidora sino como dueña: la esclavitud.

Ya no lo esperaban. El decreto del Senado, transcurrido casi medio año de la toma de Capua, había venido a recrudecer y a empeorar la situación familiar. Entretanto, el tiempo había ido apaciguando en parte la ansiedad. Habían alquilado la panadería y sopesado la compra de una propiedad. Con el decreto, se reabrían de nuevo las heridas que no habían dejado de supurar. Los campanos eran aún peor vistos en Roma. Tras la marcha de Opio, superado el impacto de las brutales represalias para quien ha sido ciudadano y ha estado a punto de devenir esclavo, Pacula y Minio repararon, sin embargo, en que al menos se había clarificado su situación: habían perdido definitivamente sus raíces en Capua. De hecho, se habían ido secando en los últimos cinco años. En cambio, les quedaba un consuelo: su estabilidad y su posición en Roma no parecían amenazadas.

—Pero, ¿no era hijo de Proserpina, madre?

—Así es. Dionisos Zagreo era hijo de Proserpina. ¿Recordáis cómo había acabado?

—Devorado por los Titanes, ¿no? —repuso Herennio.

—Muy bien. Luego vuelve a ser engendrado por Júpiter en el vientre de una mortal, hija de Cadmo, el rey de Tebas y de la diosa Harmonía. Se llamaba Sémele, aunque aquí la conocemos como Estímula. Los amores de la feliz pareja, sin embargo, fueron perturbados por alguien, ¿lo recordáis?

—Por Juno, la esposa de Júpiter, que siempre estaba celosa —propuso Minio, muy rápido.

—¡Así es! —respondió Pacula orgullosa—. Quiso que Estímula abandonara a Júpiter. Al no lograrlo, Juno hizo despertar en ella las dudas, diciéndole que no era Júpiter sino un mortal el que la visitaba en su lecho. Como ella lo negara, Juno la tentó: le dijo que le pidiera pruebas de su condición divina. Y ella se las pidió. Le dijo a Júpiter que se uniera a ella no como un hombre cualquiera, sino como el dios que decía ser. Y el dios padre, que había prometido no negarle nada a la madre de su hijo, así lo hizo.

—Y quedó fulminada por el rayo de Zeus —anticipó Minio.

—¡Calla! ¡Que lo cuente madre! —exclamó airado Herennio.

—En efecto, quedó reducida a cenizas como los Titanes, pero el niño que se estaba gestando en su vientre sobrevivió. Y Júpiter lo cosió en su muslo y así, unido a dios padre, salió adelante. Y Baco volvió a nacer definitivamente.

Al segundo día después de la marcha de Opio, Minio, que seguía valorando la propuesta que le lanzara Pacula acerca de adquirir una propiedad, se fue a explorar la zona situada a la salida de Roma por la Puerta Trigémina. Necesitaba rehacer su vida, una vez superada la etapa de incertidumbres. Se trataba de un área alargada no muy profunda, delimitada al este por el monte Aventino y al oeste por el Tíber. Pudo ver que se anunciaba la venta de una finca aparentemente no muy grande, tapiada, la primera entre varias quintas, tras pasar la zona del Bosque de Estímula. Al fondo se adivinaba una casa grande, con una puerta noble flanqueada por dos semicolumnas. Detrás parecía disponer de un poco más de terreno y a sus espaldas se erguía vertical la vertiente oeste, las rocas semiocultas de maleza del monte Aventino.

Al parecer, se trataba de una propiedad de titularidad pública. Pensó en hablar con Cayo Servilio Gémino, uno de los cuestores plebeyos de aquel año. Lo conocía. En realidad, el asunto estaba en manos de los triunviros de las finanzas, pero le informó de que el precio era en extremo interesante: veinte mil sestercios. La guerra y el hecho de que llevara prácticamente un año en venta abarataban la propiedad, que había perdido prácticamente la mitad de su valor. Sin embargo, el asunto de la compra se hizo esperar. Fue entonces cuando se promulgó un edicto exigiendo tributos especiales, como cuatro años atrás. Los particulares, en función de la clase en la que estaban censados, debían asumir el pago de un número establecido de remeros con paga y víveres para treinta días.

El foro se colmó de manifestantes airados por el extenuante esfuerzo de la guerra. Recordaban las casas quemadas, los esclavos reclutados para las legiones serviles, o los que ya habían sido exigidos como remeros, los tributos recaudados... Y hasta se oyeron voces que se quejaban amargamente de correr la misma suerte que habían sufrido otros antes: primero Roma había oprimido a los sicilianos, generosos amigos al comenzar la guerra; luego a los campanos, tradicionales aliados y muchos de ellos parientes; por último, le había llegado el turno a la plebe misma. Iba a ser exprimida a manos de la aristocracia gobernante.

Ante la frontal oposición del pueblo en asamblea, el único modo de salir del marasmo económico para hacer frente a las necesidades de la guerra fue trocar esa inminente recaudación en un depósito. El cónsul Levino acaudilló una iniciativa en la que primero los senadores, para dar ejemplo, luego los caballeros y detrás la ciudadanía, hicieran entrega de sus bienes quedándose una exigua cantidad de metal que variaba según la dignidad social. En realidad, los triunviros de finanzas anotaron las cuantías de los depósitos para reintegrar más adelante los bienes. Fue una medida excepcional que se pretendió revestir de tintes patrióticos por parte de los aristócratas. Su éxito fue parcial y los gastos de guerra tan elevados que, en breve, lo recaudado fluyó del tesoro a las bolsas de los caballeros, la clase censitaria en la que se integraban los hombres de negocios. Y las finanzas de la República volvieron a encontrarse necesitadas.

Minio era un ocioso. Formaba parte de la minoría social de los que no trabajaban. Vivían sostenidos, asentados sobre el trabajo de la mano de obra esclava. Se había educado como hijo de terratenientes y había ido a Roma como uno de los herederos de una hacienda solvente, con iniciativas empresariales propias truncadas por la guerra y como consorte de una sacerdotisa de culto público a cargo del erario plebeyo. En ese momento de su vida, con cincuenta y dos años cumplidos, no estaba para sobresaltos.

Con una posición resuelta, su actividad cotidiana consistía en deambular por Roma. Se implicó en parte en la educación de sus hijos, pero tampoco eso era una función específica suya. Lidia, la nodriza, se ocupó en los primeros años de hablarles en griego y ellos, especialmente Pacula, cuidaron también de dialogar con ellos en la lengua que podría abrirles camino. Luego habían comenzado a asistir a clases fuera de casa, a una escuela en la que aprender a leer y a escribir. La nodriza seguía pendiente de ellos y actuaba, además, de enlace en las comunicaciones que mantenía Pacula con las bacantes. La otra esclava, Cosia, se ocupaba de todas las tareas domésticas, que se resolvían rápido en un hogar modesto, y de acompañar a su ama siempre que era necesario, aunque con frecuencia, para ir al templo, esta iba sola.

El hogar que ocuparon no daba para más. Minio, rodeado de mujeres, se había descubierto en algún momento valorando a una u otra de sus esclavas como objeto de sus apetitos sexuales no siempre satisfechos, y de inmediato, lo desechaba desconcertado. Habría sido lícito, pero muy embarazoso en un espacio tan exiguo, muy difícil de ocultar. Además, habría quebrado el frágil equilibrio doméstico. El Foro, el Circo y las calles eran sus espacios. Ocio, juegos, paseo y conversación llenaban su tiempo. Sobre todo, estaba informado.

La primavera se inició casi con la toma de posesión de los cónsules, como todos los años, y transcurrió con el incendio, el proceso a los terroristas campanos, la sesión del Senado sobre los quejas de los campanos, y luego llegaron el decreto que regulaba la suerte de los campanos y las levas y la cuestión de los tributos... Llegado el verano los cónsules ya estaban de nuevo en el frente, el erario público había vuelto a quedar exhausto y se empezaba a hablar de cómo se pagarían los gastos de guerra del año siguiente. Se comentaba ya que sería preciso tocar lo intocable: el dinero de la vigésima, el impuesto recaudado por la veinteava parte del valor ponderado de un esclavo con el que se gravaba cualquier manumisión, cualquier concesión de libertad. Ese dinero se depositaba en el tesoro público, y quedaba reservado para los casos de extrema necesidad.

Minio ya no era ciudadano después de lo ocurrido con los campanos. Seguía interesado en la propiedad del Bosque de Estímula. Lo había comentado con Pacula en su momento, pero el asunto de los tributos excepcionales y su condición campana, respetable, pero no popular en aquel momento, les hicieron ser prudentes. Pasado el verano, tras comprobar que la propiedad seguía en venta, se dirigió a los triunviros de finanzas. Le confirmaron que, en efecto, se vendía y que su precio estaba en quince mil sestercios. Había descendido considerablemente.

Pacula y él fueron a visitarla junto con un esclavo público al servicio de los triunviros. Hablaba mucho. Por ser obsequioso, hablaba demasiado. Confirmó que no se vendía nada, que la situación económica era crítica, que tenían muchas propiedades disponibles en distintas zonas de Roma si estaban interesados... Pero que aquella tenía un precio excepcional. Que ocho años antes se habría vendido por más del doble...

La finca no estaba descuidada. Les llamó la atención. El esclavo les comentó que había pasado hacía año y medio a titularidad pública y que conservaba todos los enseres, incluidos los esclavos; en realidad, parte de los esclavos. Un viejo jardinero seguía allí y cuidaba de la finca, y en la casa quedaban una mujer y un esclavo joven, un adolescente que había sido valorado para las dotaciones de remeros, pero que pareció demasiado joven. El resto de la servidumbre ya no estaba. Pacula y Minio entendieron el mensaje: lo aprovechable se había vendido.

Avanzaron por la parte delantera hacia la casa: macizos de vegetación y matorrales junto a las tapias dejaban ver adelfas y un laurel, hiedra trepando por la tapia lateral y, distribuidos sobre el césped, manzanos, un ciruelo, perales y dos higueras cargadas de frutos que proyectaban su sombra en aquel remanso de fronda, atravesada por los haces de luz lánguida de un otoño que comenzaba a teñir de un tenue tono amarillento las hojas de los árboles.

El jardinero salió, respetuoso, e inclinó la cabeza al ver al esclavo público, suponiendo rápidamente que podía tratarse de compradores. Los acompañó a la casa y llamó. Abrió un adolescente de pelo largo en bucles negros, con aspecto desaliñado y les franqueó el paso. Luego desapareció hacia un rincón del atrio y volvió con una mujer morena, muy delgada, con la cara ajada por las líneas de una menopausia avanzada.

La casa les entusiasmó. Se trataba de una quinta de retiro en la periferia. Tenía atrio, con impluvio enlosado en blanco, y un pavimento de mortero rosa decorado con teselas colocadas siguiendo un patrón que creaba rombos. Frente a la entrada, al otro lado del atrio, un tablinio presidía el conjunto, amueblado con un armario y tres cátedras emplazadas delante y detrás de una mesa. Dos departamentos y un comedor definían el empaque señorial de la residencia. Cada uno de los departamentos contaba con un salón y una alcoba. Uno de ellos se percibía más cuidado: bancos y sillas junto a paredes enlucidas y pintadas, que mostraban un zócalo y un friso de colores moteados y una cornisa enyesada con molduras lineales, antes de acceder a una alcoba amplia con un lecho grande, guarnecido de cortinas granates; en la pared de enfrente, colgada, una lámina amplia de metal bruñido a modo de espejo que devolvía unas imágenes mortecinas del lecho. El otro departamento era similar en tamaño y decoración, aunque los tonos resultaban menos contrastados. El lecho, también amplio, se ocultaba tras un cortinaje verde y carecía de espejo. En el salón, un telar mostraba los hilos tensos por las pesas, pero la labor sin iniciar.

En el comedor, había tres lechos amplios describiendo una U en torno a una mesa redonda. Todo en madera de cedro. La decoración mural se asemejaba a los salones anteriores, aunque la exuberancia de los tonos contrastados, en paneles ocres y burdeos, le confería un lujo especial, resaltado por el bronce brillante de los lampadarios en las cuatro esquinas,

que enmarcaban el conjunto de los lechos. Las puertas plega-
bles abrían plenamente la sala al atrio, y en la pared opuesta,
tras el lecho central, un gran ventanal con contraventanas de
celosía enrejada dejaban ver el porche y el espacio abierto,
verde y frondoso, de la parte trasera de la propiedad.

La casa tenía una cocina de amplio fogón, pero fría, con
unas pocas brasas en el rincón y una olla donde había hervi-
do la polenta de harina de bellotas de los esclavos, entre paredes en las que colgaban ristras de ajos, cebollas, laurel,
comino, romero, tomillo y menta. Al lado, una letrina, una
despensa con varias tinajas, todas vacías y, por fin, un pulcro
baño que confirmó el lujo con que se había concebido la casa.

Cuatro dormitorios y una celda, donde se podían ver los
jergones para los esclavos, se distribuían en los dos laterales
del atrio. Una puerta al fondo conectaba con el huerto, conti-
nuado por una parcela amplia hacia el norte. Al otro lado de
la tapia, se veía el Bosque de Estímula. El porche trasero comunicaba con un cobertizo con aperos, un molino de mano y
un gallinero sin limpiar, lleno de excrementos. También podía verse el brocal de un pozo, sobre el que reposaba un cubo
de madera atado a una cuerda.

Varias encinas y las hileras de tierra con vides, coles, pepinos,
berenjenas y acelgas, y otras vacías ya, recolectadas, explicaban
en parte cómo se mantenían vivos aún aquellos tres esclavos de
carnes magras. Dos conejos corrieron hacia una madriguera. Varias gallinas picoteaban un terreno ya muy pacido, y otras espol-
voreaban tierra en los hoyos que habían excavado bajo un em-
parrado donde maduraban las uvas ya en sazón. Al fondo, una
puerta abierta en la pared de piedra de la colina del Aventino
dejaba adivinar una bodega. Estaba vacía, solo contenía dos cestos, ánforas vacías y un pequeño lagar, pero era amplia y con
posibilidades de crecer. Fue determinante.

—Quiero esa casa, Minio. Responde justamente a lo que yo te
decía. Estamos en el Bosque de Estímula, en realidad es como
seguir en él. Idónea —decía Pacula.

Marchaban solos camino de casa. El esclavo que les mostró la propiedad se había quedado «para revisar algunas cosas», dijo, aunque ellos sabían que volvería con provisiones en la mano, seguramente, con higos y uvas.

—Y, sobre todo, que está muy cerca también del templo y de nuestro apartamento. Podemos venderlo.

—Tenemos dinero suficiente. Las casas en Roma ahora no se pagan nada. No nos conviene regalarlo. ¿Qué es lo que te convence más de esta casa?

—¡Todo! Está cerca de nuestro cenáculo y más cerca aún del templo. Prácticamente a la entrada de la ciudad. Y para el culto está inmediata al bosque. Además, la bodega... me ha hecho pensar en un antro, en la cueva para las iniciaciones.

—En ese aspecto es idónea, tienes razón. A mí me gusta la casa, con baño. Tiene algo de la prestancia que tenían nuestras viejas propiedades de Capua. Sería como recuperar la dignidad perdida.

—Siento curiosidad por conocer quién sería su propietario. Sabía vivir. Seguramente fue su quinta de las afueras y tendría su residencia en la ciudad... Algún senador, probablemente, o algún caballero que haya caído en la guerra... Pero ¿por qué estará en manos de la República? Podías haber preguntado al esclavo. —Pacula se encontraba visiblemente entusiasmada.

Minio la dejó hablar. Callaba. Finalmente se decidió a decírselo.

—Seguramente, no nos lo habría dicho, ya has visto que hablaba mucho, pero solo de lo que quería.

Pasaban por delante del templo de la triada plebeya, donde oficiaba Pacula, y llegaban al extremo de las cárceles del Circo Máximo.

—Sé quién era el propietario —acabó por confesar Minio—. Lo he estado averiguando. Cneo Fulvio Flaco.

Pacula se paró y se volvió hacia él como fulminada.

—No es posible. Sabía que tuvo una propiedad por la zona. Lo oí en su momento, pero son cosas de las que no me preocupo. Entonces...

—Sí. Lo que te imaginas. Es una propiedad incautada al exiliarse Cneo para salvar la cabeza, después de su tremenda cobardía en la batalla desastrosa de Herdonea.

—El hermano del sanguinario Quinto Fulvio Flaco —dijo Pacula como para sí, mientras pensaba.

—En efecto, se trata de una propiedad familiar que no habrá querido rescatar, bien porque se asocia al nombre de su hermano y no le interesa, o bien porque está demasiado ocupado exterminando campanos.

—¡La quiero! —volvió a decir Pacula.

Dejaron pasar unos días, impacientes. Luego Minio se dirigió a las dependencias del templo de Saturno en el Foro para hablar con los triunviros de las finanzas. Ofreció diez mil sestercios. Y se marchó diciendo que volvería. Cuando lo hizo, le propusieron trece mil. Cerraron el trato en doce mil. Era consciente de que podría haberse resistido más, pero la impaciencia de Pacula, la posibilidad de perder la casa y el prejuicio de su condición campana les hicieron ceder.

No había mucho que trasladar. Sería fácil. Hablaría con algún carretero y se podría llevar la ropa y enseres casi de una vez. No iban a desplazar mobiliario. La casa tenía mucho más de lo que hasta entonces habían necesitado. Pacula y él habían hablado de los esclavos. Lógicamente, se los quedarían, y en todo caso venderían después al mozo. Los otros sabían llevar la propiedad y las esclavas de siempre seguirían cumpliendo sus funciones, pero en el otro hogar.

Minio fue el día mismo de la compra a ver de nuevo la propiedad. El jardinero le explicó todo lo que se le ocurrió sobre el cuidado de la finca. La pasión emanaba a raudales en su tosco latín, evidenciando tanto su dedicación a aquel huerto y sus frutales, como el temor a ser vendido y perder aquel plácido retiro servil al que ya estaba tan habituado: nada le perturbaba más que pensar en salir de allí. Con sus rasgos endurecidos y su tez curtida, Boyo le confesó proceder de la venta de esclavos de la nación del norte de Italia cuyo nombre portaba. Había sido capturado veinte años atrás en la guerra. Llevaba en aquella quinta desde entonces.

—Aquí, todo. Para comer nosotros. Fruta, verduras, harina, huevos, carne.

Minio le preguntó capciosamente:

—¿No te gustan las gallinas?

—Sí. Son importantes. Bastantes huevos, y crían.

—¿Por qué el gallinero donde se aselan está tan sucio?

—No, señor. Lo limpio. Abono para tierras. Próximo mes, luna creciente para huerto.

Minio quedó satisfecho por el momento. Apenas hablaba latín, pero sabía lo que hacía.

La esclava Gala también le satisfizo. La casa podría mejorar, pero se mantenía limpia y ella sabía cocinar. Eran las tareas que había tenido encomendadas. En pocos años, seguramente sería incapaz de poder con todo ello, pero de momento Cosia, la sierva que tenían con ellos en el apartamento, compartiría las mismas tareas.

En cuanto al adolescente, ya le había perturbado un poco en la primera visita. Hizo que viniera al atrio y Gala se retiró.

—Explícame quién eres.

—Soy Patroclo, señor.

—Pero, ¿eres griego?

—No, soy ligur. Me vendieron siendo niño.

Minio comenzó a comprender rápido. Un nombre griego para un esclavo era propio de pretenciosos, cultos, refinados..., y también de hombres de gustos sofisticados. Lo estudió con atención y percibió bajo aquellas greñas unas facciones dulces que se iban definiendo en una incipiente adolescencia. Se encaminó al apartamento con el espejo.

—¿Cuál era tu trabajo?

—He sido camarero, señor.

—¿Qué hacías?

—Servía la mesa.

—¿Y algo más?

—Bueno, ahora hago de todo, ayudo a Gala y a Boyo.

—No. Digo con tu amo, con Cneo, ¿no se llamaba así?

Creyó percibir un brillo de inteligencia en los ojos del chico.

—Sí. Se llamaba así. Yo era su favorito. Dormía aquí.

—¿En el salón? Ah, ya entiendo, como ayuda de cámara —fingió Minio.

—No solo. También en su alcoba.

—Madre, ¿qué nombre le pondremos? —preguntó Herennio.

—¿A qué?

—A esta casa.

Se acababan de instalar. Se habían repartido un aposento para Pacula y otro para Minio, como habrían hecho los nobles que fueron antaño. Los esclavos se mantendrían en la casa y Minio dijo que, puesto que había un camarero, de momento no lo venderían. Que lo mantendría para su atención personal, del mismo modo que Pacula se había servido de las que ya tenían. Algo la desconcertaba. Había muchos cambios, pero era razonable. También los niños tendrían cada uno su cubículo para dormir y Patroclo podría atenderlos.

—No había pensado ponerle nombre a esta casa... Pero bueno... Supongo que un nombre griego.

—¿Qué te parece Mnemósine, madre? —propuso Minio.

—Hum, Memoria...

—Sí, Memoria, para que no se nos olvide la otra casa, el apartamento del que venimos.

—Y como la madre de las Musas —exclamó Minio—. Me gusta.

—Y a mí también —dijo entre entusiasta y pensativa Pacula—. Pero además de la titánide Menmósine, hay un río en el Hades que se llama así. Os revelaré algo que forma parte de los misterios por los que me preguntáis siempre y que mucha gente ignora. ¿Sabéis lo que es el Leteo?

—Nuestro pedagogo nos ha hablado de un río en el Hades que se llama Leteo. En él beben las almas de los muertos. Y todo se les olvida.

—En efecto. Pues existe otro. Se llama Mnemósine. Es el río de la Memoria. Los iniciados en los misterios saben que deben beber de las aguas de este río y no del otro.

—¿Para recordar su vida?

—Así es. Para tener una vida eterna hay que mantener la memoria viva de lo que se ha vivido.

La habitación era un tanto oscura. Una ventana estrecha y alta con una contraventana de madera replegada dejaba penetrar la cálida luz vespertina de un ocaso incendiado en tonos anaranjados, que se proyectaba sobre la pared de enfrente estucada en blanco. Desde allí reverberaba por el resto de la estancia. Bajo la ventana, en una bañera revestida de mortero, Pacula disfrutaba de un placer olvidado. En la Capua de su infancia, su gran casa disponía de baño y aún recordaba los momentos en que chapoteaba con su hermana y reían juntas bajo la atenta mirada de la nodriza. Su cenáculo de Roma carecía de esos lujos.

Observó su cuerpo. Sabía que ya entraba en una edad comprometida. Cumpliría cuarenta. Creyó apreciar en su vientre blanco el tenue rastro de alguna estría, le pareció que sus senos habían perdido parte de su redondez, y recordó que una parte de ella estaba replegada en sí misma desde hacía casi un año. Había seguido durmiendo con Minio todo el tiempo que estuvieron viviendo en el Foro Boario. Ahora, al mudarse, con la casa grande, con aquellos dos aposentos provistos cada uno de alcoba y salón, no habían dudado en atribuirse uno cada uno. Fue algo natural, una consecuencia más de su nuevo estatus, y también de una renuncia al sexo asumida tácitamente entre ambos. Su relación había derivado hacia una amistad cómplice. Ella siempre había tomado la última decisión acerca de sus actos sexuales. Durante los años más ardientes de la juventud, por lo común había aceptado las iniciativas de Minio con complicidad activa. Pocas veces recordaba, sin embargo, haber sido ella quien las tomara. Tras la llegada de los hijos, su dedicación a los ritos y los momentos ominosos de la guerra se sumaron a la edad cumplida y frenaron su deseo de manera inadvertida para ella. Minio siempre había respetado su voluntad. En eso no era normal. Le faltaba el vigor arrollador que se le presupone al varón, pero cuando la amaba, se ocupaba de sus deseos antes de atender a los propios. Y gozaba, se entregaba al placer con ella, con un deleite que a veces le pareció envidiable. Ella siempre pensó que ese respeto con que la atendía hasta el final, esa cortesía con que la anteponía, quedando él para un segundo momento, formaban parte de su aprecio reverencial no a la mujer, sino a la sacerdotisa.

Pensó en acariciarse. En redescubrir las pulsiones aletargadas de su cuerpo, en redefinir los contornos de sus senos, recorrer las areolas y hacer emerger los botones en su centro. En reconocer la parte más recóndita de su anatomía.

Conocía la fisiología. Se la habían referido y enseñado, y formaba parte del corpus de conocimientos que había adquirido por su sacerdocio mistérico. Ella sabía. Otras matronas bacantes, las mayores sobre todo, le descubrían al conversar nuevos senderos del sexo, de la maternidad, de la menopausia, del matrimonio; entre todas comentaban y exploraban la universal dimensión femenina que yacía, sofocada y oculta, bajo un firmamento patriarcal que sentían asfixiante.

No dudó entonces en dejar su mano deslizarse hacia sus dominios venéreos, acariciar sus *ptérigômata*, desplegar las alas cerradas. Sabía bien que un segundo *ónfalos*, un centro mucho más placentero para ella, latía oculto, sumido en una ya larga catalepsia, adormecido desde hacía mucho bajo pilosas velas, agazapado en la parte superior de sus labios secretos, dispuesto a erguirse altivo y triunfal. Podía también ser un vórtice hacia un vacío gozoso. Descubrió su *nymphè*. Hizo renacer de un letargo prolongado su *myrto* secreto, y, dueña del timón, su nave bogó, remontándola por oleadas crecientes hacia el océano interior. Fue agua en el agua, ambrosía de un éxtasis divino. Fue misterio renovado.

Experimentó un placer distinto del que había olvidado ya con Minio. Más íntimo, más personal, el fruto de un saber acumulado, el clímax de una vida que volvía a brotar, renacida. Se alzó y cubrió su esbelto cuerpo, purificado por el baño, con un lienzo blanco.

Sulpicia

209 a. C.

—Sulpicia, tenemos mucho de qué hablar.

—Así es, Quinto. Pareces un poco abatido. No debes estarlo. Nada es más importante que la capitulación de Capua y lo lograste. Se te recordará por esa gesta.

Hablaban en el tablinio. Quinto Fulvio había llegado y había saludado a Sulpicia y a sus hijos. Los esclavos habían salido al atrio también para recibirlo. Luego se habían retirado todos y había quedado solo con Sulpicia.

—Agradezco tu consuelo. Pero no me sirve. Sabes bien que la victoria solo es plena si con ella se consigue la celebración del triunfo.

—¿Ya ha decidido el Senado?

—Vengo de allí. Como sabrás, he sido designado dictador, por eso he vuelto. Pero antes de entrar en la ciudad he provocado una reunión del Senado en el templo de Belona para que se votara concederme el triunfo por la toma de Capua.

—¿Y qué ha pasado?

—Denegado. Han argumentado la observancia rigurosa de la costumbre hecha ley: se concede el triunfo cuando se ha logrado ensanchar las fronteras del Imperio, no por recuperar lo que ya había sido del pueblo romano.

—¡Envidia! Tú conoces mejor que yo la política, Quinto. Por lo menos no han tenido el cinismo de exigirte los cinco mil enemigos caídos para otorgarte el triunfo.

—¡Si se me ha criticado por las represalias y en realidad solo hice pagar por su traición a la nobleza! Los campanos son alimañas. ¿No te has enterado del incendio que preparaban junto a las murallas de Capua para acabar con todos los barracones de madera de las legiones? —Sulpicia asintió—. Afortunadamente los esclavos de esos indeseables de los Blosios, que eran los cabecillas, lo denunciaron. ¡Ciento setenta campanos organizados dispuestos a calcinar a los legionarios mientras dormían! ¡Mira! Sobre eso nadie ha cuestionado mi proceder: juzgados, condenados, azotados y decapitados. Es lo que hay que hacer. ¡No hay que dudar!

Sulpicia observaba a su marido. No se puede decir que no lo reconociera, pero era evidente que se había endurecido en extremo. Estaba marcado por la guerra.

—Es increíble, ¡por Pólux!, ¡cómo ha envejecido en este año y medio que ha pasado fuera!

—Parece un anciano —reconoce Filenia.

—Tampoco es un niño. Seguro que supera los sesenta.

—Viendo su cara es de suponer que su genio le está desgastando. A nadie le sale gratis tanta batalla ni tanta ejecución.

—¿Qué te parece la esclava nueva?

—Que va a sufrir mucho.

—Todas sufrimos —se queja Filenia.

—¡Pues tendrás motivos para quejas tú! Que lo diga yo se entiende, ¡pero tú! —repone Halisca.

—Tiene porte de señora. Es de familia noble, al parecer...

—Por eso te decía que iba a sufrir. Seguro que ya le está picando la espalda: las varas de olmo serán buenas amigas suyas las próximas semanas.

—Por Júpiter, Halisca. ¡No bromees con eso!

—Todos lo hemos superado. Se llama Virria. Procede de una familia de senadores de Capua. Sabía aplicar las varas, ahora aprenderá a medirlas.

—Entonces, sí que va a sufrir. Quinto se ha traído un trofeo a casa, por lo que dices. Para presumir de su gloria campana —valora Filenia, alzando la barbilla y elevando el pecho para fingir un gesto soberbio—. ¿Le has preguntado la edad? Yo le calculo veintiséis, quizá alguno más.

—No he podido hablar con ella todavía. Hay que tener más cuidado con el dueño en casa. Y, por cierto, yo en tu lugar no estaría muy tranquila.

—¿Por qué lo dices?

—De momento el atriense y el ama la tienen que ir domando. Pero yo creo que aplicará al trabajo la misma dignidad que muestra. Parece educada. Yo la veo de camarera y como pedisecua, de doncella acompañante. Por eso te lo decía. No vaya a ser que te quite el puesto.

—Igual han pensado en asignarla más adelante a Fulvia...

—Ya se verá. De momento va a hacer limpieza. La han puesto a vaciar la letrina. Para que vaya aprendiendo.

—Se me revuelve todo. ¡A veces olvido para quién trabajo!

—Pues que no se te olvide. Son un criminal al que no le falta el coraje para ordenar ejecuciones, la esposa seca que vela por su patrimonio y sus crías que crecen agazapadas en esta lobera y que, de mayores, serán igual que ellos. Ya se irá viendo.

—No sé. Es la guerra y los campanos han sido unos traidores. Podría haber sido peor...

—Sí. Más sanguinario.

—¿Volverás a irte?

Tras preguntar, Sulpicia se preocupó. Quizá había sido demasiado directa. Después de todo acababa de volver, y, sin embargo, había comenzado a asfixiarla. Rompió las rutinas del hogar, sembrando un desasosiego inmediato en la casa. Había llegado la tarde anterior y esa mañana, en el atrio, ya se había visto a varios senadores, dos tribunos de la plebe y al pontífice máximo esperando a ser recibidos. Ella debería estar orgullosa, según la educación que había recibido, de regir aquel hogar, y lo estaba, pero más por sus hijos y por lo que les pudiera aprovechar de todo aquello que por ella misma, pues hubiera preferido seguir con los ritmos tranquilos del hogar. Su preocupación estaba ahora en arreglar los esponsales de Fulvia.

—Si todo sale bien, en unos meses volveré a irme.

—¿Cuáles son tus planes? Solo sé que te han nombrado dictador para presidir las elecciones y también he visto que, como comandante de la caballería, se ha designado al pontífice máximo, Publio Licinio Craso. ¿Has sido tú?

—Sí, ese nombramiento ha sido mío. Me arrebató el honor de pontífice máximo, pero debo superarlo. Me interesa tenerlo de mi lado. Además, se trata de un nombramiento honorífico, realmente. Solo tenemos que presidir las elecciones, no hemos sido designados ni dictador ni comandante de la caballería para ir a la guerra. Siendo yo también pontífice, me ha parecido muy provechoso nombrarlo. Su apoyo puede ser decisivo para los planes que tengo.

—¿Planeas el cuarto consulado? Este año corresponde hacer elecciones a censores, ¿no?

—En efecto. Volveré a ser candidato al consulado, por eso me interesan apoyos tan populares como el de Marcelo, y el de Licinio Craso. Según lo que ocurra en las consulares, veremos lo que se puede hacer en los comicios para los censores. Por el momento, presido los comicios consulares, tengo el control y voy a intentar ganarlos.

—¿Quién sería el cónsul patricio?

—Ahí vas a sorprenderte. Estoy en conversaciones para apoyarnos mutuamente nada menos que con el Verrugoso, Quinto Fabio Máximo.

—No me lo puedo creer. Sería su quinto consulado si no me equivoco.

—No te equivocas. Nada me podría honrar más que lograr que ambos fuéramos elegidos conjuntamente. Nos estamos convirtiendo en los inmortales de la república. Marcelo, Fabio y yo mismo. Y todo, gracias a esta maldita guerra.

—Por lo que a mí respecta, supongo que me corresponde prepararte una toga cándida. Veremos cómo está la anterior. Tiene tres años ya. Deberías haber avisado antes...

Sulpicia hizo una pausa. Luego prosiguió:

—Supongo que lo tienes en mente, pero, entre tanto manejo, no olvides que deberíamos hablar de la alianza matrimonial de tu hija —le recordó—. Tiene diez años. Está ya en edad avanzada para contraer esponsales. ¡Como no estás en Roma...! Yo he estado pensando que, a ser posible, debiera ser un marido patricio y entonces se me había ocurrido que...

—No lo he olvidado y lo tengo resuelto. No le faltan candidatos: Sempronio, Calpurnio, Atilio... Pero será patricio, no plebeyo. Vamos a prometerla a Espurio Postumio Albino.

Se habían sentado en el tablinio. Ella estaba en el territorio de él.

—¿El hijo de Lucio, el cónsul que cayó en la emboscada de los galos hace...?

—Así es. Hace seis años, creo. No olvides que acababa de ser nombrado cónsul por segunda vez. Su final no fue precisamente memorable: los galos decapitaron el cadáver y lo cincelaron en oro...

—Lo recuerdo. Su memoria no es precisamente la más honrosa.

—Sulpicia, es un Postumio. No se trata de una de las seis familias mayores patricias, pero tampoco lo sois vosotros, los Sulpicios. —La matrona se revolvió incómoda en su asiento, aunque se contuvo—. Los Postumios han sido cónsules decenas de veces. Y lo conozco. Ha servido como tribuno a mis órdenes. Tiene ambición y futuro. Está en condiciones de ofrecer unas arras generosas y yo me ocuparé de que nuestra hija se case con una buena dote. Tenemos que cerrar las condiciones.

—Veo que sí lo habías pensado. En cuanto a Capua, ¿has hecho fortuna? Lo pregunto por la dote... —aprovechó a preguntar Sulpicia, que había pensado en ello repetidamente.

—No. No he hecho dinero con el botín de Capua. No quería problemas. Los cuestores anotaron todo lo que se capturó para que nadie pudiera hablar de que me había apropiado de nada, aunque estuviera en mi derecho de hacerlo. Son años de extrema penuria para el pueblo como para arriesgarme a dar que hablar, a que se pueda decir que el cónsul Fulvio acapara dinero del erario. He logrado fama y favor. Me bastan. Hemos llegado hasta aquí y tenemos fortuna suficiente. De todos modos —sonrío, jactancioso—, las tierras campanas han pasado a ser terreno público romano. Ahí podremos recuperar parte de lo que se nos debe.

—O sea, que tu recompensa ha sido esa esclava... —comenzó a decir Sulpicia.

—Es de familia noble. Está educada. Pensé que podría serte útil, o que podría asignarse al servicio de Fulvia. Tú decides. Ocúpate de su disciplina si no la ves sumisa. Y si hace falta, que el atriense use las varas. Se llama Virria. Podemos dejarle su nombre o llamarla Campana. Cualquiera de los dos apelativos recordará que es fruto de la gloria familiar.

«Arrollada, anulada. Así me siento —pensó Sulpicia, después de retirarse a su alcoba, mientras su camarera Filenia le peinaba el cabello—. Llega, decide y se dispone a marcharse otra vez a la guerra. Me había propuesto intentar acercarme a él, pero no me deja. Solo piensa en sí mismo. No me consulta nada de sus asuntos y lo entiendo. Pero que no me haya preguntado en relación con el matrimonio de mi hija, que llegue con la decisión tomada, es demasiado. Hubo una época en que creí que tenía un marido, ahora sé que solo soy una esposa. Se exige que sea honesta, y de hecho me designaron la más casta de Roma, un honor que no me he atrevido a ultrajar. Hasta en eso han decidido por mí, aunque yo nunca pensé en no serlo. Se exige que sea púdica, recatada y discreta, así que solo salgo cuando los oficios religiosos lo requieren o para ir al templo. Debo dominar las pasiones y no sé lo que son, así que las sueño. Y luego me apresuro a sepultarlas en el olvido que merece la culpa. Debo temer a los dioses y ese temor es el único lugar en el que me siento con capacidad de ser yo misma. Debo cuidar la concordia con los parientes, y de los míos vivo casi aislada y a los suyos, los evito, para no romper concordias. Debo ser generosa con los buenos y servicial, pero más allá de los esclavos apenas me rozo ya con nadie. Debo ser sumisa con mi marido, y ha venido a recordármelo, cuando casi lo estaba olvidando. Bien aprendí lo que debía ser, pero nadie me dijo si podía aguardar algo a cambio. Debo de ser buena matrona porque hago lo que se supone que tengo que hacer. Y así acabaré mis días. Sabía que mis hijos no serían asunto mío, pero al menos pensaba que podría decir algo sobre mi hija. Es pequeña. Apenas diez años y he procurado prepararla, pero me recuerdo a su edad y tiemblo por ella. Deseaba para ella un buen marido y solo sé que la vamos a casar con un buen partido, un joven prometedor. Es patricio, y me satisface, pero con mis cuarenta años ya vencidos querría para mi hija algo más que docilidad y la supuesta felicidad de ver triunfar a su marido. Querría una unión más sincera. Al menos solo la lleva once años y no veinte, como Quinto a mí. Quizá la roce más de lo que su padre me ha rozado a mí, y quizá tenga un matrimonio más dichoso, en el que no eche de menos el afecto. Lo tengo todo, se supone: linaje, casa, marido, hijos, esclavos, fortuna, fama, poder, y no me siento satisfecha. Triste vida esta, que te condena a no ser nada en manos de quien lo es todo».

Y Quinto Fulvio Flaco lució su toga cándida, blanqueada con yeso. Era la vieja, pero Sulpicia no tuvo tiempo de tejer otra como le habría gustado. Apenas pudo usarla, de hecho. No dejó tiempo para campañas. Convocó las elecciones de inmediato, para el primer día hábil posible. Le favorecía, sin duda, pues contaba con un amplio favor popular que otros candidatos no tuvieron apenas tiempo de fomentar.

No mostró rubor en vestir su toga electoral mientras ejercía la presidencia del proceso como dictador, para que nadie tuviera dudas respecto a su candidatura. Obviamente, jugaba con doble ventaja, pues además de presidir y orientar los comicios, se postulaba desde la presidencia. Nadie se engañaba. El propio Fulvio había ganado ya tres años antes esas elecciones a cónsul siendo comandante de la caballería nombrado por el dictador Cayo Claudio Centón. Pero ser dictador y candidato al tiempo podía ser abusivo y difícilmente compatible.

Al menos conservó la prudencia de no llevar la toga de candidato el día en que abrió el proceso de los comicios por centurias en el Campo de Marte. Se extrajo de la urna por sorteo el nombre de la primera centuria en votar. Correspondió a los jóvenes de la Galeria, que eligieron a Quinto Fulvio Flaco y a Quinto Fabio Máximo como cónsules plebeyo y patricio. El sentido del voto quedaba así marcado. De inmediato, los tribunos de la plebe, Cayo y Lucio Arrenio, que se mantenían al acecho para impugnar, detuvieron la votación:

—Debemos denunciar como inconstitucional y contrario a derecho, no ya el votar para mantener en el cargo a un magistrado, sino, lo que es mucho más rechazable, que se elija a la misma persona que preside los comicios.

Y se cumplió así la paradoja de que Fulvio se vio obligado a defender su propia candidatura desde la presidencia de un proceso electoral ante la masa de la asamblea, siendo juez y parte:

—Se aduce mi permanencia en el cargo como magistrado para invalidar mi candidatura. ¿Debo recordar que, al comenzar este conflicto con los cartagineses, se propuso a la plebe con consentimiento del Senado que votara si el pueblo podía tener derecho a reelegir cónsules, mientras durase la guerra en Italia, a quienes quisiese y cuantas veces quisiese, entre aquellos que ya lo habían sido? ¿Debo recordar que el pueblo lo aprobó? —argumentó largamente con precedentes su candidatura y concluyó finalmente, como si fuera imparcial en lo que ocurría—: Es el interés público y no el honor privado lo que justifica una iteración de un cónsul en el cargo. No veo, pues, obstáculo, en calidad de dictador, como magistrado que preside estos comicios, para que Quinto Fulvio Flaco concurra como candidato.

Pero el fragor del debate entre Fulvio y los tribunos no remitía y adoptaron una decisión de común acuerdo: elevar la consulta al Senado para que decidiera. Entonces, en la Curia se impusieron dos criterios convergentes de los que emanó el decreto: era conveniente, dada la gravedad de las circunstancias de guerra, «confiar la dirección de los asuntos públicos a generales experimentados y dotados de conocimientos bélicos», y, además, por eso mismo, no convenía retrasar los comicios. Fulvio fue apoyado así, con argumentos de fuerza mayor por parte del Senado, y elegido por cuarta vez, junto con Fabio Máximo, que llegaba al consulado por quinta vez.

Por el número de sufragios obtenidos para designarle cónsul, le correspondió luego a Fulvio presidir también las elecciones a censores. Publio Licinio Craso, el pontífice máximo, al que Fulvio nombró comandante de la caballería, fue elegido censor plebeyo. Fue inaudito porque no había desempeñado antes la pretura ni el consulado, pero su riqueza y el apoyo de Fulvio le favorecieron, y el apoyo popular le otorgó el mando.

Sin embargo, los hados quisieron que su colega patricio, Veturio Filón, muriera, y por escrúpulos religiosos adversos, ese funesto final del otro censor forzó a Licinio Craso a dimitir. Fulvio volvió a convocar nuevos comicios. Fue elegido censor plebeyo un aliado suyo, Publio Sempronio Tuditano, y censor patricio, Marco Cornelio Cetego, pontífice como el propio Fulvio. A propuesta del Senado, el pueblo aprobó en plebiscito que los censores se encargaran del arriendo de los campos de Capua confiscados por el Estado como terreno público. Los intereses de Fulvio en aquellas tierras iban a depender de decisiones a adoptar por sus aliados políticos.

—¿Quién es mi prometido, madre? Yo no le conozco...

—Se llama Espurio. Es un hombre joven y fuerte y es patricio, de muy buena familia.

Sulpicia y su hija Fulvia conversaban sentadas en la parte trasera de la casa, en aquella parcela tapiada, una mezcla de jardín y huerto, pletórico ya de vegetación en aquella avanzada primavera, con los hibiscos en flor.

—Pero, ¿por qué él?

—Así lo ha decidido tu padre.

—Mi padre ha decidido quién va a ser mi marido para siempre —repetía la niña mientras lo asimilaba.

—Mira, Fulvia, así es como se hace siempre. Ya te lo había anunciado. Te contaré una historia de los dioses. ¿Recuerdas la Bona Dea?

—¡Cómo voy a olvidarlo! Fue una noche muy especial, madre. Todas bebiendo y bailando. ¡Cómo gritaban algunas!

—¿Y recuerdas la historia sagrada de la diosa?

—Sí, claro. Es la diosa a la que no se puede nombrar de tan casta que era. Como si no estuviera... Pero bebió vino y como las mujeres no podemos probarlo, su marido la apaleó hasta matarla.

—Lo recuerdas bien —repuso Sulpicia—. Pues hay quienes cuentan esa historia de otro modo. Fauno no era su marido, sino su padre, y amaba tanto a su hija que quería dormir con ella, estar siempre juntos. Pero ella, no. Entonces él la hizo beber vino. Ella seguía sin querer. La azotó con la vara de mirto y ella seguía resistiéndose. Finalmente, su padre se transformó en serpiente y se introdujo en su lecho y logró dormir con ella.

—¡Qué horrible historia, madre! ¡Dormir con una serpiente!

—Y no solo dormir, aunque eso ya lo entenderás cuando seas mayor. El mito nos enseña algo, Fulvia. Una niña debe obedecer siempre a su padre. Él es quien decide su futuro.

—¿Y cuál de esas historias de la Bona Dea te crees tú, madre?

—¿Acaso importa? Las dos, tal vez; las dos nos enseñan lo mismo: las mujeres obedecemos, al padre primero y al marido después. Nos debemos a ellos y solo a ellos. El vino es todo aquello que tenemos prohibido hacer: beber vino y también estar con otros hombres. Porque ya se sabe que la que viola lo prohibido merece ser azotada. Si quieren, tienen el derecho de matarnos por nuestra maldad. Forma parte de los derechos del padre de familia.

Sulpicia observaba a su hija. Era incapaz de hablar, asustada. Su madre se apiadó de la niña. La apenaba la situación, pero le correspondía como madre educarla. Quiso animarla.

—Fulvia, no debes preocuparte. Nada de eso va a ocurrirte a ti. Tu padre es bueno y tu esposo también. Lo que ocurre es que aprendemos de nuestros dioses cómo debemos comportarnos y nuestros mayores nos enseñan a hacerlo. A mí, esta historia me la contó mi madre. Todos en Roma siguen la costumbre de nuestros antepasados.

—Podríamos haber conseguido unas arras más generosas de Postumio para Fulvia. No te lo niego, Sulpicia, pero yo estoy satisfecho con él como marido. Después de todo, es el cabeza de familia de los Postumios Albinos. Y además, eso nos permite contener un poco la dote para Fulvia. Hay que ir pensando y reservando dinero para la futura carrera política de nuestros hijos, de Quinto al menos, y si es posible, la de nuestro pequeño Lucio. Esta maldita guerra no genera ingresos. Ya te he dicho que he tenido que renunciar al botín —se lamentó Quinto Fulvio.

—Pues no parece que a Cornelio Escipión le vaya tan mal la guerra —no dejó de zaherirle Sulpicia.

—Es distinto, no saquea Italia, saquea Hispania. Se comenta que el botín en plata que ha capturado en Cartagena ha sido muy grande, pero sobre todo ha conseguido víveres. Además, allí el ejército está obligado a capturar su soldada para mantenerse. No hay dinero en Roma para pagársela. Es distinto.

—Y entonces, ¿de Capua solo te queda la esclava que has traído? —insistió Sulpicia.

—Ya te dije que debía extremar las cautelas para evitar habladurías de apropiación del botín. Ahora los censores van a tener que proponer y adjudicar los arriendos de todas las tierras confiscadas allí como terreno público. Cuento con ellos a mi favor, que yo he presidido los comicios en los que han sido elegidos. Como vuelvo a Capua, estaré pendiente del reparto: quiero optar a alguna gran propiedad. Podré elegir.

—Por cierto, ¿ya sabes que se vendió la finca de tu hermano Cneo, la que está junto al Bosque de Estímula?

—Sulpicia, ese es un tema del que no me he ocupado ni he querido saber nada. La familia cuenta siempre, cuando se trata de política, para lo bueno y también para lo malo. El juicio y el exilio de Cneo no me han hecho ningún favor. Le había promocionado yo, prácticamente le hice la campaña yo, y mira cómo he quedado. Haber perdido las propiedades familiares por culpa de ese degenerado me enerva.

—Pues me lo comentó Quincia, que sabes que tiene una casa muy cerca. Parece que la ha comprado Minio el campano, el marido de Pacula Annia, la sacerdotisa de Ceres.

—¿Qué dices? ¡Unos campanos con propiedades de los Fulvios! —exclamó visiblemente encolerizado—. ¡Qué lástima que el Senado no haya degradado jurídicamente a toda la población campana! A la esclavitud habría mandado yo a todos. Pues el padre de Pacula fue uno de los senadores que se suicidaron con el senador Virrio en una cena la noche antes de entrar nuestra tropa en Capua, y el marido, Minio, yo creo que era noble también, aunque lleven años aquí. Me enteraré bien de lo que tenían. Aquí son intocables por ella, pero allí no.

Fulvia y su madre, Sulpicia, oraban ante el larario con la cabeza cubierta. Luego, la niña, con ayuda de su madre, prendió una lamparilla de aceite y la dejó en ofrenda a Vesta. Al terminar, se encaminaron hacia el huerto trasero de la casa.

—Es la primera vez que me dices que haga yo la ofrenda, madre —dijo la niña.

—Porque estábamos pidiendo por ti, por tus esponsales de pasado mañana. Y mañana iremos al templo capitolino a hacer un voto a Juno.

—¿Cómo? ¿Un voto?

—Sí. Rezaremos y prometeremos un sacrificio a Juno, que le ofreceremos dentro de cinco o seis años cuando se aproxime el día de tu boda.

—¿Por qué a las dos diosas?

—A Vesta, como siempre, porque protege nuestro hogar. Nos ayuda para que sigamos en concordia y prosperidad. Tú debes ir haciendo que os sea propicia también a ti y a tu futuro hogar. Te tiene que ir conociendo. Debes ir rezándola y honrándola tú misma. Pasado mañana te prometes en esponsales.

—Y a Juno por el matrimonio, ¿no?

—Claro. Ella te ha de ayudar a tener un matrimonio feliz.

—¿Tan feliz como el suyo? Eso no lo entiendo: es la diosa inmortal, reina y esposa de Júpiter. Sin embargo, Júpiter tuvo amores, y también hijos, con muchas diosas y mortales. Con Latona, con Ceres, con Estímula, con Alcmena...

—¡Detente! Lo primero que debes hacer es respetar a los dioses. No puedes decir eso. Júpiter es el dios padre y su voluntad no debe ser discutida. Juno nos enseña a ser buenas esposas. Debemos ser honestas y púdicas. Debemos aportar hijos al matrimonio sin que nadie dude de nosotras, ni de quién es el padre de nuestros hijos.

—¿Y eso significa que un marido puede tener muchas esposas?

—¡No! Solo una. Y tú como yo, y como todas las honestas, deberías casarte solo una vez, tener solo un marido para siempre. Pero a veces, ellos comparten su lecho con otras...

—Y con otros, ¿no?

—Por Juno, ¿quién te ha dicho eso? Sí. Puede ocurrir, pero nada de eso está bien y tú deberás intentar evitar que lo haga tu marido. Aunque, en realidad, si no puedes, tampoco pasa nada. Debes contenerte. Quizá la rabia se apodere de ti, como le pasaba a Juno con Latona cuando quiso impedir que nacieran Apolo y Diana. Pero no le sirvió de nada. Tampoco pudo impedir que naciera Baco doblemente de Proserpina y de Estímula, ni Hércules de Alcmena...

—Ni que su esposo tuviera amores con Ganímedes...

—¡No! Tampoco. De hecho, Juno se veía obligada a ver a diario al favorito de Júpiter sirviendo la mesa de los dioses tras arrebatar ese honor a su propia hija Juventas. Que ocurriera no significa que estuviera bien, pero ella debía tolerarlo. Los hombres tienen sus impulsos y se buscan amantes: esclavos, concubinas, prostitutas... Ellos están para el placer; nosotras para tener hijos legítimos. Somos esposas dignas y respetables, no amantes.

—Pareces preocupada, Halisca. Y no deberías estarlo —exclama Filenia.

—Por Hércules que eres una inconsciente. En ocasiones como esta siempre ponen a calentar algo para nosotras en el fuego junto a las ollas. No digo la cruz, pero sí las varas. Las ollas son para ellos y las varas para nosotras.

—Nada tendría que salir mal.

—¿Acaso no has visto nervioso al amo?

—Un poco, eso es verdad. Desde hace una semana aparece por todas partes y todo lo hacemos mal.

—¿Acaso no has visto al ama pasando la mano por los muebles y husmeando las esquinas?

—Así me ha parecido, sí.

—Doloridos tengo los hombros de la pértiga con la que he retirado todas las telarañas del atrio, ¡hasta donde no las había, pretendía verlas ella!

—Prometer a la hija en matrimonio es una preocupación importante. Hay que entenderlos.

—No es la hija sino la sangre lo único que les preocupa. Patricia ella, con hija plebeya, quiere casarla ahora con patricio para remontar la posición perdida.

—Es normal, me parece, que así se inquieten.

—Es normal, mas no es propio de buenos padres servirse de los hijos para medrar, sino mirar por su bienestar.

—Así se hace en Roma.

—Razón tienes. El matrimonio se rinde al patrimonio. Pero viva yo libre y pueda yacer cuando quiera con quien me plazca, sin que nadie me comprometa, pues no menos esclavas que yo misma me parece que sean las matronas romanas.

Al amanecer fresco de una primaveral mañana de abril, con el atrio iluminado por la luz rosada del alba, Fulvio, en presencia de sus hijos y de Sulpicia, pronunció una plegaria y ofreció una libación en el lararío. A continuación, se procedió al sacrificio de una hermosa ternera en el huerto posterior de la casa. Un arúspice al que hizo llamar Fulvio examinó las entrañas del animal sin apreciar malformaciones ni signos preocupantes, de modo que pudo auspiciar los mejores presagios para la futura unión.

Al inicio de la tarde, el atrio de la casa de Fulvio y Sulpicia se llenó de invitados recién bañados y ungidos. Eran, en realidad, los testigos para los esponsales. Los pontífices y augures más eminentes estaban allí, pero no porque lo fueran, sino porque eran también los políticos más influyentes en activo.

Allí estaba Quinto Fabio Máximo, cónsul patricio por quinta vez, colega de Fulvio ese año, que habría preferido no estar, pero no pudo negarse. Como además de pontífice era augur, llegó diciendo que había tomado los auspicios por su cuenta y que eran por completo favorables. Sexagenario, unos años mayor que Fulvio, mecía su aparente bonhomía, que escondía un genio implacable, en un cuerpo fuerte y grueso, que movía con cierta lentitud dubitativa. Una verruga un tanto repulsiva sobre su labio quedaba contrarrestada por el carisma de un rostro amigable y los ademanes mesurados de quien había nacido con la toga puesta y estaba habituado a encandilar audiencias en el Foro.

Allí se pudo ver la corpulencia vitalista del pontífice máximo, Publio Licinio Craso, con su túnica delicada y una toga impecable, luciendo dos anillos de oro en la mano derecha que movía con cierta afectación ceremoniosa.

Y también al nuevo censor, el pontífice patricio Marco Cornelio Cetego, a quien no podía dejar de invitar Fulvio, viéndose ya obligado a llamar también al censor plebeyo, Publio Sempronio Tuditano. A este lo apoyaba políticamente más de lo que lo respetaba, porque en realidad le consideraba un subordinado fiel.

Tampoco dejó de invitar a Tito Manlio Torcuato, a pesar de que temía que aquel pontífice, antaño colega y desde entonces amigo, pusiera en riesgo la concordia de la cena por su carácter desabrido y áspero y por sus ideas tan conservadoras.

El resto de los invitados eran familiares: Cayo, el hermano de Quinto Fulvio Flaco, así como un hermano y la madre del propio Espurio Postumio Albino, que llegaron acompañando al novio. Este había vuelto desde Capua junto con Fulvio. Había conocido a la pequeña Fulvia días antes, pero en realidad, poco importaba. La futura unión la había pactado ya con el padre de la novia, obnubilado por las prometedoras perspectivas de promoción que le confería el verse enlazado ya con un político tan encumbrado como era su futuro suegro, cuatro veces cónsul, triunfador antaño, censor electo y vencedor en Capua. Solo Fabio Máximo y Claudio Marcelo le superaban en honores, pero los suyos ya eran deslumbrantes.

Postumio sabía por su padre que la niña, Fulvia, era hermosa y bien trazada. Dio su aprobación, calculando mentalmente cómo podría evolucionar unos cinco años más tarde, cuando fuera ya mujer y se casaran. Vestía decorosamente, como correspondía, con una toga pretexta nueva, bordeada de púrpura de coloración intensa. Postumio solo pudo apreciar que su talla se conformaba con la edad, y que tenía unas facciones dulces, brillantes ojos marrones y largo cabello negro: se parecía a su madre.

Por el momento percibió la inocencia de la niñez y una curiosidad contenida cuando esta apenas elevó los ojos con timidez para mirarle un momento. No parecía prometedoramente bella. Postumio calibró así que la ventaja de ese matrimonio estribaba, en todo caso, en la posición de la niña. Lo que ya sabía.

En cuanto a ella, le habían insistido en que debía refrenarse. No mirar directamente a los ojos, que no pareciera que desafiaba con la vista al pretendiente. Educada, como estaba, ya sabía que debía andar despacio, no correr, y responder cuando se le preguntara. Por lo demás, silencio y la vista baja. Esa era la prometida. Lo que habían hecho de ella. Sofocada toda ingenuidad, reprimida toda la espontaneidad de la niñez, se hacía imposible intentar encontrar en aquellos ojos huidizos ni en aquella frente baja un atisbo de voluntad, un indicio de brillo en los ojos ante la presencia del futuro marido, un rubor en las mejillas que no fuera por vergüenza sino por pasión, un temblor en los labios entreabiertos que fuera más fruto del afecto que del miedo. Nadie de los presentes, altos dignatarios y pontífices, podría decir lo que experimentó aquella niña, pero, ¿acaso importaba?

La ceremonia tuvo lugar en el atrio, ante la hornacina del larario que contenía tres figurillas de bronce: veneraban al Lar que protegía el hogar, y como Penates, a Vesta y a Mercurio, dios este al que Quinto se había encomendado desde joven contando con que le ayudara en los negocios y también le proveyera de elocuencia. Al respecto había sido mayor su devoción que su éxito.

—¿Me prometes a tu hija como esposa? —había preguntado el joven.

—Te la prometo —había respondido Fulvio.

Después de la formal promesa paterna, como la tradición quería que un nervio oculto enlazara el dedo anular de la mano izquierda directamente con el corazón mismo, Espurio Postumio tomó la mano de Fulvia y, con notoria torpeza, colocó un anillo de hierro en aquel menudo dedo. Se esperaba que eso bastara para obrar el hechizo del amor pactado con el padre de la novia. Para reforzar su intención, aquel joven de veintiún años que estaba cumpliendo el servicio de armas y al que su suegro ya había designado tribuno militar, fijó su mirada intensa de ojos grises, entre rasgos curtidos, tensos y duros, en el rostro dulce, como ausente, de una niña que naufragaba en el desconcierto de una existencia recién determinada.

Con las manos aún unidas, a continuación, él volvió la vista hacia los testigos. Los esponsales se habían celebrado y el matrimonio había quedado comprometido: arras y dote, virilidad fecundadora y castidad virginal. Ella permanecía con la cabeza baja, y solo se atrevió a buscar la mirada aprobadora de su madre. Los tesoros lo son porque permanecen ocultos.

Mucho había pensado Quinto en los días anteriores, y había hablado de ello con Sulpicia, acerca de cómo colocar a los invitados en los tres lechos del triclinio, dispuestos en U en torno a la mesa del centro. La invitación que pretendía ser amable podía verse estropeada por las rencillas entre los convidados si alguno se sentía menospreciado. El lecho central era el más importante, así que no había duda de que tanto Fabio Máximo como el propio Fulvio y el pontífice máximo, Licinio Craso, debían recostarse allí. A Fulvio le correspondería como anfitrión el puesto principal, el de la izquierda en ese lecho, pero pensó en cedérselo a su colega Fabio en el último momento, como gesto de reconocimiento. Fulvio en el centro, dejaría a su espalda a Licinio. En realidad, como pontífice máximo le superaba a él en dignidad religiosa, pero todavía le quedaban los puestos claves de la carrera política por lograr. Le faltaban dignidades, así que no protestaría porque le postergaran un poco. Después de todo, le interesaban los apoyos de Fabio y de Fulvio. Callaría. El protocolo lo decidía Fulvio.

En el lecho de la izquierda, había que dejar el puesto de la derecha, junto al lecho central, a Espurio Postumio, que era el prometido homenajeado. De este modo miraría de frente al gran Fabio que quedaba a su lado. Era conveniente que estrecharan lazos. Los demás importaban menos. Los últimos puestos se dejaron para los familiares.

Más a la derecha aún, se habían colocado cinco sillas con respaldo. Eran para las mujeres y los niños. Sulpicia y su futura consuegra ocuparían las primeras y la novia la tercera, aunque al final la situaron entre ellas, tan niña la veían. Al lado de la madre de Espurio se sentó a Quinto, hijo mayor de Fulvio y Sulpicia, que se disponía a investir en breve la toga viril y a partir para cumplir su servicio militar, y a su hermano Lucio, aún un niño.

Los esclavos personales que les habían acompañado y tres esclavos de la casa ayudaron a los convidados de los lechos a descalzarse las sandalias antes de ocupar las posiciones asignadas, recostados sobre sus respectivos brazos izquierdos. Comenzó el servicio.

En una época de guerra, ni la despensa se podía abastecer de delicias culinarias, ni al anfitrión le pareció adecuado que se tratara de un gran banquete. Celebraban unos esponsales. Rodeado de sacerdotes y políticos en una mesa de aliados, más que de amigos, creyó oportuno no facilitarles ocasión para la crítica. Optó por la abundancia más que por la sofisticación, para que su mesa no fuera tildada ni de mezquina ni de lujosa, pues lo uno hubiera sido indigno y lo otro indecoroso.

Tomaron, a modo de aperitivos, aceitunas y huevos de codorniz. Pasaron al asado de la ternera que esa misma mañana se había ofrecido a los dioses, y unas lampreas que habían conseguido y que aportaron el toque diferente, seguidas de unas apreciadas vulvas de cerda en salsa, cerraron los servicios más consistentes. También hubo hojaldres con miel, servidos con pasas y dátiles como postre. Todos sabían lo difícil que era abastecerse en una Roma en guerra y todos valoraron lo que les fue presentado sobre la mesa por Filenia con la ayuda de Virria, la campana. Incluso en eso, era moderado Fulvio: no quería chicos adolescentes sirviendo su mesa que hicieran pensar en inclinaciones equívocas por su parte, y, de hecho, había cedido para el servicio de remeros de la República a dos de sus mejores esclavos, dos jóvenes en la veintena. «Había que dar ejemplo», comentó Fulvio a sus convidados, preocupado por no parecer cicatero.

Como la costumbre exigía que no se hablara de política en una cena, Fulvio pensó que no era inadecuado convocar a su mesa a un círculo de convidados íntimamente rivales, que podía ejercer sus influencias para concitarlos a todos allí a pesar de sus rencillas. Enaltecer los esponsales de su hija era lo que le importaba. A falta de Marcelo, que se hallaba en campaña contra los cartagineses, eran los hombres más influyentes en ese momento en Roma.

Dos de ellos mantenían una intensa competición que había abierto un severo debate político. Tras la muerte del anterior pontífice máximo, acontecida tres años antes, había quedado también vacante la dignidad de príncipe del Senado. Una de las tareas de los censores recién elegidos y que estaban sentados en aquella mesa, consistía en designar un nuevo príncipe a la cabeza del Senado. Le correspondía a Manlio Torcuato. Había sido censor junto con Fulvio, pero los augures dictaminaron entonces que había habido errores rituales en la toma de posesión y tuvieron que dimitir. En lugar de Manlio se eligió para sustituirle a Fabio. Y ahora se debatía a quién le correspondía ser príncipe del Senado: a Manlio o a Fabio, y cada uno de los censores se inclinaba por un candidato. Cornelio Cetego apoyaba a Manlio, pero Sempronio apoyaba a Fabio. El asunto estaba por resolver. Y todos estaban allí, enfrentados en la vida pública, pero recostados juntos.

En su fuero interno, Quinto Fulvio estaba ufano. A su alrededor, en los lechos de aquel triclinio, había creado premeditadamente una situación muy tensa, pero se regodeaba de haber podido concitar en su casa tanto poder plegado a sus deseos. A pesar de las costumbres, contrarias a conversar sobre política en un banquete, resultó ineludible hablar de la difícil crisis que Roma acababa de superar recientemente. Doce de las treinta colonias romanas se habían negado a seguir enviando tropas y dinero a Roma para sostener la guerra contra Aníbal. Por un momento, Roma había temido una insumisión general, pero gracias a los cónsules Fulvio y Fabio y a su enérgica actuación, las demás colonias habían mantenido su lealtad a Roma. Así que todos estuvieron de acuerdo en apreciar el mérito de los cónsules Fabio y Fulvio. Cortesía debida.

Después, el tema de conversación derivó hacia donde era previsible. Fabio, reclinado frente al joven prometido, se dirigió a Espurio Postumio.

—Querido Espurio, cómo me complace estar aquí. Apreciaba mucho a tu padre.

—Me consta que ese aprecio era mutuo. Mi padre hablaba con admiración del gran Fabio —mintió Espurio.

—El destino quiso que me correspondiera sucederle en la magistratura después de cada uno de sus tres consulados —continuó Fabio.

—Cualquiera podría pensar que olfateabas sus huellas a la caza de honores —interrumpió Manlio Torcuato con la libertad de verbo, sin rubor ni medida, que solo se pueden permitir los ancianos.

—Tanto Espurio como yo nos ocupamos siempre de servir a la República —respondió Fabio sin perder la calma, como si no lo hubiera oído.

—Eso lo podemos decir todos. ¿Acaso debo recordarte, apreciado Fabio, que yo os antecedí a Espurio y a ti en los honores consulares y también en el triunfo? —repuso jactancioso Torcuato, mientras Fulvio comenzaba a incorporarse en su lecho dispuesto a irrumpir en aquella conversación que comenzaba a derivar.

—Y, dime, Espurio —quiso cambiar de tema Fabio, diplomático—. ¿Te propones hacer carrera política?

—Aún es pronto para decidir al respecto, Fabio... —se mantuvo reservado Espurio.

—Pero si estamos aquí, conociendo como conozco a Quinto Fulvio, es porque esa idea se ha considerado —añadió Licinio Craso sonriendo con picardía, en tono de complicidad.

—Nada me agradaría más que ver a mi yerno, así como a mis hijos, emprendiendo la carrera de los honores. No voy a ocultároslo, pero como bien acaba de decir Espurio, es demasiado pronto para valorarlo —confesó Fulvio.

—Sin embargo, ya lo has designado tribuno militar —puntualizó Torcuato, por seguir la broma.

—La idea de este compromiso matrimonial ha surgido después, no antes de nombrarlo tribuno —repuso Fulvio, un tanto a la defensiva.

—Así es —confirmó Espurio—. Aunque he de confesar que supone para mí un reto que sopeso el iniciar la carrera política y poder contribuir a acumular glorias como las que mis antepasados aportaron a la República.

—Grandes han sido, sin duda —intervino impertinente el censor Cornelio—. Por eso no pudo ser más lamentable que tu padre, que había dispensado importantes servicios, acabara sucumbiendo en aquella emboscada contra los galos.

—Eso es pasado. Las nuevas generaciones tienen la misión de acrecentar la gloria de sus antepasados... —Licinio quiso cambiar el derrotero de la conversación.

—Los jóvenes no pueden ser rehenes de los errores o de los fracasos de sus mayores —repuso con vehemencia Espurio—. Mi padre entregó su vida a la República y me honra recordarlo. Yo pertenezco a un linaje que dio a Roma victorias tan memorables como la del dictador Aulo en el lago Regilo.

—Bien haces —confirmó con aplomo Fabio— en evocarnos hechos tan gloriosos como ese.

—Y no está de más recordar que fue también él —repuso Fulvio— quien costeó con el botín obtenido el templo de Ceres, Proserpina y Baco, a los que los plebeyos honramos.

—Así es —quiso intervenir el censor plebeyo Sempronio desde el otro lecho—. Como quisieron los Libros Sibilinos.

—Tenéis razón, pero, aunque lo haya visto siempre, a un hombre mayor como yo le cuesta aceptar que dentro de esos cultos se admitiera el de las bacantes —repuso el anticuado patricio Torcuato, a pesar de ser pontífice—. Esas mujeres sumidas en trance, desaforadas y enloquecidas, que corren desmelenadas con sus largas túnicas por el Bosque de Estímula...

—Sin embargo, tú mismo has dicho que se trata de un culto antiguo —se apresuró a puntualizar el pontífice máximo Licinio Craso, que temía el tradicionalismo de Torcuato—. No menos enajenados recorren las calles de Roma los jóvenes desnudos en las Lupercales, cuando azotan con el cuero de la cabra recién sacrificada a las mujeres que les salen al paso porque quieren quedarse embarazadas. ¿No te parece enloquecido eso también? Los ritos antiguos deben ser respetados como son. Solo así tenemos garantizada la paz de los dioses.

Fulvia evocó entonces los ritos de la Bona Dea, pero se mantuvo en decoroso silencio.

—Cierto es, Licinio. Pero, a diferencia de otros como Fabio o Fulvio, que han pasado mucho tiempo en el frente, yo, estando como estoy en Roma, he podido ver, y también me han contado que, en los últimos años, son cada vez más las mujeres de toda condición que se están sumando a esos ritos —añadió Torcuato—. Empieza a parecerme preocupante.

—En Roma las Bacanales son y han sido ritos femeninos, pero puedo aseguraros que no es así en Campania —aseguró Quinto Fulvio—. Allí, hombres y mujeres participan del culto a Baco.

—Cuesta imaginar que se admita esa mezcla de hombres y mujeres en ritos donde, si algo impera, es el desorden —reconoció Licinio, conciliador.

—Eso ya no sería desorden, sino degeneración —apostilló Torcuato.

—Me parece que bien está lo que la tradición ha validado, pero no me gustaría contemplar cómo los ritos que mis antepasados contribuyeron a establecer se corrompen. Ese Baco no es el de nuestros mayores —osó decir con decisión Espurio ante los pontífices.

Fue entonces cuando la cena se precipitó en el caos. Fulvio había hecho una seña a las esclavas para que sirvieran el vino final del banquete. Sulpicia, que estaba pendiente, se estaba poniendo de pie y la secundaban su hija y la madre de Espurio. Abandonaban la sala para dejar cómodos a los hombres. Mientras, las esclavas Virria y Filenia se disponían a mezclar agua con el vino puro, cuando la jarra desde la que Filenia iba a verterlo cayó sobre el cántaro con vino que sostenía Virria y lo rompió. El caldo se derramó por completo, cubriendo de visibles lamparones sus túnicas.

Fulvio, atribulado por el contratiempo, las exigió que no limpiaran lo que se había derramado. Alguna deidad había reclamado esa libación para sí. Las ordenó entonces que trajeran otro cántaro. Su rostro lívido indicaba que no le había gustado nada lo ocurrido, mientras el aroma embriagador del vino impregnaba la estancia. ¿Cómo interpretar aquello? ¿Es posible que fuera lo que parecía?

Las esclavas se apresuraron. Las dos sentían un premonitorio picor en la espalda, indicio inequívoco de que les iban a reconocer las costillas con una sesión de varazos. Las piernas les flaqueaban cuando volvieron cargadas desde la cocina con más agua y vino. Apresuradas, no se habían mudado: comparecieron, rojo sobre blanco, como actrices involuntarias de una escena de tragedia.

La superstición se apoderó de los comensales. El obsequioso censor Sempronio convino con su colega Cornelio en que lo ocurrido debía ser entendido, sin duda, como augurio de buena suerte y prosperidad porque había fluido el vino. Pero Licinio y Torcuato, pontífices ambos, a pesar de no mantener una relación fluida, se miraron demudados y Fabio congeló el gesto, imperturbable, en una mueca desalentadora. Intranquilos, pensaban ya en abandonar la casa.

Sulpicia, tras salir del comedor, pidió a la esclava Halisca un poco de vino, y acompañada de Fulvia, que no entendía nada, y de la madre de Espurio, se postró implorante ante el larario. Luego se irguió y vertió una libación en honor a los Manes para propiciar su favor.

Tan solo Espurio Postumio Albino permanecía tranquilo en el triclinio, observando cómo las esclavas mezclaban por fin el vino que acababan de traer y llenaban los pequeños cuencos. Fingía calma, indiferente ante los sobresaltos que el resto de los convidados había experimentado a su alrededor. La inconsciencia de la juventud no le permitió sopesar que alguna deidad podría haberse airado con él por su actitud de desafío, que Baco podría haber manifestado su indignación contra aquel banquete hostil a su nombre.

Pacula

209 a. C.

Treinta mil esclavos tarentinos. La mayor parte caminaron por las calles de Roma encadenados en el desfile triunfal protagonizado por Quinto Fabio Máximo a finales de año. Siracusa, Capua y Tarento, caídas en los últimos dos años en manos de Roma, alumbraron la esperanza de una victoria, lenta y penosa, pero definitiva, sobre Aníbal por parte de la República.

El asalto de Tarento fue más obra de la astucia que del valor. La ciudad había sido conquistada por los cartagineses cuatro años atrás. Entre las tropas de ocupación había quedado una guarnición de brucios cuyo prefecto estaba obsesionado con la hermana de uno de los hombres de Fabio. Este le propuso a su general entrar en la ciudad como desertor, aprovechando la circunstancia, y propició la traición del prefecto. Fabio fingió el ataque nocturno a la ciudad por varios flancos haciendo mucho ruido, pero, en realidad, el grueso de las tropas aguardaba en el lado custodiado por la guarnición de los brucios. Por allí, las tropas romanas accedieron con escalas a lo alto de las murallas y penetraron en Tarento rindiéndola, saqueándola y esclavizando a su población traidora.

En Roma, ni fue unánime ni exenta de controversia la decisión de concederle el triunfo a Fabio. Al contrario. Fue motejado de vergonzoso por sus rivales, pero él consiguió celebrarlo a diferencia de Marcelo con Siracusa o de Fulvio con Capua.

Pacula Annia y Minio estaban allí para contemplar la gloria del viejo general, que celebraba así el segundo triunfo de su trayectoria. Mientras la ciudadanía romana vitoreaba el desfile, ellos callaban, agitados íntimamente por sentimientos encontrados. El éxito de Roma convenía también a su posición. Formaba parte de su seguridad y tranquilidad. Pero mientras veían desfilar una muchedumbre esclavizada, su identidad campana hervía recordándoles las raíces perdidas y las propiedades incautadas.

Minio había pensado reiteradamente en hacer un viaje a Campania, en recorrer los lugares de su infancia y juventud y explorar las propiedades familiares. Y todas las veces se había disuadido a sí mismo. Allí seguía Fulvio Flaco. Había acabado su magistratura como cónsul y se le había renovado otro año el mando como procónsul. A los censores les quedaban unos meses para cerrar el lustro, para culminar su año y medio en el cargo, y se anunciaba que en breve se daría a conocer por su parte en Roma la asignación de propiedades campanas otorgadas en renta a ciudadanos romanos. Los senadores aguardaban ya con impaciencia, como aves carroñeras, el reparto: fértiles tierras campanas, extensiones de campos de cultivo concedidas a cambio de rentas reducidas y que en pocos años se verían ventajosamente anticuadas. Así se habían acrecentado durante siglos las fortunas de los patricios y de la minoría noble de los plebeyos.

No le pareció oportuno por tanto dejarse ver en su Capua natal, que sospechaba sometida a represión y control militar férreos. No ganaría nada y en cambio arriesgaba la tranquilidad que nadie les había alterado en Roma.

Pacula, por su parte, ni siquiera se planteó el viaje. Convencida, como estaba, de que nada le quedaba en Capua ya, no podía distanciarse de Roma por sus responsabilidades. Seguían atenazándola, irritando su estómago, torturando su conciencia. Ver pasar la comitiva de tarentinos encadenados no podía dejarla indiferente. Muchos de aquellos seres humanos eran hermanos en el culto a Baco.

Los dioses no entendían de fronteras. En Grecia, en Egipto, y en todos los territorios meridionales de Italia, sobre todo al sur de Capua, se veneraba a Baco, y lo hacían hombres y mujeres. A Pacula le constaba que en Roma también estaba ocurriendo desde hacía años. Conocía de un tíaso al menos, cuyo tamaño sabía creciente, fundado por un griego llegado de Etruria, Hermógenes.

La contemplación de aquella muchedumbre esclavizada volvió a atenazar sus entrañas con una angustia hiriente que creía pasada, pero que solo estaba aplacada, y acabó de resolverla: como sacerdotisa de los misterios no podía descuidar a los fieles, aunque se tratara de hombres. Muchos de aquellos esclavos estarían en breve sirviendo en casas bajo control estricto, pero otros muchos atenderían talleres y tabernas de día y querrían encontrar el alivio divino a sus penas, aunque fuera de noche, en las horas en que quedaban libres de ocupaciones tras engrosar las bolsas de monedas de sus amos y tras labrarse su propio peculio también, con el que un día podrían comprarse la libertad y recuperar la dignidad perdida a manos de las legiones romanas.

—Nació dos veces. La primera, como decíais, de Proserpina y la segunda de Estímula.

—Pero, ¿cómo es eso posible, madre? —preguntó Minio, el mayor, responsable y reflexivo.

—Eso forma parte de los misterios que no pueden ser revelados. Ya os he hablado de ello. Solo a los iniciados se les pueden desentrañar. Pero no debéis olvidar que es hijo del gran padre Júpiter. No debe sorprenderos, por el momento, que sea capaz de reengendrar a Baco en Estímula, después de ser destruido en su identidad primera como Zagreo.

—¿O sea, que Baco vuelve a nacer de Sémele? —razona Herennio.

—Sí, pero de manera especial. Los celos de Juno, porque su esposo Júpiter ha engendrado un hijo con otra, la impulsan a tender una trampa a Estímula. De esto ya os he hablado. A través de sus hermanas, Juno hace dudar a Estímula de si verdaderamente su amante es Júpiter. Ellas le dicen que le pida unirse a ella, no como lo hace un mortal, sino como el auténtico padre celestial, señor del rayo y de las tormentas. Y Júpiter no puede negárselo porque, al saber que va a ser madre de su propio hijo, Baco, le ha prometido concederle lo que le pida.

—¡Qué atrevimiento! ¡Júpiter, un embustero! ¿Y Júpiter accede? —repone Minio.

—Así es. Pero la mortal Estímula, hija del rey Cadmo de Tebas y de la diosa Concordia, no puede soportar el empuje arrollador del padre de los dioses y sucumbe fulminada por los rayos de Júpiter. De ella solo quedan las cenizas y la criatura que se estaba desarrollando en su vientre. Entonces Júpiter, se lo cose a su muslo como si fuera un útero y consigue que se desarrolle por completo y que Baco nazca finalmente.

—¿Cuántas veces nace entonces? —pregunta Herennio con su natural curiosidad inquieta.

—En cierto modo tres, de Proserpina, de Estímula y hasta del propio Júpiter. Por eso es un dios tan especial, que muere, y que resucita, y sobrevive. Pero aún descenderá al inframundo y desde allí retornará con su madre, una vez rescatada, para llevarla a la morada de los dioses. Por eso siempre os digo que Baco es el dios de la muerte y de la resurrección, y el que nos promete que hay una vida dichosa después de que morimos.

—Madre, ¿sabes lo que no entiendo de todo esto? Que nos lo cuentes, que Baco sea un dios varón y que, en cambio, los niños y los hombres no podamos entrar en los misterios —razona Minio.

—Tampoco yo lo entiendo, pero desde siempre en Roma los misterios de las Bacanales fueron solo de mujeres. Quizá cambie... ¿Vosotros querríais participar?

—Madre —dice Herennio—, a mí me gustaría disfrutar de esa otra vida a tu lado.

En el Bosque de Estímula se reunían para el culto los coros de bacantes, mujeres vestidas con largas túnicas que entonaban himnos de cadencias repetidas con música de flautas y pan-

214

deros mientras hacían oscilar sus cuerpos con un ritmo constante a la espera de una unión mística con Baco, sumisas y anhelantes ante una posesión divina que unas veces llegaba y otras se hacía desear en vano. Entonces, sentían o veían cómo alguna hermana entraba en trance, poseída, y luego enajenada, y el balanceo se tornaba contorsión, y la contorsión en locura, mientras el cuerpo se agitaba en espasmos y transportaba a la bacante por el bosque, desposeída de toda voluntad, sin control sobre sus miembros. Baco la había reconocido como una de las suyas. Se encontraba ya camino de la salvación. El misterio se había encarnado en ella y la mujer ya no era ella, era bacante, era Baco mismo.

A Pacula, consumada sacerdotisa, la tomó. Era habitual. Comenzó el rito con el sacrificio de un macho cabrío y probaron de él, de su carne palpitante y de la sangre caliente que aún brotaba de aquellos miembros arrancados, sin cortes. Empezó a entonar los cánticos entre las iniciadas que la secundaron. Cerró los ojos y se meció con la música. Se dejó llevar concentrada en el mensaje.

> *¡Evohé, evohé! ¡Oh, Bromio!*
> *Devoremos crudos los miembros*
> *del animal en tu honor inmolado,*
> *comamos de su carne como los Titanes*
> *consumen la de Baco engañado.*

> *¡Evohé, evohé! ¡Oh, Bromio!*
> *Corramos los montes libres,*
> *agitemos los tirsos en tu honor,*
> *golpeemos el suelo y manen*
> *vino, miel y leche, prendas de tu favor.*
> *¡Evohé, evohé! ¡Oh, Bromio!*

Y se sume en la negrura dejándose guiar por una luz. Avanza entre las sombras fantasmales de los árboles que se yerguen en su entorno, que se recortan en las tinieblas sobre un tenue resplandor en el cielo. Y la luz procede de la tierra, de un pozo. Y desciende para llegar a una gruta. Puede ver a las ménades, a sus iniciadas, cantando y danzando con sus tirsos en las manos, y ella entre todas, contorsionándose por la tierra. Los ojos en blanco, estremecida, hunde sus manos en su vientre, en torno a su ombligo palpitante y ensangrentado y vuelve a extraerlas. Y entre ellas, niños, sus propios hijos primero, y otros que, tras salir envueltos en blancas túnicas largas como las de las bacantes, se unen al coro, se integran entre ellas, y comienzan a cantar y a mecerse cerrando los ojos, extáticos.

Luego lo comunicaría a las bacantes: su decisión fue inspirada, revelada. Ni ella podía seguir negándose a la voluntad de las matronas bacantes, ni ella misma podía negárselo a sus propios hijos, ni, lo que era más importante, podía desafiar al dios inmortal. Le había enviado ya las señales que siempre esperó.

El calor de la hora octava se dejaba notar tibiamente dentro de aquella casa. Era fresca, estaba rodeada de árboles y muy cerca del río. Su alcoba no tenía ventanas, estaba cerrada por cortinas hacia el salón. Una estancia oscura, con una ventana alta y estrecha, se abría a la claridad mortecina del atrio, un remanso de tranquilidad y de frescura. Pacula había echado como siempre su siesta breve, pero reparadora. Se despertó sintiéndose vitalista y con una apetencia que ya apenas recordaba, y que en ese momento descubrió que solo había estado aletargada, no perdida. Le apeteció Minio, le apeteció compartir con él aquella satisfacción. Habían hablado muchas veces, cenando, contemplando el huerto, en el atrio, de lo a gusto que se encontraban en aquella casa. Un remanso de paz comparada con el bullicioso apartamento de antaño.

Cuando decidieron ocupar cada uno un aposento, lo pactaron con la complicidad tácita de reencontrarse en el lecho, pero desde la costumbre perdida. Ella se había replegado tras la caída de Capua, desde que despertara aquella sensación física de irritación asociada a un sentimiento íntimo, su «angustia onfálica» la llamaba, que aunaba con la tristeza personal, la responsabilidad espiritual que sentía no haber satisfecho aún. Minio no había ido a buscarla. Y entonces reconoció que había sido ella quien le había repelido, sin acritud, solo con desgana. Tuvo el impulso de ir a su encuentro, a su aposento. Y se refrenó momentáneamente. No era decoroso en una matrona, aunque, ¿desde cuándo era ella una matrona normal? Era una sacerdotisa griega, de Ceres y de Baco. Había hablado y conocido en conversación con muchas mujeres que se confesaban con ella, que la intimidad es un reducto donde los convencionalismos se quiebran, donde las normas se transgreden y donde cada persona recupera su verdadera identidad, exultante o vencida. La alcoba es el lugar de los gozos y las reconciliaciones, del sometimiento también, pues este formaba parte igualmente de la identidad de muchas mujeres en una sociedad de servidumbre y de alianzas matrimoniales.

Decidió ir. Salió de su alcoba, cruzó su sala y por el atrio entró en la sala de Minio. La cortina de la alcoba estaba corrida, pero oyó algún roce dentro. Quizá estuviera dormido. Se asomó corriendo apenas la cortina, con prudencia. Lo que vio no lo esperaba. Dentro de la alcoba, iluminada por la tenue luz casi cenital de una tronera, vio el cuerpo desnudo de Minio sobre el lecho. Su cabeza se encontraba entre las piernas de Patroclo mientras este, también desnudo, a horcajadas sobre Minio, se había inclinado hacia adelante y movía la suya sobre la ingle de este.

Observó, hasta que se recuperó del estupor y se aseguró de haber visto lo que creía. Luego salió.

—Quiero que vendas inmediatamente a Patroclo —le dijo horas más tarde.

Pacula se había recluido en su sala, para pensar. Sabía que él estaría en la parte trasera, en el porche o en el huerto. Se había acercado lentamente, como ensimismada, y se lo había dicho con la mirada perdida en algún punto de aquel farallón rocoso del Aventino que tenían tras la casa y que estaba cubierto de maleza. Minio la miró desconcertado, mientras su mente entraba en contradictoria agitación.

—¿Por qué? No te entiendo.

—Os he visto. He ido a tu alcoba antes, tras la siesta. Os he visto.

—No debo explicarte nada. No voy a venderlo.

—Me lo debes. Por lo que soy, y por lo que hemos sido.

—Y por lo que seguimos siendo. Eso no cambia nada. Te he dado todos estos años mi fidelidad. No me la pediste, pero te la di. Porque vinimos juntos de Capua, porque juntos nos hemos abierto camino aquí en Roma. En todo este tiempo, ni siquiera me acerqué a Lidia, ni a Cosia. Cualquiera habría gozado de sus esclavas en mi lugar. Pero tú has dejado enfriar nuestro lecho. Ahora no me puedes exigir que deje de servirme de un esclavo que cumple su misión.

—Lo que me has dado me correspondía. Era mío. Y lo que hemos logrado en Roma también.

—Sabes bien que otro en mi lugar no te habría seguido hasta aquí del mismo modo.

—Y tú sabes bien que otro en tu lugar tampoco habría estado viviendo de su esposa.

—No te equivoques. Renuncié a ser un noble o quizá un senador en Capua, por ser un marido dócil en Roma.

—Y ahora en Capua no tienes nada. Y tampoco te puedo llamar marido después de lo que he visto.

—No voy a discutir contigo, Pacula. Nada debe cambiar ahora. Estamos bien así. Tú has renunciado a mí, pero yo no he renunciado al placer. Eso es todo. Mi lecho sigue siendo el tuyo, te aguarda.

—Tu lecho está sucio. No me esperes. El mío tampoco te espera.

Seguiría con Minio a pesar de todo. No convenía no hacerlo. Había descubierto lo de su marido y su esclavo Patroclo tarde, aunque se torturaba creyendo haberlo intuido desde el principio. Llevaban poco más de un año viviendo allí. Le dolió, profundamente. ¿La había engañado antes, durante aquellos años? Quizá, en realidad la había engañado siempre. Quizá era aquello lo que siempre deseó y le había resultado inconfesable, y se había contenido por ella, por su matrimonio primero, y también por los hijos, por la guerra...

Nunca supo si había conocido el sexo o el amor antes, con hombres o con mujeres. En realidad, no se pidieron cuentas. Ella había llegado virgen, como se esperaba, al matrimonio. Él tenía doce años más. Y tierras. Ella era la hija menor de un senador, sacerdotisa, con dote y con un futuro más prometedor en Roma que en aquella Capua provinciana. Se trataba de una ciudad sofisticada, rica y refinada, más que Roma. Pero no era la capital. Allí nadie se sorprendía de las relaciones de los dueños con sus esclavos de ambos sexos. Era habitual.

En Roma también lo era en el seno de las familias con fortuna y servidores, aunque se vigilaba más la relación entre hombres, no fuera a ocurrir que un varón romano perdiera su virilidad sometido carnalmente por otro varón. Virilidad era impulso y penetración. Nunca sumisión. Se trataba de recibir placer, no de proporcionarlo. Esa era tarea de esclavos, de libertos, de concubinas y de prostitutas. «¿Habrá caído Minio en eso?», se preguntó. La avergonzó la respuesta. Lo que había visto no dejaba lugar a dudas, pero luego se dijo a sí misma que con ella también lo había hecho. Por ella, por los dos. Habían conocido horizontes impensados y habían gozado.

Aquella casa había hecho posible que todo cambiara. Mnemósine la habían llamado. Creyeron recuperar su antiguo estatus campano y, en realidad, habían malogrado su unión. Tenían dos aposentos, se atribuyeron uno para cada uno, y, al final, todo quedaba en un tálamo para dos hombres y un lecho frío para ella.

Pensó en romper, por supuesto. Pero, ¿qué iba a ganar con ello?

Nadie debía de saber lo que ocurría allí, salvo los esclavos. Se avergonzaba un poco por ellos, y sobre todo por Lidia y por Cosia, que les habían servido en aquel apartamento del Foro Boario, un reducto de castidad y de fidelidad marital, donde sus hijos habían pasado la primera infancia. Ahora Minio ya tenía once años y Herennio nueve. No iban a ver entre su padre y Patroclo nada que no conociera cualquier otro niño noble de su edad en Roma. Ocurría en innumerables casas donde los esclavos atendían a las necesidades eróticas de sus dueños.

Después de todo, ser esposa era algo distinto. El matrimonio servía al patrimonio. Se contraía para obtener una descendencia legítima, para asegurar un relevo generacional honorable, para transmitir un legado afanosamente acopiado. Sexo y matrimonio no tenían necesariamente que converger en un mismo amante, aunque ellos lo habían logrado durante años.

Por un momento, Pacula se había sentido culpable al saber de la nueva relación de su esposo. Reconoció su inhibición sexual de los últimos tiempos, aunque, casi de inmediato, desestimó cualquier culpabilidad y empezó a valorar que tal vez aquella castidad suya fuera un síntoma espiritual de renuncia, un modo de profundizar en su fe, en una devoción exclusiva y sin concesiones.

El matrimonio era cosa de madres y el patrimonio de padres. Por eso pensar en una separación no tenía mucho sentido. Los bienes estaban siendo administrados por Minio y era él quien había formalizado la compra de la propiedad en la que se habían invertido la mayor parte de los bienes del matrimonio. Él era el titular. Además, eran campanos. No corrían buenos tiempos para ciudadanos romanos cuyos derechos se habían cuestionado. Convenía ser discretos.

Pacula no solo estaba atada por los bienes, por la casa como tal. Había algo más: el antro báquico. La propiedad que habían adquirido no respondía únicamente a sus necesidades residenciales. Se estaba convirtiendo en algo parecido a la sede del tíaso báquico que regía Pacula. Cinco años atrás, la habían interrogado acerca de lo ocurrido en los misterios, pero aquello había pasado. En realidad, aquel edicto limitó el culto en lugares públicos. Pero ni los senadores ni el pretor se atrevieron entonces a regular los credos personales y privados, en parte por temor a la reacción de la ciudadanía y, sin duda, por temor a airar innecesariamente a algún dios en tiempos demasiado procelosos.

Mnemósine limitaba con el Bosque de Estímula. En la valla norte de la finca habían abierto una puerta hacia el área boscosa, y dentro de la propiedad aislaron aquel sector del terreno vallándolo y dejando dentro el acceso a la bodega excavada en la pendiente del Aventino. Una segunda puerta conectaba esta parcela tapiada con el huerto trasero de la casa. De este modo, creaban una segregación que abría directamente del bosque hacia la bodega y dejaba comunicación con la casa. La bodega fue objeto de ampliación. Se contrató a unos operarios, unos itálicos refugiados que, por unos jornales muy ajustados, pues había más hambre y necesidad en Roma que trabajo, excavaron la pendiente de toba volcánica porosa del Aventino, labrando una corta galería que partía de la bodega hacia el interior de la montaña. Accedía a una amplia sala subterránea circular de techo labrado toscamente en forma de cúpula baja. Buena parte de la piedra extraída sirvió para construir en aquella parcela segregada un edificio sencillo, rectangular y sin más señales exteriores que una puerta. En el interior, una sala amplia para reuniones y otra reducida para objetos litúrgicos.

De este modo, el tíaso contaba ya con una sede discreta, un santuario con un lugar de congregación para catecúmenas, una sacristía y un antro báquico para las iniciaciones.

—Madre, ¡qué miedo! No se ve nada sin la antorcha.

—Así debe ser. Tiene que estar a oscuras. Son los dominios de Baco.

—¡Ah! ¿La cueva de las Ninfas, donde cuidaban del dios niño? —dijo Herennio.

—En parte, es así. Es como la cueva donde vivieron las Ninfas. Allí se refugiaban y protegían de los peligros al niño Baco que les había sido confiado. Sin embargo, no bastó para librarlo de la amenaza de los Titanes.

—Pues a mí me parece el inframundo del que nos has hablado alguna vez —apuntó Minio.

—Y no te equivocas, ¿os acordáis de la *katabasis*?

—Pues lo que te decía, madre. Era el descenso a los infiernos. Cuando Baco bajó a rescatar a su madre Estímula para llevarla con los dioses.

—Así es. ¿Recordáis de alguien más que lo hiciera? ¿Os dice algo el nombre de Orfeo?

—Era un griego. El mejor músico que hubo, ¿no? El que amansaba a las fieras y que tocaba la lira de nueve cuerdas, como nueve son las musas. Nos lo ha enseñado Lidia —recordó Minio.

—Y que descendió a los infiernos a buscar a su amada Eurídice, y como tocaba tan bien, pero melodías tan tristes porque la echaba de menos, Proserpina y Plutón dejaron que Eurídice volviera con él al mundo de los vivos —añadió Herennio.

—¡Ah, sí! Me acuerdo. Pero cuando retornaba con ella desde el inframundo le dijeron que no podía mirar atrás. Entonces, al ver ya la luz al fondo, lo olvidó y, sin querer, desobedeció a los dioses del Averno: volvió la vista para comprobar que Eurídice le seguía, y la perdió. Ella tuvo que regresar al infierno y ya no pudo acompañarle —completó el mito a su modo Minio.

—Muy bien, hijos. Pues habéis de saber que Orfeo fue luego el primer sacerdote de los cultos de Dionisos. En ellos se recuerda que Baco vivió en la cueva de las Ninfas, y que descendió, como luego haría también Orfeo, al inframundo. Ambos regresaron del lugar de donde nadie vuelve. Como si renacieran.

—Pero entonces, cuando dices que estos son los dominios de Baco, ¿quieres decir que así es el inframundo? —continuó Minio.

—Esto es como el inframundo para los que se inician en los misterios de Baco.

—¡Pues yo quiero ser un *mystès*!

—¡Y yo también! ¡Un iniciado!

—Y yo os veo muy preparados para serlo. Quizá muy pronto...

—He estado pensando, Pacula. Hemos accedido a esta casa y este modo de vida juntos. Tenemos dos hijos. Eso es lo que nos une. El amor ya no late fuerte, pero sigue habiendo costumbre y cariño. Nos puede bastar. Al final, cada uno hacemos nuestra vida. Hace un tiempo que es así, y lo mejor es que continuemos igual. —Pacula no le rebatió.

—Puedo seguir ayudándote —prosiguió Minio—. El tíaso sigue creciendo, y seguramente lo hará mucho más. Atraerás a esclavas tarentinas adoradoras de Baco al culto. Hemos comenzado a recibir a tus fieles aquí. Cada vez son más las bacantes que vienen a verte. Con sus aportaciones, hemos sufragado las obras del antro y del aula. Seguirán llegando cuestaciones, limosnas y donaciones y, aunque para ti no sea lo primordial, costean nuestra vida y la de nuestros hijos.

—Sabes bien que eso no me ha importado nunca, que mi fe es auténtica. Hago lo que siento porque me lo revelan los dioses. Además, tenemos más de lo que necesitamos.

—A mí sí me importa. Yo creo, sí. Confío en mi salvación eterna, aunque entretanto no me olvido de vivir. También creo en la salvación de tus seguidores, y en que ellos están dispuestos a hacer aportaciones para merecerla. Muchas veces te lo he dicho: deberías acoger a hombres también. El tíaso crecerá y su fuerza, su poder y su riqueza también. Tu misión la dictan los inmortales, no los senadores de Roma.

—En eso tienes razón. Y lo voy a hacer, pero no por ti, ni por el dinero, sino porque me ha sido revelado, porque me lo piden las madres bacantes y porque creo en ello. Será a mi modo.

En breve, los acontecimientos vinieron a otorgar la razón a Minio. Pacula fue apartada del culto público a Ceres. La solvencia económica regular de la casa se resintió, de modo que las aportaciones de las bacantes al sostenimiento del culto pasaron a ser más necesarias. En su cese como sacerdotisa plebeya hubo maniobras cuyo origen no pudo esclarecer. Probablemente, porque varios factores se confabularon en su contra. Su sustituta, una sacerdotisa griega napolitana, respondía mejor al perfil de matrona distinguida en un momento en que los campanos no estaban bien vistos. Neápolis se había mantenido leal a Roma. La otra era más joven. Esa fue la excusa, torpe y ofensiva, que esgrimieron los magistrados plebeyos ante Pacula para prescindir de sus servicios. Adoptaron su semblante más amable mientras se lo comunicaban. Aunque pretendieron mostrarse resueltos al hacerlo, se delataron: ella los percibió timoratos ante su autoridad de venerable sacerdotisa. Con cuarenta años, como los que tenía Pacula, ciertamente una vestal ya no estaba recluida. Habría abandonado el sacerdocio. Se podía entender que la licenciaran argumentando esa analogía.

El flamen de Ceres, con el que mantenía una relación ya larga, y, por lo demás, correcta, la dejó entrever que los pontífices quizá hubieran influido en su reemplazo, aunque no formaba parte de su ámbito de competencias. Ella no dudó: Quinto Fulvio Flaco estaba detrás. Seguía en Capua un año más, con el mando prorrogado, aunque eso no significaba que no pudiera seguir moviendo los hilos en Roma. Había conseguido prolongar las represalias contra los campanos al crear una corriente de opinión adversa y, siendo pontífice plebeyo como era, seguramente no la había olvidado, aunque nunca habían tenido una relación directa en el plano sacerdotal.

La sospecha se convirtió en certeza días después, cuando se hicieron públicas las adjudicaciones de las tierras públicas campanas incautadas a ciudadanos romanos: las propiedades de su padre, de los Annios, estaban en manos de los Servilios. Quinto Fulvio se había reservado la hacienda de los Cerrinios, la herencia de Minio. Cuando su marido le trajo la noticia, abatido, ella irguió la cabeza y le dijo:

—No te apenes, Fulvio. Hierve de rabia. Sabe que nosotros somos los dueños de Mnemósine, la hermosa propiedad suburbana que toda la nobleza conocía como «la villa de los Fulvios».

Volvió a sentir la angustia onfálica de manera intensa. Nunca se había ido, pero había remitido desde que estaban instalados en su quinta. Los acontecimientos últimos la habían reactivado. No fue tanto la decepción personal por la homoerótica relación adúltera de Minio. Eso podía relativizarse. Fue la muchedumbre esclavizada de tarentinos la que removió su conciencia al recordarle la suerte de los campanos, que muchos de sus conocidos de la infancia penaban su esclavitud, si es que no estaban muertos como le había ocurrido a toda su familia. Fue luego la conciencia brusca de la edad avanzada en la que se hallaba y con tareas sagradas por cumplir. Fue también la pérdida definitiva de las haciendas familiares. Pero fue especialmente que la apartaran del sacerdocio. Había descubierto al fin que, en buena medida, el origen de su desazón había sido un presentimiento latente, una advertencia divina del riesgo, de que acabaría siendo también una víctima de la reacción contra los campanos.

Era una represaliada, tardía, pero represaliada finalmente. También ella. «Saber que alguien ha decidido que eres vulnerable y que tiene el poder para demostrártelo, abatiéndote, convierte a ese político sin escrúpulos en un indeseable civil. A ti, en un despojo», pensó Pacula. Esos sentimientos y resentimientos se emboscaron en su regazo y pugnaban por encontrar desahogo.

Lo buscaría en el culto. Había llegado a la edad del magisterio entre las bacantes, lo que reforzaba su talla como sacerdotisa, ahora volcada en exclusiva en el tíaso. Esa sería su evasión.

—Quería hablar con vosotras. Sentaos.

Estaban en el tablinio de la casa de Pacula. Por mediación de Lidia, les había hecho llegar sendos mensajes para que se reunieran.

—Las dos tenéis hijos adolescentes, a punto de vestir ya la toga viril. ¿Qué años tienen?

—Los míos —dijo Plautia—, tienen quince y catorce. Marco es el mayor y Cayo el pequeño. Son mayores que las dos niñas.

—Y el mío, Lucio, también tiene catorce —apuntó Genucia.

Se trataba de dos matronas romanas plebeyas. Ambas pertenecían a familias solventes, bien acomodadas. La de Plautia formó en su momento parte de la nobleza. Había proporcionado varios cónsules a Roma, pero eso había ocurrido hacía más de un siglo, y desde entonces el linaje había ido a menos. Plautia estuvo casada con el plebeyo Marco Atinio, caído en Trasimeno al principio de la guerra, nueve años antes. En cuanto a Genucia, era esposa de Lucio Opicerno, un falisco emigrado a Roma. Ambas tenían dos hijas ya casadas que también se habían iniciado en los ritos.

—Os conozco prácticamente desde que llegué a Roma. Erais bacantes desde antes y habéis mantenido una fe constante. Conocéis a fondo los misterios, casi como yo misma, y podríais estar en condiciones de llevar a cabo los ritos en mi ausencia. Tengo algo que anunciaros.

—Parece importante —dijo Genucia.

—Creo que lo será para vosotras. Las dos me habéis manifestado en varias ocasiones el deseo de que vuestros hijos varones se iniciaran en los misterios. Yo me he resistido, porque no lo veía adecuado por tradición. Os habéis mantenido en la cofradía a pesar de ello y de que podríais haber ingresado en otro tíaso donde se aceptara a vuestros hijos, en una de esas nuevas hermandades que se están implantando en Roma en estos últimos años.

—¿Y qué hubiéramos ganado con ello, Pacula? Nuestra fe en los ritos es sincera. Sabemos que han llegado bacantes provenientes de otras partes y que también hay hombres, pero preferimos mantenernos dentro de esta comunidad. Fue en la que ingresamos. Hemos profesado sus misterios —confirmó Plautia.

—Estoy de acuerdo con Plautia —añadió Genucia—, pero reconozco que sigo sin entender ese límite. Yo quiero para mi hijo el mismo camino de salvación que yo he emprendido, con el que he contraído un compromiso y al que he entregado mi fe.

—Ha llegado el momento —expuso Pacula con rotundidad y esperando la reacción de las mujeres, que pasaron del gesto de extrañeza a la sonrisa complacida.

—¿Eso significa que podremos iniciarlos? —exclamó Genucia.

—Así es. He tomado esta decisión por algo más importante que una convicción personal que siempre sostuve, aunque no os lo confesaba cuando os negaba lo que me pedíais. Se trata de una revelación. Baco Bromio me ha hecho conocer su voluntad. Los varones deberán ser aceptados. No vamos a negar el acceso a los ritos de los hombres que vengan de fuera y que ya estén iniciados. Aunque creo que comenzaremos por nuestros propios hijos. ¿Qué saben los vuestros de la historia sagrada de Baco?

—Yo he procurado enseñarles, pero sin desvelar el contenido de los misterios sagrados. Les he hablado varias veces de la muerte y de la vida eterna, pero tampoco he ido más lejos —expuso Plautia.

—En mi caso también he procurado que conocieran la verdad de nuestra fe. Y sus hermanas les han contado lo posible, y quizá algo más... Lo reconozco.

—Pues hay que prepararlos. Habrá una iniciación en las calendas de septiembre. Quiero que ellos, y mis hijos también, se encuentren dispuestos para entonces. Por supuesto, debéis aseguraros de que los vuestros, que ya están desarrollados, respeten la novena de continencia. Los míos —reconoció sonriendo— aún son pequeños para guardar esas cautelas. Yo he dedicado muchos ratos de conversación a hablarles de la vida de Baco. Formarán el primer grupo de iniciados varones y el rito se hará junto con las vírgenes a las que les corresponda en esa fecha.

Al atardecer de las calendas de septiembre de aquel verano languideciente, la brisa revuelta soplaba desde poniente, mientras un cielo plomizo anunciaba un inminente chubasco, el primero desde fines de la primavera anterior. El grupo estaba congregado fuera del santuario subterráneo en la parcela de Mnemósine que comunicaba con el Bosque de Estímula. Podía verse a las doncellas que se iban a iniciar y a los hijos de Pacula, Plautia y Genucia, portando cada uno su tirso, su vara apuntada en el extremo inferior y rematada por una piña colgante en la parte superior, entre lazos y hojas de vid. Estaban acompañados de sus madres y de varias mujeres ya maduras, maestras del culto. Parecían uniformados, todos igualmente cubiertos por túnicas talares. Pacula procedió al sacrificio de un gallo sobre un modesto altar construido con piedra y decorado con guirnaldas de hiedra, mientras pronunciaba una oración. Propiciado el rito, prosiguió con la recitación de una plegaria. Se les preguntó entonces a todos los novicios si querían conocer los misterios de Baco. Asintieron. Se les preguntó si juraban mantener el secreto de lo que les iba a ser revelado. Juraron. A continuación, se les cubrió la cabeza a todos los novicios y se les adentró en el santuario subterráneo hasta la primera sala donde había estado inicialmente la bodega.

Se les hizo aguardar de pie. A su espalda, sobre una piedra alzada, la testa decapitada del gallo parecía auspiciar favorablemente el ritual. Escucharon una prolongada lectura que fue proclamada en tono altisonante. Se trataba de un relato acerca del primer Dionisos, Zagreo el desmembrado por los Titanes y llamado a resucitar. Tras ello, se procedió a entonar los himnos.

> *¡Evohé, evohé! ¡Oh, Bromio!*
> *Los que conocen los misterios*
> *serán bienaventurados y dichosos.*
> *Para superar el mortal trance*
> *preparan sus corazones venturosos.*

¡Evohé, evohé! ¡Oh, Bromio!
Feliz, agitando el mágico tirso,
quien a Baco en orgías honra,
quien, coronado de yedra, sacude
su cabellera temblorosa.

¡Evohé, evohé! ¡Oh, Bromio!

Después se descubrió las cabezas de los neófitos, emplazados en torno a un canasto cubierto por un velo. Finalmente, Pacula procedió a desvelarlo.

Se trataba de los *orgia,* los objetos sagrados del ritual: unas muñecas articuladas, unas manzanas doradas procedentes supuestamente del jardín de las Hespérides en el extremo occidental del orbe, una peonza cónica, una taba en hueso de pata de oveja, y un espejo de bronce bruñido en el que se podía jugar a reconocer las formas del semblante. Los juguetes con los que los Titanes captaron la atención de Baco para raptarlo, fueron descubiertos a los iniciados, abruptamente despertados de su inocente niñez.

La primera etapa de los misterios en un camino de salvación, entre los cánticos de las mayores, estaba cumplida. Los nuevos bacantes habían asistido a su primera orgía, una bacanal de iniciación en la existencia de Líber niño.

Fuera, se pudo escuchar el fulminante desgarro de un rayo cercano quebrando una rama y un poderoso trueno. Preludiaban la tormenta. Júpiter Tonante, vigilando desde el Capitolio, se manifestaba. Tal vez airado.

Duronia

—Tu virginidad, esa es tu verdadera dote —le dijo Plautia.

—Mi dote la ha pactado mi hermano mayor, que es el cabeza de familia, creo que son diez mil sestercios —respondió Duronia haciéndose la desentendida.

—Por Baco que no está mal para estos tiempos. Pero no te engañes, tu dote es tu virginidad, sin ella la otra no cuenta.

—La verdad es que no sé si te entiendo —respondió Duronia.

Era una adolescente de quince años recién cumplidos, con la mirada perdida del desconcierto en unos ojos negros que no denotaban gran inteligencia, y unos rasgos modelados por la suavidad de la inocencia, subrayados por un cabello castaño aún suelto e indómito. Conversaba con Plautia en el Bosque de Estímula, paseando entre la sombra de los sauces y los olmos. Los rayos de sol de un verano incipiente penetraban entre el follaje desvelando túnicas de lino ligeras, gestos amables y también intimidades ruborosas.

—Lo que se espera de ti al casarte es que seas una esposa digna, fiable. Que nadie pueda desconfiar, cuando seas madre, de que el niño pueda no ser hijo de tu marido ¿Has estado alguna vez con un hombre? —preguntó directamente Plautia.

—Vivo con mis hermanos. Mi futuro marido ha estado de visita muchas veces —respondió Duronia.

—No me refería a eso, Duronia. ¿Cuándo hace ya que falleció tu madre?

—Hace cinco años. Me quedé sola con mis hermanos.

—Y ¿no tenías una nodriza?

—Sí, una esclava. Murió poco después, en un parto. Vivía en contubernio en casa con un esclavo mayor que ella. Se lo permitía mi madre. ¿La recuerdas? Yo venía aquí con ellas.

—Claro que las recuerdo. Con tu madre hablaba mucho. Era seguidora del culto. Te trajo al tíaso porque buscaba la salvación para ti, como la quiso para ella. No contaba con fallecer tan joven y nadie lo hubiera esperado en su lugar. Nos encomendó antes de morir que nosotras, las madres bacantes, te guiáramos. Has seguido asistiendo a los ritos como portadora del tirso, pero ahora que vas a casarte tienes que perseverar en la fe y adentrarte en otra fase de los misterios. Serás una ninfa a la espera de la maternidad, pero debemos prepararte y no solo en los misterios: también para la vida. Conviene que vengas más a menudo. ¿Puedes hacerlo?

—Podré venir alguna vez como hasta ahora. Mi hermano conoce cuál era la voluntad de mi madre, y yo creo que no se atreverá a desafiar a Baco. Por eso estoy aquí.

—Bien. Entonces, como te preguntaba, ¿conoces lo que es estar con un hombre?

Marco era el mayor de los hijos. Hubo otros dos antes de Duronia, pero no salieron adelante. El hermano de Duronia había llegado a la mayoría de edad y se había hecho cargo de la fortuna y de las responsabilidades familiares poco antes de la muerte de su madre. Esta había quedado viuda por la guerra. Se encontró desprotegida de repente, pues su cuñado, al que le correspondía ejercer como tutor, también se hallaba combatiendo. Se convirtió así en una de las muchas matronas plebeyas sin familia de renombre, pero de posición acomodada, que se había visto obligada a hacerse responsable de todo. Los Duronios tenían una gran casa en la colina del Quirinal y tierras a las afueras, más allá del monte Pincio. Siempre se habían defendido bien. Criaban ganado, elaboraban quesos y despachaban la mercancía en sendas tabernas de carne y de lácteos y ahumados en la ciudad. Habían ahorrado durante generaciones y se encontraban en una posición desahogada.

Pronto se alegró de que su cuñado no estuviera, de sentirse independiente. En aquel momento crítico para ella, fue cuando más frecuentó el tíaso de Pacula para encontrar alguna certeza a la que aferrarse, una hermandad en la que recabar un apoyo espiritual, y también social, una compañía, un no sentirse sola.

Llegada la mayoría de edad de su hijo Marco, le correspondió a este hacerse cargo nominalmente de todo. No se entendían bien. Discrepaba de los criterios de su madre. El reclutamiento de tropas le alcanzó sin demora y marchó a combatir a Campania a las órdenes de Marcelo. Retornó pronto. En una campaña. Había perdido el brazo derecho: se lo amputaron para evitar la infección y la gangrena cuando una flecha se alojó profundamente en su antebrazo. Al volver, su madre acababa de fallecer. Una debilidad en el pecho y una respiración jadeante la fueron dejando sin resuello hasta asfixiarla.

Marco, después de todo, solo había perdido el brazo. Lo asumió con la entereza de quien ha conocido el combate cuerpo a cuerpo, de quien ha sentido el aliento frío de la muerte y ha visto caer inertes a compañeros de filas, pero puede volver para contarlo y con la certeza de que el peligro para él ha pasado, a pesar de que se haya cobrado un elevado tributo. No volvió especialmente traumatizado porque su tiempo de servicio fue corto y aleccionador.

Apreciaba a su hermana Duronia, aunque no tenía mucho empeño en dotarla generosamente para el matrimonio. Ese dinero no volvería, así que el único modo de rentabilizarlo consistía en contraer una alianza influyente. Quería casarla bien sin sangrar la fortuna familiar en exceso. Llegados los ocho años de la niña, no se atisbaba un enlace ventajoso. Ni a los nueve, ni a los diez... Las casas romanas estaban llenas de niñas que entraban en edad de concertar, y hasta de contraer matrimonio, sin lograrlo. Por millares se acumulaban las adolescentes cuya juventud pletórica comenzaba a agostarse, mientras sus madres, y los cabezas de familia que quedaban, se inquietaban y lamentaban en silencio las decenas de miles de soldados romanos caídos a manos de los ejércitos cartagineses. Miles de muchachas nunca lograrían casarse.

Hubo que esperar, pero la suerte acabó sonriendo a Marco Duronio. Estuvo en el Campo de Marte cuando volvieron las tropas que había comandado Marcelo en Sicilia. Regresaban más de un año después de haberlo hecho su general, cuando el Senado se convenció de que aquellos hombres estaban ya agotados y que, separados de su *imperator*, resultaban un tanto remisos y hasta díscolos con su sucesor. Se decidió licenciarlos. Marco Duronio sabía que entre ellos podían encontrarse algunos de sus antiguos camaradas o conocidos. Reconoció entre los jinetes a uno de ellos. Publio Ebucio marchaba erguido sobre su caballo pagado por la República. Era caballero, como había sido él, pero con cabalgadura pública, un miembro de la élite social y militar. Por un momento dudó al verlo: una cicatriz le atravesaba el lado derecho de la mandíbula, descendiendo desde la oreja casi hasta la comisura de la boca.

Se vieron, hablaron, bebieron. Se divirtieron juntos y reanudaron unos vínculos que no habían sido muy estrechos. Se fortalecieron entonces. Ebucio demostró no ser la mejor compañía para francachelas. Rezumaba amargura. Su juventud se había desvanecido en el frente. Era dos años mayor que Marco. Había sido reclutado de manera forzada con dieciséis tras el desastre de Cannas, y después de servir en Campania con Marco, había marchado con Marcelo a Sicilia y participado en el sitio de Siracusa. Había visto mucho y sufrido demasiado. Algo se había quebrado seguramente dentro de su cabeza.

Se sentía bien con Marco. Este era un mutilado de guerra que había sido apartado del frente, pero conocía lo que era aquello, por eso escuchaba y entendía las correosas vivencias que Publio lograba arrancar de su pecho. Aceptó ver a Marco un poco por lástima y, sin embargo, el confortado resultó ser él. Se distraía, se desahogaba contándole lo que había vivido y lo que Marco había tenido la suerte de evitar después de pagar un caro rescate físico y personal. Luego se sentía mejor. El buen humor de Marco conseguía sustraerlo por un rato de sus enajenaciones mentales, de sus evocaciones del horror.

Marco había apreciado cierta nobleza de carácter en Publio, pero había algo más: su familia gozaba de una buena posición, más aventajada que la suya. Siguieron viéndose. Quedaban en casa de Ebucio, recorrían las tabernas de la Suburra y cerraban la noche en el lupanar cuando Marco conseguía que el vino no enturbiara más aún el carácter amargo de su amigo. De lo contrario, decidía que esa velada debía acortarse y terminar sin sexo.

Luego no recordarían de quién fue la idea. En una de aquellas juergas, cuando especulaban jovialmente con la idea de empezar a asumir el paso del tiempo y las responsabilidades de la edad y la posición, surgió la posibilidad de hermanarse, de que Publio se casara con Duronia. Mientras este lo propuso con irónica indiferencia, Marco lo enarboló como un reto. Bromearon con ello, pero en el fondo no lo desestimaron. Le fueron dando forma con las manos ocupadas por pequeños cuencos de tosca cerámica llenos de vino, que se ocupaban de achicar entre risas.

Marco no se engañaba. Quería lo mejor para su hermana, y lo había meditado ya antes. Lo había propiciado sin llegar a proponerlo. La idea debía partir de Ebucio. No lograría casar a su hermana con nadie de posición más solvente. A la familia, el enlace le interesaba. Publio, por su parte, entendió natural el matrimonio con la hermana de un buen amigo. Los vinculaba más. Egoístamente, podría haber conseguido una novia con mayor dote, pero su cabeza necesitaba tranquilidad, no preocupaciones ni inquietudes. Duronia, a sus trece años, no desmerecía respecto de otras. Se conocían. Era recatada, mostraba simpatía en cuanto se le reclamaba atención y parecía dispuesta a agradar. No se podía pedir más. Sería una esposa sumisa y complaciente.

—Por lo menos lo conoces. Es mucho más de lo que muchas matronas pueden decir cuando se casan. Hace dos años que celebramos los esponsales, desde entonces has seguido viéndole —expone con convicción Marco a su hermana Duronia, sentado a la mesa en el tablinio de su casa mientras ella permanece de pie.

—Tienes razón, Marco.

—Los dos estuvimos sirviendo a las órdenes de Marcelo. Es una pena que falleciera el año pasado a manos de los cartagineses. Con su poder nos habría abierto puertas.

—¡Qué pena!

—De todos modos, Publio es un Ebucio, es rico. Su familia también pertenece al orden ecuestre como nosotros, pero la verdad es que su fortuna es mayor.

—Eso es bueno.

—Puede interesarnos su influencia y relaciones. Es cliente de la familia de los Cornelios Escipiones y el mayor de estos, Publio, no ha dejado de obtener triunfos en Hispania. Pronto volverá a Roma pleno de poder. Y te diré más: Ebucio tiene intención de hacer carrera política si le apoya.

—Buena cosa parece.

—Él y yo nos entendemos bien. Es serio. Tiene ya los años adecuados para casarse y tener hijos. Eso es lo importante y lo que espera de ti.

—Lo sé, Marco.

—Entonces —se levanta Marco, acercándose a ella—, ¿estás contenta con la boda?

—¿Acaso podría elegir?

En el rostro de Marco se apreció contrariedad. No pudo reprimirse.

—No es así como podrás ser feliz en el matrimonio, Duronia. Es preciso que vayas asimilándolo.

—No te inquietes Marco. Acepto el matrimonio con Publio. —La tensión se relajó en los hombros de Marco, que mira sonriente a su hermana con un rostro franco—. Sé que casarme ha sido una preocupación para ti estos últimos años, desde que murió nuestra madre. Debo estarte agradecida y lo estoy.

—Es mi obligación, Duronia.

—Pero yo te lo agradezco. También quiero pedirte algo, dos cosas...

—Te escucho.

—Quiero pedirte que mi madrina en la boda sea Plautia. La conoces.

—No creo que sea buena idea —la contrariedad retornó a sus facciones—. Había pensado en nuestra tía.

—En eso quiero que aceptes mi voluntad y la de nuestra madre. Estoy en el culto de las Bacanales porque ella decidió que me iniciara. Antes de morir, dejó dicho que quería que las bacantes me protegieran y educaran. Plautia lo está haciendo. Es mi madre báquica. Lo sabes bien y lo has consentido estos años.

—Pero esto es distinto. En la boda hace falta una madrina honorable...

—Plautia es viuda y univira, no ha vuelto a contraer matrimonio. Es perfectamente honorable, una matrona con hijos y sabia. La familia tiene nuestra misma posición, Marco.

—Pero se trata de una loca de esas que se dejan ver por el Bosque de Estímula fuera de sí.

—Marco, calla —se agitó Duronia—. Respétanos y respeta a nuestro dios, no vaya a ser que atraigas sobre ti su ira. Sabes lo importante que fue para nuestra madre. Mejor harías orando, que no mofándote. Eso que tú llamas locura es la felicidad de una bacante. Hasta ahora he portado el tirso. A partir de ahora seré una de ellas.

—Yo lo he consentido, pero no creo que a Ebucio le parezca bien. Además, hasta hace un año las Bacanales se hacían de día. Eso de que acudas al atardecer y regreses de noche no lo va a tolerar.

—No hay nada que ocultar en los ritos, por eso has podido ver a esas que para ti son locas. Los ritos se han retrasado porque hay muchos hermanos en el tíaso que no pueden asistir durante el día. Deben trabajar. Y esa era la segunda cosa que te iba a pedir: habla con Publio para que sepa que contrae matrimonio con una bacante. No debe ignorarlo. Somos cada vez más en Roma. Son ritos antiguos y respetados y cumplimos la voluntad de nuestro dios. Que no sea él quien eche sobre su espalda la ira de Baco.

Marco aguardó al momento adecuado para hablar con Ebucio. Fue en una sórdida taberna. Servían vino dos mujeres y una joven. A ratos desaparecían tras una cortina mugrienta con hebras deshilachadas que se arrastraban sobre el pavimento gris de losas espolvoreadas con serrín, acompañadas de alguno de aquellos hombres que apuraban vino entre ruidosas conversaciones y risas estentóreas. Detrás, un corredor oscuro conducía a tres celdas muy estrechas, provistas de unos camastros de madera con jergones infestados de chinches, en los que se despachaban rápidos servicios sexuales. Por momentos, cuando las conversaciones decaían, se podían escuchar desde la taberna los jadeos y los grititos fingidos de una de aquellas mesoneras. Entonces, de inmediato, despertaban las carcajadas de los bebedores entre bromas obscenas y exclamaciones para jalear el indiscreto coito mercenario.

El ambiente alegre que se vivía aquella noche del veinticuatro de junio se debía a otro motivo. Un año antes, una celada de los cartagineses había sorprendido a los cónsules Marcelo y Crispino. El primero había muerto en ese momento y el segundo quedó herido gravemente, falleciendo poco después. La moral de Roma había vuelto a decaer. En los meses siguientes, la situación había empeorado aún más. En Hispania, Escipión proseguía con sus victorias, aunque no había podido impedir que un nuevo ejército de treinta y cinco mil soldados comandado por Asdrúbal cruzara los Pirineos y siguiera la ruta de los Alpes con sus propios elefantes, como hiciera Aníbal una década antes, para acudir en ayuda de su hermano. El miedo sacudió de nuevo a Roma, cuando ya la suerte de la guerra parecía haber cambiado en su favor tras las conquistas de Siracusa, Capua y Tarento. Sin embargo, se había interceptado la carta de Asdrúbal a Aníbal en la que le comunicaba los planes para unir sus ejércitos. Y los cónsules frenaron a Asdrúbal y lo obligaron a combatir en Metauro, ayudados por un aporte de tropas recién llegadas con el que el cartaginés no contaba. Había sido hacía dos días. La victoria romana fue total. Y la cabeza decapitada de Asdrúbal iba a ser arrojada a los pies de los centinelas del campamento de Aníbal.

Fue entre brindis y risas, para celebrar esa victoria, y festejando ya un triunfo final cada vez más certero, cuando Marco habló con Ebucio. Este comenzaba a dejar atrás sus miserias mentales larvadas en sus años de servicio. Se mostraba exultante de saber que aquellos malditos cartagineses, que habían despertado sus más feroces instintos y marcado para siempre su vida y su rostro, iban apurando los tragos indigestos que les conducían a la derrota final.

—Cuñado, apura ese vino, que voy a pedir más —le dijo Marco.

—Aún no lo somos. Y ya casi lo lamento. Seguro que luego no querrás repetir estas sesiones de taberna tan aburridas... —repuso Ebucio con sorna.

—Hombre, debemos ser un poco más sensatos. Pero, bueno... yo todavía no voy a casarme. Y mi hermanita no creo que vea con malos ojos que tú y yo sigamos haciendo lo que nos ha visto hacer hasta ahora. Lo único que siento es que seré yo el que tenga que irte a buscar al Aventino para verla, y no tú el que vengas al Quirinal a buscarme para que te vea ella.

—Ya. Con lo sencillo que hubiera sido para los dos vernos aquí, a mitad de camino. A partir de ahora te va a tocar a ti recorrer toda Roma, arrastrar esa maldita porquería que se pega a las sandalias. Por cierto, hoy no he visto a Duronia en tu casa...

—Cosas de mujeres. Ritos, ya sabes. Es muy religiosa. En realidad, es algo de lo que te iba a hablar. Pertenece a las bacantes.

—¿Qué? ¿Me estás diciendo ahora que tu hermana forma parte de esa secta de dementes que gritan en el bosque y corren hasta el río? —respondió vivamente inquieto Ebucio.

—Tranquilo, Ebucio. Mi hermana está entera. No es bacante todavía, sino una de esas niñas que acompañan las ceremonias con tirsos. Las que tú dices son las otras, las mayores. Fue un deseo expreso de mi madre que se iniciara y no he podido resistirme, como no debieras hacerlo tú.

—Pero al casarse y hacerse matronas, pasan ya a ser bacantes, ¿no?

—Así debe de ser.

—Como marido suyo me opondré a que lo haga —afirmó Ebucio.

Marco respiró aliviado. La primera parte la había logrado. No repudiaba el matrimonio. Solo quedaba acabar de convencerlo.

—Tranquilo, Ebucio, son cosas sagradas, de los dioses. Ni tú ni yo debemos impedirlo. No ganamos nada oponiéndonos. Sé que mi madre no hubiera querido nada malo para Duronia. Y te confieso que yo no he querido arriesgarme en todos estos años a desatar la ira de Baco.

—Pero ese modo de exponerse a la vista de Roma, esa locura...

—Son ritos antiguos, no lo olvides. Cada vez participa más gente. Es la única libertad que le he respetado a Duronia y que tú le deberás también para que pueda estar contenta. Nosotros disfrutamos de la nuestra —le dijo, desplegando con un gesto de la mano la vista hacia el ambiente de la taberna. A continuación, llamó a la muchacha.

—El afecto marital es la base del matrimonio —la instruía Plautia.

Duronia había ido a su casa. Estaban sentadas en una zona poco iluminada de un salón de muros coloreados. Un telar mostraba la labor muy avanzada de un paño de lana junto a una ventana amplia. Las contraventanas, en parte abatidas, dejaban adivinar la luz de las primeras horas de la tarde que llegaba desde el jardín.

—Se necesita el consenso de los dos esposos para que el matrimonio se celebre. Tú también debes consentir —continuó diciendo.

—No puede ser de otro modo. Es lo que quiere mi hermano como *pater familias* —comentaba Duronia sin acritud.

—Aprenderás a querer a tu esposo, descubrirás ese afecto que te digo. Tu situación no es distinta de la de la mayoría. No somos mujeres de baja condición que se van a vivir, o a malvivir, con quien les apetece.

—En eso me insiste mi hermano. Que es el mejor matrimonio que puede lograr para mí, que es rico, que tiene contactos e influencias...

—En realidad, es el mejor matrimonio para tu hermano, no nos vamos a engañar. Pero tú te debes a la familia. Tampoco puedes elegir. Hoy en Roma es muy difícil, siendo mujer en edad casadera, contraer matrimonio. Lo mejor es que aprendas a querer a tu marido, o al menos a no sentir rechazo hacia él, porque eso sí te haría infeliz.

—Plautia, te voy a ser sincera. Me cuesta mucho mirarle. Su cicatriz me espanta. Me digo a mí misma que no es lo que importa, pero no puedo evitarlo. Viene con frecuencia. Sé que ambos, mi hermano y él, procuran crear familiaridad entre nosotros y lo están logrando. Pero no me atrae. Huele como ácido. Es un olor que sale de su boca.

—Debes hacer un esfuerzo. No esperan de nosotras atracción, solo quieren que consintamos. El camino por recorrer requiere menos esfuerzo.

—Te estoy agradecida por lo mucho que me enseñas. Por mi hermano sabía que lo que mi futuro esposo quiere son hijos. Hablando contigo he aprendido que, además, quiere complacerse y que espera mi disposición para ello. Procuraré darle satisfacción.

—Pero puedes ir más lejos aún. Puedes abandonarte para lograrla tú también, aunque eso es algo que forma parte de la complicidad con tu marido. Tu cuerpo te irá desvelando sus propios misterios. Aún los ignoras, pero te corresponde descubrirlos —le aseguró Plautia con una sonrisa enigmática—. Vamos a salir al jardín.

Plautia y Duronia se pusieron de pie y salieron al atrio tomando un corredor con poca luz.

—Plautia, me preocupa la próxima ceremonia de los misterios que debo pasar, ¿no puedes contarme nada? Ya sé que es secreto, pero...

Se detuvieron en el pasillo. Al fondo, la luz vespertina creaba el contraluz en el que se recortaban las dos siluetas, la de la niña con el cabello suelto, mirando levemente hacia arriba, y la de la matrona, investida de una dignidad natural.

—¿Has asistido a las Liberalia alguna vez? —preguntó Plautia.

—Sí, claro. Con mi hermano. Casi no lo recuerdo porque era pequeña. Se hizo fiesta en casa, aunque mi padre ya había muerto. Fue cuando mi hermano vistió la toga viril y se quitó del cuello el talismán que le habían puesto cuando era pequeño. Y luego fuimos a inscribirle como ciudadano adulto en el Foro.

—De eso se trata, tienes razón, pero también sabes que se festeja a Líber.

—Sí, claro, es la libertad de los jóvenes varones lo que se celebra.

—Se trata de que llegan a adultos en todos los sentidos. También porque son capaces ya de ser padres. Por eso su fiesta se consagra a nuestro Baco, al que llamamos Líber: es el que libera a los muchachos cuando cumplen con una relación en el lecho, el que libra la semilla con la que nosotras engendramos los hijos, del mismo modo que Líbera lo hace con las mujeres.

—Sabía lo de la fiesta dedicada a Líber y cómo las sacerdotisas y las ancianas se adornan la cabeza con hiedra en su honor, y hacen los *liba*.

—¿Los has visto? Son unos pastelillos alargados de harina con aceite y endulzados con miel que hacen en la calle en los hornillos. Es costumbre que los hombres, al pasar, puedan pagarlos haciendo una ofrenda a Líber. Pues lo hacen porque creen que se aseguran la virilidad.

—Eso no lo sabía, aunque los he probado. No me gustan mucho, la verdad.

—No importa. Escucha: como sabes, vas a dejar de ser una niña y la portadora del tirso que has sido hasta ahora en las Bacanales. Avanzarás en tu camino místico. Y lo que te va a ser desvelado, ahora que llegas al matrimonio, tiene que ver con todo esto. Lo entenderás cuando accedas al misterio.

—Plautia me asegura que ya estás preparada, Duronia, ¿es así? ¿Hay algo de lo que quieras que hablemos?

Pacula y Duronia se encontraban junto a la orilla del Tíber, en el Bosque de Estímula. Pacula deseaba mantener con ella una conversación tranquila. Su tiempo debía repartirlo ante el número creciente de iniciados, pero se empeñaba en conocer personalmente a sus bacantes.

—No, Pacula. He hablado mucho con Plautia y me ha enseñado cuanto parece que debo conocer. Al final, solo se trata de obedecer a mi esposo, hacer su voluntad en el matrimonio. Y al tiempo, eso me permite entrar en otro misterio de los ritos...

—Tienes razón. Son dos situaciones nuevas en tu vida. Como dices, eso quieren los hombres, sumisión, pero debemos aprender a tomar decisiones por nosotras mismas y tenemos una misión que nos compromete por encima de todo: nuestros hijos. Te recordaré una historia que seguramente Plautia te haya narrado. ¿Qué sabes del lugar donde estamos?

—Sé que es el bosque consagrado a Estímula, o Sémele, a la madre de Baco. Y también que guarda relación con él y con Hércules.

—Así es. Déjame que te recuerde la historia sagrada. Baco se apodera de nosotras en los ritos y nos hace perder el sentido. Así le ocurrió también al rey Atamante, el marido de Ino.

»Recordarás, quizá, que Ino era la hermana de Estímula. Pues Atamente enloqueció, como les ocurre a todos los que se acercan a nuestro dios, que nubla el entendimiento, lo libera de sus ataduras para que fluya libre. Ino tuvo que ver entonces cómo su esposo, fuera de sí, enloquecido, acabó con la vida de su hijo Learco.

»Huyó Ino desde la lejana Beocia, escapó con Melicertes, el hijo que la quedaba, envuelta en una nube, protegida por su sobrino Baco. Embarcó y surcó el mar, y llegó a estos lares, donde las bacantes del Lacio honraban a su dios. Ocurrió entonces que estas, las ménades de Ausonia, enloquecidas durante sus ritos por la manía de Dionisos, la descubrieron escondida tras un árbol intentando evitar que su hijo llorara y los delatara. Creyeron que Ino espiaba sus misterios y, dementes, quisieron arrancarle de los brazos a su hijo. Pretendían desmembrarlo y devorarlo en honor a Baco conforme a sus ritos.

»Gritó Ino desesperada, intentando zafarse de las ménades y sus gritos llegaron hasta esas rocas del Aventino, las que vemos enfrente. En ellas, sentado, Hércules apacentaba sus ganados traídos desde la remota Iberia. Acudió raudo y con su poderoso cuerpo y sus gritos logró alejar a las bacantes. Ino pudo así salvar a su hijo de la locura.

»Sagrado es, pues, este lugar de nuestros misterios, Duronia.

—Hermosa, pero terrible, resulta la historia que me acabas de contar, Pacula.

—Forma parte de nuestras narraciones sagradas, y nos ayuda a entender cómo debemos obrar. ¿Qué crees que nos enseña, Duronia?

—A mí me horripila, Pacula, la suerte de los niños... Y admiro la hazaña de Ino.

—Dices bien, Duronia. Esa es nuestra enseñanza: la madre huye y se sacrifica, y se desvive por sus hijos. Puede perder uno, y nada hay más desgarrador para una madre, pero debe defender por encima de todo a su prole.

—Lo entiendo, Pacula, pero tanta locura resulta turbadora...

—La locura es la libertad, nuestra libertad, la de las mujeres, la de las Ménades, la que las libera de las ataduras de la existencia.

—También a los hombres...

—Así es. Baco es emancipación, enloquecida, silvestre, una huida al bosque para escapar a las miradas controladoras, a las reglas y a las leyes, aunque es verdad que esa manía desatada, el delirio, nos quiebra la tranquilidad cotidiana.

—¡Menos mal que Hercules estaba allí!

—No olvides que Hércules es hijo de Júpiter mismo, y que está apacentando sus ganados. Encarna el orden y la calma a los que siempre hemos de volver. Los ritos y la posesión que vas a sentir, esa locura que has visto en las bacantes cuando has asistido a los ritos portando el tirso, te harán mucho más llevadera tu existencia ordenada. Serás otra Duronia, una mujer. Serás ahora ménade de Ausonia, al tiempo que esposa y matrona, y, por encima de todo, madre, como lo fue Ino. Llegado el momento tú también antepondrás a tus hijos por encima de todo, incluso arriesgando tu propia vida.

Duronia dejó atrás su infancia ante el larario, en el atrio de su casa. Depositó allí sus dos muñecas articuladas ofreciéndoselas a los dioses del hogar, como se hacía tradicionalmente en todas las casas de Roma. Con cierto desánimo, resistiéndose, se desprendió de ellas. Se trataba de su primera renuncia y sabía que habrían de llegar muchas otras. No serían tan sencillas como dejar atrás objetos de madera y trapo. Con voz tenue, entre implorante e insegura, pronunció una plegaria. Estaba sellando su destino ante los dioses de su hogar, los que la ampararon desde la cuna, y despidiéndose prácticamente de ellos. Añadió en su oración una invocación especial para Baco, su protector. Fue su modo, sencillo e íntimo, de clausurar la etapa infantil de los juegos y de manifestar su voluntad de abrirse a su nueva vida de matrimonio y maternidad.

En su cabeza se agolpaban las ideas. No pudo evitar echar de menos a su madre en aquel momento. Primero la había perdido a ella y luego a la esclava que la amamantó y la acompañó en todo momento durante su infancia. Desde entonces, los días habían ido pasando sin preocupaciones en la quietud de un hogar atendido por los esclavos. Su hermano se encargaba de todo. En los esponsales, celebrados dos años antes, el destino de su vida había quedado trazado.

Solo le había quedado irse preparando para ese momento, pero había tenido tiempo y la compañía de Plautia para profundizar en los ritos báquicos. Plautia la acercó, y Pacula, la verdadera mistágoga, la había confirmado en su camino hacia el nuevo misterio del culto y de la vida. Para acabar de preparar el advenimiento a su nueva condición, para que se purificara y tomara conciencia plena de su tránsito, le estipuló un ayuno de nueve días, con una sola comida diaria, y un baño lustral antes de acudir al ritual.

Desde el Bosque de Estímula, que ya había frecuentado, fue guiada al interior de un recinto vallado. Había otras tres portadoras del tirso a las que conocía. Iban a pasar por el mismo misterio ritual. La sacerdotisa Pacula procedió a sacrificar una cabra y se iniciaron los cánticos. Se les preguntó entonces a las novicias si querían conocer los misterios de Baco. Ellas asintieron. Entonces, se les preguntó si juraban mantener el secreto de la revelación y juraron.

Duronia ya no vio más. Sobre su túnica talar de lino blanco, le colocaron un manto que le cubrió la cabeza. Sintió que la cogían de la mano y tiraban de ella haciéndola andar. La sensación que experimentó fue la de entrar en una cueva. El ambiente y la temperatura cambiaron. Tras los himnos, se hizo el silencio. Y comenzó una lectura. La voz parecía la de uno de los niños a los que había visto afuera.

La palabra sagrada hablaba de Dioniso Bromio, el Ruidoso, y de su llegada a Naxos. Y de cómo descubrió a Ariadna abandonada y la rescató para una nueva vida, haciéndola su esposa. Lo escuchó sintiendo todos los sentidos despiertos. Tras la palabra, retornó la música. Un himno en griego iniciado por Pacula y que otras voces, que supuso eran de las matronas bacantes, lo corearon.

¡Evohé, evohé! ¡Oh, Bromio!
Acoge en tus misterios
a las vírgenes esperanzadas
y ayúdalas en su matrimonio,
sean ya ninfas iniciadas.

¡Evohé, evohé! ¡Oh, Bromio!
Desvela a tus seguidoras,
triunfante, tu signo glorioso,
y descubran también de los hombres,
el secreto sin rebozo.

¡Evohé, evohé! ¡Oh, Bromio!

La hicieron tocar algo dentro de un cesto. Estaba frío y parecía moverse, como si estuviera vivo. Se estremeció con inquietud y quiso retirar la mano. Sobre su cabeza sintió más tarde la presión de algo rugoso, como la base de un cesto de mimbre. Luego, al cesar la música, le levantaron el manto que la había estado cegando.

Estaba en una sala subterránea iluminada por antorchas. Se vio junto a las otras adolescentes que se adentraban, como ella, en un nuevo misterio. Las habían colocado alrededor de un ancho canasto de los que se usa para aventar, cubierto por un prominente velo blanco que se alzaba alto, en vertical, ocultando el contenido del recipiente. Pacula pronunciaba las plegarias del ritual en griego y unas manos sobre las cabezas obligaron a las novicias del ritual a inclinarse hacia los *orgia*, los objetos sagrados velados. En una cesta se retorcían los anillos de una serpiente que mostraba su lengua bífida. Le costó contener un grito. Finalmente, la sacerdotisa procedió al desvelamiento del canasto: rodeado de frutos, en el centro, pudo ver un falo enhiesto.

Pocos días después se celebró la boda. Ya la tarde anterior se vistió como matrona con una túnica recta hasta los talones, tras despojarse de la última de las túnicas cortas de su infancia. Además, se envolvió el cabello en una redecilla roja de virginal significado antes de irse al lecho.

Apenas pudo dormir en su última noche en aquella casa y aquel lecho. La zozobra de la incertidumbre y la expectativa de los anhelos agitaron su vigilia y perturbaron un breve sueño en el que la asediaban las largas túnicas de las bacantes. Se movían en espasmos desasosegantes en torno a ella, encerrada en un estrecho círculo que compartía con una serpiente cuyos anillos se movían despacio, pero sin pausa, en torno a un imponente falo erecto. Se sentía rodeada y buscaba salir del círculo. Se agitaba inquieta, sumida en un trance hipnótico de descubrimiento... y de un temor inquietante que rasgó el velo del sueño.

Tras despertar, durante largas horas, escuchó el silencio opresivo del insomnio, roto por el chillido esporádico de una lechuza cazando, los ladridos lejanos de un perro vigilante o las ruedas de un carro de carga que pasó ante la puerta de la casa, al otro extremo del edificio, vibrando sobre las losas de la calzada. Los grititos agónicos de una musaraña, probablemente cazada por un búho o un mochuelo en el huerto de la casa, lograron inquietarla, aunque consiguió apartar de su mente la superstición adversa que la asaltó. Luego, apenas oyó un canto de gallo y los primeros trinos de pájaros desde el alero del tejado del atrio saludando a la aurora de rosados dedos, cuando una esclava vino a despertarla. No fue necesario.

Se había aseado cuidadosamente antes de irse a acostar, así que se aprestó a verificar cómo se colocaban guirnaldas con cintas blancas en la puerta exterior de la casa y adornando el atrio. Había pedido que fueran de mirto y hiedra para que le fueran gratas a Baco. Su hermano ya estaba también levantado. Juntos se dirigieron al lararlo. Un esclavo les había acercado un pebetero preparado con brasas de la cocina. Rezaron una plegaria, hicieron una libación y ofrendaron incienso sobre los carbones ardientes. Lo vieron ahumar y el aroma exótico los envolvió purificador. Se abrazaron. En la intimidad aún, Duronia se despedía de sus dioses familiares y de su hermano.

El arúspice no se hizo esperar. En cuanto llegó, sacrificaron un becerro blanco que había sido cebado especialmente en los terrenos de la familia, más allá del Pincio, para la ocasión. El sacerdote examinó con detenimiento las entrañas del animal. Marco y Duronia llegaron a inquietarse por la demora con la que se tomó su trabajo. Al final, aseguró que los auspicios eran favorables.

Llegó entonces Plautia y marchó junto con Duronia al aposento de esta, de modo que no pudo oír cómo el arúspice le expresaba un reparo a su hermano: había apreciado un angioma vinoso en el hígado. No bastaba para desaconsejar la boda, aunque impedía garantizar un largo futuro a la unión. El arúspice no había mentido, aunque pensó que era mejor no desvelar todo a Duronia. Luego, a solas con Marco, pudo su celo sacerdotal. Una sombra de preocupación e inquietud se apoderó del rostro de Marco. Quiso saber más, aunque el sacerdote no pudo precisar. La boda podía celebrarse, no había deformidades o lesiones graves y, sin embargo, una mancha teñía de sangre, ominosa, el horizonte de la pareja.

Plautia se dedicó a peinar a Duronia. El ritual lo quería así. Era la madrina, la matrona casada una sola vez, elegida para oficiar el matrimonio. Se desprendió de su estola marrón y ayudó a Duronia a apartar la redecilla roja con la que había pasado la noche. Tomó una pequeña lanza que había traído la esclava que la acompañaba y con ella fue trazando rayas para distribuir el cabello en seis mechones. Con ayuda de la esclava de Duronia, comenzó a trenzarlos para ir formando seis rodetes. Entretanto, se interesó por el nerviosismo de Duronia, que se desbocó en un parloteo nervioso acerca de los preparativos y el banquete. Temas intranscendentes en presencia de las esclavas llenaron los minutos de palabras.

Luego, con cautela para no deshacer el peinado, Plautia la ayudó a desvestir la túnica recta que había usado para dormir, a ceñir los senos con una banda holgada, más por decencia que por necesidad de sujeción, y a investir otra túnica talar blanca. Había ensayado el nudo de Hércules, así que no dudó a la hora de sujetar el cinturón con la doble atadura ritual que Ebucio, el marido, debería desligar esa misma noche, ya en el lecho. Fijó flores de aromática mejorana y de albar mirto a los rodetes de cabello, y ayudó a colocar los pendientes y el collar. Para la estola, Duronia no quiso tampoco otro color que el blanco. Iba adornada de manera sencilla, con una cenefa dorada bordada. Se calzó unos borceguíes hasta el tobillo de suave piel teñida en rojo y, por fin, Plautia colocó y dejó deslizar con cuidado sobre la cabeza de la novia un largo velo azafranado que descansó sobre los hombros.

En cuanto a Plautia, solo le restaba, además de unos retoques de maquillaje, colocarse la corona decorada con torres que evocaba la imagen y la potestad emanadas de Juno para oficiar el matrimonio.

Entretanto, al atrio habían ido llegando los diez testigos, los parientes y, por supuesto, el novio.

La ceremonia fue sencilla. Marco había logrado sobreponerse a los comentarios del arúspice. Había que seguir adelante con la boda. No iban a ser unos reparos por las entrañas de un becerro los que frenaran todo.

La esclava de Duronia salió a comunicarle que su ama y Plautia ya estaban listas. Marco se colocó a la puerta del tablinio, sobre el umbral elevado de la estancia, junto al novio, Publio Ebucio, y un niño que portaba la antorcha nupcial de Himeneo. El resto de los presentes aguardó en el atrio para observar la ceremonia, mientras abrían un pasillo para que pudieran pasar las mujeres. Tras recibir el beneplácito de Marco, la esclava de Duronia se fue a buscarlas.

Duronia apareció con la cabeza ligeramente baja, oculta tras el velo azafranado que impedía apreciar a dónde dirigía sus miradas. Detrás, la escoltaba erguida Plautia. Se emplazaron junto al novio.

Marco leyó las capitulaciones consignadas en las tablillas nupciales que establecían las cuantías de las arras y la dote. Fueron aceptadas por los novios en presencia de los testigos y quedaron en la mano izquierda del novio. Había llegado el momento final. Marco se apartó y junto al niño con la antorcha encendida quedaron Ebucio y Duronia. En el centro, ligeramente retrasada, majestuosa con su corona torreada, Plautia procedió a unir las manos de los contrayentes. Quedaron casados.

El sacrificio de un cerdo fue el primero de los actos conjuntos de los esposos. Luego se oyeron los gritos de los presentes felicitando a los contrayentes y expresándoles, entre apretones de manos, sus votos por una venturosa unión. A Ebucio, envuelto en la luminosa toga de lana, se le apreciaba una sonrisa amplia y franca, pero deforme por su cicatriz. Duronia había apartado sobre los hombros su velo y resplandecía, consciente de que vivía, supuestamente, su día más memorable. Intentaba que lo fuera de verdad y se decía a sí misma que su marido, más allá de su costurón rojizo y del desagradable olor ácido que dejaba percibir su boca al acercarse, aspectos desdeñables, realmente la acababa de transformar en una digna matrona de sólida posición y abultadas arcas.

El banquete se prolongó varias horas y el vino corrió en abundancia hasta que estuvo avanzada la tarde. Había un camino largo hasta el Aventino, donde se hallaba la casa de los Ebucios. El cortejo debía ponerse en marcha antes de que anocheciera. Para Duronia había llegado el momento decisivo de abandonar el hogar. Las lágrimas no fueron fingidas. Faltando su madre, se aferró a su hermano Marco, de cuyos brazos fingió arrancarla su esposo como fijaba la tradición. La comitiva se puso en marcha. Habían contratado unos músicos, y se habían acercado también conocidos de la familia para despedirla y acompañar al cortejo al menos durante un tramo. Se oyeron cánticos a Himeneo y versos obscenos durante el recorrido. Duronia, escoltada por el niño de la antorcha de espino blanco, atraía las miradas.

Una esbelta puerta de madera, tachonada de clavos de hierro en punta de diamante y engalanada con guirnaldas, espino y cintas, les cerró el paso en la casa de Ebucio. Una esclava le ofreció a Duronia un recipiente con lúbrica manteca y la novia engrasó los goznes y ungió las jambas de la

250

puerta para propiciar a la pareja divina de Jano y Carna. Luego se retiró un poco y tomó de manos de su propia esclava una rueca y un huso traídos de casa. Duronia los mostró a su marido, y este le hizo entrega de un copo de lana por hilar que ella tomó con delicadeza. Luego prendió un mechón de esa lana de uno de los clavos de la puerta.

Fecundidad y trabajo. Esas eran las dos promesas simbólicas que Duronia formuló ante la puerta de la casa de su esposo, y que se comprometió a asumir con abnegación. Volviéndose hacia él pronunció la fórmula ritual: «Donde tú eres Cayo, yo seré Caya».

Entonces Ebucio traspasó el umbral —dominio de Vesta por ser diosa del hogar— y esperó al otro lado. Marco y uno de los invitados tomaron a Duronia en brazos desde la calle y se la entregaron a su esposo, que la recogió en los suyos. Fue el primer momento de fugaz intimidad entre ambos. Duronia ya era parte de aquella casa. Acababa de integrarse en ella sin pisar el umbral al entrar.

Depositada en el suelo con cuidado por su esposo, se volvieron hacia los acompañantes del cortejo y se despidieron de ellos. Plautia, sin embargo, los acompañaba aún. Ya en el atrio, Ebucio le hizo entrega a su esposa de un tizón encendido de madera de manzano y una jarra llena: compartían el fuego y el agua. Duronia se reconoció más como agua que como fuego.

Acompañados por Plautia, cruzaron el atrio hacia el dormitorio que en adelante sería el suyo. Había llegado el momento de despojarse de la estola, del velo que seguía sobre los hombros, del collar y los pendientes, y de deshacer los rodetes y las trenzas. Duronia se sentía cada vez más desnuda, pero Plautia la tranquilizaba. Habían hablado ya de todo aquello y el momento había llegado.

Plautia se retiró. La esclava de Duronia aguardó junto a la alcoba. Duronia le entregó el velo rojo que había quedado olvidado sobre el lecho, y en ese momento llegó Ebucio. Penetró en la alcoba. Mientras la esclava corría la cortina, el velo que portaba en su mano cayó sobre el pavimento que, a la luz mortecina de la llama de las lucernas, se apreciaba gris.

No lleva tirso esta vez. Ya es matrona. Las niñas y algunos niños portan la aguijada decorada con hiedra y con una piña atada con cintas, el mágico tirso. Los cánticos resuenan acompañados de flautas y panderos en el bosque, mientras las sombras crepusculares hacen languidecer una luz anaranjada ya extinta. Al ritmo porfiadamente repetitivo de los himnos, el grupo de niños y de adultos se mece con una cadencia creciente, que las túnicas talares de lino secundan. Se puede ver a Duronia y a las demás, a Plautia, Pacula y Genucia entre ellas, junto a algunos hombres, con los cabellos sueltos, adoptando actitudes distintas. Las cabezas caen hacia atrás, hacia el lado o hacia adelante, siguiendo el tono:

> *¡Evohé, evohé! ¡Oh, Bromio!*
> *Llévame allá, Baco, traspórtame contigo.*
> *Llévame Bromio, elévame,*
> *tómame, te sigo.*

> *¡Evohé, evohé! ¡Oh, Bromio!*
> *Embriágame de tu presencia,*
> *que vibren mis sentidos,*
> *lléname de tu gozo,*
> *inunda mi seno en ti fundido.*

> *¡Evohé, evohé! ¡Oh, Bromio!*

Entonces Duronia, marca el compás con la cadera al principio, luego cierra los ojos y se deja oscilar hacia un lado y hacia otro. El ritmo de la melodía se acelera y el sonido de los panderos aumenta de volumen. La música crece y ella lo sigue.

> *¡Evohé, evohé! ¡Oh, Bromio!*
> *¡Evohé, evohé! ¡Oh, Bromio!*

Se deja ir, cimbreando el cuello, permitiendo oscilar a sus brazos y piernas, contoneando el cuerpo como si toda ella fuera de la misma materia que aquel lino sutil que flota en torno a su figura. Una sensación liviana se apodera de su mente que parece vagar ligera con la brisa deliciosamente fresca del atardecer. No pesa, flota.

Inhala, y vaga fundida en el éter. Remonta el vuelo. No piensa.

Siente. Lo siente. No está sola, esa sensación que la embarga, la colma de un bienestar inefable, de un gozo íntimo, y por un momento la conciencia retorna a su mente: está en ella.

Se abandona.

Con la mente ajena, sus ojos centellean extraviados en la noche a la tenue luz de las antorchas que proyectan resplandores llameantes. Su cuerpo se estremece, su cabeza se sacude en espasmos que hacen hespirse sus cabellos desordenados, presa de un éxtasis creciente que parece henchir los pliegues cimbreantes de su larga túnica, dejando espacio a una presencia invisible, mas arrolladoramente exultante. Su cadera y su vientre acusan convulsiones. Es Él. Está en ella, elegida.

Se entrega completamente.

Se siente en ascenso, sumida en sutiles sensaciones, en sensuales estremecimientos, en susurros gozosos, y su seno estalla en místico éxtasis.

Sucumbe. Desfallece en el trance.

Lentamente renace en la noche. Es otra, misteriosamente renovada.

Hispala

206 a. C.

El tratante de esclavos la obligó a retirar las manos para que el cliente pudiera examinarla sin barreras. Estaba desnuda. Completamente. En aquel pequeño tablado en un área concurrida del Foro romano, en el Argileto, junto al Comicio donde las asambleas de ciudadanos se congregaban para escuchar a los oradores y debatir de política o forjarse la opinión antes de emitir un veredicto, se hallaba expuesta como mercancía de calidad, a la espera de una oferta de compra digna de ser estudiada. La anunciaban como Hispala, llegada de las lejanas tierras ibéricas, al igual que varios millares más, desembarcados de las naves en las que acababan de regresar Publio Cornelio Escipión y algunos de sus hombres de confianza. Pero el tratante se desgañitaba haciendo ver sus gracias excepcionales, sus incipientes senos, su vientre liso, sus anchas caderas curvadas de modo prominente bajo una cintura estrecha, y unas piernas no muy largas, aunque torneadas con generosa prestancia venérea. Quizá por eso, el tratante se empeñaba en recordar que, si bien se llamaba Hispala, podría ser puesta a trabajar como una digna Venus.

Con una exuberante cabellera, intensamente negra, contrastaban los tonos marfileños de su tez y de su piel, que se adivinaba muy fina, de suave turgencia y sensual vitalidad. Al retirar sus manos, quedaron al descubierto las rosadas areolas levemente marcadas, y dos manchas visibles, la de los dominios de los que iba tomando posesión Venus y otra de color vinoso en el seno izquierdo. Parecía estar tatuada, aunque, por su orgánico color, se podía reconocer un antojo de forma bien definida: era como una hoja de hiedra.

Se trataba de una adolescente, apenas núbil, doce años de prematura madurez, una niña que se resignaba forzada a dejar de serlo, o una mujer que se resistía, que no quería renunciar a ser niña. Eso ya no importaría a nadie. Estaba marcada, y no solo por la mancha de su seno, sino por su condición. La frágil belleza de su rostro de labios rellenos y ojos de luminoso azul sobre aquel prometedor cuerpo, especialmente sensual, la habían ya condenado. Cualquier comprador, como las decenas de curiosos que observaban el espectáculo de la carne en venta, calculaba un precio excepcional para aquella esclava hispana predestinada a ocupar un tálamo infiel o un lecho mercenario.

La suerte la destinó al segundo de los supuestos: la prostitución. El tratante recibió ofertas que no le satisfacían y las dejó pasar, poco consciente de que, a pesar de su empeño, una Roma ahogada por una guerra de doce años no podía pagar los altos precios que antaño se pagaban, y de que tanto esclavo llegado de repente iba a precipitar la caída de precios.

Se la entregó finalmente a Fecenio que, desde el principio, depositó en ella unos ojos ávidos por igual de codicia y de sexo. Se permitió volver al final de la tarde, después de haber pujado por ella por la mañana, y allí estaba la mercancía. Ofreció cien sestercios menos, mil cuatrocientos. Y el tratante cedió.

El hombre, un plebeyo sórdido del Aventino, arrastraba una pierna lisiada por una espada cartaginesa en la zona del muslo. Había perdido parte de la masa muscular y su pierna distendida le incapacitaba para trabajar, aunque lo cierto es que nunca había aspirado a ello. Fue muy joven a la guerra, porque la emergencia de la ciudad le hizo alistarse, y volvió con la lesión. Con lo que tenía ahorrado y lo que le entregó su hermano, que heredó el patrimonio familiar, había comprado la primera esclava siciliana a la que hizo prostituirse frente a la escalinata del templo de Diana en el Aventino. Para prestar los servicios, le alquiló una celda a pie de calle en un callejón próximo.

Los servicios frecuentes y bien cobrados de la siciliana, y de otra siracusana comprada meses más tarde, le reportaron una rápida prosperidad especializado en prostitución de medio pelo. En poco más de un año se quedó, por un alquiler muy económico, una taberna cerrada, un negocio que no había soportado los años más crudos de la guerra, enfrente del templo. Emplazó a un par de esclavos maduros y baratos a cargo del local, procurando evitar que las mujeres sirvieran las mesas. Quiso mantenerlas un tanto preservadas para intentar crearse una clientela de cierto nivel: no quería ni furcias de las que mercadeaban entre las tumbas de las afueras, ni fulanas de calle, nada de putas callejeras para esclavos malolientes. Tampoco mesoneras. Aspiraba a más. No era un macarra. En todo caso, un proxeneta con aspiraciones de dignidad. El local servía vino de la región de Nápoles, más caro que el habitual de las tabernas. Seleccionaba a sus clientes. Después de beber, podían pasar a la trastienda donde eran convenientemente atendidos según sus necesidades o apetencias.

Ese fue el destino de Hispala: una trastienda de una taberna.

Se dejaba llevar. Niña, pero sabía lo que querían de ella. Mujer, aunque sin experiencia. En aquella aldea hispana había crecido con su madre. Sin padre. La vio yacer en aquel lecho de la cabaña que compartían con un hombre. Tiempo después de sorprenderlos, supo que estaba casado. Era un hombre con tierras, vino, aceite, servidores. Su madre, solo la tenía a ella y su cuerpo. Pasó la infancia esperando al padre. Nunca volvió. Su madre solo se emocionaba cuando hablaba de él. Los ojos le brillaban. «Ha ido a la guerra, lejos —decía—. Pero va a volver con dinero, y compraremos tierras, y una casa, y más cabras, claro». Sobrevivieron con ellas, con las que tenían y las que fueron criando, y con aquella viña exigua, sedienta, calcinada por el sol que, según decía su madre, le había dado la vida: «Eres hija mía y de estas vides». Y ella le preguntaba qué quería decir. Y su madre le repetía que nació de ella y del vino. Y que ese era su sino. Que solo los dioses conocían su futuro, que ella había tenido sueños, que la había visto ya mayor, con otras muchachas... y luego callaba. No sabía decir más. Pero le señalaba el pecho izquierdo y le decía: «Los dioses te han elegido. Ellos saben».

Sabía que no volvería a verla. Se aferró a su recuerdo desde la bodega de aquel barco, cargada de cadenas en manos y pies, a oscuras, enlodazada de excrementos durante semanas. Tuvo mucho tiempo para pensar entonces. En lo ocurrido. En el peligro que se acercaba, según se dijo, y que por fin llegó. En aquellos soldados que entraron en la cabaña. En lo que las hicieron. En aquel desgarro íntimo de dolor y rabia bajo el peso de un soldado, y luego de otro, y de otro. En la separación de su madre. En que ya no estarían juntas. En que dependía de sí misma y de lo único que tenía: su cuerpo.

Lo comprendió pronto. Su madre estuvo siempre en lo cierto. Sería mujer entre vino. Fue pasto, en primer lugar, de Fecenio, que exhalaba por su boca y de todo su cuerpo vapores de aquel caldo que ambientaba el local. La hablaba, aunque no le entendía. Sus gestos y sus actitudes lo decían todo. Era lo que había visto en su cabaña cuando sorprendió a su madre acompañada por aquel hombre. Lo que le hicieron los soldados. Entendió que eso era lo que se querría de ella en su nueva vida. Que su amo la estaba enseñando.

Y en el naufragio de su vida, salvó los recuerdos y le fueron útiles. Cuando aquello penetró su boca, el aroma del vino la puso a salvo, la trasladó momentáneamente al lagar de la cabaña familiar, y aquel cuerpo extraño le hizo evocar su propio dedo en la boca de los cabritillos recién nacidos. Tenían que apartarlos de sus madres para poder ordeñar las cabras y aprovechar la leche para queso. Así que los destetaban desde recién nacidos, haciéndolos beber leche en un pequeño cubo de madera. Ella les enseñó a beber desde niña. Les introducía la cabeza dentro del cubo y les ofrecía su dedo índice, que ellos lamían y luego chupaban con la fuerza y la delectación del instinto. Sentía su lengua y su mandíbula inferior sin dientes, apretando el dedo contra el paladar con una fuerza insospechada para aquellos recién nacidos, y, en la succión, la leche iba satisfaciéndoles y se calmaban. Lo replicó. Fue una criatura privada de madre, obligada a lamer para vivir.

Y a continuación de criatura, fue hembra. Sobre el lecho, como las cabras y las ovejas, y como las perras cuando andaban a macho, descubrió que su cuerpo guardaba recovecos desconocidos, supo qué era ser poseída; y como las cabras, y las ovejas, y como las perras, se quedó quieta, a la espera, sintiendo la agitación que muchas veces había observado con curiosidad. Y siguió comprendiendo. Luego comprendería que había una diferencia fundamental con los animales: las hembras solo son asaltadas cuando están en celo, y los machos solo las acosan cuando ellas lo desean; en cambio, los hombres están siempre dispuestos y las mujeres deben estar siempre receptivas.

Aprendió rápido con su maestro. En la primera lección supo quién era el dueño y cuál su cometido. En la segunda, evocó los tímpanos sonoros de la música, los ritmos de los rituales cantados, y con ellos hizo danza, como en la aldea ya perdida. Evocó sonoridades, mientras unos brazos tensos la hacían ascender y descender con intensidad creciente, embriagándose en la carrera de aquellos humores sudorosos de vino que lo envolvían todo, hasta sentir que aquel que estaba bajo ella, espirando compases de tambores de infancia, redoblaba el ritmo y luego se detenía, tras una explosión lúbrica en su seno más recóndito.

Aprendió rápido, pero quedó cauterizada. Fue lactante succionando, fue hembra en celo, fue amazona cabalgando y danzante de ritos, aunque su mente insumisa, su nombre verdadero y su deseo auténtico estaban lejos. Seguían en una cabaña hispana, cerca de Baria, a la que probablemente nunca volvería. Su voluntad, en cambio, estaba allí, junto a su cuerpo, sabiendo que ese era su destino y que en él habría de encontrar cobijo, y esperar, dispuesta entretanto a saciar la sed de los guerreros que fueron ocupando su lecho y del que salieron sin excepción desarbolados, rendidas sus armas.

Sulpicia

204 a. C.

—Se acaba mi tiempo, Fulvia.

En el lecho donde convalecía desde hacía semanas, Quinto Fulvio Flaco tuvo un momento de sosiego después de tomar una cocción cargada de amapola. Los dolores abdominales parecían mitigarse, pero no desaparecían. Pasadas tres horas retornaban, con intensidad creciente. Algo le corroía por dentro.

Habían hecho llamar a un griego un tanto pretencioso que se hacía llamar Asclepíades, como si fuera un elegido por el dios de la medicina, cuya fama en Roma había ido creciendo. Pero tras reconocer a Fulvio y recetar un remedio calmante, le confesó a Sulpicia que no podría hacer nada. Con sesenta y siete años, Fulvio apuraba sus últimos días, semanas a lo sumo, y era consciente. Los Hados le habían deparado una trayectoria fecunda, pero su estela nunca fue la más brillante. Otros, Fabio y Marcelo, sobre todo, le hicieron sombra, y era consciente de que, aunque tomó las decisiones acertadas en Capua, su memoria se teñiría del tono gris metálico del hierro de su espada, del color pardo oscuro de la sangre seca de las decapitaciones que había ordenado. Consciente de ello, la corrosión lenta de sus viejas vísceras en el abdomen, que le provocaba aquel dolor lacerante sin pausa, no le concedía tampoco sosiego a su espíritu, imbuido de aquella soberbia innata que había alimentado durante toda su vida sus ambiciones. Amortiguada por el sufrimiento, su conciencia atormentada se mantenía obsesivamente vigilante, preocupada

259

por la memoria que habría de quedar de sus hazañas políticas y militares, de sus cargos, de su fama.

Sulpicia estaba tentada de fingir, de dar ánimos a su esposo junto a la cabecera de su lecho, aunque sabía que no lograría engañarlo. Tampoco le brotaba de forma espontánea. La piedad matronal no alcanzaba para delicadas condescendencias con un hombre que se había hecho respetar y valorar, pero no querer. Ella era ahora la legataria del proyecto compartido de familia que habían creado. Hizo un esfuerzo.

—Quinto, te recuperarás. Nuestros hijos y el Senado te necesitan.

—No es necesario fingir, Sulpicia. Yo he cumplido mi misión —articuló Quinto trabajosamente— lo mejor que he podido. Debes ocuparte de la boda de Fulvia, sin dilación. No conviene que Espurio Postumio Albino se distancie si yo fallezco. Y hay que mantener los apoyos para la carrera de Quinto. Lucio merece también optar a los honores políticos. Tiene ambición y cualidades. Pero es el pequeño.

—Debes tranquilizarte. Descansa.

—Déjame hablar. Habrá que convencer a Quinto de que patrocine a su hermano. Y queda otra posibilidad para él. Que sea adoptado y herede.

—Ese supuesto no depende de nosotros —repuso Sulpicia—. Esa sería decisión de alguno de tus amigos senadores.

—Pero no lo impidas.

—Haré lo que pueda, cuando llegue el momento.

—Tú has sido la mejor matrona de Roma. Yo, el vencedor de Capua. Sería un digno hijo adoptivo. Nunca tuvo la República una pareja de padres tan eminentes.

Sulpicia recordaría aquellas palabras, no porque fueran las últimas, sino porque sonaron a conclusión, a balance. Y también a mandato. Conocía lo suficiente a su esposo para saber que, lejos de mitigar su tortura física ante la muerte con una íntima satisfacción por sus logros personales, seguramente seguía experimentando aquella ansiedad que le había mantenido activo toda su vida, en vilo. Hasta que enfermó, no había dejado de acudir a las sesiones de la Curia, a diferencia de una mayoría de senadores habitualmente absentistas que incumplían sus obligaciones vitalicias. Fulvio, de hecho, había protagonizado un comentado enfrentamiento contra Escipión meses antes, al haber secundado a Fabio Máximo para intentar evitar la expedición de tropas romanas a África.

Sulpicia pasó largas horas junto a su lecho. La dignidad de su porte adusto, que todos los esclavos de la casa conocían bien, apenas se dulcificó durante aquellas semanas. Cumplía con las convenciones, como había hecho siempre. En su rostro inquebrantable no era posible escudriñar si lo hacía con el convencimiento de la lealtad marital o con la resignación de la matrona que ha pasado más de tres décadas sirviendo a los intereses de un hombre correcto, aunque ingrato, y se siente agostar en la madurez de sus cuarenta y siete años a pesar de vivir ahíta de riqueza, posición y fama. Sus hijos habían centrado sus atenciones, no sus preocupaciones. Había vivido sin ellas, por lo que conservaba unas facciones tersas, aún sin agrietarse. Los varones, Quinto y Lucio, estaban en la guerra, cumpliendo con el servicio militar. La inquietaban con la zozobra privilegiada que una patricia siente al saber a sus hijos combatiendo como tribunos militares, rodeados de oficiales y no expuestos a la primera línea del combate de los legionarios contra los cartagineses. En realidad, estaban iniciando así su carrera política.

A ratos, cuando la droga de amapola le proporcionaba un poco de alivio, hablaba con Quinto. Intentaba distraerlo, mencionando a los hijos y las novedades acaecidas en Roma. Y venía la siempre alegre Fulvia, y conversaban para que él las escuchara. Fulvia se comportaba con naturalidad, como si nada ocurriera, perdiendo parte del respeto que siempre le había impuesto su padre, del que desde niña había percibido un cariño latente, jamás expreso. Pero una vez que la mente del caduco senador se infantilizó sin reversión, el desenlace se precipitó.

Quinto Fulvio Flaco, el senador que había regido los destinos de Roma y que se había situado entre los más grandes, se vio sumido entre dolores incesantes en una fase final de delirio. Gritaba, llamaba a sus hermanos, y se agitaba como si estuvieran entrenando con ellos en un infantil duelo de espadas de madera; llamaba a su nodriza, y a Lelia, otra esclava, fallecida cincuenta años atrás al intentar alumbrar a una criatura de padre desconocido, aunque nadie ignoraba en la casa que los adolescentes Fulvios habían despertado al sexo entre sus brazos. Fulvio había retornado a la infancia. Su mente se extravió antes de que la Parca Morta cortara el hilo de una vida que el viejo general no quería rendir.

Sulpicia estuvo allí para darle en la boca el beso postrero. El que nunca le había dado. El beso en el que recogió el último aliento, el de la expiración.

Luego le llamó, a gritos. No era desconsuelo, sino tradición. Debía hacerlo, aunque sintió que su esposo por fin había descansado. Hizo venir de la antecámara al liberto de confianza para que se encargara de todo: debían volver la puerta de la casa como si estuviera cerrada, colgar una rama de luctuoso ciprés y apagar el fuego de la cocina para que no saliera humo. La casa debía pararse porque se encontraba funesta. Había que llamar al libitinario para el servicio de pompas fúnebres, avisar a los parientes Fulvios, y a los amigos... La noticia comenzaría a circular rápidamente por Roma.

Los esclavos del servicio funerario pusieron extremo cuidado en obtener un molde fiel del rostro del difunto para elaborar su máscara de cera. Era lo que perduraría de él. Habría de quedar exhibida en un armario del atrio y saldría en procesión en los funerales de las próximas generaciones de Fulvios.

Sobre el suelo mismo prepararon el cadáver embalsamándolo y ungiéndolo de mirra y canela. Se exhibiría en el atrio de la casa, un lugar honorable, amplio y abierto, ambientado con pebeteros de incienso y con flores, para velarlo varios días. Quedó instalado en un catafalco tapizado en negro con los pies hacia la puerta de entrada, como dispuesto a partir definitivamente. Fulvio portaba al inframundo su óbolo en la boca. Con él pagaría el pasaje por la laguna Estigia a Caronte, a fin de que su espíritu alcanzara y bebiera las aguas del Leteo. Podría por fin olvidar y disfrutar del descanso eterno.

La propia Sulpicia, tras depositar la moneda en el interior de su boca, contempló el cadáver, maquillado y embadurnado de aceites, ungido como nunca lo estuvo en vida. Vestía la mejor de sus togas, primorosamente plegada en un ampuloso umbo bajo sus brazos flexionados sobre el pecho. Luego, dejó colocada sobre él la mortaja que lo cubriría por completo. Quedaba solo un cadáver fatuo, coronado del laurel merecido hacía más de treinta años por triunfar contra los ligures.

Sulpicia no recordaba ya la última vez que había aparecido ante la gente con el cabello suelto que no fuera en algún rito. Tuvo que ser el día antes de casarse. Su cabellera negra sin canas resplandeció brillante durante el velatorio, como las de las plañideras que, mesándose las melenas, se adueñaron del atrio con sus llantos y gritos desgarradores.

—¿Qué hacen a nuestro amo, Filenia? —observan las dos esclavas desde un ángulo discreto del atrio los preparativos fúnebres.

—Preparan la máscara mortuoria para conservarla después en el armario del atrio, como la de su padre.

—¡Seguiremos viéndolo entonces! —exclamó Halisca—. Ni Libitina libra a los mortales de la sombra perseguidora de los ricos. ¡Por Hércules, que no descansan ni en sus tumbas! ¡Hasta muertos quieren seguir mandando!

—Solo lo merecen los más grandes —repuso Filenia—. ¡Y nuestro amo alcanzó tantos honores y cargos!

—¡Vanidades! Los más grandes, dices. Los mayores carniceros, diría yo. Los romanos celebran especialmente a quienes más gente han matado y más esclavos han capturado.

—Los que han engrandecido la Republica, según ellos —añade Filenia, con actitud resignada.

—¡Máscaras...! Fingen hasta después de muertos. Actúan en el teatro de la vida, en el absurdo de una escena ensangrentada, enmascarados como esos actores de comedias que gesticulan como si no fueran ellos, inspirados por Baco. Fingen ser grandes en el Foro y en el Senado, o durante sus triunfos en el Circo Máximo. Pero luego hay que verlos aquí en casa, reunidos en el tablinio con la cortina corrida, planeando, tramando, urdiendo... ¡Máscaras! Solo al final reconocen haber sido actores.

Aquellos días trascurrieron como un rapto de la vida cotidiana de Sulpicia. Vinieron muchas matronas a acompañarla, amables y obsequiosas, pero, sobre todo, vinieron hombres. Era incapaz de recordar a muchos de los que visitaron la casa. A algunos los había visto en casa por las mañanas, esperando para ser recibidos por su difunto esposo. A otros, los aliados y los que alguna vez habían sido convidados a cenar, los conocía. La conversación se repetía una y otra vez siguiendo un mismo guion: el visitante expresaba sus condolencias, luego se presentaba si no era conocido y deseaba que Fulvio no hubiera sufrido. Y Sulpicia, por su parte, asentía quedamente. No iba a reconocer que la agonía había sido larga ni a ofrecer así un flanco desguarnecido a las habladurías y los desquites póstumos de los malintencionados.

Vivió con alivio la llegada del día del funeral. La comitiva iba presidida por la máscara mortuoria del padre de Quinto, que había sido el primero de los Fulvios Flacos en alcanzar el consulado y en merecer por ello el honor de un retrato de cera. Un actor la portaba, oculto su rostro detrás de aquella careta necrófila. Tras Sulpicia, su hija y su cuñado, marchaba un nutrido grupo de ruidosas plañideras y músicos. Extraían metálicas ráfagas musicales de duelo de sus trompas de largo tubo que acababan en una amplia bocina. Les seguía una concurrida comitiva. Hasta los más despistados de los viandantes pudieron comprender, a juzgar por el cortejo, que el muerto no era, no ya un ciudadano cualquiera, o un rico con sus paniaguados, sino un político de primera línea con numerosos clientes. Que se trataba de un senador anciano, pues su cadáver iba seguido por un buen número de senadores jóvenes, de políticos que habían hecho carrera a su sombra. Detrás, marchaba una masa de ciudadanos romanos. Muchos de ellos eran antiguos combatientes a las órdenes del general.

Las exequias civiles le fueron tributadas en la tribuna de oradores del Comicio, en el Foro mismo, frente a la Curia en la que había asistido a centenares de sesiones del Senado. Una concurrencia nutrida pudo escuchar el elogio fúnebre en su honor. Lo pronunció su hermano Cayo. Sus hijos eran demasiado jóvenes y no estaban ni siquiera en Roma. Se encontraban combatiendo en el sur de Italia contra los cartagineses a las órdenes del pontífice máximo, Publio Licinio Craso, al que la familia habría recurrido para leer el elogio de hallarse en Roma. Para no desairar a otros pontífices eligiendo a uno de ellos, se pensó que lo mejor era que lo hiciera su propio hermano Cayo, que se esforzaba por abrirse camino en la política. Sin embargo, provocó comentarios: no dejó de echarse de menos al otro hermano, el mayor, a Cneo, el general cobarde que había marchado al exilio a la ciudad de Tarquinia, en territorio etrusco.

Cayo pronunció una oración engolada y larga. Recordó las generaciones de Fulvios que les habían precedido con honores públicos. No dejó en el olvido el gran honor del matrimonio de su hermano Quinto con Sulpicia, la matrona óptima, ni la descendencia que habían engendrado, y tributó alabanzas a los hijos que se hallaban combatiendo al servicio de la República demostrando dotes indudables, heredadas de su padre. Después enumeró las cualidades de Quinto. Habló de su esforzado e infatigable coraje, de la fortaleza de su determinación, de su perseverancia en el esfuerzo. Recordó su generosidad al atender a todos los que le pedían ayuda. Alabó su cumplimiento del deber público. Ensalzó su sabiduría innata y la que había acumulado con la experiencia. Encomió su mesura a la hora de expresar sus opiniones, así como la dignidad y el aplomo con los que se manifestaba. Mitificó su venerable condición de pontífice. Y, por fin, pasó revista a su dilatada carrera política enumerando todos los cargos que había desempeñado: cuestor, edil, pretor, el primer consulado que se cerró con el triunfo sobre los ligures y la meritoria elección como censor a la que tuvo que renunciar por augurios adversos. Loó los consulados posteriores al servicio de la República cuando esta se vio más necesitada de hombres experimentados y, por supuesto la gloriosa conquista de Capua...

Fue en ese momento cuando se oyó un murmullo entre algunos de los presentes.

—Te noto triste, Halisca. No pensaba que la muerte de nuestro amo te iba a afectar así.

—Poco he de sentir yo su muerte, Filenia. Por Hércules, que motivos para llorarle no me ha dado.

—Tampoco nos ha tratado mal. Después de todo, ha pasado muchos años fuera. Ha sido Sulpicia la que ha mandado en casa.

—Tú eres de confianza de Sulpicia, pero yo soy ya vieja aquí, cada vez más inútil. ¿Qué va a ser de mí?

—No entiendo que te preocupes. No tiene por qué cambiar nada.

—Ese es el problema, que nada cambia —responde Halisca visiblemente alterada, y Filenia la observa esperando a que se decida a hablar—. Pensé que en el testamento nos liberaría, al menos a algunos de los más viejos. Llevamos toda la vida sirviendo.

—Tal vez ocurra. Espera un poco más. La verdad es que no he oído nada a Sulpicia —confesó Filenia.

—¿Lo ves? Por eso te lo decía. Pensé que sabrías algo, pero si tú no lo sabes, que estás el día entero con ella, es que no.

—Tampoco entiendo por qué te has creado ilusiones. Solo te sirven para desanimarte.

—Filenia, tú eres más joven y sabes que tu destino va unido al de Sulpicia, y que tal vez te premie un día con generosidad. Yo, en cambio, ya voy camino del estercolero donde me tirarán cuando me muera para que me devoren los buitres o los perros.

—No seas así. Además, si te dieran la libertad, ¿adónde irías?

—Un dueño generoso me habría dado la libertad, y tal vez buscado un esposo... Son muchos años de servicio. Ahora sé que moriré de esclava.

—Esclava, pero casta —bromeó Filenia.

Halisca esbozó una sonrisa amarga. No le quedaron ánimos para contestar.

Sulpicia vivió durante meses un duelo formal. Sus sentimientos y preocupaciones seguían, en cambio, otros derroteros. Bajo el color oscuro de su túnica y de las estolas que vestía, sus inquietudes y sus ánimos camuflados se volcaron en preparar la boda de su hija. Hablaba con ella, la instruía para el matrimonio, para la sumisión y para la maternidad, aquellos valores incuestionables que habían dotado supuestamente de plenitud a su vida y la habían convertido en la matrona de Roma. Su hija la miraba con aquella sonrisa natural que le brotaba inocente. La madre meditaba acerca de si lograría conservarla tras el matrimonio, si no quedaría sofocada bajo el pesado manto de los deberes conyugales.

De luto también, asistió a la gozosa fiesta de recepción de Cibeles. La matrona digna y altiva que normalmente era Sulpicia se dejó ver en aquel caso, para quien la observara, un tanto abatida. La llegada del meteorito que materializaba a la Gran Madre, traído desde Asia Menor, se vivió como una gran ocasión para Roma, como una venturosa promesa del triunfo sobre los cartagineses. Una consulta a los Libros Sibilinos después de que se registraran en la ciudad intensas precipitaciones en forma de pedrisco, había desvelado que la adopción de la diosa en Roma aseguraría la victoria.

A Sulpicia no le pasó inadvertido, aunque su esposo Quinto no se lo había querido confirmar, que este era un modo de dotar de credibilidad y confianza de cara al pueblo a la expedición que Publio Cornelio Escipión preparaba a África. Así que ella lo recibió con cierto escepticismo. Y esa actitud se le agudizó al saber que se había decidido que la recepción a la diosa, que debía hacerla aquel a quien se considerara «el-mejor-hombre-de-Roma», había recaído en el primo de Escipión. Portaba exactamente el mismo nombre, Publio Cornelio Escipión, aunque se le conocía como Nasica. Su nariz no era precisamente discreta. Todo se había orquestado en favor de los Escipiones, pero estos nunca habían militado entre los partidarios de su esposo Quinto, ni habían sido aliados. Mediaba una amplia distancia política entre ellos.

Había más motivos para entender su disgusto con todo aquello. Quinto, antes de morir, le expresó sus reparos acerca de la diosa. Se iba a traer un ídolo que encarnaba a la Gran Madre, diosa de la fecundidad de la tierra y de los animales, pero, ¿acaso no procuraba desde tiempo inmemorial Ceres que las cosechas fueran feraces?, decía el plebeyo Fulvio. Iba a ser un culto que mantendrían sobre todo las familias patricias, en honor a una diosa oriental. Este aspecto, a la patricia Sulpicia le habría interesado vivamente años antes. Ya no. Mientras, Quinto insistía: Cibeles no era romana.

Además, se trataba de una religión mistérica, para iniciados que se organizaban en cofradías de seguidores, en tíasos. De hecho, uno de los cuestores de aquel año, Marco Porcio Catón, tuvo que encargarse de organizarlos para que el culto mostrara vitalidad en cuanto la diosa llegara a Roma. Quinto lo motejaba como un culto de nuevo cuño, impostado y artificioso. Y aún había más. Los sacerdotes, los galos, eran célibes, consagraban su existencia a la diosa a diferencia de los sacerdotes romanos. ¡Y algunos se volvían eunucos! Hombres castrados, emasculados, que se mutilaban los testículos a sí mismos en honor a la diosa, renunciando a su virilidad por ella, entregándole toda su vida. ¿Cuándo había visto Roma hombres que no lo eran, convertidos nada menos que en sacerdotes?

Aquello no era religión romana, ni tenía que ver con las tradiciones. Se parecía sospechosamente a aquellas Bacanales en las que Sulpcia no participaba, pero de las que todo el mundo en Roma comentaba el enloquecido fervor que despertaban entre sus fieles. Al parecer, los sacerdotes de Cibeles experimentaban idénticos trances de enajenación en las procesiones. Y no gritaban menos que las bacantes, con aquellas gargantas agudas, ciertamente poco viriles.

Se aunaban así los motivos políticos con una falta de respeto a las tradiciones y un empeño pernicioso en socavar la religión para provocar más la aversión que la curiosidad de Sulpicia por la nueva deidad. Su esposo, político además de pontífice, sabía que había que adoptar el nuevo culto por conveniencia para el juego político y para los intereses de la República. El final de la guerra se había empeñado en ello. Pero a Sulpicia, educada en las tradiciones y que había comprometido su vida y su persona en defenderlas, encarnando a la matrona más casta, aquello no le gustaba en absoluto. Había otras razones. Sobre todo, una, mucho más íntima.

Unas semanas después del funeral de Quinto, se supo que estaba ya en camino el barco que traía a la Gran Madre desde Pesinunte, en la lejana Asia. Y se convocó una reunión del orden de matronas en la que habría de decidirse cómo organizar la recepción de la diosa. La comitiva, encabezada por Nasica, la formarían las matronas patricias de Roma, pero había que elegir a una de ellas. Presidiría el acto junto con él y habría de ser elegida por su castidad, por su probidad como matrona.

Sulpicia, que había sido reina sin saberlo, se encontró con que, tras morir Quinto y acabar de celebrar sus funerales, iba a quedar destronada. Ella, la matrona más casta, iba a tener sucesora. No dejó de asistir a la reunión, pero sabía por propia experiencia que aquello estaría decidido. La propuesta para designar a Claudia Quinta, una joven matrona perteneciente a una de las familias patricias más antiguas y prestigiosas, que aventajaba sin duda a la suya, no la disgustó especialmente. Por un lado, entendió que no había nada que objetar. Una corriente de opinión se había creado en favor de la candidata, alimentada por los senadores patricios, que habían indicado ya a sus esposas a quién convenía seleccionar. La decisión ya estaba tomada de antemano y las matronas la traían encomendada desde casa. Y, por otro lado, los Claudios patricios, que habían conocido tiempos mejores y no atravesaban una época de gran fortaleza política, habían apoyado a su esposo en los procesos electorales. Las familias no mantenían relaciones muy estrechas, pero había afinidad. A Sulpicia no le convenía oponerse.

En realidad, no le incomodaba la candidata, sino el hecho de que se nombrara otra matrona de modélica castidad, ensombreciendo su propia fama. La designación, sin embargo, ni fue incuestionable, ni se registró la concordia patriótica que, en el fragor extremo de la guerra contra Aníbal, había arropado doce años antes el nombramiento de Sulpicia. Una campaña de difamación recorrió Roma contra Claudia, acusándola de no merecer el honor con que se la había honrado. Corrieron rumores de adulterio flagrante y prolongado. Los patricios dirían que aquellas habladurías procedían de la chusma plebeya, pero cuando llegaron a oídos de Sulpicia, pensó sin dudarlo que seguramente se habían propagado desde el entorno más conservador, el de los Fabios, contrarios tanto a la llegada de la diosa como a la expedición de Escipión.

Al encuentro de la piedra sagrada que encarnaba a la Gran Madre, salieron a recibir la nave en que llegaba Cornelio Escipión Nasica y Claudia. Se trasladó el ídolo a una barcaza que, desde Ostia, en la costa, debía remontar el río Tíber hasta Roma. Atada a unas maromas, las matronas iban tirando sucesivamente del transporte desde la orilla hasta que la embarcación, que marchaba al son de los cánticos corales de los eunucos, los ritmos de los tambores y las notas del broncíneo metal de las trompas, encalló.

La ira supersticiosa de uno de los sacerdotes de atiplada voz se desató contra las matronas: «¡Soltad las maromas! ¡Vuestras manos están impuras! Si hay alguna verdaderamente casta que sea la que tire con sus manos y resuelva esta situación con su piadosa ofrenda». Las mujeres enmudecieron y sus rostros se ruborizaron, algunas por vergüenza quizá, pero la mayoría por pudor, por rabia y hasta por ira contenida. Sulpicia, entre desconcertada y ofendida por el desafío de aquel sacerdote de voz aguda, que más que inspirarle respeto le producía grima, sopesó acercarse. Sin embargo, antes de decidirse a ello, se le adelantó Claudia en un teatral gesto que a Sulpicia le pareció impostado y proclamó: «Si mi cuerpo no ha quedado mancillado por mancha o culpa alguna, sal a mi encuentro y acude en mi ayuda, oh, diosa, y aporta tu testimonio supremo acerca de mi inocencia haciendo que se ponga en marcha tu nave». Se creó un imponente silencio, mientras todos los rostros de las matronas observaban con curiosidad y enmudecían los coros de galos y los instrumentos musicales. Claudia aferró con decisión la maroma y tiró con fuerza. La barcaza volvió a moverse. Los murmullos sonaron a plegarias ante la manifestación de poder divino de la que acababan de ser testigos los presentes, mujeres casi todos. Sulpicia bajó la mirada para ocultar una sonrisa amarga.

Duronia

203 a. C.

Se encontró viuda. Con dieciocho años y viuda. No estaba ni desvalida ni especialmente apenada, aunque sí desconcertada y aturdida. Su primera reacción tuvo más que ver con la preocupación por su estabilidad y su posición, que con aquel afecto marital que se suponía que le debía a su esposo y que habría debido cultivar. No era extraño. Su marido Publio Ebucio había antepuesto los negocios y sus ambiciones al cariño, así que ella tampoco se sintió culpable pensando en los bienes más que en el esposo perdido.

No contaba con aquella súbita muerte, por lo que su marido no había designado tutores para velar por su patrimonio en caso de muerte. Un liberto, que, cuando había sido esclavo, había ganado primero la confianza de la familia y luego la libertad, merced a una dedicación exclusiva y a una administración responsable de los negocios de los Ebucios, se encargaba de todo. Publio había supervisado esa gestión personalmente durante años y tomaba las decisiones. Al marchar, había encomendado a Pansa que velara por sus intereses, y el liberto sabía que a su retorno sería inspeccionada su tarea.

En realidad, Publio Ebucio era un caballero, un miembro de la plutocracia de la que emanaba la clase política que gobernaba Roma. La fortuna familiar la habían fraguado inicialmente sus antepasados como cambistas. Después habían ido diversificando las inversiones en iniciativas empresariales de tráfico de mercaderías, transporte marítimo y alquileres de viviendas en Roma. No les faltaban tierras en la comarca de los Montes Albanos. Las habían comprado para otorgar un respaldo de dignidad nobiliaria, como terratenientes, a su fortuna.

Al ser el hermano mayor, Publio había sido el heredero. Tenía un hermano que había participado en la desdichada misión exploratoria de los cónsules Marcelo y Crispino, en la que, junto a ellos, perdió la vida un buen número de jinetes de un contingente de caballería. Lucio Ebucio, el hermano de Publio, fue uno de los caballeros abatidos. Duronia no llegó a conocerlo. En cuanto a Ebucia, la hermana de Publio, por fin, dos años atrás, había sido casada por este con un hombre muy mayor, guarnecida con una generosa dote. Había abandonado el hogar paterno con gran alivio para Duronia, que había soportado las impertinencias de su malcriada cuñada durante su primer año de casada. La sentía vigilante, acechándola, la imaginaba alegrándose de que no quedara embarazada. Casi la doblaba la edad. Los años de la guerra la habían retenido en la casa, sin esposo. Estaba amargada. En realidad, tenía que agradecerle algunos momentos de llanto, pero Duronia reconocía para sí que había contribuido poderosamente a despertarle un sentimiento combativo que Duronia ignoraba poseer. La había endurecido y hecho madurar.

Su marido, Publio Ebucio, había corrido en pos de sus ambiciones y había empeñado la vida en ellas para acabar perdiéndola. Cuando Publio Cornelio Escipión retornó victorioso de Hispania, Ebucio se había apresurado a reanudar la relación de clientela que su padre había mantenido con Publio Cornelio padre, el general que perdió la vida en las lejanas tierras ibéricas. Los Ebucios estaban integrados en el círculo de caballeros que habían hecho aportaciones para poner en marcha los suministros de pertrechos a las tropas romanas en Hispania, apoyando la causa escipiónica.

Escipión había sabido estimular las apetencias de Ebucio. Le había prometido que, en cuanto diera por concluida aquella guerra contra los cartagineses y se instalara de manera estable en Roma, podría contar con su apoyo para optar a la elección como tribuno de la plebe o como cuestor, y emprender la carrera política. Aquella promesa había enardecido las ambiciones políticas de Ebucio, que pronto recibió otro mensaje directo de su patrono Escipión. Sirviéndose del carisma propio de un gran general, una de aquellas mañanas en las que estaba en Roma durante los primeros meses de su consulado, estrechando los brazos de Ebucio, le confesó, con franqueza y calidez impostadas, que se veía muy necesitado de hombres capaces y experimentados. El Senado había aprobado su intrépida iniciativa de atacar directamente territorio cartaginés en África en lugar de enfrentarse a Aníbal en Italia, aunque sin dotarle de más recursos que los que el propio Escipión pudiera conseguir.

Ebucio captó el mensaje. A pesar de que él ya había sido licenciado tras su servicio en Sicilia, la isla le llamaba de nuevo. Escipión necesitaba voluntarios para la campaña que estaba preparando con la intención de asaltar desde allí las no distantes costas africanas. Publio se vio comprometido de nuevo militarmente, a sus veintiocho años. No se fue de inmediato, pero le prometió a Escipión que podría contar con él como jinete cuando la expedición estuviera lista.

Para sí, durante meses, albergó la esperanza de que finalmente no le fuera necesario embarcar y volver a la guerra. En Roma, Quinto Fabio Máximo urdió cuanto pudo para abortar la empresa de Escipión, convencido de que la estrategia adecuada era la que llevaba defendiendo desde hacía más de una década, la de desgastar hasta la inanición a las tropas cartaginesas de Aníbal en Italia, que ya daban muestras de flaqueza. De ese modo, frenaba además la pujanza política de su rival, Publio Cornelio Escipión. No logró su objetivo. Cuando Escipión cruzó desde Sicilia a África, Publio Ebucio le acompañaba. Se había incorporado a la movilización dos semanas antes de zarpar.

Duronia recordaba con deleite íntimo la partida de su esposo. Había sido una noche distinta. Hubo franqueza. Se entregó a él con la plenitud de una despedida, con la complacencia de finalizar una obligación y el alivio del descanso merecido, que su marido, en cambio, percibió como afecto sincero y como la ternura propia de un distanciamiento inminente. Al recordarlo, Duronia pensaba en las azucenas del jardín que se abrían al sol, desplegando los pétalos sin reservas y exponiendo su cáliz fértil a la libación fecunda. El fallecimiento de Publio le creaba un cierto remordimiento por ello. Se le antojaba que aquel abandono gozoso de la última noche había tenido algo de premonitorio, y estaba segura de que había sido aquel lance definitivo en el lecho el que la había dejado embarazada.

Publio había muerto sin saber que iba a ser padre. Habían sido tres años de intentos infructuosos. La experiencia de Publio en lechos a sueldo le había servido para ir modelando una relación íntima cada vez más exigente que, sin embargo, adoptaba un tono correcto, muy superficial, de día. Desde el principio, tuvieron habitaciones separadas. La casa era grande y pareció más oportuno disfrutar sus comodidades.

Durante los primeros meses, al caer las sombras de la noche, la visitó con asiduidad en su alcoba, la conyugal, donde ella aguardaba aquellos asaltos fugaces, después de los cuales, él se retiraba a su dormitorio. En los días de luna llena, en los que una luminiscencia más intensa penetraba por las rendijas de la contraventana abatida y desde el hueco del compluvio en el atrio, traspasando el entramado de la cortina que cerraba la alcoba, se sabía sola de antemano, condenada por el ciclo de la impureza menstrual. Y aunque otros días le sobraba su presencia, en aquellos le echaba en falta, porque esa soledad nocturna la afrontaba junto con la frustración de comprobar que seguía sin quedarse embarazada. Un mes más fallaba en la misión que tenía encomendada.

Pasado prácticamente el primer año, hubo cambios. La alivió la boda de su cuñada, abiertamente hostil desde su llegada, no dispuesta a dejarse suplantar a la hora de dar órdenes a los esclavos o de decidir sobre la limpieza, la cocina o las comidas, como venía haciendo mucho antes de la llegada de Duronia. Ella, sin embargo, se había ocupado de esos mismos menesteres en su propia casa antes de la boda y no quería renunciar a hacerlo en su nuevo hogar, donde le correspondía actuar como matrona.

Las porfías entre ellas enturbiaron en parte la relación con su marido. No estaba dispuesto a frenar las veleidades de su hermana y le pidió a Duronia un poco de paciencia porque pronto Ebucia abandonaría la casa. Ella no se atrevió a insistir, pero su carácter débil e inseguro, vulnerable a los desplantes de su cuñada, tuvo que fortalecerse, obligándola a acorazarse, mientras aumentaron sus anhelos de una maternidad que la hubiera reportado una posición más firme ante su esposo Publio.

Por fin, su cuñada contrajo matrimonio y abandonó la casa, y ella pudo sentirse más segura. Solo fue durante unos meses. Aunque Duronia no estableció la relación, la boda de su hermano Marco influyó. Dejó de ir por la casa con frecuencia, y a Publio le faltaba la terapia alegre que le insuflaba aquella amistad. Su ánimo se tornó más circunspecto. Primero, ella notó un cierto distanciamiento de su esposo. Luego ocurrió: Pansa trajo a casa una nueva esclava, Tarentia.

Era cinco años mayor que ella, una griega esclavizada y llegada a Roma cuatro años atrás. Publio había insinuado en dos ocasiones, pocos días antes, la conveniencia de comprar algún esclavo más que ayudara en las tareas domésticas a los de la casa, que iban envejeciendo. Duronia había asentido, como hacía siempre. Tarentia le mostró a Duronia su faceta más amable y laboriosa, se aprestaba a cumplir las órdenes con premura y con una ingenuidad que solo logró engañarla durante algunas semanas.

Publio distanció sus visitas nocturnas a la alcoba de Duronia, aunque no dejó de comparecer al menos una vez por semana. El placer había dejado paso al deber conyugal. A ella le costó entenderlo, pero su instinto despertó la inquietud. Liguria, su esclava de confianza, la que la había acompañado desde casa cedida por su hermano Marco, lo había intuido todo desde el principio, aunque no quiso preocupar a su dueña hasta tener la certeza de lo que ocurría y hasta que ella no propiciara una conversación al respecto.

Liguria se acomodaba cada noche en un jergón extendido sobre el suelo en la antecámara de la alcoba de Duronia. Tarentia dormía en una celda que compartía con otras esclavas. Ninguna de ellas se confió a Liguria, ninguna delató las frecuentes ausencias nocturnas de Tarentia cuando era requerida por Publio. Sin embargo, a Liguria no le fue difícil verificar personalmente en varias ocasiones, avanzada la noche, que Tarentia no estaba en la celda servil. Se arriesgó a comprobarlo guiándose de aquella misma intuición que le había despertado el porte de Tarentia. Era distinguido en exceso para ser una esclava. Su pecho firme y erguido, y la barbilla y la nariz altivas, pretendía atenuarlos con una mirada baja, con el fin de ocultar así, bajo una apariencia de humildad servil, la íntima seguridad propia de quien sabía seducir y no dudaría en servirse del magnetismo personal que irradiaba desde aquellos celestes ojos.

Que Publio se había procurado una concubina experimentada fue, pues, algo que Liguria descubrió rápido. A Duronia, muy joven aún, le llevó más tiempo, mientras su cabeza se atribulaba pensando en cómo recuperar la frecuencia de los favores menguantes de su marido, que no hacían sino reducir las posibilidades de quedar encinta.

Descubrió solo en parte lo que ocurría una de aquellas noches de anhelos insatisfechos. En su antecámara, Liguria siempre estaba dispuesta para facilitarle lo que necesitara, ya fuera agua o una bacinilla, o para ir a buscar algo de comida. Pero aquella tórrida noche de verano, ni la alcoba, ni la antecámara de su aposento le bastaron a Duronia para aliviar el sofoco que le comprimía el pecho, y al salir al atrio y acercarse hasta la cocina con el fin de comprobar que todo había quedado en orden, quizá con la esperanza de captar la atención de su huidizo esposo, pudo distinguir la sombra de Tarentia desvelada por el claro de luna del patio, abandonando la estancia de su marido.

Se volvió hacia Liguria, que la acompañaba un paso por detrás. Sus miradas se cruzaron y la esclava dejó caer la suya lentamente. Fue suficiente. Duronia creyó interpretar la confirmación muda de su sospecha recién despertada y súbitamente entendió todo. Corrió a refugiarse en el silencio y la oscuridad de su alcoba solitaria, pero antes necesitó oírlo para estar segura. Cuando Liguria ya se retiraba con la lucerna, Duronia no pudo resistirse a preguntar si Tarentia visitaba a su marido. Liguria asintió en silencio, y lentamente corrió la cortina, dejándola encogida en un lecho alto y excesivamente amplio.

Sufrió en silencio el desdén de la infidelidad. No fue tanto el sentirse traicionada como el saberse pospuesta, lo que la indignó. Se entregaba a su esposo receptiva, con el anhelo de ser fecundada y de concebir. La habían educado en un sentido del deber que fijaba una meta muy definida a su vida. Y se había consagrado a alcanzarla.

Su presencia en aquella casa, las atenciones que recibía y la posición privilegiada que su hermano tanto le había encarecido, sentía no merecerlas si no velaba por el orden del hogar, si no vigilaba a los esclavos, si no dirigía personalmente las tareas domésticas, si no hilaba o tejía entre las esclavas, y, sobre todo, si no se aprestaba a complacer los requerimientos de su esposo. Un embarazo, por el momento, aunque no llegara a término, la acreditaría como madre. Un heredero, un hijo, la convertiría en una matrona plena. Y al tener fijado su inmutable destino tras haber recibido una educación limitada, orientada a su función en la vida, ordenaba sus pensamientos y sus instintos, mente y cuerpo, a lograrlo. Con dieciséis años y un marido de veintiocho, no se veía con autoridad para exigir fidelidad a su esposo, ni podría hacerlo, pero la desgarraba el saber que este depositaba en otra la semilla que debía apostarse por una fecundidad legítima y no malograrse en esclavas.

Hervía de rabia cuando estaba al lado de Tarentia. La observaba a hurtadillas con una curiosidad que de inmediato la hacía sentir sensaciones malsanas, ignotas hasta que llegó a aquella casa y conoció a su cuñada. Y, sin embargo, se obligó a contenerse y a mantener las apariencias, incluso después de convencerse de que Tarentia ya sabía que lo había descubierto.

Hubo un momento en que la esclava levantó su mirada de la labor que cosía y la sorprendió mirándola. Duronia apartó la vista, aunque creyó percibir una mueca involuntaria, como una fugaz sonrisa. Sintió el odio regurgitando ácido hacia su garganta y la tensión apoderándose de su rostro. Desde ese momento, aquella sonrisa complacida de Tarentia, que para cualquier persona hubiera resultado bobalicona, para ella se tornó en enseña del triunfo mudo de la esclava sobre el orgullo de su ama.

No salía de casa apenas, pues ni visitaba templos ni rendía más cultos que los ritos báquicos. Su amargura se alimentaba cada día, cada hora. Recurrió a Plautia. Quedaron ante el templo de Ceres. Se encaminaban juntas hacia el cercano Bosque de Estímula para una de las orgías mistéricas.

—No le he dicho nada. No me atrevo —le confesó Duronia—. Sufro, no sé cómo decirte lo que siento... He pensado en hablar con mi hermano...

—Te entiendo —le tranquilizó Plautia, que reconocía el candor adolescente mezclado con la inexperiencia y una lucidez escasa, en una muchacha de instintos primordiales—. Probablemente haces bien no diciéndole nada. Ni puedes evitarlo, ni creo que tu hermano pueda resolverlo. Ya no dependes más que de tu esposo y por lo que me dices, ni te ha repudiado, ni te ha olvidado.

—Pero cada vez está menos conmigo.

—Y si le recriminaras podrías conseguir que se incomodara contigo y que acudiera aún menos. ¿Sueles complacerle?

—Seguí tus consejos. Y nada ha cambiado salvo él. Durante meses me ha visitado casi cada noche. Y yo me apresté a satisfacerle desde el principio. ¿Qué le falta, si le doy todo lo que me pide?

—Le faltará lo que a ti no se atreve a pedirte y a una concubina, sí. A ti te toma como esposa. A una concubina la toma como tomaría a una prostituta y goza con ella de otros placeres.

—Pero, ¿a qué te refieres? Enséñame.

—Duronia, yo no te puedo recomendar que emplees cualquiera de tus bocas como Tarentia lo puede hacer. ¡No me mires así! ¿Acaso no me has preguntado? —reaccionó Plautia ante los ojos asombrados de Duronia—. Ella como esclava, probablemente haya tenido que aprender a complacer. Se nos supone quietas, pasivas, a la espera. A ti el decoro te impide proporcionarle esos placeres, a menos que él te los pida, y probablemente no lo hará. Eres su esposa, te debe respeto y respeta, además, a tu hermano. Y si se los ofrecieras, te arriesgas a perder ese respeto, porque ya habrías perdido el decoro que debe mantener una matrona. Debes ser recatada. No puedes manchar tu dignidad.

—Entonces, ¿debo seguir siendo digna mientras me consumo y soporto que una esclava me prive de lo que me pertenece?

—Lo que te ocurre proviene de la virilidad de tu esposo. Ellos son así. Tienen una naturaleza hambrienta de sexo, y nos han enseñado que debemos respetarlo y asumirlo. Y hasta contentarnos, porque desahogan en otras, con quienes sí pueden hacerlo, lo que no estaría bien que asumiéramos sus esposas.

—Plautia, ¿tú crees de veras lo que me estás diciendo?

—¿Qué importa lo que yo piense? —reconoció, con una elocuente sonrisa amarga de resignación—. Lo que importa es lo conveniente, lo que se espera de una matrona virtuosa, no mi opinión.

—Pero, entonces, ¿qué me queda por hacer?

—Nada ha cambiado. Espera que le proporciones hijos, por eso sigue acudiendo a tu lecho.

—¡Ha pasado más de un año y nada! ¡Yo creo que ha buscado a otra porque yo no quedo preñada!

—Tranquilízate, Duronia —repuso Plautia, descubriendo la vulnerabilidad iracunda de la joven—. Llegará. Estoy segura.

—Me he entregado. He soportado esa cicatriz suya que me espantaba y su aliento repulsivo, como a vinagre, y hasta he llegado a acostumbrarme a ellos. Incluso creo haber empezado a descubrir lo que es el gozo con él.

—¿Has sentido que perdías la conciencia o el control en los misterios?

—Sí. Claro. Es como no estar donde te encuentras. Extraviar la razón. Un rapto.

—¿Y has experimentado eso mismo con Ebucio?

—No. ¿Debería sentir algo así?

—Entonces, no has gozado plenamente. Pero eso no importa para quedar encinta. Procura, eso sí, que os encontréis al terminar tus días de periodo. Es el momento mejor para el embarazo. Tras purificarse, la matriz se encuentra aliviada y en las condiciones idóneas. Tiene un calor y una humedad propicios para la fecundidad. Nosotras somos como ellos, en cierto modo. Si no sienten deseo, ellos no pueden emitir su semen, y si nosotras no lo deseamos, no podemos engendrar. El goce no es imprescindible, pero sí el deseo. Por eso, estoy segura de que vas a engendrar, porque lo deseas, así que no debes consumirte tú, ni contrariarlo a él.

Durante casi dos años, Duronia sufrió la relegación afectiva de su marido. Volvía al tálamo cuando le placía, sabiendo que encontraría un lecho confortable y cálido, dispuesto a acogerle durante el tiempo que le durara su ardor, y luego se escabullía con la misma naturalidad con la que aliviaba sus esfínteres cuando tenía necesidad. Duronia se aprestaba a plegarse a sus exigencias gozando el triunfo psicológico de aquel retorno efímero, para luego pasar a penar el olvido de una alcoba solitaria durante días, desviando su ira contenida hacia Tarentia, con la que, a duras penas, lograba contener la efervescencia de sus impulsos agresivos. Y el embarazo no llegaba.

Una noche fue distinta. En lugar de saltar del lecho de inmediato, tras copular con una pulsión irrefrenable que a Duronia la hizo sentirse especialmente deseada, se dejó caer a su lado. Miraba hacia el techo con el brazo flexionado bajo la nuca. Y se lo anunció: marchaba a la guerra. No tenía opción porque se veía en un compromiso que no podía eludir. Partiría en una semana hacia Sicilia y desde allí volvería a embarcar en dirección a África.

Licenciado cinco años atrás, no había cumplido entonces ni siete años de servicio militar. Pero ahora era distinto. Iba como voluntario. Tenía veintiocho años, diez más que ella, y decía que aquel servicio de caballería podría reportarle el apoyo decisivo para emprender una carrera política. Del muchacho rico y sin preocupaciones, emergía el hombre adulto con ambiciones. Se resistía a pensar que su destino ya estuviera trazado como un ciudadano de fortuna. Retornaba a ser el caballero militar para poder aspirar más tarde a los honores de las magistraturas y a la dignidad de senador. Superaría a sus antepasados.

A Duronia, ese arranque de confianza de su esposo la sorprendió y la reconfortó íntimamente. La trataba como una esposa honorable. Por una vez dejó de ser una consorte para el lecho. Escuchó y asintió, como siempre. Balbuceó algo acerca del peligro de la guerra y él se apresuró a tranquilizarla: él ya sabía lo que era la guerra y conocía sobradamente lo que daban de sí los cartagineses. Volvería, sin duda.

Y luego todo ocurrió deprisa: el tiempo se cumplió y llegó aquella despedida memorable, cálida, fecunda. Más tarde, la primera falta, y el no poder compartir la esperanza largo tiempo contenida, que se fue tornando progresivamente en certeza. Plautia, con la que se veía frecuentemente, pues ya no debía explicaciones a nadie acerca de adónde iba, la seguía asesorando como madre báquica con experiencia.

—No se puede estar segura del todo hasta que el vientre comienza a llenarse —le decía—. Algunas dicen que la vulva tiene menos flujo; notas el vientre pesado; los senos comienzan a hincharse y se tensan de modo molesto o hasta doloroso, y las venas del pecho se hinchan; hay quienes notan náuseas y el estómago revuelto.

Pero Duronia, que no experimentaba nada de aquello, se mantenía alerta al acecho de los síntomas, y cuando la duda sobre su capacidad para engendrar retornaba, se tranquilizaba a sí misma recordando el tiempo transcurrido desde la última menstruación.

En uno de los encuentros, antes de celebrar una de aquellas Bacanales, al llegar, Plautia casi gritó:

—¡Te están saliendo pecas! A ver.... ¡Y se te están poniendo verdosas las bolsas de los párpados! Duronia, ¡tú estás encinta!

Las dudas se disiparon. La alegría que la invadió íntimamente la exteriorizó con un rubor intenso. Notó el calor que le sofocaba el rostro y una sensación de calma interior que, quizá por estar junto a Plautia, se le antojó tranquilizadora y preludió la paz mística que experimentó después, cuando los himnos comenzaron y se dejó mecer por el arrullo de la cadencia musical, como solía hacer. Mujeres y algunos hombres con sus largas túnicas, congregados en armonía y rodeados de los más jóvenes, portadores de los tirsos, crearon a su alrededor aquella hermandad que la reconciliaba con el mundo cada vez que salía de la casa donde transcurría su limitada existencia. Su vida ahora ya tenía un sentido definido, y no dudo en agradecer a Baco, que finalmente atendiera sus plegarias: ¡Evohé, evohé! ¡Oh, Bromio!

La plenitud de su alegría hizo que se le amortiguara el despecho que experimentaba hacia Tarentia. Su primera intención al marcharse Publio fue venderla. No fue más que un impulso recurrente que ella sabía que no se atrevería a ejecutar. Además, debía pedírselo a Pansa, que fue quien, precisamente, la trajo a la casa.

La relegó. Limitó su área de trabajo a la cocina y la letrina. No quería verla merodear por la casa, ni en el salón donde hilaban y tejían, junto con ella, otras esclavas. Y a pesar de todo, tuvo que hacerle una concesión: la esclava le pidió permiso para asistir a alguno de los ritos báquicos. Había resultado ser una iniciada en los misterios durante su niñez en Tarento, donde el culto había estado muy difundido. Duronia ni pudo negarse ni supo hacerlo. Había esclavos y esclavas en los ritos. Muchos tarentinos se habían ido sumando en los años anteriores y los ciudadanos romanos se habían acostumbrado a verlos en el tíaso, donde el sentido de hermandad borraba, durante el tiempo del culto, toda frontera social.

Tuvo esa gentileza con Tarentia. Después, con no verla y con la íntima satisfacción por el embarazo, el rencor que la despertaba quedó sofocado. Duronia estaba embargada por una sensación de arrobo íntimo que le restituyó la tranquilidad afable de la infancia. Sus únicas zozobras derivaban de una incertidumbre: ¿sería niño o niña? Encontró de nuevo en Plautia, y también en Pacula, a la que no dudó en consultar en un momento en que tuvo ocasión al acabar los ritos, la sabiduría de las matronas maestras. Plautia le indicó que si notaba patadas y movimientos ágiles en el vientre sabría que se trataba de un niño, pero que, si eran lentos y como perezosos, estaría engendrando una niña. Pacula le decía que los varones llenan sobre todo el pecho derecho y hacen que ese pezón se hinche más, pero que las niñas basculan esos síntomas a la izquierda. Y ambas, Plautia y Pacula, coincidían en que tendría un semblante más fresco y se sentiría más ágil si era niño, pero que se vería más pálida si concebía una niña.

Las tímidas zozobras de Duronia consistían entonces en estudiar los síntomas que experimentaba su cuerpo. Antes de salir de la alcoba, al despertar, examinaba sus pechos y su vientre. Tenía un pequeño espejo de tocador en bronce bruñido, pero no le devolvía una imagen nítida como para ser capaz de reconocer ni sus pecas, ni sus manchas, ni la palidez, ni un color más saludable, por más que lo escrutaba, de modo que Liguria, que la ayudaba cada mañana en su aseo y la peinaba, era sometida reiteradamente a las mismas preguntas repetidas y se veía obligada a estudiar el rostro de su ama con un interés fingido que esta agradecía.

La placidez quedó abruptamente perturbada por la llegada de la noticia luctuosa. Nada hacía sospechar que aquello ocurriría porque las noticias recientes llegadas de África a Roma eran favorables. Se había obtenido una gran victoria cerca de la ciudad de Útica. Se comenzaba a decir que, sin duda, desde Cartago se ordenaría a Ánibal que regresara con sus tropas, que abandonara Italia. ¡Por fin!

Duronia se había instalado en el convencimiento de que Publio regresaría como le había asegurado. Su ingenuidad natural y el letárgico embarazo en que estaba sumida no le despertaron inquietudes sobre la suerte de su esposo, un hombre que no se había hecho querer, pero al que respetaba y se debía. Tras conocer las noticias sobre la victoria militar, si tuvo alguna inquietud, esta se desvaneció.

Cuando llegó el mensaje, pasó primero por manos de Pansa, que atendía todos los negocios del domicilio de Publio. Así que fue el liberto quien le dio la noticia: su esposo, el padre de su hijo, estaba muerto. Ni se derrumbó, ni lloró, ni fingió un dolor que no sentía. Tan solo quiso saber qué pasaría con todos ellos, con aquella casa. Y Pansa la tranquilizó de inmediato. La muerte de Publio no ponía en riesgo ni su hogar ni su fortuna. Ella era ya la dueña hasta que naciera el ser que llevaba en su vientre y se desvelara si había un heredero varón para aquella rama familiar de los Ebucios, que debería esperar a su mayoría de edad. Los indicios apuntaban en ese sentido: la criatura mostraba una creciente actividad y se hacía notar varias veces al día con vitalidad en su abdomen. Engendraba un varón. Se fue convenciendo de ello y era lo importante.

No hubo un funeral para Publio porque no había cadáver. Esperó tres días, que fue lo que le pareció prudente para el luto doméstico. Los aprovechó para incubar alguna idea en su entendimiento modesto, y alumbrar el aplomo que iba a necesitar. Dependía de Pansa, así que tendría que ponerle a prueba y sopesar la lealtad del liberto de su difunto esposo.

Al cuarto día llamó a Pansa y le dio la primera de las órdenes: vender a Tarentia. Él no intentó disuadirla a pesar de que había sido el encargado de comprarla por orden de Publio. La esclava fue vendida y Duronia sintió por fin haber tomado posesión plena de sus dominios. Dejó de ser la matrona consorte para devenir la matrona viuda... y dueña.

La criatura que engendraba legitimaba sus derechos a la fortuna de los Ebucios. Nadie se los podía arrebatar, ni tampoco discutírselos de momento los parientes de su marido. El laborioso embarazo que estaba llegando a término consolidaba su posición, aunque convendría encontrar pronto un tutor... Ya pensaría más adelante si volver a casarse. Era muy joven y con fortuna. No faltarían pretendientes y podía convenirla. Su hermano, que vino a visitarla junto con su propia esposa, ya le fue sugiriendo la idea, además de prestarse a ayudarla para tener bajo control a Pansa y velar por sus intereses.

Entretanto el embarazo iba llegando a término. Duronia no olvidaba orar cada día ante el lararium con el cabello suelto, impetrando a Juno Lucina por un feliz alumbramiento. Sabía de la costumbre de la ofrenda a la diosa madre y no evitó llevar al Capitolio, acompañada de Liguria, una guirnalda floral urdida con tallos de rosas y mirto. Marcharon desde el Aventino, donde vivían, hasta el Capitolio, y a Duronia se le antojó una verdadera penitencia por la distancia: su vientre pesaba. La parte baja de su espalda, al volver, se vio necesitada de unas friegas y unas compresas calientes. Aun así, no pudo apenas dormir de los dolores.

Luego pensaría que eso fue lo que le provocó el parto. Notó molestias y de madrugada se iniciaron las contracciones. Se encargó a un esclavo que avisara a Maya, una liberta griega que se ganaba la vida como partera. Se la había recomendado Plautia. Días antes ya la habían advertido de que la llamarían para asistir a Duronia en cuanto se declarara el momento del parto.

Todo se había preparado conforme les indicó la comadrona: aceite de oliva, compresas, agua caliente, esponjas y paños de lana para ella, y vendas para ligar el cuerpo y los miembros del niño en cuanto naciera, a fin de evitar que se lesionara con las uñas. Y lo más importante, la silla obstétrica. Estaba en la casa. Las últimas dos generaciones de Ebucios, al menos, habían nacido en ella. Era un envejecido mueble de madera provisto de un respaldo acolchado con un lienzo marrón, que en su día debió ser de tono crudo. Duronia lo hizo tapizar con un paño nuevo.

Al llegar Maya, no exenta de superstición, revisó a la parturienta para asegurarse de que no portara ni una cinta, ni un nudo, ni un anillo, pero la propia Duronia se había desprendido de todo aquello que pudiera anudar a su hijo. Había llegado el momento de dar a luz.

La partera la ayudó a acomodarse en la silla sobre el asiento perforado en forma de media luna, con las piernas bien abiertas y reclinada hacia atrás. Maya se revisó las uñas para prevenir cualquier arista lacerante, e impregnó sus manos de aceite crudo, templado al calor. Luego se sentó en un pequeño banco delante de Duronia, le abrió las piernas, inclinó la cabeza para acercarse y ver mejor, y con la mano derecha ungió la vulva de Duronia y metió el dedo índice de su izquierda para reconocer la matriz. Duronia se estremeció entre las contracciones que convulsionaban su vientre en una sensación desconocida y aquella manipulación que sintió dentro de ella. Enseguida reconoció unas manos expertas y recuperó la serenidad.

Maya se retiró hacia atrás en su banco, después de mirar a Duronia con aspecto levemente preocupado.

—Aún falta tiempo, pero parece que no presenta la cabeza en disposición de salida.

Duronia se sobresaltó. Aunque Maya no dijo nada al respecto, ella era consciente del riesgo. Sabía cuántas mujeres perdían la vida por complicaciones durante el parto.

—Respira profundo y empuja para que se dilate la salida del útero, Duronia. Estate tranquila. Tendré que cambiar la posición del niño. Habrá que girarlo. Y seguramente debas acostarte del lado derecho porque tiene la cabeza desviada a la izquierda. Ahora debemos esperar un poco más. Respira.

Aunque se asustó, reaccionó. Como le recomendaba Maya, con una cadencia medida, se concentró en inspirar y espirar, y por un momento, fatigada como estaba, llegó a dejarse ir. Renació en ella un sentido de abandono que ya conocía. Y no pudo reprimir el impulso que brotó espontáneamente en su conciencia: «Bromio, ayúdame, te lo suplico. Te consagraré mi hijo si lo salvas».

Hispala

202 a. C.

Contuvo la respiración mientras finalizaba su cuarta cabalgada de la jornada, al comprender que el cliente se disponía a eyacular sin remisión. Viendo que su impulso era incontenible, ella se apartó ligeramente sin dejar de moverse. Ya eran años de experiencia, así que tampoco le costó forzar a continuación un estornudo, irritándose la nariz de modo premeditado con sus manos libres. Debía evitar el riesgo de embarazos. Estaba a horcajadas sobre aquel sexo que ya sentía languideciente. A los clientes les complacía aquella postura y ella gozaba de toda la movilidad siendo dueña de sus movimientos, de modo que evitaba un éxtasis profundo en su seno. De hecho, les ofrecía la felación o que la tomaran como a un muchacho. Lo prefería.

Estaba obsesionada por no quedar encinta. Desde el principio, las compañeras la habían aleccionado acerca de la práctica del sexo y de la anticoncepción. La aventajaban ampliamente en experiencia, y la habían acogido con cierto espíritu de protección y conmiseración, sin duda derivado de ser una adolescente frágil cuando llegó y del futuro que sabían por experiencia propia que la aguardaba. Al principio se comunicaban por señas, sobre todo. Como su trabajo era corporal, no resultaba difícil formar a la novata Hispala en los secretos del amor venal con gestos, mímica y algunas palabras básicas.

Con ellas aprendió también los trucos que le evitarían un embarazo enojoso. A pesar de todo, llegó. Tuvo que abortar. Y no fue fácil. Al notar la primera falta, la recomendaron saltar. Y lo hizo, y se movió como nunca mientras trabajaba, con un ahínco que los clientes confundieron con elogiable dedicación profesional. Luego recurrió a masajes intensos con aceite templado en la zona del vientre, pero nada se desprendió. La permitieron tomar vino antes de comer y además irritar su estómago aderezando la magra comida que ingería con pimienta. Tampoco funcionó. Entonces le dijeron que los baños de asiento en el bajo vientre podrían lograr el efecto deseado, de modo que lo sumergió en una cocción de granos de lino, de fenugreco y de malva, y se aplicó cataplasmas de artemisa y de malvavisco. Pero nada.

Tuvo que pasarse a abortivos de aplicación directa que la obligaron a dejar de trabajar. Se introdujo aceites que olían a ruda, a iris y también a absenta. Por fin, el aborto se produjo. Perdió mucha sangre cuando, de hecho, ya estaba débil porque días antes le habían practicado también una sangría, para probar. La permitieron descansar algunas jornadas, pero hubo de reiniciar sus servicios enseguida. Esa era su vida. Por supuesto, nadie pensó ni por un momento que Hispala llevara a término aquel embarazo que le hubiera parecido ruinoso a Fecenio. Ella era una esclava. El padre, uno cualquiera de los clientes. El hijo hubiera sido esclavo, como ella. Por eso a ella le parecía también impensable. Sin embargo, se sintió más que débil, abatida.

No sabía lo que era elegir, ni tomar decisiones. No le correspondía. Pero, lejos de eso, mostraba buena predisposición al trabajo, a cumplir con lo que se esperaba de ella. A partir de ese momento, su voluntarismo se quebró. Guardó las apariencias, aunque sufría un resentimiento creciente que debía ocultar porque solo le aportaría recelos.

El hombre era un buen cliente. Venía de modo regular y era generoso. Así que ella se cuidaba de ser gentil con él. Le acercó su túnica y le ayudó a colocar la toga. Recibió su propina, porque el servicio estaba ya pagado previamente a su dueña Caninia. Le despidió afectuosa por su nombre, aunque para ella resultaba un cliente más, al que olvidaba de inmediato. A ellos, en cambio, les resultaba grato y hasta honroso que una cortesana de alta cotización les distinguiera con sus atenciones. Y a ella le costaba entender aquella actitud en hombres que parecían olvidar muy rápido el coste de aquel placer que se acababan de permitir. Podían ser tan incautos como distinguidos.

En cuanto él salió de su alcoba, oyó que su dueña, Caninia, se hacía la encontradiza en el modesto atrio de la casa y lo acompañaba obsequiosa hasta la puerta. Luego, se presentó ante el umbral de su alcoba mientras ella se aseaba. La encontró en una actitud poco decorosa, pero profesional. Estaba desprendiendo un tapón de lana embebido en vino con esencia de gálbano que usaba para obturar la entrada de su matriz antes de recibir a los clientes del día.

Su dueña ya le había dicho que saldrían en cuanto ella atendiera al caballero, y, de hecho, Hispala la vio peinada, maquillada y con la estola, lista para salir. Hispala debía darse prisa. Lo cierto es que no necesitaba mucho tiempo, ni muchos afeites. Su juventud y su belleza naturales la dispensaban del maquillaje que las otras esclavas de la casa se aplicaban para blanquear su cara y enrojecer los pómulos, al tiempo que ocultaban los incipientes surcos de la piel ajada con los que una vida de comercio carnal se cobraba su tributo.

Caninia la observó mientras se vestía. Transmitía una impaciencia impertinente. De todos modos, Hispala se sentía segura con ella. Salía acompañando a su dueña habitualmente. Así se dejaba ver o, más bien, Caninia la exhibía, fomentando que le aparecieran nuevos clientes. Además, la reconocía como la favorita entre sus chicas, algo que las otras habían asimilado con disgusto. La predisposición para ayudar y proteger a Hispala que mostraron al principio se había ido transformando en envidia latente por parte de las otras mujeres.

Todo había cambiado con la llegada de Caninia a la vida de Fecenio. Aquella unión era fruto de las ambiciones de los dos miembros de la pareja. Caninia no desconocía que Fecenio era un proxeneta cuando aceptó unirse a él. Él buscaba un matrimonio que estabilizara su vida y le reportara un poco de honorabilidad a su malbaratada existencia, una apariencia de respetabilidad. Ella estuvo dispuesta a pasar por alto su cojera y su infame profesión a cambio de una posición económica desahogada que la sacara de las estrecheces en las que se desenvolvía después de quedar viuda de un hombre treinta años mayor. La había dejado una casa modesta no lejos de la taberna lupanar de Fecenio. En cuanto se le presentó la posibilidad de unirse a este, pensó que era mejor cerrar el taller de orfebrería que les había mantenido a duras penas mientras vivió su esposo con el trabajo de un esclavo, para regentar aquel próspero negocio de prostitución de cierto nivel.

Nada más conocerla, apreció la prestancia, la belleza y el potencial de Hispala. Merecía algo mejor que seguir en el lupanar, por muy distinguida que a su marido le pareciera su clientela. La llevó con ella a la casa y la hizo su esclava de confianza sin apartarla de la profesión en la que ya estaba resultando altamente rentable. La transformaría en cortesana. De momento, iría subiendo su cotización y seleccionando, por lo abultado de su bolsa de sestercios, a los mejores clientes. Menos servicios, pero más costosos en una alcoba amplia, blanqueada, provista de un lecho de patas torneadas, jergón de lana y lienzos blancos, una jofaina con agua limpia y una mesa donde no faltaba una jarra de buen vino y dos pequeños cuencos de cerámica limpios. Esa fue la estrategia. Al ver que funcionaba, cuidaron de mejorarla con aromas de canela y de lavanda y unas cortinas de lino blanco con cenefas escarlata en la puerta y en la ventana.

Vistió la túnica blanca larga y se colocó un manto naranja, llamativo, sobre los hombros. Lucía su melena sin recoger. Nadie podía equivocarse acerca de su provocadora condición servil, pues marchaba tras la figura altiva de Caninia, una mujer madura de unos treinta años, que se mostraba con ínfulas de matrona distinguida. Cabello recogido, estola de color azul intenso y exhibiendo pulseras, anillos, collar y pendientes de oro y perlas, con desenvoltura ágil, más propia de una plebeya que ha sabido salir adelante que de una señora noble de modales femeninamente lánguidos, Caninia contemplaba complacida la vitalidad de las calles. Al pasar frente a las tabernas, se escuchaban cánticos y conversaciones animadas. De las casas salían mujeres acompañadas y esclavos y esclavas en actitud atareada. Había actividad en los talleres y en los establecimientos de venta. Las puertas se habían decorado con ramos de laurel. Los años de aceras desiertas y calzadas con escaso tránsito de carretas en aquella zona del Aventino, apartada del centro de Roma, habían sido largos.

Bajando la cuesta Publicia, sobre la explanada del Circo Máximo, la animación creció y se oía bullicio procedente de la zona del gran templo plebeyo de Ceres. Al llegar al lugar, el área se encontraba colmada de gente, mujeres sobre todo. Se respiraba una euforia contagiosa.

La tarde anterior había llegado la noticia: Aníbal había sido derrotado en África. Publio Cornelio Escipión había conseguido la gesta que había planeado y que el Senado romano había estado a punto de frenar por empeño de Quinto Fabio Máximo, el ilustre cónsul, que acertó a fallecer antes de tener que asistir al triunfo de aquel a quien había convertido obsesivamente en su rival político. La guerra se había ganado. Y el Senado había decidido que, de inmediato, se convocará a la asamblea popular para informarla y que se abrieran todos los templos de la ciudad a los fieles para las acciones de gracias y las rogativas. Tres días de júbilo.

El sol del atardecer caldeaba aquella tarde de finales de octubre con una temperatura muy agradable. Caninia se adentró entre las mujeres, seguida de Hispala, por curiosidad. Había hombres, pero, mayoritariamente mujeres. Todas las matronas plebeyas que eran alguien en Roma se dejaban ver acompañadas de sus esclavas: había Sempronias y Fulvias, también Licinias y Servilias, y los colores habían vuelto a animar los hombros de todas ellas como no se había visto desde hacía trece aciagos años, cuando aquella maldita ley del luto oscureció las estolas y casi privó de joyas los rostros, cuellos y manos de las matronas romanas. La púrpura y el oro volvían a esplender, tímidamente, solo por tres días de celebración autorizada.

Hispala se movía tras su señora como inconsciente, ajena a la alegría romana. No podía hacerla suya. Era la euforia de los dominadores. Pero algo más en ella se había marchitado desde que Caninia le comunicó la gran noticia. Su madre le había infundido desde pequeña una ilusión que era la suya propia, la de que su padre habría de volver. Creció entre sierras de arcillas cuarteadas y matorrales espinosos, pastoreando unas cabras a la espera del retorno de un hombre desconocido, valiente, fuerte, cariñoso, pues no le faltaban virtudes, al que nunca conoció. Y luego los hombres irrumpieron en su vida con violencia, con rabia, ansiosos de gozarla, hambrientos de sexo, captores de un placer mercenario. Se reemplazaban unos a otros, y, días más tarde, los ya saciados retornaban para aplacar aquella sed que les brotaba de nuevo. Y el único hombre al que habría deseado conocer, aquel que nunca llegó, ahora sabía que nunca llegaría. Su padre dejó la tierra siguiendo a aquel Aníbal que le prometió que regresaría rico en la victoria, y ahora, dieciséis años después, aquel maldito Aníbal estaba derrotado y su ejército destruido. Con los años se fortaleció en Hispala el convencimiento de que su padre no volvería y de que podría estar muerto. Su madre no lo aceptaba. En ella, la incertidumbre siguió alimentando una esperanza cada vez más remota. Fue una quimera de esclava cuando todo lo había perdido. Ahora, esa esperanza había muerto definitivamente. Ya no quedaba nada por destruir en Hispala. Estaba aniquilada.

Se dejaba ir tras Caninia. Continuaron camino hacia la cercana Puerta Trigémina y se desviaron nada más salir de Roma hacia el inmediato Bosque de Estímula. Ya estaba concurrido. Las bacantes, mujeres en su mayoría, aunque cada vez había más varones, se disponían a celebrar un nuevo ritual a la caída de la tarde. En los últimos años, la sacerdotisa Pacula Annia había retrasado los horarios y allí podía verse un grupo numeroso de matronas, de jóvenes romanas y también de esclavas, mujeres de Campania, tarentinas, locrias y alguna hispana como la propia Hispala. Sus acentos, cuando hablaban, las delataban. La guerra lo había mezclado y confundido todo: pueblos y naciones, romanas e itálicas, libres y esclavas, hombres y mujeres.

Caninia había ingresado en el culto hacía bastantes años, según le confió, y quiso que ella también lo hiciera. A Hispala no le cabía ninguna duda de que su ama la apreciaba. Aquello fue, de hecho, una demostración de ese afecto, que, sin embargo, no la apartaba de sus deberes como esclava en la prostitución. De hecho, salvo los días menstruales, su lecho solo conoció reposo tras el aborto y en los nueve días de abstinencia que tuvo que guardar antes de la iniciación báquica. Fecenio lo consintió. También la apreciaba a su modo. Lo demostró en esa ocasión, al renunciar a los ingresos de toda una novena.

Hispala pensó que la habían iniciado por comodidad, para que pudiera acompañar a su dueña. Después comprendió que había algo más. Era fe. Caninia creía en aquello, y en la salvación, y la quería para ella también, pero sin renunciar a explotarla. Se la deseaba para la otra vida, pero la trataba como esclava en esta. Mostraba una deferencia caprichosa con ella sin que Hispala se engañara en ningún momento. Desconfiaba.

Le costaba entender todo aquello, porque, a pesar de que había progresado rápido con el latín, los misterios le resultaban confusos. Aprendió a cantar parte de los himnos, fáciles y repetitivos. Y observaba con curiosidad, como una portadora del tirso, sin adentrarse más allá por el momento. Veía los sorprendentes trances extáticos de las bacantes. Observaba a aquella sacerdotisa nervuda, que cada vez aparentaba estar más delgada, con una piel tensa, adherida a los huesos. Próxima seguramente a los cincuenta años, era cada vez más espíritu y menos mujer. Le habló a Hispala con voz dulce cuando le fue presentada por Caninia, y, tomándola por el mentón con dulzura, la hizo mirarla a los ojos directamente. Y entonces ocurrió algo. Hispala bajó rápidamente la mirada, como avergonzada, mientras Pacula se estremeció por un momento. Supo que aquella mujer era especial. Lo percibía.

Desde entonces, Pacula la observaba en las ceremonias, en la distancia. Hispala sentía que siempre la tenía presente, y a su cabeza acudían las palabras de su madre que, siendo niña, le señalaba el pecho izquierdo donde el antojo con forma de hiedra era bien visible, y le decía aquello de: «Los dioses te han elegido. Ellos saben». Y le contaba el sueño de las muchachas. Lo recordaba cada vez, desde su iniciación.

Habría deseado poder hablar con su madre y preguntarle qué era lo que recordaba, si había visto tal vez mujeres con los cabellos sueltos, con túnicas sin ceñir. Si iban coronadas de hiedra, portando varas rematadas por piñas y ornadas de hiedra o de vid. Si cantaban y bailaban danzas rituales y se mecían con ritmo creciente. Si las vio desmembrar una cabra e ingerir aquella carne cruda, caliente todavía, de la que aún brotaba la sangre. Si entraban en éxtasis y gritaban, y enloquecían. Si corrían hacia el río, tal vez con antorchas en la mano, y las apagaban en el agua, aunque volvían a lucir oliendo a azufre. Si se extraviaban en la oscuridad del bosque y se desprendían de su túnica. Si quizá algunas se unieron a los hombres y completaron su éxtasis, porque, aunque eso ella no lo veía, no hacía otra cosa en su vida.

Parte III

A duras penas podéis dominarlas.

Tito Livio, *Historia de Roma*, XXXIV, 3, 1

SULPICIA

—No tenías necesidad de enfrentarte a todas ellas, madre.

Fulvia acompañaba a su madre, Sulpicia, mientras descendían del Capitolio hacia la zona del Foro Boario. Habían asistido a una reunión informal del orden de las matronas.

—Fulvia, hija, a mis años puedo permitírmelo. Soy yo la primera que estaría dispuesta a derogar esa ley tan enojosa. Pero lo que me irrita no son los colores prohibidos de nuestras estolas, ni que solo podamos disponer de una onza de oro, algo que ninguna ha respetado en estos años, sino el no poder moverme en carro en Roma. Cada vez me cuesta más venir del Aventino hasta aquí.

—Madre, no frivolices con este tema. Ya has visto que las matronas están dispuestas a intentarlo todo para derogar la ley.

—Y los hombres harán lo posible por evitarlo, seguramente. Recuerda que son ellos quienes deciden. ¿Cuándo se vio que revocaran una ley?

—Tú sabes mejor que yo cómo se aprobó. Con la excusa de las penurias y calamidades de la guerra nos privaron de nuestra única libertad: la de vestir como queramos y la de poder disponer de joyas.

—Fulvia, no te dejes engañar. Cuando se aprobó esta ley discutí con tu padre. Me pareció abusiva. Después la asumí, y con el tiempo he descubierto que, después de todo, eso no es lo importante en una matrona.

—Ya lo sé, madre. Por eso me parece bien iniciar la resistencia que dicen.

—Ni se te ocurra, Fulvia. Sé que, en verdad, no te lo puedo impedir, pero no lo puedo aprobar. ¿Cuándo se ha visto que las matronas se nieguen a concebir? ¿Desde cuándo las matronas abortan? No podemos dejar de ser nosotras mismas. Hemos nacido para eso, los dioses nos han enseñado lo que se espera de nosotras, nuestros mayores nos educan y nos atribuyen esa sagrada misión y es así, además, como damos sentido a nuestra vida.

—Sí, obediencia y sumisión. Ese es el sentido de nuestra vida. Vientres fecundos para esposos infieles. Y si protestamos, se nos recuerdan las tradiciones, los antepasados y que siempre ha sido así. Tal vez haya llegado el momento de cambiar. Solo pedimos disponer de lo poco que es nuestro y poder mostrarlo.

—Pero para ellos esa libertad ya es demasiada.

—Madre, no sé nunca si hablas por lo que sientes o por lo que se supone que debes decir.

—Hija, yo soy Sulpicia, la que un día fue la matrona más casta. Me debo a ese honor. Lo que Sulpicia piense no importa. Importa lo que Sulpicia es. Y por eso lo defiendo públicamente.

—Sulpicia fue la sierva de su marido Fulvio, como Fulvia lo es de su Postumio. Somos esclavas, ya no de ellos, sino de sus nombres, de sus familias, de sus tradiciones venerables. Patricias o plebeyas, las nobles somos al final más servidoras que las mujeres del populacho. Ellas hacen lo que quieren.

—Te equivocas, solo hacen lo que pueden. Sobreviven. Somos lo que han querido los dioses. No reniegues de tus orígenes ni de tu matrimonio, Fulvia. Somos matronas. Es lo que importa. Denuestas lo que eres porque no tienes conciencia de que podrías no serlo.

Detrás, oyendo la conversación, marchaban en silencio las esclavas de compañía de ambas, Filenia y Campana, que intercambiaron una mirada.

DURONIA

—¡No es posible que esto esté ocurriendo! —decía Duronia—. No sé de dónde puede salir tanta mujer.

Formaban parte de una muchedumbre, casi todas mujeres, que llenaba las calles de acceso al Foro Romano. Por la Sacra Vía, la afluencia era intensa y los callejones próximos que desembocaban en la explanada del centro de la ciudad aparecían congestionados por grupos de mujeres que esperaban poder adentrarse en la plaza.

—Sin mujeres, Roma no existiría. Se nos ha olvidado. Nos han hecho olvidarlo, más bien. Porque solo salimos de casa para orar y, cuando ellos quieren, para hacer sacrificios, rogativas, y hasta peregrinaciones de acogida a las nuevas diosas que nos trae el Senado —le respondió Genucia, verdaderamente exaltada.

—Si tú no fuiste... Yo sí —le recordó un tanto ufana, Plautia.

—Yo soy más fiel que vosotras a Baco —respondió Genucia, herida en su amor propio—. No necesitamos más. Sabiéndome poseída y reconocida por él me basta. Sé que me salvaré.

—Genucia, ¡que Duronia y yo hemos ido a traer a Cibeles porque teníamos que ir todas las matronas!

—No hace falta que me recordéis que no soy matrona romana. Ya sé que no estoy casada con un ciudadano como vosotras. Lucio Opicerno, mi marido, será falisco, pero es un hombre razonable en este tema. La pena es que no pueda votar. Y mi hijo está por aquí, ayudando. Ya lo conocéis de los ritos.

—Todos los apoyos son buenos —interrumpió Duronia, para evitar la discusión—. Lo importante es que están todas las mujeres aquí.

—¡Incluso han venido matronas que viven fuera de Roma! Mujeres de los pueblos y de las fincas —añadió Genucia.

—No me extraña que reaccionen. Si es que se nos impide hacer a las romanas lo que se permiten las latinas. Cualquier mujer itálica puede vestir del color que le dé la gana, y ponerse los pendientes y anillos que quiera, y una romana no.

¿Para qué domina Roma Italia entera si a sus mujeres se las trata como inferiores? —argumentó Plautia.

—Yo creo que solo por eso se tendría que derogar la ley —confió Duronia.

—Pero no nos engañemos —recordó Genucia—. Por muchas mujeres que haya, lo que se necesitan son votos, hombres que nos apoyen.

—Mis hijos son como el tuyo, Genucia —repuso Plautia, con simpatía no exenta de orgullo—. Están a favor de eliminar la ley. La votarán en la asamblea de la plebe.

—Has educado bien a Marco y a Cayo —reconoció Genucia—. Las Bacanales sin duda les habrán marcado. Pero, permíteme que te diga, que no creo que Marco Atinio, su padre, estuviera tan orgulloso de eso si siguiera vivo.

—Mira, Genucia. Respeté a mi marido mientras vivió, pero cuando me dejó viuda, tuve que hacerme cargo de todo y decidí no volver a casarme más. No os deseo mi suerte, aunque sí mi libertad. Por eso me cuesta entender que tú, Duronia, hayas decidido volver a casarte.

—Ya conocéis a Tito. No me he vuelto a casar solo porque fuera un Sempronio, sino porque es un buen hombre. Me ha asegurado que va a votar contra esa ley —afirmó Duronia, mientras las otras intercambiaban una mirada cómplice.

Las conversaciones se detuvieron mientras los gritos de las mujeres, pidiendo libertad y derogación, se tornaron en una salva de vivas y aplausos. Por la Sacra Vía descendían los dos tribunos de la plebe que defendían la abrogación de la ley: Marco Fundanio y Lucio Valerio. Las mujeres se habían concentrado a la entrada del Foro. Se iba a iniciar la asamblea de la plebe en la que se debatiría el asunto.

—Cuéntame, Tito. ¿Qué ha pasado en la asamblea?

Duronia, en túnica y con el cabello suelto, conversa con su segundo esposo, Tito Sempronio Rutilo, en la antecámara de la alcoba de Duronia. Detrás de ella se aprecia el telar y los cestos con lana. Sobre la mesa, los ovillos hilados.

—Ha abierto el debate el cónsul Catón. Es un gran orador. Se le nota la experiencia como abogado y que está habituado a hablar en el Foro.

—No es eso lo que me interesa, Tito. Me imagino que habrá hablado en contra de la derogación de la ley. Todo el mundo lo daba por supuesto. En realidad, se dice que los tribunos de la plebe que se resisten a derogar la ley, los hermanos Junios Brutos, están manejados por él.

—Así ha sido, pero no ha hablado contra la ley, sino en defensa de las tradiciones. Está alarmado de veros a las matronas en las calles, de cómo os habéis atrevido a molestar e increpar a algunos senadores que pasaban, y ha empezado precisamente insistiendo en eso, en el desorden.

—Muy bien. Para eso hemos estado esperándole a él y a otros. Ha tenido que oír más de lo que se imaginaba —repuso Duronia jactanciosa.

—Se ha referido a vosotras como un ejército de mujeres. Ha dado a entender que podríais estar siendo manejadas por los tribunos que proponen la derogación. Y ha insistido en cómo, lejos de manteneros en casa, se os está permitiendo entrometeros en el Foro, en los comicios y en los debates políticos.

—Es que las cosas ya no son como antes. Lo sabes bien. Yo soy viuda y transmisora de una herencia. Y como yo, los millares de viudas que ha dejado la guerra, unas con más fortuna y otras buscándose el sustento.

—Mira, Duronia. No hace falta que me recuerdes lo que yo sé. Pero conviene que no olvides que soy tu marido ahora y que me corresponde una tutela...

—No te equivoques, Tito —dijo Duronia, visiblemente molesta—. Yo no tenía necesidad de casarme contigo. Nuestra boda se pactó porque te juzgué un buen hombre cuando nos conocimos en los ritos. No olvides que tu posición ahora no es solo tuya, es la mía. Administras la fortuna que yo he transmitido a mi hijo. No voy a renunciar a tomar las decisiones.

—Te casaste conmigo porque desconfiabas de Pansa, del liberto de tu marido. Y porque necesitas la tutela marital para amparar los bienes.

—Me casé contigo porque creo en el matrimonio y en la posibilidad de tener un esposo al que querer y respetar, como nos han enseñado que debe ser, pero siendo respetada. Lo otro ya lo he conocido. Y en cuanto a mis bienes, ya sé que eran de Publio Ebucio y que no son míos, salvo mi dote. Son de nuestro hijo. Fue lo único que hizo bien. Dejarme embarazada al final, aunque poco faltó para que perdiera el niño.

—Duronia, sabes que te respeto y más que eso... —afirmó Tito, pasando su mano con delicadeza sobre la sien y la mejilla de su esposa, decidido a ir más lejos.

—No seas embaucador —dijo ella apartándole la mano—. Acaba de contarme lo del discurso del cónsul Catón.

—No te va a gustar. Habló del lujo, de la corrupción de las costumbres y tradiciones en los últimos años desde que empezaron a llegar los grandes botines de Siracusa y de Tarento, de la codicia que lo impregna todo, y de cómo las mujeres os habéis dejado seducir por esos apetitos. De cómo devolveros la libertad antigua para que vistáis como queráis y os pongáis las joyas que elijáis va a servir solo para que compitáis entre vosotras y arruinéis a los maridos pidiendo y pidiendo.

—Es increíble. Yo era muy pequeña cuando se aprobó esa ley Opia, pero Plautia sí lo vivió.

En ese momento, un gesto de desagrado y hartazgo atravesó el rostro de Tito, aunque Duronia, concentrada en lo que estaba diciendo, no lo vio. Continuaba hablando.

—Contaba cómo el estado aprobó la ley, en medio del duelo de miles de mujeres viudas, cuando se había despojado a la población de sus bienes a través de tributos para pagar la guerra. Cómo se temieron los tumultos de aquella muchedumbre de matronas clamando por los suyos. Y cómo luego la República incautó los bienes de las viudas y sus hijos para administrarlos, porque ya no había maridos.

—Fue un abuso de la República que los hombres votaron y aprobaron. La excusa fue la guerra, pero la guerra ha acabado hace más de un lustro. Justo es que ahora se nos devuelva lo que se nos arrebató. No entiendo qué temen.

—La libertad. La emancipación de las matronas. —En el modo de hablar de Tito alguien que no fuera Duronia habría percibido un latente disgusto—. Que os zaféis de la mano protectora y sensata de los maridos si la República retira los límites establecidos por la ley.

PACULA

—No ha quedado resuelto. Se ha debatido, pero no se ha votado la derogación —le contaba Minio a su madre, Pacula, mientras paseaban por el jardín trasero de aquella casa que llamaban Mnemósine.

—¿Y cuál es tu impresión? ¿Se derogará la ley? —quiso saber Pacula con el aspecto grave y serio que la caracterizaba.

—Mañana se verá. Ha intervenido el cónsul Catón: es un hombre popular, vehemente y profundamente reaccionario, y después de él hablaron los dos hermanos que son tribunos y que han afirmado que vetarían la derogación. Si no cambian de opinión, no se podrá derogar. Lo tienen ganado.

—¿No pueden hacer nada los tribunos que han promovido la reforma? —insistió Pacula.

—Hablar. De poco sirve. Han defendido la derogación, pero los otros lo pueden vetar aunque se gane el plebiscito.

—¿Y qué han dicho? —quiso saber la madre.

—Que nada tiene de extraordinario que se proponga la derogación de una ley de tiempos de guerra, ahora que la República vive ya tiempos de prosperidad. Que ya en el pasado las mujeres salisteis a las calles. Desde los tiempos de Rómulo, por ejemplo, cuando las sabinas fueron raptadas. Que, entonces, solo ellas lograron apaciguar a sus padres sabinos y a sus esposos romanos y evitar la guerra. Y que pareció bien hacer salir a las matronas en peregrinación para acoger a Cibeles. Que no es tan extraordinario lo que ocurre. Se ha argumentado también que nunca durante siglos las mujeres se desenfrenaron con el lujo. Entonces, ¿por qué extrañarse de que ahora reclaméis en las calles, de que, retornada la paz, se os restituyan los antiguos derechos?

—Bien argumentado. Tu padre disfrutaba mucho con esos debates. Es una pena que no puedas votar. —Por un momento evocó las conversaciones del pasado con su marido, los anhelos de ambos por la ciudadanía romana plena y cómo los truncó la guerra. La melancolía volvía a apoderarse de ella.

—Sin embargo, madre, hay otra parte del discurso que no te va a gustar.

—¿A qué te refieres?

—Al momento final, cuando han recordado cómo las mujeres de los aliados latinos se pueden pasear por la urbe con oro y púrpura, mientras que las matronas romanas no pueden hacerlo.

—Verdaderamente, es preocupante, Minio. Los romanos son incapaces de regir su poder sin discriminar. Tú ahora ya no lo recuerdas, pero hemos atravesado por años muy difíciles y especialmente los campanos. Roma se ha llenado de extranjeros con motivo de la guerra, campanos, faliscos, etruscos, sicilianos, tarentinos, hispanos, y en los últimos años, griegos... Se han refugiado aquí o han venido cautivos. Pero el dominador romano desconfía de todos aquellos a los que ha sometido, y, como me acabas de reconocer, los mira con altanería y hasta menosprecio.

—Ya sé lo que me vas a decir: que corremos riesgos con el tíaso. Nunca perderás tus temores.

—He sufrido por ello. Tu padre y yo asistimos a las represalias contra los campanos, y yo las experimenté directamente.

—Me lo has contado muchas veces, madre —reconoce Minio con cierto hastío.

—Es que no debes olvidarlo. Yo he sido sacerdotisa, y cuando el tíaso creció para acoger a las viudas desesperadas y a sus hijos, y a cautivas que ya eran bacantes hace trece años, acordé con tu padre que él fuera magistrado de los ritos para tener autoridad y ayudarme a organizar todo. Vosotros erais pequeños.

—Recuerdo cuando Herennio y yo queríamos iniciarnos y nos decías que no podías revelarnos los misterios. Luego cambiaste de parecer.

—Teníamos que sobrevivir al perder el sacerdocio público. Acogimos desde entonces también a hombres. Como sabes, tu padre se encargaba del dinero, de recaudar lo que percibíamos de los iniciados mediante las limosnas que estableció. Luego fueron llegando donaciones. Yo lo acepté, no solo porque era necesario: sentí que esas disposiciones me habían sido reveladas, y nuestros fieles son agradecidos porque contribuyen con lo que tienen para lograr su salvación.

—En realidad, el culto ha progresado mucho.

—No olvides que antaño era impensable que fueras sacerdote de Baco y ahora lo eres. Te he enseñado todo lo que sé y vas a relevarme. Habrá que nombrar más sacerdotes para poder acoger a todos los fieles. Pero, no te engañes. Años antes, el Senado persiguió los cultos foráneos y los magistrados me interrogaron para saber si había cambiado algo en las Bacanales y si aceptaba hombres. Por eso la decisión que tomé después no atormentó mi conciencia, pues me había sido revelada, pero sí mi voluntad, porque sabía que no gustaría a los colegios sacerdotales y al Senado.

—¿Y eso que tiene que ver ahora, madre?

—¿No te das cuenta? La guerra pasó, pero todo es muy distinto. Roma ya no es de los romanos. Es una ciudad mestiza. Yo no tuve más remedio que aceptarlo, pero ellos no. Nuestro tíaso salva a mujeres y hombres, pero los romanos no aceptan ese trato de igualdad, como no aceptan la mezcla de romanos con latinos o campanos, ni la de ciudadanos y esclavos. Debes mantenerte vigilante.

FULVIA

—El tribuno dice que las matronas no quieren la imposición. Que quieren volver al redil por propia voluntad, para no sentirse propiedad de amos, sino sencillamente tuteladas por padres o maridos —le refirió Espurio Postumio a su esposa, Fulvia, desde el diván en el que estaba recostado comiendo, mientras ella le observaba sentada en su silla—. Eso son los argumentos de vuestros defensores: os venden. Nada va a cambiar.

Ella no pudo evitar poner cara de desagrado ante el argumento, pero prefirió ignorarlo.

—Entonces, ¿votarás a favor de derogación? —quiso saber Fulvia, apurando sus últimas esperanzas.

—Fulvia, no necesitas apremiarme. El marido podría aceptarlo, el político no. ¿Qué más te da? ¿Acaso cambiará algo mi voto?

—Para mí, sí. Preferiría saber que mi esposo confía en mí, que me otorga la libertad necesaria para vestir con púrpura y llevar oro en público; que se enorgullecerá viendo cómo su esposa comparece dignamente en Roma y refuerza con su presencia y distinción ante los ciudadanos la fama de su marido y su carrera política.

—Fulvia, la distinción de tu porte no precisa de oro ni de púrpura. En cambio, mi carrera política exige mi lealtad a quienes pueden apoyarme. Soy un hombre de orden. No me tengo por un conservador fabiano, ni por un tradicionalista reaccionario como el cónsul Catón. Sin duda, tú traes a la memoria de los ciudadanos al gran Quinto Fulvio Flaco, el conquistador de Capua, un político muy popular, moderado en Roma, pero con autoridad firme en provincias. Tú evocas a tu padre y mi suegro. Su memoria no dejará de avalarme.

—Pues entonces, déjame decidir a mí acerca de la apariencia de tus avales. Seguiré siendo la misma dentro de casa. Permitid que fuera podamos las matronas disfrutar de lo que es nuestro.

—No quiero discutir contigo, Fulvia. El asunto es mucho más serio que todo eso. Acabó la guerra con Aníbal, pero hemos iniciado y ganado otra contra Filipo de Macedonia. Continuamos conquistando tierras en Hispania y ya se habla de la contienda que, sin tardar, se desatará contra Antíoco en Asia. El orden es el pilar sobre el que descansa nuestra seguridad.

¿Es comprensible que quienes lo alteran sean precisamente nuestras esposas? ¿Es razonable que las calles estén atestadas de matronas enloquecidas y vociferantes como si fueran bacantes?

HISPALA

Hispala marchaba sin entender bien lo que ocurría. Había cumplido ya diez años en Roma, obedeciendo como esclava, complaciendo como cortesana, sirviendo como prostituta, dejándose llevar como acompañante. Solo sabía que no debía pensar, simplemente hacer.

Aquella mañana, Caninia la despertó pronto. No había dormido mucho. Trabajó hasta tarde con un senador cuya virilidad flaqueaba ostensiblemente. Precisó de estímulos largos y continuados después de haber consumido él solo la jarra de vino con la que, antes de pasar a la alcoba, se recibía a los clientes en la sala de Hispala. Ella escuchó, sonriente y fingiendo una atención especial, a aquel hombre que se quejaba, mientras bebía, de cómo estaban cambiando los tiempos, de cómo era mejor estar soltero que casado, de cómo las esposas, en aquella Roma degenerada, estaban invirtiendo la tradición. Se podría pensar que, habiendo caído muchos hombres en la guerra, sería sencillo encontrar una buena esposa con fortuna. Pero las ricas herederas, o no querían casarse, o pretendían estipular capitulaciones matrimoniales inaceptables, tanto escritas como en la vida cotidiana. Hasta en el lecho. El hombre, un político frustrado, que, según llegó a comprender Hispala, no había pasado de cuestor, se resistía a entender lo que veía y cómo se toleraba que las matronas ocuparan las calles. Tras ahogar su frustración y sus decepciones en vino, quiso mostrarse amable con Hispala antes de pasar a ocuparse de otros asuntos. Siempre era igual. La rutina exigía conocer el exotismo de la furcia antes de poseerla. Formaba parte del protocolo de satisfacción del dominador viril.

Hispala iba pensando en estas cosas. Le agradaba saber que aquellos hombres maduros que tenía por clientes formaban parte de la nobleza romana, que en su lecho se abatían los mástiles de las naves de la armada republicana cuando viraban a la deriva. Aceptada su condición, le quedaba el consuelo de ser cortesana en lugar de puta de cementerio o loba de lupanar.

Solo sabía, porque Caninia se lo había dicho, que se dirigían al centro. Al acercarse, la visión hizo que su dueña se volviera hacia ella, que iba siempre un paso por detrás, y le confiara su alegría. La Sacra Vía estaba intransitable de mujeres. La muchedumbre lo cubría todo hasta donde podía verse en las calles en pendiente que desembocaban en el Foro. Se adentraron hacia la explanada pública.

Caninia reconoció a un grupo de dos matronas acompañadas de sus respectivas esclavas que solían asistir a los rituales báquicos y se acercaron a ellas.

—Leteo —dijo Caninia.

—Mnemósine —respondieron las otras.

Tras reconocerse por la contraseña se mostraron los anillos. Estaban identificadas conforme a lo convenido en el tíaso. Una de ellas, una tal Plautia, se expresó jovial:

—¡Es imposible que se nieguen a derogar la ley frente a esta multitud!

—Ahora ya no pueden dudar de que no habrá hijos si no nos devuelven el oro y la púrpura que nos quitaron —apostilló Duronia.

Observaron visiblemente satisfechas la concurrencia.

—Por cierto, el martes próximo tenemos la orgía, ¿verdad? —quiso verificar Caninia.

—Así es. Lo aguardo con mucha ilusión. Me corresponde la iniciación en ese tercer misterio —respondió resplandeciente Duronia.

—Y a Minio, el hijo de Pacula.

—Y también se inician mi hijo y el de Genucia —intervino Plautia—. Lo estoy deseando. Me aliviará después de años pensando en ello. Nunca he entendido por qué se reservaban los misterios para las mujeres: si nos prometen la salvación, yo la quiero también para mi hijo.

—En eso hay que reconocer que Pacula ha hecho progresar mucho la religión. Ha asumido riesgos —reconoció Caninia.

—Verdaderamente, es una gran mujer y una sacerdotisa única. Tiene carisma, convence cuando te habla —insistió Plautia.

Duronia, más joven, las estuvo escuchando con atención. Al volver la cabeza, exclamó.

—Mirad quién se acerca, casualmente.

Se trataba de Genucia, y se volvieron a saludar mediante la contraseña. Después, las interpeló de manera directa:

—¿Qué hacéis aquí? Vamos todas al Quirinal, a casa de los tribunos Junios. Se ha acordado que todas las mujeres nos congreguemos allí para presionar. Van a cambiar de opinión por muy Brutos que sean.

SULPICIA

—Los tribunos no se han atrevido a interponer el veto. Hemos vencido, madre —saludó Fulvia a Sulpicia al entrar en la sala donde seguía hilando y supervisando el trabajo de sus esclavas, que cardaban lana y tejían. Orientada al ocaso, desde la ventana amplia penetraba la luz declinante de un sol primaveral.

—¿Quiénes? No te entiendo.

—Las mujeres, madre. Se ha derogado la ley Opia.

—Querrás decir las matronas, no las mujeres. Estas que me acompañan también lo son y no han ganado nada con ello.

—¿Y desde cuándo importa eso?

—¿Y desde cuándo todas las matronas pensamos igual? Fulvia, ya hemos discutido sobre esto —continuó Sulpicia con tono cansado.

—Lo sé. Pero no puedo creer que realmente pienses que la ley debía mantenerse.

—No me has entendido. Soy patricia, y tú eres hija mía. Y aunque no seas patricia, formas parte de la nobleza romana. Tu padre alcanzó las distinciones más altas, y sus méritos, que han quedado grabados en inscripciones de mármol y registrados en los anales, harán que sea recordado durante siglos. Eso que tanto te alegra no es lo importante. Tienes una buena parte de tu dignidad ya edificada, sin que necesites ni oro ni púrpura. El resto lo debes construir tú, al lado de tu esposo: es él quien puede hacerte memorable, como tu padre hizo conmigo, por eso debes secundarle.

—Yo no quiero ser memorable; yo quiero vivir.

—Tu destino es el de una matrona romana, con joyas o sin ellas.

—Puedo comprender lo que me dices, madre, pero no logro olvidar la distancia, la falta de afecto sincero que siempre hubo entre mi padre y tú. No te he visto sonreír hasta que tus hijos no volvieron del servicio militar.

—Fulvia, yo he entregado mi vida a la República: he sido consorte de un político brillante, la matrona más casta y la madre de dos hijos que han combatido y a los que aguarda un destino público como magistrados, y de una hija que seguramente me dará nietos junto a su prometedor esposo patricio. ¿Cómo no voy a considerarme feliz?

—Porque tú no has vivido, has servido.

—Han vuelto a discutir. No se ponen de acuerdo. La hija le ha salido díscola.

—No te engañes, Filenia. Son iguales —dice Halisca—. Para ti y para mí son las dueñas.

—Pero Fulvia quería que se derogara la ley y Sulpicia, no.

—Yo estoy convencida de que la vieja también lo deseaba. Es una matrona.

—No recuerdo haberla visto quejarse por las estolas oscuras o por no ponerse joyas —piensa Filenia en voz alta.

—Antes de la ley las lucía. No ha tenido opción en todos estos años. Ahora ya no tiene ni tiempo ni necesidad de hacerlo. Se debe a su imagen de matrona como les gustaba a los antiguos: presume de ser viuda de un solo varón. Para colmo, la consagraron como la matrona más casta. Y, por Hércules, que lo ha sido, porque ni siquiera buscó fuera lo que no tenía en casa. Casta sí que ha sido, sí.

—Es que ella es todo eso que has dicho, por eso sabe que no necesita oro.

—Pero nació señora. Nació patricia. Eso no se olvida. Yo la conozco desde que vino a esta casa. Era presumida y altiva. Los años han hecho que su porte resulte más amable que soberbio. Su dignidad es vejez. Los años no pasan solo para mí, Filenia.

—Entonces..., piensa como las otras, como todas las que parece ser que han salido a la calle, según asegura Fulvia.

—Solo hoy y solo en eso. No hay matronas romanas, hay nobles y mujeres del populacho, y dentro de las nobles hay patricias y plebeyas, y dentro del populacho están las que viven bien, las que trabajan y, luego, estamos nosotras.

—Creo que entiendo lo que quieres decir. No están unidas. Simplemente, es la oportunidad.

—Así es. Sin ir más lejos, tú y yo somos esclavas en la misma casa y no somos iguales. Tú acompañas, yo trabajo. Tú eres la patricia y yo la plebeya, y no por eso menos esclavas.

PACULA

—Conozco a los romanos y he tratado muy de cerca a casi una generación de políticos plebeyos cuando estaba en el templo de Ceres, por eso me cuesta creer que hayan cedido a la presión de las mujeres y que las matronas hayan logrado la derogación.

Pacula y sus hijos, Minio y Herennio, estaban cenando. Ellos, recostados en sus lechos, comían con apetito de la pequeña mesa redonda que tenían ante sí, provista de vino y una bandeja con carne en salsa troceada que iban cogiendo con las manos. Ella se mantenía sentada, sin probar bocado.

—Eso demuestra que los romanos hacen lo que quieren sus mujeres —contestó jocoso, Herennio.

—No minusvalores nunca a los romanos, Herennio. Te lo he dicho muchas veces —repuso Pacula con rotundidad—. No debes olvidar que no lo eres, y que estamos en su patria y bajo su mando.

—La votación no la han ganado las matronas de Roma, sino las de los pueblos y las zonas rurales —expuso Minio.

—No me había detenido a valorarlo así... —meditó Pacula.

—El plebiscito se hace por tribus —continuó Minio—. Las cuatro tribus urbanas estaban muy movilizadas con la votación y había mucha división. De hecho, su voto iba a ser masivo. Pero no ha hecho falta. No son más que cuatro en un recuento total de treinta y cinco, porque las tribus rurales son treinta y una. Las matronas del campo han arrasado. ¡Solo había que ver las calles!

—Esas pueblerinas estarán hartas de no contar para nada, de sentirse menospreciadas cuando vienen a la ciudad. Querrán exhibir su fortuna, sus joyas y su púrpura —interrumpió Herennio.

—¡Y volver a entrar con carros en Roma, seguramente! —exclamó Pacula—. Era otra de las prohibiciones de la ley.

—No había pensado en eso. ¡Claro! En las tribus rurales basta con que unas cuantas matronas ricas de campo obliguen a sus hijos y esposos a venir a Roma y acudir a la asamblea para que esos pocos votos sean decisivos. Normalmente, no se molestan en acudir —prosiguió Minio—. Esta vez sí lo han hecho.

—El caso es que todo esto nos favorece —exclamó con alegría Herennio—. Las mujeres tienen más poder y disponen de más libertad y más dinero. Así que tendremos más iniciadas todavía, ahora que están menos controladas, y traerán a sus hijos y... serán más generosas.

—Herennio, me indigna que hables así —interrumpió Pacula—. Has superado a tu padre. Él proyectó sus ambiciones sobre el tíaso y yo transigí. Debíamos garantizar nuestra supervivencia. Pero esto es una religión, no un comercio.

—Para no ser un comercio, os ha ido extraordinariamente bien. Mnemósine, la fortuna del arca, las donaciones que siguen llegando... —respondió Herennio con despecho—. Criticas a mi padre muerto, pero ¿qué habría sido de ti sin él o de vosotros sin mí? No solo hay que rezar y cantar, también hay que administrar.

—No te consiento que hables así, ni que nos juzgues —le interpeló Pacula con gravedad—. Todo lo que se ha hecho, me fue revelado. Los ritos y los designios divinos no pueden quedar manchados por los intereses de los mortales.

—No podemos quejarnos, ciertamente, ni tampoco descuidarnos. Debemos ser cautelosos con las autoridades —valoró Minio, con mesura—. La votación ha cumplido la voluntad de las matronas y la presión de las mujeres en la calle ha obligado a los tribunos Brutos a no vetar el resultado tal y como habían prometido. Sin embargo, el asunto ha dividido Roma.

—Yo os aseguro algo: el Senado y los nobles romanos no van a olvidar lo ocurrido —y Pacula continuó hablando con amargura—. No olvidaron la traición de Capua, ni la de Tarento. Represaliaron años después a doce colonias de ciudadanos romanos cuando, ya exhaustas, se mostraron insumisas y no quisieron reclutar más soldados. Incendian ciudades, violan mujeres y niños, y deportan cautivos a Roma a sus enemigos cuando los derrotan. ¿Necesitáis más argumentos para asumir que los senadores y sus tradiciones reclamarán su tributo por esta concesión que les ha sido arrancada en contra de su voluntad?

Sabían que morirían. Solo eso. Para volver a nacer. En la iniciación al tercer misterio, el de la vida tras la muerte, comparecía Duronia entre otras cinco mujeres, pero también Minio Cerrinio, Marco Atinio y Cayo Opicerno. Pacula tenía prisa por hacer que su hijo mayor, más responsable, apurara las etapas necesarias para convertirle al sacerdocio. Por coherencia, y por conveniencia de cara a las otras madres bacantes, Plautia y Genucia, se iban a iniciar también sus hijos Atinio y Opicerno. No podía negarles a aquellas matronas, maestras ya en los misterios, lo que deseaba para su propio hijo, unos años más joven. La lógica de la religión imponía sus plazos en los misterios y en los ritos.

Se les recibió en el Bosque de Estímula, con los himnos acostumbrados. Todos portaban la túnica talar de lino que a los varones les imprimía un aspecto un tanto equívoco, femenino. Sin cinturones, los tejidos oscilaban al mismo ritmo que lo hacían las melenas sueltas. Pacula se encontraba rodeada solo por las maestras de los ritos, las matronas más veteranas, que portaban sus tirsos y la nébrida, una piel de corzo o de cervatillo, cruzada sobre el torso. Algunas llevaban anudada una piel de serpiente. Cuando cesaron los cánticos, interrogó a los novicios del misterio acerca de su voluntad de conocerlo. Afirmaron quererlo. Pacula los interpeló uno por uno para un juramento sagrado, invocando a los dioses y poniéndolos por testigos. Juraron querer conocer los misterios y juraron no desvelarlos. Les cubrieron la cabeza a todos y los cánticos volvieron a iniciarse. Les hicieron andar adentrándolos por la puerta de la cerca que daba al bosque desde el aula con sacristía habilitada en la parte trasera de la finca Mnemósine. Allí, asistieron enmudecidos y ciegos a lo que supusieron que se trataba del sacrificio de un gallo, a juzgar por los cacareos nerviosos que precedieron al silencio sagrado de la muerte.

La comitiva de maestras se puso en marcha hacia la antigua bodega para entrar en el túnel que profundizaba en el seno pétreo del monte Aventino. Minio, con la cabeza cubierta, creyó saber dónde estaba cuando sintió el aliento frío de la montaña traspasando la ligera túnica. Lo entendió: estaban penetrando en el inframundo, acompañados de los cánticos, ensordecidos por himnos nuevos, que desconocían, y que hablaban de muerte y de memoria, de recuerdo, de una vida gozosa. Por el sonido supieron que habían llegado a un gran espacio, una amplia sala.

Primero fue el silencio. Luego el mensaje sagrado de la revelación, leído por una de las maestras. Hablaba de Baco desmembrado por los Titanes y de su reencarnación en Estímula, su segunda madre, la fulminada; y del reino de Plutón y de Proserpina, a donde Baco fue a rescatarla; y del Leteo, el río del Olvido que surca el inframundo, de cuyas aguas beben los difuntos para descansar; y de Mnemósine, las aguas del río de la Memoria, y de la esperanza de una nueva vida para los iniciados. Fue entonces cuando Minio recordó su infancia y comprendió que su madre les había contado los misterios sin que lo supieran; que, como madre, nunca les supo negar lo que le pedían, y que por eso les había desvelado los misterios fingiendo que no lo hacía porque así no traicionaba su juramento. Se emocionó entonces, al descubrir la ternura oculta, el verdadero misterio ignorado, el de la maternidad encriptada que niega mientras otorga.

Un ruido ensordecedor sobrevino después como anticipo de la violencia. Tímpanos y címbalos, cánticos y gritos que sonaban espeluznantes en aquella gruta para los iniciados que aún tenían la cabeza cubierta. Minio se sintió empujado y luego atado al pecho con firmeza antes de ser precipitado en caída libre dentro de lo que le pareció un pozo. No llegó a chocar con el suelo. Sin respiración y asustado, mientras los gritos arreciaban para mayor espanto, sintió el brusco tirón de la cuerda que lo mantenía en vilo. Fue ascendido y liberado. Aguardó. Escuchó nuevos episodios de alaridos, reverberados estentóreamente por la cavidad.

Después, se hizo un silencio súbito. Solo se escuchaban los roces de túnicas y algunos pasos quedos, muy cerca. Le descubrieron la cabeza. La luz de las antorchas le cegó por un momento. Se encontró en una cavidad rodeado de las maestras y su madre entre ellas. Se volvieron a escuchar nuevos himnos de gloria mientras les ofrecían un cuenco con agua. Bebió para recordar.

> *¡Evohé, evohé! ¡Oh, Bromio!*
> *Ya del Hades retorna,*
> *el iniciado transido.*
> *muerto en vida yace,*
> *vivo en la muerte renacido.*
>
> *¡Evohé, evohé! ¡Oh, Bromio!*

En el vientre de la tierra, ululan las bacantes. Flautas y crótalos festejan la dicha de la revelación con alegría enfervorecida. Cantan los coros entusiastas, gritan las bacantes y proclaman la alegría de la iniciación, reciben con vítores a los varones. Danzan entregándose a un frenesí gozoso, renuncian a las inhibiciones, transgreden límites, se liberan de ataduras. Agitan tirsos, golpean la tierra de donde ha de manar leche, vino y miel, y beben.

En el vientre de la tierra, ululan las bacantes. Tímpanos y címbalos atruenan la caverna entre flameantes antorchas. Fuego y tinieblas infernales proclaman muerte, pero festejan vida. Danzan entregándose a un abandono dichoso, el de la alegría de vivir antes de morir, y el de la dicha prometida de vivir después de morir. Sacuden cabelleras las ménades ya poseídas, drapean sus linos henchidos de presencia divina.

En el vientre de la tierra, ululan las bacantes. Gritos de euforia mística aturden los sentidos y arrastran a los iniciados en pos de un gozo renovado. Música, danza y alaridos de gloria celebran la epifanía de Dionisos en un clímax sensual. El delirio ritual en una vorágine de paños agitados y cuerpos convulsos libra la orgía al éxtasis.

PARTE IV

El nido de toda clase de depravaciones.

Tito Livio, *Historia de Roma*, XXXIX, 10, 6

Fines del año 187 a. C.

SULPICIA

—Voy a presentarme a las elecciones consulares — anunció Espurio Postumio Albino a su suegra, Sulpicia.

La mujer no pareció inmutarse. Estaban en el atrio, frente al lararo. Postumio había llegado sin avisar y había esperado a que Sulpicia terminara su libación y su plegaria ante los dioses del hogar.

—Contaba con ello, Postumio. Ha llegado el momento. Debiste hacerlo hace un año, como te correspondía. No es bueno que no hayas peleado por ello cuando te pertenecía, pasados los dos años desde que fuiste nombrado pretor.

—Sabes de sobra que no hubiera tenido opciones frente a Emilio Lépido y el clan de los Escipiones. Era un candidato patricio muy fuerte.

—¿Y cómo se presenta ahora la situación? ¿Qué posibilidades tienes?

—Muchas. Lépido no estará y presidirá las elecciones el cónsul plebeyo Cayo Flaminio. Es amigo. Así que, por ese lado, la posición es extraordinariamente favorable. Necesitaré que movilices a los aliados de tu difunto esposo.

—Ya sabes que puedes contar con ello, pero debes hablarlo con mis hijos, tanto con Quinto como con Lucio. Yo ya no sirvo para nada. Quinto mantiene todas las alianzas de la familia, y Lucio, ahora que ha sido adoptado por Manlio Acidino como heredero, te puede aportar el apoyo de los Manlios.

—Yo cuento con los míos, los de los Postumios. Me interesan los Sulpicios también: necesito que tú personalmente te ocupes de hablar con los tuyos. Sigues siendo la hija más distinguida de Servio Sulpicio Patérculo, y has aportado un título muy honorable a la estirpe como la matrona más casta.

—Sabes que lo haré. Pierde cuidado. ¿Has hablado con Marco Fulvio Nobílior? No nos negará el apoyo siendo un pariente de mi difunto marido.

—Sí. Hará campaña en mi favor y es fundamental. Tiene mucha fama. Fue formidable el triunfo que celebró. Lo mismo pasa con su colega, Cneo Manlio Vulsón. Está a punto de celebrar el triunfo con el colosal botín gálata que ha traído de Asia.

—No sigo muy de cerca todos los manejos de la política, pero parece un asunto turbio, ¿no? —se interesó Sulpicia—. He oído que le acusan de rapacería, de emprender una campaña sin autorización, solo por conseguir botín.

—En este momento, es el Manlio más popular. Le acusan los Escipiones porque se han visto demandados los dos por corrupción. Publio y su hermano Lucio Cornelio, ¡vaya honor para la familia! Los atrapan pactando la paz bajo cuerda con el rey Antíoco de Siria y apropiándose de quinientos talentos de la indemnización de guerra, y ahora se dedican a esparcir porquería, haciendo creer que todos los cónsules son iguales, ya sabes...

—Están en horas muy bajas, ¡quién los ha visto! —meditó Sulpicia evocando los tiempos de la victoria de Escipión sobre Aníbal—. Y del lado tradicionalista, ¿cómo está la cosa?

—Aún no sé si presentarán candidatos, pero es probable. Ya sabes que Catón encabeza la acusación contra los Escipiones. Ha conseguido la condena del pequeño, de Lucio. ¡Le ha caído una buena multa!

—Y nos queda Tito Quincio Flaminino... Arrastra muchos votos —pensó Sulpicia.

—Creo que será mejor que nos sentemos, Sulpicia.

—¿Has oído los rumores sobre Lucio, el hermano de Tito Quincio Flaminino? —quiso saber Postumio.

Habían tomado asiento en el tablinio. A su hijo Quinto no le habría gustado, pero no estaba en casa y su madre propuso que fueran allí, al despacho. El lugar donde trataban los temas importantes en la casa las sucesivas generaciones de Fulvios. Quinto y su madre mantenían una relación por momentos tensa. A Quinto, su madre le resultaba opresiva en su majestuosa condición de matrona, apabullante. Se permitía tratarla con cierta displicencia al saber que ella siempre estaría a su disposición. Se aprovechaba de la abnegación de una madre. Con su cuñado, Postumio, mantenía una cierta distancia. Era el marido de su hermana. La apreciaba a ella y le envidiaba su condición patricia a él. Los hermanos Fulvios habían heredado el apellido y el origen plebeyo del padre, no la estirpe patricia de Sulpicia que les hubiera hecho todo mucho más sencillo.

—No sé a qué te refieres, Espurio —contestó Sulpicia—. Cada vez estoy más aislada. Y mis hijos no me cuentan nada. Fulvia y Lucio ya no viven aquí y con Quinto... Hablamos poco.

—Es de ese tipo de cosas que deshonran a los políticos de cara al pueblo y que contribuyen a que los patricios seamos cada vez peor vistos. ¡Los Cornelios robando, Manlio Vulsón dedicado a la rapiña en Asia y ahora Lucio Quincio...! ¡Vaya reputación para los patricios!

—Pero no te evadas, Espurio. Cuéntame.

—Sulpicia, me da pudor hablar contigo de ese tema —respondió dubitativo.

—Espurio, soy una matrona que, afortunadamente, ha disfrutado ya de una vida larga. Tu suegra tiene sesenta y cinco años. ¿De qué me voy a sorprender, ya?

—En realidad, se trata de algo ocurrido hace seis años, pero se ha difundido ahora por Roma, probablemente aireado por el círculo de Catón que no puede olvidar que Tito Quincio Flaminino le ganó las elecciones a censor.

—¡Qué bajo está cayendo la política!

—El caso es que Lucio Flaminino, su hermano, cuando era cónsul destinado en las tierras galas del norte, parece haber aprovechado para hacer lo que no haría en Roma: cenas inacabables, platos suculentos, manjares caros a costa del erario, convidados numerosos y abundante vino. Lucio compartía su lecho en el comedor con su amante a sueldo. Sulpicia, puedes imaginar lo restante: comida de lujo, bebida sin freno y sexo en público. ¡Orgías!

Sulpicia no dijo nada. Su silencio demostró dos cosas: comprensión y pudor. Espurio resumió:

—Un cónsul ebrio y entregado al sexo. Se dice que enamorado. Pero hubo más. Su amante, en el calor obsceno de la cena, le echó en cara que le hubiera arrancado de Roma y que por eso se perdiera uno de esos espectáculos de gladiadores que ahora se empiezan a ver en algún funeral, porque nunca había visto morir a un hombre. La mala suerte hizo que se personara un noble galo, un desertor junto con sus hijos. Mientras el hombre, leal a Roma, intentaba explicarse, Lucio le susurró a su amante que si quería ver lo que se había perdido en Roma. Y él mismo lo decapitó.

Sulpicia, sacudía la cabeza con descrédito y escándalo.

—¡Por Júpiter! —acertó a decir—. Es intolerable. ¡Una ejecución ordenada solo por complacer a una cortesana!

—Yo no he dicho que fuera mujer, Sulpicia. Parece que se trataba de un muchacho prostituido. Como se dice ahora... costumbres marsellesas.

—¡Por Juno Madre! ¡Ha perdido el honor y la virilidad al tiempo!

—Como te imaginarás, se oyen varias versiones —reconoció Espurio—. Se ha dicho también que era una mujer de mala fama. Lo cierto es que, como recordarás, su hermano Tito se ha empeñado siempre a fondo en favor de Lucio: primero nombrándolo legado de su flota cuando ganó la guerra a Filipo de Macedonia, y luego haciendo campaña cuando Lucio se presentó al consulado. Eso sí que fue otra hazaña de Tito: ganar las elecciones para su hermano nada menos que a Publio Cornelio Escipión Africano, que hizo todo lo que pudo por su primo Escipión Nasica. El caso es que, con esa orgía, Lucio ha echado a perder su fama y la de Tito.

—Me escandaliza lo que me cuentas y no puedo más que reprobarlo. Vivimos años en que todo se degrada. Pero no acierto a ver qué relación guarda esto ahora con tu campaña.

—Flaminino me apoyará probablemente, pero no sé si me interesa mucho, dadas las circunstancias.

—¡Claro que te interesa! —repuso Sulpicia—. Los apoyos son votos y los votos no tienen color. Son votos. No podrás sumar los de los Cornelios, demandados, condenados y airados como están. En cambio, te interesa ese gran favor popular de los Quincios Flamininos. Tito sigue siendo conocido como el vencedor de los macedonios. Y te diré más, te puede interesar el de Catón también.

—Lo he pensado. Los fabulosos botines de los últimos años están creando muchas habladurías en Roma. Catón se ha abierto a un tipo de discurso con mucho favor popular: los Escipiones lo están sufriendo. Eso de combatir la corrupción moral le gusta al pueblo, y no hay que olvidar la división que se vivió hace ocho años cuando se debatió la derogación de la ley Opia. Fue él quien encabezó la oposición a la derogación.

—Eso era distinto y ya quedó resuelto —Sulpicia pareció incomodarse. Cambió de tema—. ¿Y en cuanto a las guerras? ¿Se prepara alguna ahora?

—No hay guerras activas, así que, de momento, no se vislumbran más botines. Por eso tampoco creo que los Fulvios, los Manlios y los Quincios dejaran de apoyarme si hago mía la lucha contra la corrupción.

—Parece inteligente. Pero, ciertamente, has tenido muy mala suerte, Espurio. Sin guerra no hay botín, ni tampoco posibilidades de triunfo. Va a ser un consulado el tuyo, si lo consigues, que no pasará a los anales precisamente.

—Lo sé, Sulpicia. Pero a falta de frente bélico en el Mediterráneo, se puede abrir en Roma —respondió enigmático.

HISPALA

—No puedes quedarte a dormir, Ebucio —dijo Hispala—. Es tarde.

Enredaba su dedo en el cabello ensortijado del joven. Estaba recostada en su lecho. Sostenía, reposando entre sus senos, la cabeza del muchacho, cuya mirada vagaba distraída mientras hablaban. Un contraste intenso realzaba la carnal blancura sonrosada de Hispala bajo los rizos negros del muchacho de ojos verdes. Este tenía unas facciones simétricas, suaves aún, un oscuro bozo marcado sobre el labio y barbilla cuadrada, poblada de una incipiente pelusa que aún no había afeitado. Esperaba al ritual del paso a la edad adulta. Solo le quedaban meses.

«Es hermoso, muy hermoso —pensaba Hispala—. Y es mío». Se sentía como no se había sentido hasta ahora: íntimamente satisfecha. Su vida había cambiado en los últimos tres años. Con el favor de su dueña Caninia, que la había tomado afecto, se aproximó a la libertad. El resto lo lograron los ingresos reportados durante diecisiete años a las arcas del borrachín de Fecenio. El proxeneta dejó establecido que, al morir, le fuera otorgada la manumisión a Hispala. Fue su modo póstumo de agradecerle que se hubiera entregado al oficio sin reservas y que sus encantos la convirtieran en la lucrativa cortesana de lujo que Caninia supo hacer de ella. Además, Hispala disponía ya de un peculio propio, amasado con las propinas obtenidas por su trato con los clientes, por su disposición amable y placentera.

Tras obtener la libertad, había seguido trabajando en lo mismo. Su clientela estaba ya hecha. La fidelidad de sus amantes, su cuerpo voluptuoso y su fama, que aunaba exotismo con profesionalidad, la mantendrían holgadamente. Alquiló una casita de atrio modesta, pero bien situada, en el Aventino, cerca de donde había pasado aquellos años. No le convenía alejarse de sus amantes. Pudo pagar el alquiler sin dificultades y, en poco tiempo, logró comprarla. La había decorado conforme a los gustos de los nobles. Eso le dijeron los pintores que contrató: rojos intensos, ocres dorados, grises de granito y negros mate, así como imitaciones de mármol pintadas en las paredes. En su pequeño atrio, un coqueto impluvio enlosado en travertino y rodeado de tiestos, que se podía ver desde la calle, recogía el agua de lluvia y la escondía debajo, en una cisterna: era el agua para las abluciones de su bajo vientre y del de sus clientes. Las plantas, pequeños jazmineros y lirios blancos, parecían alargar sus tallos para captar, casi exánimes, la escasa luz que llegaba del estrecho compluvio del tejado.

Se pudo permitir el lujo de comprar una esclava. Fue la primera. Contaba con ella para todo: era una asiática madura que hablaba griego. Había llegado a Roma como parte del botín de Lucio Cornelio Escipión. Cocinaba, limpiaba, y también la peinaba, la maquillaba y atendía a los clientes: hacía de portera, de mensajera y celestineaba si era necesario. Pero si quería ser una cortesana respetable, debía cuidar las apariencias. Así que luego había ido adquiriendo cocinero, peluquera y un muchacho capaz de ocuparse de clientes molestos si era necesario. Cuando salía, lo hacía siempre con la griega Astafia. Iba un paso por detrás de su dueña, y mientras Hispala erguía su busto con su largo cabello desplegado y su afectado garbo, Astafia oteaba con aire protector y, selectiva, atrapaba miradas y avizoraba clientes.

Hispala envolvió su alcoba de un lino blanqueado que ennoblecía el tono crudo de los cortinajes de la puerta y las dos ventanas de la sala que le servía como antecámara. Una mesa, dos sillas y un arcón que guardaba parte del vestuario, formaban el mobiliario de la estancia a la que decidió imprimir un toque de animación: consiguió un perrito pequeño, blanco, de pelo muy suave, que ella suponía simpático, delicado y amable como un efecto más del conjunto que quería crear. Vivía en su regazo mientras no atendía clientes. Nunca pensó que aquel capricho pudiera llenar un vacío. Lo llamó Aníbal. No sabría explicar por qué y, sin embargo, tampoco alcanzó a imaginar otro apelativo que el del hombre que le había arrebatado todo antes de nacer. Aníbal era ahora suyo.

Y aquella era su vida, en la que, esquilmando con sus encantos las bolsas nutridas de clientes con posibles, había irrumpido Publio Ebucio.

Acariciar el cabello del chico, como el de Aníbal, la sumía en una deliciosa sensación de abandono, lo más próximo al éxtasis que había experimentado. Ni siquiera cuando se inició en los misterios se sintió transportada. Toda su vida había fingido. Con todos y cada uno de sus clientes había travestido la indiferencia con goces simulados. Y ni siquiera con Publio era distinto.

Llegó como todos. Solo le diferenciaba la edad, aunque ya había tenido otros adolescentes en su lecho. Venían a descubrir el sexo. Publio volvió y volvió. Y ella aceptó el reto. Quedó desconcertada: experimentaba con él algo distinto. No era placer sensible, era más íntimo. Le ocurría como con Aníbal: lo poseía. Cuando decidió asumir aquel reto de enseñanza, no pensó dejar de cobrar. Sin embargo, se tornó emocionalmente dependiente. En las mañanas, cuando disponía de tiempo, se encontraba ansiando que llegara la caída de la tarde. Acabó por reservarle el final de la jornada de manera invariable, aunque sus ingresos comenzaran a resentirse. Y él volvía. Retornaba a su vientre con la misma fidelidad que Aníbal, que se retrepaba sobre sus muslos en cuanto ella se sentaba.

En su mente había ido emergiendo una idea que quiso desechar, pero se abría paso una y otra vez, recurrente. Publio tenía aproximadamente la edad que habría tenido aquel hijo suyo que finalmente no nació, que tuvo que abortar. Verlo allí, entregado, bebiendo de su fuente, jugando con ella, tomándola, emprendiendo la carrera y gozando hasta perder el sentido por momentos y luego, dispuesto a reiniciar el juego casi de inmediato, era tener lo que una matrona tiene, pero sentir lo que una matrona no siempre siente. Era madre y amante al tiempo. Era esposa y también fue hija: presa de hombres depredadores de placer, había conocido por fin el afecto de hombre que nunca tuvo, ni siquiera siendo niña.

Pretendió mantenerse distante, y sin quererlo, se acercó más, porque, en el rechazo, descubrió sus carencias y asumió que le había llegado su momento de tener, y de saciar su insospechada sed de cariño.

Y además estaba la vulnerabilidad del muchacho. Cuando Príapo cedía y la paz del amor satisfecho se enseñoreaba del lecho, hablaban. Le hablaba de su madre, Duronia, casada en segundas nupcias con Tito Sempronio Rutilo, un hombre dominante que tenía embaucada a su madre. Y ella comprendía que estaba huérfano de padre y despegado de su madre. Eran iguales. Pasaba por algo parecido a lo que ella había atravesado. Y el interés por el chico se tornó piedad, y el afecto que sentía por él se enardeció.

Ebucio incorporó la cabeza para volverse a mirarla. La ensoñación plácida de Hispala dibujó en su rostro una sonrisa amable.

—¿Qué pensabas? —quiso saber la cortesana.

—En lo bien que me encuentro aquí, entre tus brazos. No quiero a volver a casa.

—Debes hacerlo. ¿Qué vas a decir si hoy tampoco vuelves? Tu madre se preocupará.

—No es necesario. Hago lo que quiero. Soy casi adulto y estoy a punto de emanciparme —parecía necesitar convencerse a sí mismo—. Además, ya saben dónde estoy.

—¿Qué? —se sobresaltó Hispala, cuya tranquilidad se quebró—. Ya te dije que conozco a tu madre.

—Sí. Ella también me lo ha dicho.

—¿Qué más te ha dicho?

—Nada que no sepas. Conoce cuál es tu trabajo y me advirtió de que me ibas a seducir, que solo querías mi dinero, y que tienes fama ya de haber arruinado a alguno. ¿De qué os conocéis?

—Somos vecinas, ¿no? En el Aventino nos conocemos todos. Me conocerá como me conocías tú. Me habría visto alguna vez... por la calle.

Hispala evadió hablar de los ritos báquicos. Fue Publio quien cambió de tema para recuperar la intimidad placentera, momentáneamente rota.

—Parece hiedra —dijo observando la mancha vinosa sobre el seno de Hispala.

—Eso decía mi madre. Y que era mi destino.

—¿Qué quería decir? —preguntó Publio.

—Aún no lo sé. Lo descubriré. Ella me decía que los dioses sabían. Que me habían marcado.

—Es una planta curiosa. A mi madre le gusta mucho. Dice que es eterna, que vuelve a florecer en invierno, cuando todo lo demás muere.

—Te habrá dicho también que es la planta de Baco. Las ninfas ocultaron con hiedra al dios niño para que la celosa Juno no descubriera al hijo de Júpiter, el fruto de su infidelidad. Al final, los Titanes lo encontraron. Y lo devoraron.

186 a. C.

Minio

El quinto día del mes de marzo, Cneo Manlio Vulsón entró en triunfo en Roma. La comitiva preparada en el Campo de Marte, fuera de las murallas de Roma, se adentró en la ciudad desde la base del Capitolio hasta llegar al pie del Aventino, a la zona del templo de Ceres. Sin alcanzarlo, el desfile se desvió y se adentró en el Circo Máximo. Roma entera asistía expectante desde los dos flancos de la larga pista de carreras a un triunfo del que se decía que no tenía igual.

Se oyó primero el estridente sonido de toda la trompetería. Tras los músicos, comenzó a aparecer el botín: lo que desfiló en primer lugar no eran lanzas, ni corazas, ni escudos; tampoco catapultas, ni ballestas. No se vio marchar elefantes, ni se exhibieron maquetas de las ciudades conquistadas. En lugar de eso desfilaron espléndidos lechos de patas torneadas en bronce, tapices, colchas y cobertores desplegados sobre carros, y tules y velos y sutiles sedas, mesas circulares de un solo pie labradas en maderas preciosas y aparadores para el servicio de banquetes.

La gente se maravillaba de la calidad de los objetos expuestos, aunque no se hicieron esperar los comentarios. El campano Minio Cerrinio había acudido acompañado del falisco Lucio Opicerno, sacerdotes ambos de los misterios.

—Parece que no eran tan malintencionadas las críticas a Vulsón —comentó Minio.

—Te refieres a la rapacidad del general, ¿no?

—Sí. Está claro que no quería volver con las manos vacías, ¡pero se ha traído los ajuares!

Ambos rieron.

El desfile continuaba y un heraldo anunciaba que las decenas de coronas de oro que se podían ver pesaban doscientas doce libras, y que los carros cargaban con doscientas veinte mil libras de plata, dos mil ciento tres libras de oro, ciento veintisiete mil tetradracmas acuñadas en el Ática... Al oír aquel detallado informe, Minio y Lucio no pudieron evitar mirarse, cómplices.

—Han tenido trabajo los cuestores con el recuento —comentó Minio.

—Vulsón no quiere que le acusen de apropiación indebida —interpretó Lucio—. Cuentas claras.

—Probablemente. Fíjate: el caso es que la gente no aplaude. El pueblo no se fía. Es imposible ver desfilar tanto oro y plata asiáticos y no pensar en lo que ha de faltar. Están muy recientes la condena y la multa que votó el pueblo contra Lucio Cornelio Escipión por ese motivo. ¿Cómo no creer, además, que su hermano, el gran Publio Cornelio Escipión Africano, fue sobornado por Antíoco de Siria? ¿De qué otro modo se podría explicar si no que Antíoco liberara al hijo prisionero de Escipión sin mediar el pago de un rescate?

—En verdad, Minio, no es de extrañar que el pueblo desconfíe: se han caído los ídolos. Los grandes generales tienen las manos sucias.

DURONIA

—Mira, Duronia. Mira quién está allí —dijo Tito Sempronio, con gesto agrio.

La matrona giró la cabeza hacia donde le indicaba Tito y pudo ver a su hijo Publio. Estaba acompañado. Reconoció a Hispala Fecenia. Vivían en calles contiguas en el Aventino, por eso habían hecho el mismo camino prácticamente desde sus casas y coincidido muy cerca entre el público del Circo Máximo que asistía al triunfo de Vulsón.

Sintió un rubor airado. Le ardió el rostro. Sabía quién era aquella mujer porque la había visto en los ritos báquicos. No había hablado con ella, aunque sí lo había hecho alguna vez con su ama, aquella Caninia, una alcahueta con ínfulas de matrona digna, poco recomendable. Cuando ingresó en el culto, le sorprendió ver a esclavas acompañando a sus dueñas, pero no estaba allí para hacer preguntas. Entonces, era natural coincidir con romanas de distintas condiciones, pero también con itálicas, sicilianas y muchas tarentinas. La propia sacerdotisa, Pacula, era campana. Además, fue creciendo el número de hombres. El mensaje de aquella religión no discriminaba entre personas.

Pero ella sí. Había hecho saber a su hijo que no quería verlo con ella. No se lo prohibió porque ya sabía que no se lo podría imponer. Él desaparecía todos los días de casa. Generalmente, por la tarde, y algunas noches no volvía. Ella quiso saber si las pasaba con «la meretriz», como la llamaba ante su hijo, aunque en realidad pensaba que era una fulana. Por supuesto, Ebucio no la contestó y ella supo que así era.

Había valorado pedirle a Tito, padrastro y tutor, que interviniera, pero desistió de hacerlo. El niño nunca aceptó su llegada a la casa y a su esposo Ebucio le había resultado verdaderamente molesto desde el principio. El conflicto declarado entre ambos había estallado cuatro años atrás después de que Ebucio sobreviviera a unas fiebres que parecían no remitir. Su madre y los esclavos le colmaron entonces de atenciones. Ebucio se levantó del lecho donde pasó su convalecencia totalmente cambiado, indomable. Duronia suponía que la inquina entre su hijo y su segundo marido estaba siendo atizada por su cuñada Ebucia, aquella viuda estéril, que era todo bilis. Había menospreciado a Duronia desde el momento en que esta atravesó el umbral de la casa de los Ebucios. Cuando el adolescente había estado tan enfermo, su tía acudió a visitarle. Fue entonces cuando se estrechó la relación entre ambos, y se rompió definitivamente entre Ebucio y su padrastro.

Había estado pensando mucho, en esos últimos meses, en cómo reconducir la relación con su hijo. Su mente regresaba a Hispala de un modo obsesivo, con la rabia que infunde la impotencia. La recordaba como la había conocido, como portadora del tirso en los ritos. Al verlos juntos acabó por convencerse de que la solución tal vez fuera cumplir de una vez por todas con su juramento, con la promesa contraída hacía diecisiete años y renovada cuatro años atrás, cuando su hijo estuvo tan enfermo.

Hispala

Hispala sintió que alguien la miraba de modo especial, muy intenso. Para quien salir a pasear con indolencia y sin prisa forma parte del trabajo, y convierte en arte el atraer miradas en la calle y capturar veleidades, aquella atención no pasó inadvertida. Se volvió a tiempo de sorprender a la madre de Ebucio desviando rápidamente la vista hacia el desfile triunfal.

No la inquietó sentirse descubierta. Había sido Ebucio quien se empeñó en ir con ella y no supo resistirse al segundo intento del joven después de rechazar el primero. Estaba tranquila. La prostitución en Roma era lícita. La virilidad incontenible de sus hombres la necesitaba.

Cuando Fecenio murió, la liberó por completo. No solo le otorgó la manumisión, sino que, además, al haber fallecido, la dejaba sin tutor legal. Ella se había cuidado de comunicar a los tribunos y al pretor su situación. Había pedido la tutela pública, como era su obligación. No había vuelto a saber más de aquel asunto oficial. Pero estaba tranquila porque su petición había quedado registrada.

Y había hecho algo más aún, apenas un mes antes: testamento. Le dejaba sus bienes a Publio Ebucio, el adolescente. Estaba a punto de cumplir la mayoría de edad y podría heredar. ¿A quién si no iba a legar lo que tenía? «Cualquier día enfermo y muero: una infección, unas fiebres, un aborto o una peste como la que acabó con Caninia. La vida en Roma no vale nada. Voy a dejarlo arreglado», pensó. Hacer testamento en favor de Ebucio la hizo sentirse muy bien. Casi tanto como no cobrarle sus servicios. Ahora ambos sabían lo que había: él la aceptaba como era y ella le entregaba todo lo que tenía. Nadie podría acusarla de abusar de un adolescente, ni de intentar cazar la fortuna de un huérfano. Nada la impedía tampoco modificar su testamento si la relación naufragaba. Sabía que no ocurriría. No era solo una amante para Ebucio. Era también su madre, por edad y por su capacidad de influir sobre él, con una diferencia notable respecto a Duronia, su verdadera madre: ella no interponía a un Tito Sempronio Rútilo como rival en su relación.

Desafiante, buscó la mirada de Duronia y la encontró. Luego miró a su Ebucio con una sonrisa, que el joven le devolvió distraído.

Minio

El desfile proseguía: por fin llegaron los carros con armas y cincuenta y dos jefes enemigos que marchaban encadenados. La ciudadanía romana hervía de rabia en ese momento al ver la guerra de frente. Mientras, un estremecimiento o una sensación extraña sacudió a muchos de los presentes que no eran romanos. A aquellos aristócratas gálatas probablemente no les quedara mucho más de una hora de vida. El tiempo para que la comitiva saliera del Circo Máximo, bordeara el Palatino y recorriera la Sacra Vía hasta el Foro. Ellos ya no ascenderían al Capitolio. Se quedarían en la cárcel del Tuliano para ser azotados bárbaramente y estrangulados.

Cerrando el desfile iba Vulsón, coronado de laurel, majestuoso en su cuadriga, cubierta la túnica por una toga púrpura y con un cetro de marfil en la mano. Esperaba la aclamación de la multitud, pero fue tibia, llamativamente tibia. El fervor lo pusieron los soldados que desfilaron cantando loas a su general con un denuedo inusitado, como si quisieran suplir el calor que se echó en falta en el pueblo.

Terminado el desfile, sin prisa, Minio y Lucio Opicerno se marcharon.

—Ha tenido que ser decepcionante para Vulsón esperar la gloria triunfal y, en cambio, desfilar sin ovación popular —valoró Lucio.

—Ya nadie se engaña. ¿Has oído lo que ha entregado Vulsón como recompensa a los soldados?

—Oí comentar que como nadie antes, ni siquiera Escipión Africano.

—Eso parece, Lucio. Se trata de quedar por encima. ¡Vanidad y soberbia! Así que no es de extrañar que sus hombres lo aclamen.

—Digno de lamentar... Pues esto que ha ocurrido en el triunfo es algo que tanto él como sus aliados deberían meditar.

—Posiblemente ya lo han hecho. El debate que ha tenido que superar Vulsón en el Senado para conseguir el triunfo parece que ha sido durísimo. De hecho, se alargó la primera sesión y se votó al día siguiente.

—Lo cierto es que Catón ha hecho mucho daño a los nobles con sus acusaciones de corrupción.

—Y tiene razón. No recompensan a los soldados, simplemente: los compran. Compran popularidad y así compran votos. Pero no te olvides, Lucio: Catón es otro político. No es distinto a los demás.

—A buen seguro, Minio. Está demostrado que denunciar la corrupción proporciona votos. No hay más que ver la campaña que ha hecho Espurio Postumio Albino. Ha ganado las elecciones consulares con la vaga promesa de regresar a la moral antigua. Y lo más cínico es que lo ha hecho apoyado por todos esos corruptos...

—Tristemente, sí. Veremos lo que ocurre este año. Estoy intranquilo. No sabemos lo que pretende —repuso Minio.

—No sé qué puedes temer, si vosotros los campanos acabáis de recuperar la ciudadanía romana hace tres años. ¡Lo nunca visto! Os la arrebataron durante la guerra, pero os la devuelven a los que vivís en Roma, y, además, os premian con derecho a voto y a contraer matrimonio con romanos. Ningún pueblo ha merecido tanta consideración por parte de Roma como vosotros.

—No lo niego, siempre ha habido campanos influyentes en Roma, pero en mi familia no se olvidan las represalias de guerra. Dime, Lucio, ¿cómo sentirse tranquilo con un pueblo que demuestra una insaciable sed de dominio, que ha sometido a toda Italia y Sicilia, que está apoderándose de una Hispania mayor aún, que ha puesto su pie victorioso en África y ya extiende su manto protector sobre Grecia y Asia? ¿Puede uno fiarse de los romanos cuando acaban de expulsar a doce mil latinos de la urbe? ¿Infunden tranquilidad quienes claman abiertamente en sus discursos en el Foro contra la multitud de extranjeros que poblamos sus calles?

SULPICIA

—Tenías razón, Sulpicia, como siempre —dijo Espurio Postumio—. Este año político va a ofrecer pocas posibilidades de triunfo. Nos han asignado Liguria a ambos cónsules. Exterminar ligures rebeldes no es lo que hubiera ambicionado.

Estaban sentados en la sala de estar, donde Sulpicia hilaba. Había hecho salir a las esclavas.

—Es verdad que te dije que no tendrías frentes abiertos, que no gozarías de posibilidades de botín, ni tampoco de triunfo. Sin embargo, quizá sea mejor así. Los triunfos en Roma en los últimos años, por culpa de ese Catón, han acabado siendo más una causa para juicios que una fuente de gloria.

—Ciertamente; Manlio Vulsón ha tenido muchos contratiempos para poder celebrar el suyo. Los Manlios, junto con sus amigos y aliados, nos hemos tenido que movilizar para presionar y convencer a los senadores más ancianos de votar favorablemente. La estrategia funcionó: los padres séniores arrastraron el voto de los senadores jóvenes.

—Espurio, ya tienes lo que necesitabas. Eres cónsul, probablemente te convendría distanciarte ahora un poco de todos ellos. Ganar tu propia autoridad sin desgastarte más junto a gente a la que ahora el pueblo mira con desconfianza.

—Querida suegra, quería agradecerte tu apoyo durante las elecciones. Además, debo decirte que aprecio mucho tus consejos. Sé que entre los nobles puedo y debo buscar aliados. Así lo he hecho y he logrado lo que pretendía. Sin embargo, sé también que los consejos fiables solo los puedo encontrar en la familia. Por eso, me agrada hablar contigo.

Sulpicia se sintió ufana de ese reconocimiento que le tributaba su yerno. La creía una verdadera dómina de la aristocracia romana. Ella, en cambio, no se atrevió a desvelarle que su marido rara vez la consultaba nada, que fue un instrumento del que solo se valió interesadamente para introducirse en la élite patricia, para tener hijos más honorables y para promoverla convenientemente a la dignidad de matrona más casta. Confesarle aquello la hubiera desacreditado ante su yerno. Este, sin embargo, patricio como ella, tenía presente que a través de Sulpicia se enlazaban el linaje de los Sulpicios y el poder y el respeto de los Fulvios. La matrona paladeó su insospechada influencia, el legado de su familia y de su frío esposo.

—Debes saber que, de todos modos, vamos a intentar invertir la sensación popular negativa que ha quedado tras ese triunfo de Vulsón —continuó Espurio—. Hemos puesto en marcha toda la red de contactos para intentar aprobar un nuevo Senadoconsulto. Hay desconfianza por parte de Catón y los suyos, y seguramente habrá resistencia por parte de los Escipiones, pero creo que no se atreverán a negarse. El pueblo no les perdonaría.

—¿De qué se trata? —inquirió Sulpicia, complacida con las confidencias que le hacía su yerno e incapaz de disimular su curiosidad.

—De aprobar que todo ese oro y plata del botín de Vulsón sirva para acabar de pagar las deudas contraídas durante la guerra contra Aníbal. En lugar de destinarlo al erario para pagar nuevas guerras, se distribuirá a la población, a todos los que entregaron el suyo a la República cuando la situación fue crítica.

—Va a ser una medida extraordinariamente popular, demagógica, dirán vuestros rivales políticos —valoró Sulpicia—. Pero no podrán negarse.

—Eso pensamos —respondió Espurio visiblemente entusiasmado.

—De todos modos, parte de esa deuda se pagó ya. Y se entregaron tierras en compensación, tierras buenas a menos de cincuenta millas de la urbe.

—Y ¿eso que importa? Esas tierras están en manos de senadores y caballeros. No les va a parecer mal participar también de este reparto de oro y plata. Todo ese dinero, que tanto han criticado algunos como rapiña indecente por parte de Vulsón, será riqueza para Roma, para toda Roma.

—Seguro que no me equivoco, Espurio, si te digo que los historiadores escribirán en sus anales que durante el consulado de Espurio Postumio Albino y de Quinto Marcio Filipo fue tal la abundancia que se repartió dinero —se congratuló Sulpicia.

Espurio reía a carcajadas, jactancioso. Cuando terminó de hacerlo, Sulpicia volvió a hablar.

—Sospecho, sin embargo, Espurio, que hay algo que no me has contado. Cuando al pueblo se le trata bien, es porque se le ha exprimido o se le va a oprimir. ¿Me equivoco?

—Halisca, cojeas. ¿Te pasa algo?

—Se me ha puesto una uña negra y me duele bastante el dedo. Sigo con achaques. Como siempre. Llevo años así.

—Pero eres la más dura.

—Los esclavos tenemos que serlo, Filenia. Lo nuestro no es trabajar, es resistir. Nuestro destino, si no nos dejamos caer, o si no se rinden y nos liberan, es resistirles. Yo no me engaño, nunca podrán ser ni amigos, ni aliados, son dueños.

—¡Ya te vuelves a meter conmigo, Halisca! Yo tampoco me engaño. De todos modos, congraciarse con ellos puede ser provechoso.

—Te equivocas, Filenia. Son ellos los que deciden si aproximarse a ti, no tú a ellos. Sigues estando sometida. Pero a ellos les pasa igual, el destino también lo tienen escrito. Por cierto, ¿por qué no estás con el ama?

—Está con su yerno, el nuevo cónsul.

—Volvemos a empezar en la familia. Son insaciables. La riqueza que tienen no les basta. El ocio les aburre. Siempre necesitan más. Ahora, eso sí: deciden la guerra, y reclutan soldados para hacerla, pero ellos no combaten, solo comandan legionarios. Dirigen la política y exigen impuestos al pueblo, pero ellos no trabajan.

—Es su destino, Halisca, acabas de decirlo tú.

—En parte sí, Filenia. Su destino los hace patricios o nobles plebeyos, pero es la ambición, una insaciable codicia, lo que les impulsa. Se afanan por eso que llaman honores. Sueñan con la gloria del triunfo. En realidad, compiten entre ellos como las alimañas. Para satisfacer sus ambiciones siguen sometiendo naciones, robando y esclavizando. Algún día llegará en que la codicia habrá de perderlos.

—Pero eso no lo veremos ni tú, ni yo.

—Vuelves a equivocarte: yo veo que se acusan de apropiarse del botín, y veo juicios y condenas. Veo la corrupción del mismo modo que veo mi uña negra. Cuando el dedo me duele, sé que debo poner remedio. Cuando el pueblo deja de aplaudir, o cuando a los latinos se les expulsa de Roma, entiendo que Roma también está enferma.

Sulpicia llamó a Filenia, que se alejó y volvió presta, trayendo una jarra con vino y un cuenco. Sirvió a Espurio y luego se retiró.

—Quisiera poder beber contigo para celebrar tu éxito, Espurio, pero a estas alturas ya no lo voy a hacer. No he probado el vino en mi vida, aunque momentos como este me hacen pensar que las matronas sacrificamos demasiado para no dejar de ser castas. Mi vida se acaba, pero mi mente sigue despierta. Más que nunca.

—Doy fe de ello, Sulpicia. A cada cual, el destino le asigna su suerte. No tiene sentido revelarse contra él. El mío acabo de conocerlo.

—No has contestado a la pregunta que te hice, ¿qué planea el Senado para los cónsules este año? Los del año pasado han acabado haciendo calzadas en Liguria. ¿Es ese el destino para unos cónsules?

—Se nos ha encomendado algo más, una investigación.

—¡No había oído cosa parecida en mi vida! Los cónsules hacen la guerra, no investigan. ¿Para qué están los pretores? Terencio Culeón ha llevado el año pasado la de los Escipiones, además de encargarse de expulsar a los doce mil latinos oportunistas instalados en Roma.

—Se trata de una investigación sobre una conjuración intestina, Sulpicia.

—Parece grave. Se encarga a los cónsules para que intervenga el ejército, ¿no?

—Podría ser necesario.

—Te noto poco hablador de repente...

—Es que se trata de algo... delicado, Sulpicia.

—Entiendo. No me equivocaba. Hablamos de represión, de eliminar resistencia a Roma. Se ha expulsado a los latinos y ahora empieza la... depuración.

—Yo no lo llamaría así. Se trata de acabar con conspiraciones secretas. De poner orden.

—Algo de eso he conocido. Fue en tiempos de guerra cuando se puso orden en Roma, cuando se metió en casa a todas las mujeres que estaban en las calles. Luego, vivimos hace casi una década, esa misma muchedumbre de mujeres en las calles, que llegaron a decir que se negarían a concebir para conseguir la derogación de la ley Opia. ¿Tiene algo que ver con eso, Espurio? —quiso saber, estudiando a su yerno con calculado detenimiento—. ¿Te vas a manchar las manos vertiendo sangre de mujeres?

—No es mi intención, Sulpicia. Pero te diré algo: tú sabes mejor que yo que no labramos nuestro destino, sino que lo tenemos trazado. Podemos modelarlo, pero no cambiarlo. Los patricios menos aún. Somos hijos de una tradición y nos debemos a ella. Es proverbial la soberbia de los Claudios, como la severidad de los Manlios, o la debilidad de los Valerios por las causas populares, o la de los Cornelios por abrir nuevos horizontes en el Mediterráneo. Vosotros, los Sulpicios, también pertenecéis a una de las familias patricias más antiguas, y durante centurias ha habido Sulpicios cónsules sirviendo a los intereses de la República. Creo recordar que, desde sus mismos orígenes, apenas expulsados los reyes Tarquinios, ya hubo un cónsul Sulpicio; Camerino lo llamaron.

—Dices bien, Postumio. Pero dejemos a los míos ahora. Continúa.

—No te ofendas, Sulpicia, si te recuerdo que, sin embargo, ni vosotros, los Sulpicios, ni nosotros, los Postumios, pertenecemos a las llamadas familias mayores. No somos Emilios, Fabios o Claudios; tampoco Manlios, Cornelios o Valerios. —Sulpicia se removió incómoda en su silla, visiblemente contrariada—. Pues al año siguiente del consulado de Servio Sulpicio Camerino hubo también un Postumio dictador: Aulo Postumio Albo. Regilense le llamaron por su histórica victoria en el lago Regilo sobre los latinos. Esa es la gran gesta de nuestra familia y la meta que me corresponde alcanzar y, si me es posible, superar.

—Eso que dices es muy razonable, Espurio. Pero no entiendo muy bien qué me quieres decir: ¿que harás lo imposible?, ¿lo indebido, tal vez? —repuso Sulpicia.

—Lo que sea necesario, lo que exija la República. Sabes bien cómo murió mi padre.

—Lo recuerdo perfectamente: aquella espantosa noticia llegó meses después del desastre de Cannas. —Sulpicia dudó y no quiso continuar.

—No te detengas. Sé lo que estás pensando: veinticinco mil legionarios perdidos, mi padre decapitado por los galos y su cráneo convertido en copa revestida de oro. Yo nunca lo he olvidado, como sé que Roma no lo olvida.

—No debes ser injusto con tu padre. Era la tercera vez que se le nombraba cónsul.

—Pero su memoria quedó arruinada. Yo me debo a la de mi abuelo, que puso fin a la primera guerra de los cartagineses en las islas Egadas, o a la del fundador de nuestra estirpe, ese Albo Regilo que fundó para los plebeyos su templo de Ceres, Proserpina y Baco. Esa es la memoria que pretendo recuperar para mi familia.

DURONIA

—Tenemos que hablar, Publio.

Duronia había ido a su encuentro al dormitorio del muchacho. Le había oído llegar, entrar por el atrio con su esclavo acompañante y dirigirse allí directamente. No había pasado la noche en casa.

—Casi todo lo tenemos dicho ya. Ahora no, voy a descansar —respondió.

—No será mucho tiempo. He estado pensando en algo que tenemos pendiente desde que naciste. Creo que alguna vez te lo comenté, pero ha llegado el momento.

—¿A qué te refieres? No sé de qué me hablas.

—Déjame que te cuente algo. Tu nacimiento fue muy difícil. Te resistías a nacer de mi vientre. Tu cuerpo y tu cabeza estaban girados. La partera tenía que intervenir y no era fácil. Mi resistencia estaba al límite, y aunque había orado a Juno Lucina y cumplido con todos los ritos, en ese momento me encomendé a Baco, cuyo culto sabes que profeso. Le prometí que si te salvaba te iniciaría en sus misterios.

—Has hecho una promesa en mi nombre, madre —respondió con la altanería del adolescente.

—Escucha. Déjame terminar. Cuando estuviste tan enfermo, hace cuatro años, recordé la promesa y por un momento pensé que Baco Bromio, el que brama, había venido a cobrar su deuda. Entonces renové mi juramento. Le pedí que te salvara para permitirme cumplir con mi deuda. Y te salvó.

—Y te acuerdas cuatro años más tarde. Has estado muy ocupada durante este tiempo... en complacer a tu esposo.

—No consentiré que me juzgues, Publio. Llevas años haciéndolo y fustigándome. Sabes que me quedé viuda antes de que tú nacieras. Tu padre, un hombre ambicioso, marchó a la guerra siguiendo a Escipión Africano en una hora aciaga. El arúspice que examinó las entrañas del cerdo que sacrificamos en la boda lo había predicho. Nuestro matrimonio no iba a ser largo. Yo lo supe después. Me lo confesó mi hermano. Quedé sola en una Roma que no soporta a mujeres sin un tutor, especialmente si se trata de viudas. No quería volver a casarme. Guardé luto por un hombre, tu padre, que no se hizo querer, aunque no te voy a contar por qué. Luego conocí a Tito en los misterios. Un hombre bueno, cuando ya no me fiaba de Pansa, el administrador de tu padre.

—No me hagas reír, madre. No te fiabas de Pansa y te fiaste de ese buitre que está devorando el patrimonio que me pertenece.

—No eres justo con él. Tito es un Sempronio, pertenece a una familia noble y no le falta dinero. Encontré con él el amor que no tuve con tu padre. Me casé porque le quería, no por obligación.

—Y yo no te importaba nada, ¿no es eso? —El muchacho escupía todo su resentimiento, pero estaba a punto de ver quebradas sus defensas—. Y ahora pretendes que me meta en esas Bacanales vuestras. No lo haré.

—Si no me importaras, no te lo propondría. No debes negarte, Publio. Te he consagrado.

—¿Te acuerdas de tus promesas ahora, cuando estoy a punto de ser mayor de edad? —repuso, formulando una última reticencia.

—Es el momento, precisamente. Cuando uno sabe lo que va a hacer. No te lo he querido imponer. Respeto tu voluntad, pero se debe hacer antes de los veinte años. No se aceptan iniciaciones más tarde. Recuerda que en menos de un año tendrás que comenzar el servicio militar.

Publio Ebucio callaba y escuchaba. Algo lo desconcertó: pensó que le iba a prohibir seguir viendo a Hispala y estaba dispuesto a resistirse, pero su madre ni siquiera la había mencionado.

HISPALA

Publio, reclinado en el lecho sobre su brazo izquierdo, miraba el rostro abstraído en sus pensamientos de Hispala. Con la misma languidez con la que Marte habría sido vencido por los placeres de Venus, acarició su seno y sus dedos se acercaron a aquel antojo vinoso en forma de hoja de hiedra que parecía atraerle involuntariamente. Debía decírselo. Hacía días que debía saberlo.

—Hispala, tengo que decirte algo. No voy a venir las próximas noches. Serán solo diez, pero se me harán eternas.

Hispala había vuelto la cabeza para mirarle, sorprendida.

—¿Puedes ya prescindir de verme? ¿Qué es eso tan importante que evitará que nos veamos?

—Debo abstenerme de mantener relaciones. Voy a iniciarme en los misterios de Baco. En la noche del décimo día se celebran los ritos. Luego todo volverá a la normalidad.

El rostro de Hispala quedó lívido, demudado. Pensaba rápido, calculaba.

—No entiendo por qué. ¿Desde cuándo te interesa la religión?

—Es una promesa contraída por mi madre desde que nací. Parece ser que la renovó cuando yo estuve a punto de morir hace unos años. No puedo negarme.

La ola de agitación que ya sentía arrebató la voluntad de Hispala de manera insospechada. Se levantó del lecho cogiendo torpemente la túnica para cubrirse.

—¿No te das cuenta? Pretenden alejarte de mí, que me dejes.

—Eso no va a ocurrir, Hispala. ¿Dudas de mí?

—No dudo de ti. Es de ellos de quienes no me fío. No me quieren ver contigo. Ya lo sabes.

—No te preocupes. El día undécimo estaré aquí, contigo. Asistiré a los misterios, me iniciaré y volveré. No puedo poner a Baco contra mí. No puedo dejar de hacerlo.

—¡No lo permitan los dioses! —aulló Hispala, levantando los brazos hacia el cielo. Después, mientras se mesaba los cabellos, exclamó—. ¡Más nos valdría morirnos que soportar este castigo de los dioses! ¡Yo maldigo a tu madre! ¡Pido a las Parcas que se acuerden de ella cuanto antes!

—Tranquilízate, Hispala. No va a pasar nada. Deja a mi madre. Ella lo juró y mi padrastro, que también conoce los ritos, lo ha autorizado como tutor. —Publio quiso aplacarla, asiéndola por los brazos.

—¡Tu padrastro! ¡Seguramente es el culpable de todo! Quieren perderte. Atraparte en la secta, ¡arruinar tu virtud, tu reputación, tu porvenir, tu vida! Tú no lo entiendes, Publio.

Sollozó y logró desconcertar al joven, que no podía imaginar una reacción así en aquella mujer a la que sabía endurecida por la vida. Tras una pausa, continuó.

—Hay algo que no te he dicho porque forma parte del secreto de los seguidores de Baco. Yo fui iniciada en las Bacanales por mi ama Caninia. Asistía con ella como portadora del tirso. Sé bien de qué hablo.

—Pues explícame de qué se trata, qué es eso tan destructor que encierran los misterios.

—No puedo hacerlo, Publio. Contraje un juramento sagrado de silencio antes de la iniciación.

En ese momento, el cortinaje de la sala de Hispala se movió. Entró Aníbal, que habría escapado a la atención de Astafia, la esclava. Hispala se agachó, lo recogió y comenzó a acariciarlo.

—No sé por qué habría de creerte si no me lo cuentas. Puedo sospechar que mi padrastro quiere mi ruina, pero...

—Debes creerme, Publio. Soy yo, Hispala, la que te habla. ¿No te das cuenta?

—Sin embargo —continuó—, me cuesta creerlo de mi madre. ¿Puede una madre querer la ruina de su hijo? Si hubiera tenido hijos con Tito, tal vez, pero solo me tiene a mí. Te diré lo que creo. Creo que exageras, Hispala, y no te culpo por ello. Creo que, en verdad, temes que me aparten de ti.

Hispala depositó a Aníbal en el suelo, al lado de la bacinilla y de la jarra de barro con agua. Se volvió a sentar en el lecho donde Publio permanecía recostado y desnudo. Le habló:

—Por tu desconfianza y para demostrarte mi amor, voy a revelarte aquello que juré no contar nunca a nadie. Imploro —dijo, mirando hacia arriba— la paz de los dioses y diosas para nosotros, Publio, y espero que nos otorguen su clemencia y su perdón.

DURONIA

Su esclava de compañía avisó a Duronia de que Publio había vuelto a casa. Ella se tomó un tiempo, nada le inquietaba más que lo que concernía a su hijo, pero se obligó a refrenarse para no parecerle demasiado opresiva. Dejó transcurrir un tiempo observando cómo una pareja de golondrinas restauraba un nido en el alero del pórtico de la casa abierto al jardín trasero. Quizá habría sido suyo también un año antes. No gorjeaban. Trabajaban, urdían la pared de paja con barro para su nido suspendido, vacío aún. Se alternaban vigilando. Laboraba una y la otra se volvía hacia Duronia. Desconfiaban de ella, cuerpo y cuello negros, mostrando su franca pechuga blanca y su cabeza —diríase su cara— teñida de rojo. Duronia pensó en sangre. Por un momento sintió un escalofrío y no supo explicarse por qué, pues la primavera luminosa se abría camino decidido en aquella mañana. Fue hacia la habitación de Publio. Lo encontró tendido en el lecho con un brazo bajo la nuca, mirando al techo de la estancia, pensando. Tenía marcadas las ojeras y aspecto fatigado.

—Publio, no sabía si habías venido. No te he oído llegar. —El joven no contestó—. Te recuerdo que hoy comienzan tu novena y los ritos de preparación. Deberás vestir de lino blanco, no puedes tener contacto ni con difuntos ni con recién nacidos, no comas más que verdura y luego está... la abstinencia.

—No lo voy a hacer, madre.

—¿Qué has dicho? —respondió incrédula.

—Que no lo voy a hacer. No insistas.

—No puede ser. Lo habíamos acordado. He hablado con el magistrado de los misterios para concertar tu iniciación. —Iba alzando la voz, progresivamente—. No puedes negarte, tu vida ya está encomendada a Baco.

—No grites, madre. Puedo negarme y lo haré. Yo no me he encomendado a nadie —exclamó Publio, sentándose en el lecho, sin perder aparentemente la calma.

—¡Ya sé lo que te pasa! —gritó Duronia, más exaltada aún—. ¡Es esa furcia! Te tiene engatusado con sus encantos venenosos. Eres incapaz de pasar diez noches sin acostarte con ella. Desde que la conociste, ya no eres el mismo. Puedes desobedecerme a mí, pero no puedes contrariar a los dioses, ¿no lo entiendes? Le debes la vida a Baco, ¡por dos veces!

Publio callaba para dejar que se desahogara. Mientras, al oír los gritos, acudió Tito Sempronio. Fingió calma y moderación para investirse de autoridad.

—¿Qué está ocurriendo? Debes tranquilizarte, Duronia.

—Este... —iba a decir «desvergonzado», pero se contuvo— que tengo por hijo se niega ahora a comenzar la novena de preparación para los misterios.

—Publio —dijo Tito con tono conciliador—, ya habíamos hablado de esto.

—He dicho que no lo haré —respondió Publio intentando contener la inquina acumulada durante años en su pecho contra aquel hombre, que más allá de ser su padrastro ejercía, además, como su tutor legal.

—No tiene sentido que te resistas. Tu madre hizo la promesa y yo lo apruebo. Aún eres menor. Debes obedecer.

—Sal de mi dormitorio —repuso levantándose del lecho y dejándose arrastrar por el rencor—. Y no te digo que salgas de mi casa porque me faltan unos meses para poder hacerme cargo de todo lo que es mío. Si es que para entonces me has dejado algo. Pero, eso sí: te juro que estudiaré cómo has administrado la fortuna de mi padre, y, si puedo, te denunciaré y te exigiré responsabilidades.

Apenas pudo pronunciar la última palabra: una bofetada de su madre le cerró la boca.

—¡Qué desgracia! —gritó—. No te reconozco. ¡Con lo que yo sufrí por tenerte y por darte a luz! Es esa víbora. Lo sé. Es ella la que te está envenenando.

—Te diré lo que vas a hacer —habló Tito, sin perder la calma, con una inquietante sangre fría—. O inicias hoy mismo la preparación ritual o te vas de esta casa.

—¡Atriense! Mereceríais que os hiciera probar las varas de olmo, tú y esa inútil que se supone que limpia. ¿Tú has visto como están esas vigas de telarañas? ¡Os voy a tener comiendo insectos un mes, para que espabiléis!

Ebucia se encontraba en una de las esquinas del atrio, mirando hacia arriba y vociferando al encargado del servicio. No advirtió hasta el último momento que detrás de ella aguardaba el portero.

—Y tú, ¿qué quieres? —le increpó.

—Ama, tiene visita.

En el lado opuesto del atrio, esperando en el vestíbulo, vio a su sobrino Publio Ebucio acompañado de cuatro esclavos.

—¡Publio! —gritó para hacerse oír, y avanzó a su encuentro—. ¡Pasa! No te quedes ahí. ¡Por Júpiter! ¡Qué sorpresa!

Los esclavos que le acompañaban permanecieron en el vestíbulo y Publio avanzó al encuentro de su tía, besándola en la mejilla empolvada que le ofreció. Tenía el cabello recogido, lo que dejaba sus joyas a la vista: collar y pendientes de perlas engarzadas en oro.

—Tenemos que hablar, tía —dijo Publio.

Se instalaron en el tablinio, una habitación amplia abierta al atrio oscuro y con vistas al luminoso jardín posterior del fondo de la casa, un despacho al que llegaban noticias y problemas y del que salían soluciones, las decisiones tomadas con coraje por una matrona que había aprendido a valerse por sí sola, con la determinación de quien ha roído durante largos años de soltería el olvido social, sabiéndose menospreciada, y que tras el matrimonio, llegada la viudedad, no está dispuesta a volver a caer en la sima del silencio, en el marasmo de la relegación.

—Siéntate, Publio. ¡Dime! ¿Por qué vienes escoltado por cuatro esclavos? Es un poco exagerado, ¿no crees?

—Me han echado de mi casa, tía.

—¿Cómo es posible? ¿Ha sido tu madre o el oportunista ese que se casó con ella?

—Ha sido Tito, pero ella no lo ha impedido. Quieren que me inicie en los misterios báquicos. Mi madre dice que hizo un voto cuando yo nací y que lo renovó cuando estuve tan enfermo. Pero me he negado. —Por un momento dudó en proseguir—. Tengo una buena amiga que ha estado en esas ceremonias y me ha contado lo que ocurre en ellas. No puedo revelártelo, tía. Pero ella está convencida de que lo que pretenden es inhabilitarme, desacreditarme. Dice que son un nido de toda clase de depravaciones. Seguramente quieren que participe en esa religión de misterios que corrompe a sus fieles para decir que soy un incapaz y un degenerado y quedarse la herencia que me corresponde de mi padre.

—¿Quién es esa amiga, Publio? ¿Vive aquí, en el Aventino?

—No creo que la conozcas, no es matrona. Se llama Hispala Fecenia —involuntariamente, bajó la cabeza mientras pronunciaba su nombre.

—¡Por Júpiter, Publio! ¿Qué estás haciendo con tu vida? —Y gesticuló alzando las manos a los lados de la cabeza para mostrar su escándalo—. No la conozco, pero sé quién es. Tiene fama por su profesión. No apruebo esa amistad, que no creo que sea solo eso, ¿me equivoco, Publio?

—Mantengo una relación hace meses con ella. Pero no he venido por eso, ¿me vas a ayudar, tía?

—Ya hablaremos de ello. Sí, claro. Te voy a ayudar. Esa amiga tuya sabe de qué habla. La ley Letoria establece que se pueda prolongar la tutela del «adolescente» hasta los veinticinco años si se trata de proteger al pupilo. Es posible que estén intentando inhabilitarte. Pero, ¿no crees que el deseo de tu madre se deba a una promesa sincera? Es verdad que tu parto fue muy complicado, y que ella corrió el riesgo de no poder dar a luz, de que tú murieras dentro, asfixiado, porque no podía expulsarte. No os habríais salvado ni ella ni tú. Y lo otro, lo de las fiebres, también es verdad. Creíamos que te morías.

—No sé qué pensar. Yo la creía, pero después de que Hispala me ha abierto los ojos... ¡Me han echado de casa, tía!

—Tu madre y yo nunca nos hemos llevado bien. Pero eso no importa. Yo no he aprobado su segundo matrimonio, pero reconozco que tampoco debía pedirme permiso. Echó al administrador que tenía mi hermano, un liberto que llevaba toda la vida en la casa, porque no se fiaba. Le despidió en cuanto se casó con Tito. Eso me hizo desconfiar aún más de él. Tu madre no tenía necesidad de volver a casarse. Muchas no lo hacen. No sé si fue por amor, pero Tito nunca me ha gustado.

—A mí no me ha querido. Le he estorbado todos estos años —repuso Publio.

—Ella creía que se casaba con un Sempronio, miembro de una honorable familia plebeya, y es verdad, pero Tito era un muerto de hambre sin futuro, porque al ser varios hermanos, no les ha tocado a mucho.

—Todo eso ya me lo habías dicho alguna vez, tía —repuso Publio, impaciente—. Y lo que veo en casa me hace desconfiar más. Vive sin reparar en gastos: cenas que no acaban, la bodega llena de vino Falerno comprado en Campania...

—Y lo que tú no sabes... Pero ahora, no es momento —repuso Ebucia enigmática—. Tienes razón —dudó un instante mientras se recolocaba los pliegues sobre los muslos y continuó—. De lo de hoy, hay algo que me hace pensar en lo artero que es Tito: te ha expulsado de casa con cuatro esclavos...

—Será para que me protejan. Me han dicho que vuelva cuando esté dispuesto a obedecer.

—O será para que nadie pueda decir que te han dejado en la calle sin nada, cuando en realidad lo han hecho. Si es verdad que planean la aplicación de la ley, se lo has puesto muy fácil: pueden decir que te niegas a obedecer y que estás en relaciones con una puta que te lo quiere quitar todo.

—¡Pero no es verdad! ¡Si ella me ha hecho heredero en su testamento! —Se rebeló por un momento, para pasar a asumir la derrota, volviendo a bajar la cabeza, superado—. ¿Qué puedo hacer?

—De momento, te quedas aquí. ¡Ni se te ocurra volver donde esa Hispala!

El muchacho no se atrevió a contradecir a su tía Ebucia. Había entendido la gravedad del asunto.

—Estoy pensando en qué hacer. Habría que hablar con el pretor urbano, Tito Menio. Acaba de tomar posesión. Pero haremos otra cosa. Afortunadamente, hay relación familiar con el cónsul Espurio Postumio. Mandaré ahora un esclavo con un mensaje informándole brevemente y pidiéndole que te reciba. Yo creo que nos atenderá. Tu padre era hombre de la primera clase, un caballero con caballo público. Tú deberías sucederle si la fortuna que debes heredar hubiera sido bien administrada. El asunto es suficientemente grave.

—Siéntate, Ebucio.

El cónsul Espurio Postumio lo estaba recibiendo en el tablinio de su casa. Acompañado de sus esclavos, Publio, sin haber podido dormir por todo lo ocurrido y por la ansiedad que se apoderó de él desde que le comunicaron que sería recibido por el cónsul, había cruzado Roma hasta la Sacra Vía en las inmediaciones del Palatino donde se hallaba el domicilio de los Postumios. Su mente iba como ausente del cuerpo mientras andaba. Sin embargo, al llegar a la acera de la casa y ver a los lictores de la escolta del cónsul formados en la fachada, un nerviosismo creciente se apoderó del joven. El esclavo portero le hizo pasar al atrio: era amplio y oscuro, las vigas arqueadas por el peso de siglos y las paredes ennegrecidas por las lucernas de aceite. El tablinio mostraba un cortinaje marrón, aunque no pudo discernir si se trataba del color original o de una pátina acumulada sobre un fondo ocre para ennoblecer a los ilustres ocupantes de la casa. El cónsul le hizo esperar. Entretanto, curioseó admirado el armario con puertas de celosía que dejaban ver los retratos en cera, ennegrecidos por el humo y el polvo seculares, de una decena de Postumios cónsules. Aquello no se podría ver más que en cuatro o cinco casas de Roma y, sin embargo, no le impresionó: ver aquella colección de máscaras funerarias mugrientas aumentó su desasosiego. Le creó una impresión siniestra: «El poder y la muerte son hermanos», pensó.

El esclavo ayudante descorrió la rancia cortina y el nomenclátor le hizo pasar tras anunciarle. El cónsul le recibió con un fuerte apretón de brazos. Tras indicarle que se sentará, se despojó de su toga con ayuda del asistente.

—Voy a quitarme este molesto manto. ¡Cómo pesa! Estaré más cómodo para poder hablar contigo tranquilamente

El gesto, que pretendía ser amigable para restar oficialidad, a Publio, que vestía aún su toga pretexta de niño, le pareció impostado. Sin embargo, esa deferencia alivió parte de su tensión. El esclavo se retiró a una señal desdeñosa de su amo.

—Me alegra conocer al heredero de los Ebucios. Juntos, los Postumios y los Ebucios hicimos grandes servicios a la República. Supongo que sabrás que tu antepasado Tito Ebucio Helva fue nombrado comandante de la caballería por el más memorable de mis ancestros, Aulo Postumio Albo, el dictador. Juntos derrotaron a los latinos en la gran batalla del lago Regilo.

—Lo sé bien, cónsul. Yo también me enorgullezco de ello. Mi familia ha sabido cuidar su fortuna durante generaciones, aunque no ha logrado sostenerse dentro de la nobleza.

—Sé bien que en ese tiempo los Postumios se han mantenido en estrecha relación con los Ebucios. Ya ves que, nada más recibir el mensaje de tu tía, he hecho lo posible por recibirte. Son muchos los asuntos de Estado que tengo entre manos, pero veré si puedo ayudarte. Explícame qué te trae.

Contando con la buena predisposición del cónsul, Publio expuso la situación familiar en la que se encontraba. Habló de la expulsión del domicilio. Acusó a su padrastro de una administración fraudulenta de sus bienes. Pretendía eludir entrar en la cuestión de los misterios báquicos, porque tendría que mencionar a Hispala. Sin embargo, el cónsul se interesó especialmente por ello. No insistió en Hispala, probablemente su tía le había informado someramente, y no quería romper el tono confidencial para llegar a una pregunta que deslizó con aire desinteresado mientras parecía distraído amontonando unas tablillas de cera sobre la mesa.

—¿Qué es eso de las Bacanales? ¿Tú lo sabes?

—Yo no lo conozco. Mi madre solo me ha hablado de la promesa contraída. Son misterios...

Obligó al cónsul a ser más directo al preguntar.

—Pero esa Hispala te ha prevenido de ingresar en ellas. ¿Por qué?

—No lo puedo revelar. Ella ha jurado mantener los misterios de la religión.

—Pero a ti sí te los ha desvelado. —Esperó, viendo que el muchacho se replegaba en el asiento. Debía intimidarlo o ganar su confianza. Probó con lo segundo. Apoyó su mano en el hombre de Publio, en actitud de franqueza—. ¿Ves a alguien más aquí? No hay testigos. Un cónsul de Roma te está recibiendo a ti, que no eres todavía ciudadano de pleno derecho por ser menor. Yo soy tu amigo, y lo que me digas carecerá de importancia. No os pasará nada ni a ti ni a ella.

Publio, mantuvo la cabeza alta, pero bajó la vista y habló. Quedó en volver dos días más tarde.

SULPICIA

—¡Espurio! ¡Un cónsul en mi casa! Te suponía muy atareado —dijo con sorna Sulpicia—. No puedo creer que vengas a ver a tu suegra hasta este remoto Aventino. Quinto no está. Deberías haber avisado de que pensabas venir.

Sentada en el pórtico trasero, de cara al jardín, observaba a las primeras lagartijas en la tapia de la casa, holgazaneando al sol, desperezando la cola con la cabeza erguida, alerta.

—Vengo a verte a ti. Estoy con un asunto oficial entre manos... —dudó como plantearlo, pero fue directo—. ¿Conoces a Ebucia? Es de aquí, del Aventino.

—Una matrona muy respetable, ciertamente. Una mujer al modo antiguo, y no como todas esas que se ven ahora. Viuda honrada y mujer de un solo esposo. Estuvo casada con Cayo Lucrecio, aunque no tuvo hijos. La verdad es que se casó muy tarde ya, por culpa de la guerra. La familia de ella...

—Son los Ebucios —interrumpió Espurio la deriva de Sulpicia—. También viven aquí, en el Aventino...

—Los conozco. En realidad, conozco a Duronia, la matrona. Es otra cosa. Casó bien y quedó viuda muy joven. Tuvo un hijo, pero yo creo que el padre no llegó a conocer al niño porque marchó a la guerra en África con Escipión y ya no volvió. Ella se casó de nuevo, con un Sempronio venido a menos. El matrimonio dio que hablar, porque ella presumía de viuda libre. Sin embargo, acabó casada con ese listo que se arregló la vida a su costa: le gusta el lujo.

—Sulpicia, necesitaría que hicieras venir aquí a Ebucia para entrevistarme con ella.

La anciana quedó demudada. No sabía si debía pedir una explicación o simplemente hacer lo que le pedía.

—Ya te he dicho que se trata de un asunto oficial.

—¿Guarda relación con esa investigación que os encargó el Senado? Me lo comentaste cuando viniste a verme... —quiso saber.

—Podría ser, Sulpicia. No puedo explicarte mucho más por el momento. En cambio, necesito tu ayuda para entrevistarme con esa mujer y, quizá, con otra... —dudó antes de decirlo— Con Hispala Fecenia.

Sulpicia se alteró visiblemente.

—Espero que sepas lo que haces, Espurio, pero no me agradaría nada ver a esa fulana en mi casa. Esta es una casa honorable. Me he esforzado toda mi vida porque lo sea y ahora pretendes que ese umbral, el de la casa del gran Quinto Fulvio Flaco y la matrona más casta, lo profane una liberta hispana que vive de la prostitución.

—Precisamente, Sulpicia, por eso te lo pido. No estaría bien visto que el cónsul de Roma se reuniera con una ramera por un asunto oficial. Pretendo que esta investigación se lleve en tu presencia para asegurar la honorabilidad y la corrección de mi proceder. Prestarás un servicio impagable a la República. Además, ¿podría haber mayor aval para mí de prudencia y discreción, que el que me reuniera con esas mujeres en presencia de mi suegra?

Sulpicia dudó. Luego sonrió. No dejaba de tener gracia.

—Supongo que tienes razón. Si ha de ser así, convendría que me explicaras... algo más —tentó.

—Tienes razón. Seguramente, después necesite tu testimonio y algún servicio más. Al parecer, Hispala mantiene una relación continuada con el joven Publio Ebucio y le han echado de casa —hizo una pausa—. Sulpicia, ¿qué sabes de las Bacanales?

—Nada especial, supongo que lo que todo el mundo. Un culto antiguo de mujeres plebeyas. He oído que se han multiplicado desde la guerra y se dice que ahora también hay hombres. Supongo que están cambiando, como todo en Roma. Ya sabes que parece que los fieles enloquecen. Es una tradición antigua y supongo que merece respeto. Algún anochecer me ha parecido, ya tarde, oír los gritos de las bacantes desde aquí. Toda la vida se han reunido en el Bosque de Estímula. Está cerca, al pie del monte.

—¿Puedes pedir a un esclavo que mande recado a Ebucia para que venga? Voy a acercarme a esa zona mientras tanto. Retenla hasta que vuelva.

El cónsul, escoltado por la comitiva de lictores, descendió del Aventino por la cuesta Publicia, observando desde lo alto la larga pista del Circo Máximo al lado diestro, y se recreó ante el aspecto majestuoso del templo plebeyo de Ceres, Proserpina y Baco, en su flanco siniestro: muros de tufo gris oscuro, envejecido, venerable; entablamento prominente, ensamblado con un maderamen ennegrecido y flechado, vulnerable en una Roma proclive a los incendios; acróteras de cerámica rematando el tejado al gusto etrusco de aquella época remota, cuando los Postumios fueron leyenda en Roma, cuando aquel Aulo Postumio Albo fijó a su clan una meta difícil de superar, engendrando generaciones soberbias, henchidas de fama, aunque frustradas por no alcanzar méritos equiparables a los de tan venerable ancestro.

Aquel templo era el suyo, el de los Postumios, patricios. Lo habían legado como estaba escrito en los Libros Sibilinos, como le correspondió cumplir al primer Postumio. Y la plebe lo hizo suyo. El destino lo emplazaba ahora a él, un patricio convencido de la necesidad de mantener las tradiciones, a una misión de familia de la que no iba a evadirse. ¿Qué conservaban las Bacanales de aquel prístino culto? Entonces lo vio claro: Liguria, su provincia, y los díscolos ligures deberían esperar. Probablemente, la represión de la conjuración intestina que el Senado le había encomendado le granjeara la fama que ambicionaba, la anhelada memoria de la posteridad. Debería intentarlo al menos y, si no lo lograba, al menos renovaría el lustre de su familia. No tenía opción.

Prosiguió junto a la muralla y salió por la puerta Trigémina. Dos putas, pasto de esclavos, hacían la calle sentadas en sillas, seguramente a la espera de que los estibadores del Tíber comenzaran a volver tras acabar la jornada de trabajo. Olían a perfume barato, de junco. Ya en edad avanzada, aquellas mujeres dejaban ver su pecho y sus piernas, exhibían unas carnes macilentas que habían conocido tiempos mejores no sin cierto descaro ante el paso del cónsul y su comitiva. Ya nada las intimidaba.

Desde la puerta misma, el camino avanzaba recto hacia el inminente puente Sublicio, un vetusto ingenio de madera que el rey Anco Marcio hizo construir en los primeros tiempos de Roma. Se desvió a su siniestra y se adentró en un bosque que se extendía desde la muralla hacia la ladera escarpada, aunque no muy alta, del Aventino. El Bosque de Estímula. Pobre de césped, los álamos junto al río dejaban paso a alisos, sauces y olmos. A fuerza de no ver nada más, imaginó a las matronas romanas corriendo entre los árboles, desmelenadas, desinhibidas, enloquecidas, perseguidas por rijosos sátiros de miembros henchidos, enhiestos. Rio para sí. Se adentró hasta donde se lo permitió la vertical ladera rocosa del Aventino. Imaginó arriba, en lo alto, las tapias de las grandes casas, como la de su suegra, que, alineadas las fachadas en su parte delantera al borde de la calle, avanzaban con sus atrios y sus huertos traseros hasta topar con ese escarpe occidental.

Siguió avanzando en la misma dirección que seguía el río hasta llegar al muro de cierre de una propiedad. Una puerta cerrada interrumpía el paso del bosque hacia la hacienda. Se sintió tentado de decir a los lictores que la echaran abajo. Se contuvo. Todavía no era el momento.

Decidió volver por la orilla del Tíber. Solo encontró huesos roídos y blanqueados y algo más: una antorcha olvidada, sin usar. Estaba embreada e impregnada de polvo de dos colores, blanco y amarillo. No la quiso tocar. El blanco podría ser cal viva. El amarillo apestaba a azufre.

Al otro lado de la tapia de la propiedad vecina, una mano huesuda se contrajo sobre el vientre, en torno al ombligo. «Ya está aquí», balbuceó Pacula con la mirada perdida.

—Hacía tiempo que deseaba conocerte, Ebucia —fingió Sulpicia.

—Yo estoy encantada de que me recibas, Sulpicia. Para mí se trata de un gran honor poder conversar con la matrona más ilustre de Roma —la aduló Ebucia.

—Eso forma parte del pasado —dijo restando importancia, aunque visiblemente complacida—. Acomódate.

Se encontraban en la sala de estar y tejer de Sulpicia. Las esclavas no estaban presentes y las labores, que estaban recogidas, pero presentadas, formaban parte del decorado de la matrona casta. Sulpicia estaba sin maquillar, pero pulcramente peinada, a diferencia de Ebucia, que había necesitado tomarse su tiempo sumida en la zozobra nerviosa del para qué me querrá y qué me pondré. Se había marcado la raya de los ojos con hollín, y con un poco de ceniza sombreó sus párpados; se empolvó en blanco de yeso y albayalde el rostro y se aplicó colorete de cinabrio; se colocó en los dedos un muestrario de sortijas, colgó perlas con oro de su cuello, muñecas y lóbulos, y se hizo acompañar de tres esclavas a pesar de vivir muy cerca.

No llevaban mucho tiempo hablando cuando el atriense de la casa anunció la llegada del cónsul Postumio. Entró en la estancia sin demorarse. La casual coincidencia de ambas visitas, después de haber sido convocada, no resultó demasiado convincente para Ebucia. Al poco de iniciar la conversación, la duda prácticamente se disipó. Comenzó por los saludos y el recuerdo a las relaciones entre generaciones enteras de Ebucios y Postumios. Enseguida quedaron atrás las formalidades.

—Quizá sepas, Ebucia, que estuve ayer hablando con tu sobrino —dijo Postumio.

—Vaya situación, ¡los dioses nos asistan! —exclamó Ebucia y comenzó a llorar, con gesto afectado, el dorso de la mano derecha sobre la frente.

Espurio no pudo evitar pensar en las plañideras de los funerales y Sulpicia no pudo eludir confortarla, alargando el brazo y apoyándolo sobre la pierna de Ebucia, que detuvo su llanto al recordar que estropearía su maquillaje. De hecho, sendas lágrimas habían hecho ya correr negro sobre blanco bajo sus ojos. Se repuso y comenzó a hablar.

—¡Mi pobre sobrino! Está conmigo, como ya sabes. No he tenido más remedio que acogerlo en mi casa. Lo han puesto en la calle directamente, sin nada. Esos desalmados se han quedado con todo. La fortuna familiar le pertenece. ¡Es la fortuna de los Ebucios! Siempre supe que esto acabaría así. Su madre ha demostrado no tener cabeza. Se casó con ese hombre ruin, caprichoso y gastador, que vive a la griega. Y claro, ahora no quieren responder porque no pueden rendir cuentas. Por eso le echan —Ebucia no se daba pausa, presa del nerviosismo por aprovechar la ocasión ante el cónsul—. Y la peor es la madre, que no es tonta. Es mala. ¡Ella es la que le obliga a iniciarse en los misterios de Baco! El pobre chico, que no es porque sea mi sobrino, pero es muy bueno y honrado, y ahora le quieren echar a perder para quedarse con todo. ¡Que los dioses nos valgan! ¿Cómo vamos a salir de esta? ¡Echar de casa a un muchacho honesto porque no quiere dejarse corromper!

El cónsul Espurio la había dejado hablar. Ya estaban donde él quería.

—¿Por qué dices eso de los misterios de Baco?

Ella quedó un poco desconcertada.

—Todo el mundo dice que se trata de misterios obscenos. —Su frenética locuacidad se había contenido, dubitativa—. Ya se sabe. Que mancillan la virilidad de los jóvenes. En realidad, a él se lo ha debido de decir su amiga, Hispala Fecenia. Parece que algo sabe.

—Algo me comentó, en efecto. Veo que coincide con lo que él me expuso. Pero él no es todavía un ciudadano... Entonces, ¿estás dispuesta a mantener una acusación contra tu cuñada?

—Ya lo has visto, Sulpicia. Debo hablar con Hispala Fecenia. ¿Puedes citarla?

Estaban solos. Espurio estaba de pie.

—No me gusta, pero la citaré. Supongo que querrás que yo esté presente también.

—Sí. Envíala un mensaje para que venga mañana en la hora cuarta. Estaré aquí. Espero que entiendas lo que te estoy pidiendo y tu papel en esto. Estás prestando un servicio importante a la República como testigo. No puedo reunirme a solas con esas mujeres.

—Lo entiendo, pero aún hay algo que no sé: ¿te propones actuar contra Duronia o contra las Bacanales?

—Contra ambas, Sulpicia. Lo estoy valorando, pero creo que contra ambas. Prometí en campaña frenar la corrupción y la degeneración. Además, tengo el mandato del Senado de actuar contra las conspiraciones que se agitan en las entrañas de Roma. Hacer limpieza, Sulpicia. Si no me equivoco, he encontrado un hilo que conduce al interior de una conspiración.

—Ya veo. Supongo que necesitas el testimonio de alguien desde dentro de las Bacanales.

—Así es. Son seguidores de Baco, pero se trata de conjurados: las habladurías y los rumores, como los que acabas de oír a esa mujer, se originan porque se trata de una religión secreta, que obliga a sus fieles a jurar antes de desvelarles sus misterios. Ya has visto que también capta varones. No son las Bacanales de las que tú y yo sabíamos. Los quieren jóvenes, no han cumplido siquiera el servicio militar. ¿Qué ciudadanos tendrá Roma a su servicio si ya han empeñado su palabra y su persona y han perdido su virilidad y su crédito?

—No sé, Espurio. Sigo sorprendida. ¿Qué religión es esta que mezcla en las ceremonias de mujeres a los hombres? Hay augures, pontífices, decenviros, vestales, hay sacerdotes o hay sacerdotisas, pero no ha habido nunca ritos mixtos, a no ser en los hogares, en los lararios, reuniendo a la familia, o en las ocasiones solemnes de sacrificios públicos y oficiales. ¿Qué es esto? Y en la noche... —Sulpicia recordaba sin duda los ritos de la Bona Dea, pero eran rigurosamente matronales.

—Tienes razón, Sulpicia. Yo ya he estado averiguando algo. Se les oye cada vez más, en la noche y en varios puntos de Roma. Existen ya varias cofradías, o tíasos, que es como los llaman. Tú misma sabías que se reúnen en el Bosque de Estímula y crees haberlas oído desde aquí.

—Sí, es la tradición. Me ha parecido oír gritos algún anochecer en verano. Cuando salgo a tomar el fresco al jardín...

—¿Te dice algo el nombre de Mnemósine?

—Era la madre de las Musas ¿no?

—Hablo de una propiedad junto a ese bosque, era de Cneo Fulvio Flaco...

—¡Mi cuñado! Se vendió hace mucho, cuando él... —calló. No quería recordar aquel ignominioso destierro.

—Se ha convertido en santuario de los misterios.

—¡Si mi marido estuviera vivo...! —por un momento Sulpicia perdió su calmosa dignidad. Luego volvió a concentrarse—. Lamentó mucho perder esa propiedad familiar. Ahora recuerdo que la compró la sacerdotisa del templo plebeyo, aquella campana, ¿cómo se llamaba?

—Pacula Annia. Sabemos algunas cosas ya de la religión: preocupa que tiene cada vez más fieles, preocupa el secreto y la nocturnidad, preocupa que los hombres se han unido a las mujeres, y preocupa que acepta a todo el mundo, no solo ciudadanos; por eso debo forzar a esa liberta, Hispala, a que hable. Se necesita su testimonio. Hay que romper el secreto de la secta, pero no puedo obligar a una matrona a hacerlo...

—¿Como te encuentras, Halisca?

—¿Te respondo de verdad o como si fuera romana, Filenia? —habla trabajosamente.

—Yo aprecio a Halisca, la esclava que no es romana. Veo que mantienes el humor, así que no debes de estar tan mal.

—De este camastro no salgo, Filenia.

—No digas eso, mujer.

—Aullaría de dolor si estuviera en mi casa. No puedo. Muerdo la túnica. No quiero que me tiren a la calle.

Estaban en una celda oscura iluminada por una tronera, con un camastro donde convalecía Halisca, y varios jergones amontonados en un rincón. Su pie izquierdo estaba hinchado y mostraba su extremo amoratado, negro en los dedos. Un olor nauseabundo no muy intenso se iba apoderando de la estancia. Le costaba hablar.

—Pero he visto salir al médico. Lo han llamado, ¿no? ¿Has tomado algo?

—Una cocción calmante. Por eso ahora puedo hablar. Mañana viene el cirujano, Filenia. Me lo amputan —la voz se le quiebra.

—¿Qué dices?

—Sí. Solución romana: cuando no hay remedio, siempre se amputa. Deberías saberlo.

HISPALA

Fue entonces cuando Hispala Fecenia recorrió las sucias calles del Aventino camino de casa de Sulpicia. La aguardaban el cónsul y el destino que llevaba impreso en su piel desde que nació, aquel que, según su madre, solo los dioses conocían.

—En realidad, todo ha cambiado con Pacula Annia, la sacerdotisa campana. Al principio era una religión de mujeres y no se admitía a los hombres. Había iniciaciones en los misterios de Baco tres días al año. Se elegía a matronas por turno como sacerdotisas. Y precisamente ha sido una de ellas, esa tal Pacula Annia, la que ha cambiado todo, inspirada por los dioses, según dice. Ella ha sido la primera en Roma en iniciar hombres. Sus hijos Minio y Herennio Cerrinio fueron de los primeros. Ha sido ella también la que ha cambiado el rito diurno a nocturno y ha celebrado iniciaciones cinco días al mes en lugar de tres al año. —Hispala se detuvo.

—Supongo que todo eso tiene que ver con conseguir más y más iniciados, ¿no? —Espurio se volvió hacia Sulpicia, razonando en voz alta—. De noche es más secreto y, además, puede asistir todo el mundo. Entonces, ¿cuánta gente está ya iniciada en los ritos?

Hispala se encogió de hombros.

—Una multitud, supongo. También hay hombres y mujeres de la nobleza.

Sulpicia sacudió la cabeza con el espanto dibujado en el semblante.

—Continúa —le dijo Postumio—. Quiero que me cuentes lo que le dijiste a Publio, los abusos, los estupros...

—Ya he dicho que hace años que no acudo a los ritos —intentó excusarse Hispala una vez más—. Acompañaba a mi dueña, pero no he progresado en los misterios...

—He garantizado tu seguridad y te he dicho que serás debidamente recompensada. ¡Habla! —repuso Espurio con severidad.

—¿Qué puedo decir? Ritos con hombres y mujeres mezclados al amparo de la noche... ¿Qué no habrá pasado? No hay delito ni inmoralidad que no sea posible, y es mucho más vergonzoso lo que puede haber sucedido entre hombres, ahora que hay sacerdotes, que entre hombres y mujeres. Ya no es una sacerdotisa la que les descubre a los iniciados el goce divino. He visto a hombres vestidos como las mujeres contorsionándose, profiriendo vaticinios entrecortados; he visto matronas con sus túnicas y sus cabellos sueltos corriendo hasta el Tíber con antorchas encendidas. Las sumergían en el agua. Magia, pensé al principio, pero eran la cal y el azufre las que hacían que volvieran a lucir. Pero insisto: yo ignoro casi todo de los misterios, ¿qué más puedo añadir?

—En realidad, no me estás diciendo nada. Algo has tenido que oír, de esos otros misterios, aunque no estuvieras en ellos... —insistió Espurio.

—Los misterios son como etapas. Yo no avancé. Puedo hablar de lo que se decía... que los dioses habían arrebatado a personas, que desaparecían atadas a máquinas y arrojadas en pozos, dentro de cavernas ocultas. Seguro que se trataba de los que se habían negado a participar en los crímenes de la secta o a dejarse ultrajar.

—Ahora comprendo lo que decía el joven Ebucio —repuso Espurio que empezaba a sentirse satisfecho, confirmando lo que quería oír—. Que las Bacanales son el nido de toda clase de depravaciones.

—Yo quiero lo mejor para Ebucio —insistía Hispala sin escuchar ya, consciente de haber dicho lo que se esperaba de ella—. Mi vida no ha sido fácil. No quiero perderlo...

PARTE V

Y ellas fueron el origen de ese mal.

Tito Livio, *Historia de Roma*, XXXIX, 15, 9

186 a. C.

Espurio

—Nos encargasteis a los cónsules, al inicio de nuestro mandato, una investigación extraordinaria acerca de las conspiraciones secretas. Comparezco ante la Curia, padres conscriptos, para informar de los resultados: he puesto al descubierto una conjuración que compromete la seguridad y la estabilidad de la República a través de una religión nueva, que consideramos antigua y aceptada. Me refiero a las Bacanales.

»Todo comenzó con la llegada a Etruria de un griego desconocido, un practicante de ritos nuevos y adivino, un maestro de rituales mistéricos, secretos y nocturnos. Al principio, se iniciaron unos pocos, pero después comenzó a difundirse entre hombres y mujeres. Los placeres del vino y los banquetes se autorizaron para captar más seguidores. Ya no hay límites. Se ha reunido a las mujeres con hombres, y a los jóvenes con los mayores. Se ha admitido a individuos de todas las condiciones, sin distinción: libres, libertos y esclavos; romanos, aliados y sometidos. Y así, al calor del vino, al amparo de la noche y en plena promiscuidad, han nacido toda clase de depravaciones.

»Ese mal, padres conscriptos, se ha instalado en Roma y se ha apoderado de un culto que todos conocíamos: el que algunas de nuestras matronas seguían en las Bacanales. Pero ahora, no se trata ya de un tipo de corrupción, no es solo que

367

se viole a hombres libres y mujeres. Estoy en condiciones de afirmar que se están fraguando falsedades, apropiaciones y estafas. Se ha hecho uso de venenos y se han perpetrado crímenes tan ocultos, que no se puede encontrar los cadáveres para darles sepultura. Nada hemos sabido hasta ahora, aunque las Bacanales están extendidas por toda Italia y resuenan también en muchos puntos de Roma. Todos habéis podido oír los chillidos y el estrépito de tímpanos y címbalos. Por eso no se pueden escuchar los gritos de los que piden auxilio en medio de las violaciones y las muertes: esconden sus crímenes bajo un ruido ensordecedor.

»Unos habréis creído que se trata de alguna forma de culto a los dioses, otros pensáis en fiestas y diversiones permitidas y que, en todo caso, sea una u otra cosa, incumbe a pocas personas. Seguramente os asustaréis si os digo que se trata ya de muchos miles, pero os asustará más aún saber quiénes son y cuál es su calaña. En primer lugar, como imagináis, una gran parte de ellos son mujeres, y ellas fueron el origen de este mal. Pero a ellas se suman hombres enteramente afeminados, corrompidos y corruptores, fuera de sí, embrutecidos por la falta de sueño, el vino, el ruido y los gritos en la noche. Esa conjura, porque conjurados son, unidos por un juramento de silencio para obrar en la noche y en secreto, va en aumento de día en día. Aún no tiene fuerza para dañar al conjunto del Estado, pero está ya demasiado extendida y amenaza la República.

La oración pronunciada por Postumio ante el Senado se prolongó de manera extensa. Confirmó que había testigos dispuestos a sostener la denuncia y que estaban protegidos, por lo que mantenía en secreto su paradero. Detalló lo que le había sido denunciado y algunas averiguaciones posteriores, aún limitadas para no desatar la alarma entre los conjurados. Y finalizó por instar al Senado a la toma de medidas, no sin antes interpelar a los padres:

—En este momento, no podemos estar seguros de que cualquiera de vuestras esposas o hijos no haya sido arrastrado a ese pozo de locura y de degeneración, pero si así fuera, considerad que ellos ya no son de los nuestros, y si cualquiera de vosotros ha perdido la sensatez, ya no sois tampoco de los nuestros, sino juramentados para el delito y reos de infamia.

La Curia quedó sobrecogida. Un silencio de desconfianza se adueñó de la cámara. Durante todo el discurso de Espurio, Publio Licinio Craso, pontífice máximo, hombre reputado, además, como gran conocedor del derecho pontificio, concitó muchas de las miradas nerviosas de los senadores, inquietos por la dimensión religiosa de la conjuración. Se vio obligado a intervenir:

—Nada hay, ni puede haber más temible para un ciudadano que el castigo divino, y nada hay ni puede haber más tranquilizador que la paz de los dioses. Bastante conocemos, porque hemos sufrido en el pasado muchas adversidades y las hemos finalmente vencido, tanto del uno como de la otra, del azote divino como de la paz. Por eso mismo sabemos que nada debe perturbar esa paz, pero que una vez rota, nada debe omitirse para restablecerla.

»Cuando la voluntad de los dioses se emplea como cobertura de delitos, nuestro ánimo se tambalea al castigar la conducta ignominiosa de los mortales por temor a violentar algo afectado por las leyes divinas. Sin embargo, no solo es posible hacerlo, sino necesario.

»Lo hicimos ya muchas veces en el pasado. Seguramente recordaréis cómo en tiempos de vuestros padres o abuelos se encomendó a los magistrados prohibir en los lugares públicos los cultos extranjeros y se ordenó alejar del Foro, del Circo y de las calles a sacrificadores y adivinos. Fue entonces cuando se requisaron y quemaron los libros de profecías y vaticinios y se abolieron todos los ritos que no fuesen conformes al uso romano.

»¿Puede haber ahora, entonces, temor, cuando se tiene la misma necesidad? Perded cuidado. No quiere la voluntad de los dioses amparar los crímenes entre los humanos.

No fueron, por lo demás, muchos los senadores que se atrevieron a intervenir. Ninguno osó abogar por las Bacanales.

Temían que el resto de padres los creyera miembros de aquella religión delatada como criminal. Una de las voces que se escuchó fue la de Catón. Bramó contra la conjuración, aprovechando la denuncia de Espurio para reafirmar su conocida posición al respecto:

—Me habéis oído ya muchas veces apelar a vuestra cordura, a preservar las costumbres y las tradiciones de nuestros antepasados. Ahora, el cónsul nos ha expuesto de una manera elocuente que un peligro grave se cierne contra la seguridad y la estabilidad de Roma. No es momento para divisiones ni debates. ¡Una conjuración amenaza la República!

»No os recordaré ahora las veces que clamé en esta Curia y en la asamblea popular contra la corrupción que está demoliendo los cimientos del Estado. Tampoco quiero recordaros cómo os advertí de lo que ocurriría si la República retiraba la tutela a las matronas. Asistimos a aquello que os predije: creímos devolver la libertad y en realidad abrimos la puerta al libertinaje.

»Ha llegado el momento de tomar medidas contra esta abominación que no solo ha ultrajado la castidad de nuestras matronas, sino que además ha corrompido la virilidad, el valor y la fortaleza de nuestros ciudadanos y, lo que es aún más grave, de nuestros niños y adolescentes. ¿Puede alguien dudar de que se debe intervenir?

»Expulsamos a los latinos hace solo meses, y ahora emerge una conspiración en Roma que no distingue condiciones ni naciones, que conjura a ciudadanos con itálicos y hasta con esclavos, y se oculta bajo una religión que sabemos extendida, como el cónsul ha confirmado, por toda Italia. En los mismos tiempos de nuestros padres a los que se refería el sumo pontífice, conocimos la traición de un buen número de aliados, y hasta la insumisión de nuestros colonos, ciudadanos romanos que se negaron a seguir aportando hombres y recursos. ¿Cómo saber que no se fragua ya una conjura de todos esos bacantes contra la República? ¿Puede alguien dudar de que se debe intervenir?

»No es momento para divisiones ni debates, sino de decisiones graves y urgentes: nadie debe abandonar esta Curia antes de que se hayan tomado medidas y se emita un Senadoconsulto. Su contenido se debe anunciar de urgencia, para que esas medidas se apliquen antes de que el secreto de esta sesión se airee por la ciudad. El pánico va a adueñarse de Roma. Han de asegurarse la represión de la conspiración y el castigo de los crímenes antes de que puedan escapar los culpables.

El nerviosismo, y hasta el pánico, se había apoderado de los senadores. Cada cual calculaba no solo el daño que aquello acarreaba al interés público, sino también la posibilidad de que cualquiera de los suyos, mujeres, hijas o hijos, estuviera implicado. La inquietud no impidió, sin embargo, que se mantuvieran las formas. Se le agradeció al cónsul que hubiera completado la investigación con sigilo y evitando el desorden. Se le autorizó a abrir una investigación extraordinaria contra las Bacanales y los ritos nocturnos cuyo alcance superaba los límites de Roma y se extendía por toda Italia. Debía garantizar la inmunidad y la seguridad a los informantes e iniciar la represión.

Minio

En la plaza del Comicio, ante el Senado, los comentarios se propagaban entre los corrillos de ciudadanos. Iba a tener lugar una comparecencia de los cónsules al terminar la sesión desde la tribuna rostral. Se rumoreaba ya en Roma que estaba en marcha una misión excepcional y se hablaba de conspiración, pero no había trascendido nada concreto.

En uno de los corrillos podía verse a Minio Cerrinio y a Marco Atinio. Conversaban tranquilamente, despreocupados, como hacían los ociosos ciudadanos romanos, que confiaban a sus esclavos el trabajo que los mantenía holgadamente. Ellos vivían del sacerdocio báquico, lo que les dejaba las horas del día libres.

Cuando se abrieron las puertas de la Curia se apreció celeridad en abandonar la cámara por parte de los magistrados urbanos, ediles y pretores. De los cónsules, solo uno de ellos, el patricio Postumio, se encaminó a la tribuna de los Rostros, con calma y con porte altivo, imbuido de una majestuosa autoridad que a algunos les pareció pretenciosa. Tras situarse en el lugar acostumbrado, se hizo el silencio total entre los centenares de presentes cuando el cónsul levantó el brazo. Comenzó por la ritual apelación a los dioses propicios y continuó:

—No hubo jamás una asamblea, quirites, donde esta solemne invocación a los dioses fuera tan oportuna y hasta necesaria. Es a ellos a quienes nuestros mayores fijaron que se les diese culto, se les venerase y se les suplicase. Pero también nos advirtieron del error de hacerlo con otros. Me refiero a esos dioses extranjeros que se apoderan de las conciencias y las enajenan como si estuvieran en manos de las Furias, convirtiéndolas en víctimas del desenfreno. —Se detuvo, recreándose en el dramatismo del silencio ante una audiencia cautiva por la curiosidad.

»No sé hasta dónde debo hablar: temo incurrir en negligencia si no revelo todo y asustaros demasiado si lo hago. Pero me habré de quedar en todo caso corto, dada la atrocidad y la gravedad de lo que está ocurriendo. Convencido estoy de que, no solo por comentarios, sino porque habéis oído los gritos y el estrépito nocturno, sabéis que las mismas Bacanales que se celebran por toda Italia han llegado a Roma. Sin embargo, convencido estoy del mismo modo, de que ignoráis en qué consisten en realidad; que quizá sabéis que este mal empezó con las mujeres, pero no que participan ya muchos hombres que han dejado de serlo, varones de costumbres torpes, afeminados; que desconocéis el número de los que participan, pues se trata ya de muchos miles. Son ya otro pueblo.

»Vosotros, ciudadanos, pueblo de Roma, os reunís como fijaron nuestros antepasados, a la luz del día, tras elevar una bandera en el punto más alto, en la ciudadela, para que todos sepáis que estáis convocados. Y cuando os congregáis, hay un tribuno de la plebe o un magistrado presidiendo la reunión pues se congrega a mucha gente. En cambio, ellos se reúnen al cobijo de la noche, sin magistrados. Sabed que, si no tomamos medidas ahora, en cuanto os disperséis volverán a reunirse para urdir vuestra perdición.

Minio Cerrinio y Marco Atinio habían pasado del desconcierto, al pavor. Las piernas les temblaban, las sienes de Minio zumbaban y el estómago de Marco se había encogido súbitamente. Se miraron sin decir nada, pero fueron retirándose lentamente, sin llamar la atención, hacia el límite exterior del Comicio. Dudaban si marcharse o si aguardar a conocer las medidas. Miraron alrededor con nerviosismo, pero nadie los observaba. Los congregados estaban atentos al discurso.

—Ahora decidme: ¿cómo pueden ser unas reuniones en las que se unen, con nocturnidad y en promiscuidad, hombres y mujeres? Si ahora os indico a qué edad se inician los varones, sentiréis lástima, sí, pero, sobre todo, vergüenza. Se trata de niños y adolescentes. ¿Puede acaso Roma convertir en soldados a esos iniciados que ya han pronunciado un juramento antes de incorporarse a filas y jurar defender la patria? ¿Se pueden confiar las armas a quienes han perdido su virtud y su valor en un santuario de obscenidad? ¿Creéis que esos infames combatirán con las armas en defensa del honor de vuestras mujeres e hijos?

Prosiguió después en términos análogos a los que había empleado en el Senado, acerca de cómo el mal se había infiltrado en la población y amenazaba a la República, para después concluir:

—Todos los actos de maldad que se han cometido durante estos años, fruto del libertinaje, el engaño y el crimen, han tenido origen exclusivamente en este culto. Ni siquiera puedo estar seguro, quirites, de que algunos de vosotros no hayáis adoptado ya la senda equivocada, pues nada presenta una apariencia tan engañosa como la falsa religión. No temáis ahora. No vamos a violentar las leyes divinas. Podéis estar libres de preocupación. Conocéis ya innumerables decretos de los pontífices y del Senado y respuestas de los arúspices a vuestras consultas, y sabéis que, cuando la guerra atenazó a Roma, se prohibieron los cultos extranjeros. Todo lo que vamos a hacer, lo haremos con la voluntad propicia de los dioses, pues son ellos quienes, airados porque se profana su majestad con delitos y deshonestidades, han hecho la luz sobre las sombras que han estado ocultando tanta maldad. Es su voluntad, por tanto, perseguirla.

»Emprendemos, mi colega y yo, la investigación extraordinaria sobre este asunto que nos ha encomendado el Senado. Los magistrados menores se encargarán de las guardias nocturnas. Vosotros, quirites, hombres de bien, cumplid cada cual, según vuestra posición, con vuestra obligación y colaborad para evitar cualquier peligro o disturbio que puedan desencadenar los delincuentes que ahora quedan desenmascarados.

Mientras los oficiales públicos se disponían a leer el Senadoconsulto, Minio y Marco se miraron. Los rostros de ambos reflejaban la tormenta interior que experimentaban. Minio recordó que les amparaba el secreto de los seguidores. A lo lejos se encontraron la mirada cómplice de Herennio, el hermano de Minio. Estaba con Lucio Opicerno. Asintió. Esperarían un poco más, necesitaban saber.

Los oficiales comenzaron a leer ante un público atónito. El Senadoconsulto establecía que se buscara en Roma, y en todos los mercados y centros de población de las afueras, a los sacerdotes de los ritos, fueran hombres o mujeres, para que quedaran a disposición de los cónsules en arresto domiciliario; que en Roma y en toda Italia se publicaran edictos para advertir a todos los iniciados en el culto a Baco que debían abstenerse de todo tipo de reuniones, encuentros o ritos; que se procediera contra todos los que se hubieran reunido o juramentado para cualquier inmoralidad o infamia; que se estipularan recompensas para quienes trajeran a la presencia de los cónsules, informaran o denunciaran, a algún inculpado por esos delitos.

Los Cerrinios, Atinio y Opicerno ya no aguardaron más. Se marcharon despacio, simulando tranquilidad y hablando entre ellos. Debían huir. Ya en la Vía Sacra, los hermanos marcharon camino de casa por el Vico Tusco hacia el Foro Boario; los otros siguieron la vía antes de separarse. Por ello no escucharon la lectura de los edictos consulares.

Uno de ellos prohibía las compraventas de propiedades para frenar la iniciativa de gente con intención de huir, así como la ayuda o la acogida de fugitivos con el fin de esconderlos. Otro ordenaba que los triunviros colocaran guardias por la ciudad y evitaran reuniones nocturnas, y que los ediles curules arrestaran en sus casas a todos los sacerdotes. Aquellas disposiciones ya se estaban aplicando: los magistrados habían partido a cumplirlas antes de iniciarse la asamblea.

El Gran Terror se adueñó de Roma propagándose como los incendios. Las delaciones premiadas con recompensas nunca dejaban investigaciones sin concluir. Plebe o esclavos, daba igual. Las denuncias llegaban. El Senado y los cónsules ya habían juzgado. Las cabezas tenían precio. Ahora solo quedaba identificar a los inculpados. Mientras, todo el mundo en Roma se sabía vulnerable ante un eventual enemigo delator. Los hermanos Cerrinios, que marchaban a buen paso, sin correr para no llamar la atención, se sabían inexorablemente condenados.

—Debemos huir si estamos a tiempo —opinó Herennio.

—No sé si podremos, pero no servirá de nada. ¿A dónde, si toda Italia está alertada? Donde vayamos seremos proscritos y deberemos mantenernos ocultos. Se sospechará en todas partes de unos recién llegados.

—No podemos quedarnos aquí. Seremos los primeros perseguidos, ¿no lo entiendes?

—¿Y nuestra madre? Yo no la voy a dejar sola.

—Tú no, Minio, pero yo tengo una familia de la que ocuparme. Voy a hablar con Matiena. Cogeremos lo imprescindible y nos iremos a Nápoles. La ciudad es grande y hay tíasos fuertes allí. Nos ayudarán, son hermanos. Si no, seguiremos más al sur...

—Inténtalo. ¡Que Baco te proteja! Y si no es así, recuerda lo que hemos aprendido en los misterios. Esta vida no es la última.

—Un abrazo, hermano. Y abraza a madre de mi parte; aunque su mente vague, su corazón siente.

Se separaron. Herennio ocupaba el antiguo apartamento de la familia en el Foro Boario. Nuevas propiedades habían ingresado en el patrimonio familiar por donaciones de fieles fallecidos; sin embargo, Herennio, que administraba los bienes de la familia, había sido prudente, vivía sin pretensiones para no llamar la atención de extraños ni provocar rumores entre los seguidores del culto. Era ambicioso como su padre, pero parte de la moderación y de la serenidad vital de su madre había calado en él. Su esposa, Matiena, era una plebeya de familia modesta y dote exigua. La había conocido en los ritos. Se amaban, no había sido un matrimonio por conveniencia. Tenían dos niñas pequeñas, una caja de caudales abultada en casa, nutrida por las limosnas de los fieles, y toda una vida por delante. Partirían.

Minio se encaminó a la Puerta Trigémina. Tras él, pasos de guardias a buen ritmo. No podía correr. Llegaría antes que ellos. Probablemente, se iban a situar en la puerta. Había más gente: dos prostitutas sentadas, que exhalaban esencia de junco de sus cabellos sueltos ungidos de aceite; un molinero de túnica parda blanqueada que entraba con un carro cargado, seguramente camino de alguna panadería; dos esclavos que llegaban cargando con cestos de verduras. Minio iba andando, con toga porque volvía del Foro, pero era sencilla, nada ampulosa. No llamaba la atención. No parecía un fugitivo. Nadie lo detuvo.

Continuó, al salir del recinto amurallado de la ciudad, hacia el lado del Bosque de Estímula. Superado el peligro, su mente seguía bullendo: era inexplicable todo aquello. Pacula, su madre, siempre había insistido en que se mantuvieran alerta. Una religión mistérica siempre podía despertar desconfianza. La nocturnidad y la admisión de hombres se habían revelado fatales. La lista de crímenes era infundada. Sin embargo, la losa ciclópea e implacable del poder caía sobre el culto arrojada por el Senado y los cónsules, amparada en la autoridad de los pontífices y en la supuesta voluntad de los dioses. ¿Qué se podía contra aquello?

Al atravesar aquellos parajes silenciosos, de sombras boscosas ofendidas por la luz intensa de la hora octava, emergían en su cabeza portadoras del tirso, bacantes poseídos y ménades gozosas, hombres bailando y mujeres vibrantes. ¿Qué había de malo en disfrutar? ¿Qué en liberarse de las preocupaciones cotidianas, el trabajo, el hastío y las penalidades? ¿Había habido sexo en la noche? Había habido fraternidad, apoyo, consuelo, esperanza y también amor. Y si hubo sexo furtivo, no fue en los ritos, no fue religión sino deseo, pulsión, libertad, la inspiración de Líber.

Llegaba a Mnemósine. Los recuerdos se agolpaban y las lágrimas se arremolinaban entre sus párpados sobre los ojos ardientes. Decidió dejarlas salir: eran por todo. Por la familia campana que no llegó a conocer, aunque recordó a aquel tío suyo que solo estuvo unos días en casa, aturdido, triste, y que tuvo que irse. Por su padre, ocioso, pero sin dejar de preocuparse por el dinero; acompañando a su madre siempre; traidor en el amor con aquel esclavo al que vendieron en cuanto él murió súbitamente, pero amigo en la vida con ella; distante con sus hijos, que en cambio percibían un cariño latente, contenido. Por su madre, sobre todo, atrapada en un mundo ajeno, sacerdotisa y sibila, después de haber sido madre.

Con paso decidido se adentró en el jardín delantero de la casa. Junto a la tapia se veían espléndidos los asfódelos. A su madre le gustaba sentarse allí. Pasaba horas junto con Lidia, la anciana nodriza que, a pesar de estar liberada desde hacía muchos años, no había abandonado la familia como hizo Cosia, la otra esclava, que se unió a un liberto como ella y se fue. Los años de la infancia habían asaltado su mente febril por un momento, antes de extrañarse de que su madre y Lidia no aprovecharan aquellas horas en el jardín, a la sombra de una de las retorcidas higueras.

Cruzó el vestíbulo. No vio al esclavo cerca de la puerta. Cuando se adentró en el atrio, comprendió. Ya estaban allí.

DURONIA

Lloraba. ¿Cómo no iba a hacerlo? Quedamente, como cuando perdió a su madre, o cuando su cuñada la hostigaba el primer año de casada. Los guardias se habían presentado en su casa antes de que acabara la asamblea. Sin dar tiempo a que les llegaran las noticias. Entraron sin miramientos y les dijeron que estaban arrestados, ella y Tito, sin explicaciones. Se mantuvieron en vela toda la noche. Ella, atenazada por el miedo. Llorando. Acompañada, aunque sola. Él, apurando más Falerno de lo habitual, ahogando en vino aquella embriagante certeza de que estaban en situación comprometida, antes de que la sospecha se fuera avinagrando en la convicción de que seguramente ya les habían prejuzgado. Su instinto de ciudadano romano le decía que se estaban pisoteando sus derechos. Su ignorancia acerca de la persecución decretada contra las Bacanales chocaba con la impotencia del que se ve sometido a la autoridad.

Intuían que detrás estaba Publio, solo eso.

HERENNIO

Necesitaban un carro. Herennio lo compró sin discutir el precio antes de subir a casa. En el Foro Boario siempre había carreteros y a él no le faltaba dinero. Supuso que aquello daría que hablar al hombre que se lo vendió en cuanto se difundiera lo ocurrido en la asamblea. No tenía otra opción. Esperaba no estar ya para entonces. Subió a casa. Apresuró a Matiena. Hizo que la esclava cocinera intercambiara con su esposa la túnica. Él también se mudó. Cogió una túnica gris que no recordaba haber usado en mucho tiempo.

Hizo acopio de mantos y distribuyó el dinero en metálico en recipientes de cerámica y cestos, mezclado con harina, escondido entre provisiones. Cargó el carro y partieron con las niñas. Tenía que tomar la Vía Apia, así que fue bordeando el Circo Máximo. Antes de salir de la ciudad, hizo a sus hijas tumbarse en la carreta y las ocultó. Detuvo la carreta a distancia prudencial de la Puerta Capena y se adelantó a pie para estudiar la viabilidad de la fuga.

Había perdido demasiado tiempo. Una guardia bloqueaba la puerta. Intentar burlarlos resultaba imposible. Volvió a la carreta y a casa. Crear estados de excepción en ciudades conquistadas era una práctica militar que Roma tenía muy ensayada. La urbe estaba cerrada. La noche caía sobre ella con un manto estremecedor sobre una población en pánico.

DURONIA

Al amanecer, llevaron a Duronia y a Tito ante la presencia del cónsul Espurio. Él fue interrogado antes. Había sido un buen esposo, había administrado correctamente la hacienda de su pupilo, Publio, y lo podía demostrar. Eso afirmó. De hecho, él había respaldado en todo momento las decisiones de su esposa, como le correspondía hacer. No era un padrastro despiadado para Publio, sino que ejercía de tutor y prefería ponerse detrás de Duronia en lo que concernía al muchacho. Fue ella la que le había echado de casa. Él quiso que no se fuera sin escolta y le asignó cuatro esclavos para que estuviera protegido. En realidad, Duronia y él solo pretendían hacerle reflexionar, que volviera a casa.

Más desconcertante le resultó la derivación del interrogatorio en relación con las Bacanales: que qué pretendían él y Duronia, que si querían corromper a Publio. Y él respondió que ya estaba perdido, en manos de una furcia que le vaciaba la bolsa y que le había predispuesto contra ellos. Tito reconoció estar iniciado en el culto, pero nunca había estuprado a nadie, ni nadie lo había violado a él. Los misterios eran sagrados y no diría nada, porque no venía al caso. Seguiría en arresto domiciliario, le indicó el cónsul. No podía torturar a un ciudadano.

Lictores, una mesa y un esclavo público tomando notas. El cónsul de pie. Duronia sentada. Vulnerable, como lo había sido siempre, se esforzaba por sobreponerse y mantener la dignidad a pesar de estar demacrada, sumidos en cercos negros sus prominentes ojos bovinos.

—No tengo tiempo que perder —comenzó el cónsul, expeditivo—. ¿Por qué quieres que tu hijo ingrese en las Bacanales?

—Hice un voto cuando nació y lo renové hace pocos años. Estuvo muy enfermo. Ha escapado a la muerte por dos veces.

—Luego, formas parte del culto...

—Así es.

—Lo preguntaré directamente: ¿has visto abusos y sexo en los ritos?

—No. Los misterios son sagrados y secretos. No hablaré de ellos. Pero, ¿llevaría allí a mi hijo si así fuera?

La respuesta tan lógica contrarió al cónsul; sin embargo, no podía obligarla a hablar.

—¿Conoces a Hispala?

—Es amante de mi hijo. —El nerviosismo comenzó a perturbarla.

—¿Pretendes apartarla de él a través de las Bacanales?

—Llegué a pensar que tal vez eso ocurriera, que de ese modo podría sacarle de su rutina, que conociera a otras mujeres... —reconoció dubitativa.

—Es decir, echarlo a perder para dilapidar con tu marido su patrimonio.

—Eso no es verdad, ¡jamás! —Ahora ya con decisión—. Hice lo que pude y soporté lo indecible para engendrarlo; casi perdí la vida para alumbrarlo y luego sufrí como solo sufre una madre, cuando ya era casi adolescente, porque estuve a punto de perderlo otra vez. No tengo otro. ¿Puede alguien creer que yo iba a querer su mal?

HERENNIO

Los hermanos Cerrinios habían sido delatados directamente por Hispala. Para el cónsul era prioritario detenerlos e interrogarlos. Interceptar a Minio no fue difícil. En cuanto a Herennio, se rindió a la evidencia. ¿A qué puerta iba a llamar sin comprometer peligrosamente a nadie? Debía pensar. Pero mientras regresaba a casa con su familia se iba sintiendo observado, como si atrajera la fatalidad sobre aquel carro. Se fue rindiendo a lo inexorable. Le esperaban en casa.

Llevado a presencia del cónsul a la mañana siguiente, se exculpó. Su madre lo había iniciado en los misterios de niño, pero no era sacerdote.

—Dispongo de información. No te sirve de nada mentir —aseveró Espurio rotundo, firme—. Sé que formas parte de la religión. ¿Cuál es tu función?

—Soy magistrado de los rituales. Estoy en relación con los iniciados. Me encargo de la organización. Preparar las ceremonias, concertar las asistencias y las iniciaciones.

—¿Y las... llamémosles donaciones?

—Son limosnas que pagan los más humildes y colaboraciones con el culto por parte de los que pueden pagar más.

—¿A dónde van?

—Se ha creado una caja común del tíaso, una cuenta de solidaridad. Ayudamos a los hermanos iniciados cuando lo necesitan.

—¿Se podría decir que eres un administrador?

—En cierto modo, sí —reconoció, después de dudar.

Calculaba mientras hablaba, aunque ya había pensado todo y sopesado posibilidades durante las horas que estuvo arrestado antes de declarar. Como ciudadano no podía ser torturado. Él no iba a dar nombres.

Sabía, sin embargo, que las recompensas prometidas públicamente quebrarían la fidelidad de esclavos y de conocidos de los fieles. Se iban a desencadenar las delaciones. Y, además, quedaban los registros contables de toda la actividad económica del tíaso. Estaban en Mnemósine y sin duda los encontrarían. Un esclavo de la casa llevaba los apuntes, pero la responsabilidad era del propio Herennio. Las pesquisas podrían demorarse, pero alcanzarían los objetivos que tenían previstos. Él se sabía expuesto a una acusación por prácticas fraudulentas: se habían intentado encubrir los inmuebles donados con títulos de propiedad privados, a fin de no registrarlos como bienes del tíaso, que era por naturaleza una religión mistérica y, por tanto, secreta. No tenía entidad jurídica, ni debía tenerla ni podría tenerla. En esos títulos se registraban las operaciones, consignando como testigos a miembros de la organización. Ahora quedarían al descubierto. Aquello, que era en principio privado, pero no delictivo, desde hacía unas horas había sido ya denunciado ante el Senado y ante la asamblea popular con toda la autoridad de un máximo magistrado, de aquel cónsul que ahora le interrogaba. Se le imputaría una captación criminal de bienes. Titulares y testigos quedaban inculpados. Él, como principal beneficiario y administrador, se sabía condenado de antemano.

PACULA

Minio no se equivocaba. La tarde antes, al llegar a Mnemósine, el edil Marco Valerio Levino y sus hombres habían encontrado a una anciana en el jardín. La acompañaba una mujer que se identificó como liberta. Aparentemente, la anciana parecía demenciada, con la mirada huida. Su aspecto no era natural. Su cabello suelto, escaso y blanco, no dócil a pesar de estar peinado, y su apariencia nervuda les hizo pensar en una Harpía, una maga, una hechicera. El edil la interrogó —quién era, cómo se llamaba—, y solo por un instante sus ojos se encontraron, un destello que al edil no le sirvió para salir de dudas. Ella no respondió, como si no oyera. Él no quería tentar a la Furia. La misión era complicada y la primera impresión no podía ser más inquietante. El temor a los dioses pudo más. Las obligaron a entrar en la casa sin inquietarlas.

Comenzaron el registro. El tablinio contenía centenares de documentos. Los esclavos públicos a cargo del pretor tendrían muchas horas de trabajo.

Detuvieron a Minio cuando llegó a casa. Le comunicaron que estaba arrestado, confinado para ser interrogado. Recorrieron la propiedad y la huerta, luego entraron en el edificio para reuniones y exploraron la sacristía donde se acumulaban los objetos rituales: estaban los *orgia* y, en principio, no los identificaron. Encontraron antorchas y tirsos con las enredaderas de hiedra marchitas, tres canastos bajos de mimbre cubiertos con telas en los que se acumulaban muñecas articuladas, unas falsas manzanas doradas, una peonza cónica, unas tabas en hueso de pata de oveja y hasta un espejo. Juguetes infantiles, al parecer. No entendían nada hasta que vieron tumbado, ridículo, un falo de madera. Se podían contemplar objetos similares en las faloforias, comitivas que procesionaban falos gigantes en carretas rindiendo culto a Líber en las ferias de algunas ciudades latinas; y también en las imágenes de Príapo, hijo del mismo Baco, que, mostrando su miembro henchido, custodiaban huertos y jardines, para amenaza de ladrones y malintencionados. El edil Valerio sintió que sus alertas supersticiosas volvían a activarse.

Por fin registraron la bodega, que lo fue y ya no lo era, y pasaron al túnel y del túnel a la sala excavada en la montaña con cubierta en cúpula, y encontraron un pozo y una maroma atada en forma de arnés. Tenían lo que buscaban: las pruebas del crimen. Solo faltaban los cadáveres, esqueletos, huesos, cráneos...

No los hallaron. No había nada más. Aquel infierno no contenía muertos.

HERENNIO

Herennio salió del interrogatorio escoltado por los lictores. En la crujía opuesta del umbrío y vetusto atrio de la casa del cónsul pudo ver a su hermano detenido. Su propia cara debía de reflejar el abatimiento que lo embargaba tras el interrogatorio. En la de Minio se dibujaron la decepción y el desconsuelo, pero ambos pensaron lo mismo: no se volverían a ver.

No le llevaron lejos. La casa del cónsul estaba en la Vía Sacra, muy cerca del Foro, como les gustaba a los patricios. Se cumplieron sus peores presagios. Le llevaban al Tuliano, la cárcel. Descendieron a una sala abovedada, y de allí a otra inferior de techo muy bajo, opresivo. A la luz de la antorcha, al llegar, no vio a nadie, pero no podía saber si estaba solo. Lo empujaron sin miramientos desde una escotilla alta, con urgencia, y allí quedó, caído en el suelo. La puerta se cerró tras él y se hizo la oscuridad absoluta. Frío, humedad, olor pútrido a excrementos y horas para pensar. El terror le ganó, al tiempo que una sensación glacial se apoderaba de su cuerpo. Su mandíbula temblaba y los dientes le castañeteaban, incapaz de dejar de pensar que ese mismo lugar lo habían ocupado semanas antes los gálatas que había visto desfilar en el Circo Maximo. Y ya no había ninguno. Estaba en la antesala de la muerte. Cuando llegó a ese convencimiento y la debilidad le hizo desmoronarse sobre aquel gélido suelo de piedra encharcado, llegó la resiliencia: sabía lo que era aquello. Ahora sí estaba en el inframundo, pero su madre le había preparado para soportarlo.

MINIO

Cuando Minio entró en la estancia, el cónsul, que le observaba, tuvo una impresión distinta. Minio era un poco mayor que su hermano. Percibió aplomo, seguridad.

—Te recuerdo que estás en presencia del cónsul de Roma —comenzó reafirmándose—. Estoy investigando por encargo del Senado las Bacanales. ¿Cuál es tu misión en esa religión?

—Soy sacerdote.

—¿Desde cuándo hay sacerdotes en ese culto que el Senado y los pontífices consideran femenino?

—El culto dejó de ser solo femenino hace veinte años, aproximadamente, durante la guerra de Aníbal. Lo quiso nuestro dios. Eran muchos los recién llegados, tarentinos, campanos, siracusanos, que ya eran adoradores de Baco. De hecho, ese culto es también mixto en Italia, y en tierras lejanas, en Grecia y en Egipto, por ejemplo, donde la fe salvadora de nuestro señor Baco triunfa.

Minio manifestaba una especie de paz de espíritu que hizo que el cónsul se pusiera en guardia. Había decidido depurar aquella religión, consagrar su consulado a aquella misión para limpiar las excrecencias tumorosas, impuramente brotadas, en el seno de unas prácticas religiosas que su antepasado había introducido tres siglos antes en Roma. Delante suyo tenía un sacerdote de aquel culto corrompido, y, sin embargo, no parecía un degenerado. Poseía carisma.

—¿Sois una religión extranjera entonces?

—No. Somos la misma religión que durante siglos ha conocido Roma, pero nuestra fe acepta a los hombres también, porque el mensaje de salvación es para todos.

—Pero reconoces que sois los mismos que todos esos extranjeros y gentes de países lejanos. ¿Qué relación mantenéis con ellos?

—Cada tíaso atiende a sus fieles. Somos organizaciones de personas hermanadas que se reúnen para cantar himnos y honrar a nuestro dios, que es el hijo de vuestro Júpiter. No se trata de un extraño. Ellos, los extranjeros, también son hermanos en la fe. Nuestro culto es el mismo.

—¿Y puede Roma estar segura con un culto que reúne a sus ciudadanos con campanos y tarentinos y que considera, como me acabas de reconocer, hermanos a griegos y egipcios?

—Hermanos en la fe, no hermanos en la guerra. Nuestra unión procura la salvación tras la muerte, no es la de la guerra en vida. En vida, nos unimos para ayudarnos, para hacernos más llevadero nuestro tránsito. La vida nos hace esclavos, libertos o ingenuos nacidos libres; la vida nos hace ciudadanos romanos o itálicos. Pero todos tenemos una suerte igual para después. Lo que importa es la salvación eterna, la que nos ha de venir tras la muerte.

—Salvación, salvación... ¿Qué es eso de la salvación? Vivimos, morimos, olvidamos y, por fin, descansamos, como quieren los dioses.

—Nosotros veneramos a nuestro señor Baco, hijo de ese mismo Júpiter que protege a Roma, su sucesor. Nuestra creencia no es ajena a la vuestra, y así lo hemos aceptado todos los iniciados. Y es ese hijo de Júpiter el que nos ha revelado el nuevo mensaje. Él fue engendrado y murió, y volvió a ser engendrado. Se reencarna en los iniciados y nos imbuye esperanza. Su mensaje es el de una vida gozosa tras la muerte.

En ese momento, el cónsul, desconcertado, encontró la posibilidad de regresar a lo que verdaderamente le interesaba: la comisión de estupros y violaciones sexuales.

—Vida gozosa acabas de decir. De degeneración diría yo. Todo el mundo sabe que sois una religión que ha venido a corromper. Que no respetáis la virtud de nuestros jóvenes...

—La vida gozosa no es esta. Pero en eso consisten precisamente los misterios que no puedo revelarte.

—No esperaba que me fueras a confiar vuestros delitos. Todo el mundo ha visto en Roma a esas bacantes enloquecidas, unas degeneradas. Tras sus desmanes furiosos y tras ese estruendo que se puede escuchar, escondéis vuestros crímenes: violáis a nuestras mujeres e hijos.

—Soy sacerdote y jamás he violado a nadie. ¿Haría un pastor daño a sus ovejas? Los misterios no son de sexo, son de gozo. Nadie que no lo haya querido se ha corrompido en las Bacanales. La posesión es mística, no sexual, pero no puedo revelarte más.

—¿Y me negarás que hacéis banquetes copiosos con vino y placer?

—Nada distinto de los vuestros. Son banquetes de otros hermanos en la fe, que celebran la iniciación o que honran a Baco anticipando su propio banquete eterno.

—¿Niegas entonces que esos jóvenes que captáis en la religión, pues me consta que no los queréis con más de veinte años, hayan sido objeto de vuestros abusos?

—Ni uno solo ha sido violentado en los ritos.

—¿No es por eso por lo que les exigís juramento?

—El juramento sagrado exige guardar el secreto de los misterios.

—De ese modo no pueden revelar lo que sufren, ¿no es así? Jóvenes conjurados antes de jurar lealtad a la República como deben hacer a su ingreso en el servicio militar. Arruináis la juventud de Roma, acabáis con el valor y la fortaleza de nuestros soldados.

—Nuestro juramento no tiene por destino la lucha en esta vida, sino la salvación tras la muerte, ya te lo he dicho. No arruinamos nada; es más: creamos esperanza y damos fuerza para soportar las penalidades, los trabajos y los servicios.

—¿Cómo explicas que os reunáis de noche si no es para esconder todos vuestros crímenes?

—¿Cómo podrían estar presentes los iniciados que trabajan, que no viven en el ocio?

—¿Niegas entonces que hayáis matado y hecho desaparecer a quienes no se han sometido a vuestros abusos?

—Nadie ha dejado de venir libremente a nuestros ritos, nadie ha jurado conocerlos y guardar secreto después, que no lo hiciera voluntariamente, y nadie ha muerto en ellos que no lo haya hecho ritualmente, para conocer lo que solo los iniciados pueden conocer. Pero yo te lo garantizo: todos han vuelto vivos a sus casas tras los ritos. Renacidos. Es muy sencillo de entender, las Bacanales son ritos religiosos, mistéricos, sí, mas no delictivos; de posesión mística, mas no sexual; nocturnos, mas no criminales.

SULPICIA

—He observado que la obra en la casa ya está terminada, Sulpicia. Ha quedado bien resuelta.

—Así es. Aunque no te oculto que no me gusta tenerla aquí. Lo hago por ti, Espurio.

—Nos estás prestando grandes servicios a la República y a mí, querida suegra. —Y por un instante, sonrió.

El cónsul pensó que, ante la razonable obsesión de Hispala por su seguridad y el riesgo que había asumido como testigo principal de toda la investigación, dado que tampoco convenía alejarla de Roma, el mejor lugar para ocultarla era la casa de Sulpicia. Tenía que distanciarla de él para salvar la independencia de la testigo, debía buscar un lugar de confianza y era mejor que estuviera amparada bajo protección femenina por ser mujer. Sulpicia disponía en su gran casa de un apartamento de alquiler en la primera planta, con acceso independiente desde la calle. Había alojado allí a Hispala con sus esclavos y enseres, pero había clausurado la escalera a la calle y había comunicado el piso con el interior de su propia vivienda para proteger la entrada. En cuanto a Publio Ebucio, que también necesitaba protección, había dejado la casa de su tía junto con sus esclavos y se había mudado a la de un cliente de Espurio, uno de sus hombres de confianza, cuya identidad se mantuvo en secreto.

—Me tranquiliza saber que esto, por lo menos, está bajo control —reconoció Espurio, con aspecto cansado.

—¿Cómo marcha todo?

—Las delaciones se multiplican, pero las fugas también. Las cifras alcanzan los siete mil denunciados. Los cónsules seguimos con la investigación y los pretores tendrán que interrogarlos y decidir, aunque de momento se retrasarán: muchos se han evadido. Los que vivían fuera de las murallas de Roma huyeron los primeros. Las guardias nocturnas han practicado bastantes detenciones y denuncias, pero de día ha sido más difícil. Los fugitivos se han camuflado entre trabajadores y esclavos y ha sido imposible controlar las salidas. Tenemos identificados a los cabecillas a través de las delaciones. Hay un tal Lucio Opicerno, de padre falisco aunque la madre es ciudadana romana; se llama Genucia. También está implicada —se calló y miró a su suegra, por si podía decirle algo.

—Su nombre no me resulta familiar.

—Quiza conozcas a otra, Plautia, la madre de los Atinios, Marco y Cayo. Son parientes de Atinio Labeón, que fue tribuno y pretor hace diez años. Ella también es bacante. De ellos, uno es sacerdote y el otro, maestro de las ceremonias.

—No la conozco personalmente, pero sé de quién me hablas —dijo Sulpicia intentando hacer memoria.

—Y, por supuesto, están los hermanos Cerrinios. Fueron arrestados los primeros porque habían sido identificados por Hispala. Son los hijos de Pacula Annia... Ya sabes, los campanos que compraron la propiedad que fue de tu cuñado...

—¿Vive ella? Tiene que ser mayor —quiso saber Sulpicia.

—El edil que se encargó de los arrestos allí me ha informado de que está demente. Estaba realmente impresionado, decía que le pareció una mezcla entre maga y loca. Encontraron el antro para las orgías secretas.

—O sea, que hay pruebas...

—Allí no. Hay que estudiar la documentación para conocer todo lo que guarda relación con donaciones y legados. Pueden ser fraudulentos. Los sellos de los testigos servirán para identificar a todos los que han participado. No hay rastro de desaparecidos y el sacerdote Minio niega todas las imputaciones. No tienen nada que ocultar según él y no ha habido sexo en los ritos, ni abusos...

—Halisca, hoy te encuentro muy bien.

—Muy bien es como mientes tú, Filenia. ¡Por Hércules que sí! —arrastra las palabras con fatiga y sin fuerzas.

—¿Quieres que te coloque la cama?

—No malgastes tu tiempo conmigo.

—El ama está con su yerno. Pierde cuidado, tengo tiempo.

—Un cónsul que permanece en Roma... Las naciones tendrán paz —dice Halisca.

—Está haciendo toda la investigación de las Bacanales, al parecer.

—Descansarán los hispanos este año. Los muertos tocan en casa.

—De momento, parece que solo hay arrestos.

—Eso va a ser como lo mío, Filenia, no te engañes.

—No te entiendo, Halisca.

—La amputación no me ha bastado. La gangrena aboca a un único destino: la muerte.

—Entonces ¿qué va a pasar, ahora? —preguntó Sulpicia.

—No se prohibirá el culto —respondió Espurio—. Vamos a eliminar los santuarios. Solo pueden quedar en pie los antiguos que tengan altares o estatuas consagradas, porque se los va a considerar aceptables por tradición. La Curia ha emitido un Senadoconsulto para limitar la práctica de los misterios. Los tíasos que quieran perseverar en el culto deben pedir autorización al pretor, el cual elevará la consulta al Senado. Se debe votar el permiso con un *quorum* mínimo de cien senadores. Un tercio de la Curia debe estar presente al menos.

—Me lo había contado mi hijo Quinto. No sé si me equivoco, pero creo que eso no te satisface del todo. Supongo que querrías haber ido más lejos. Habrá habido oposición, ¿no es así?

—No te equivocas, Sulpicia. La sesión en la que se nos encomendó a los cónsules la investigación extraordinaria estuvo presidida por el temor a la conjuración intestina que yo había desvelado. Entonces, hubo unanimidad. Sin embargo, después ha influido la reacción de los afectados, el impacto de los fugitivos sobre sus familias. Han comenzado las presiones de los círculos de clientes sobre sus patrones senadores. Ahora se ha confirmado que hay miembros de la nobleza implicados. A partir de ahí, basta con argumentar el temor a quebrar la paz de los dioses para limitar la severidad de las medidas. Así que el nuevo Senadoconsulto ha sido fruto de un acuerdo de compromiso, de la voluntad de reprimir, aunque respetando la tradición asentada.

—Ya veo. Una solución para contentar a todos, porque no se erradican todos los tíasos.

—No. Se limitan a agrupaciones inofensivas de cinco personas y se impide que los rija un sacerdote varón, que designen magistrados y que tengan caja común, es decir, no pueden acaparar bienes.

—¿Pero entonces seguirán siendo mixtos?

—Así es. Un máximo de dos hombres en cada uno y prevalece la presencia femenina. Mucho me temo que dentro de un tiempo esto vuelva a resurgir con fuerza.

—Entonces, en realidad lo que se hace es limitar las reuniones y el número de fieles de cada congregación.

—Sí. Ha podido más el temor a los dioses que la tradición: el colegio de pontífices ha estimado que, de ese modo, limitando los grupos, se reduce el riesgo de conspiración y no se contraviene la voluntad de los dioses.

—En definitiva, se teme más a los dioses y a ver a aliados y esclavos hermanados con ciudadanos que al adulterio de las matronas y al estupro de los jóvenes. Me imagino que estarás decepcionado, Espurio.

—Solo en parte, pero mi obligación es acatar y aplicar lo decidido. Queda mucho por hacer. Me voy. Por eso he venido, para agradecerte tu ayuda y para despedirme. Hay que vigilar que los mandatos de la Curia y los Senadoconsultos se cumplan en toda Italia. Parto con una legión para proseguir con la persecución de los conjurados. Tenemos que encontrar a los fugados de Roma y supervisar el desmantelamiento de los tíasos grandes.

—Pero lo que no me has dicho es qué se va a hacer con los arrestados.

—A los iniciados que han formulado el juramento de pertenencia a la religión báquica sin mancharse con delitos de otra índole se les mantiene el arresto en casa. No hay lugar en la cárcel porque todos los demás, los que han sido denunciados por actos deshonestos o los que se han involucrado como testigos en fraudes, han falsificado sellos o han librado testamentos indebidos, tendrán otra suerte.

DURONIA

Pidieron a sus esclavos que prepararan el biclinio y una cena con lo mejor que hubiera en casa y se recostaron cada uno en uno de los dos lechos avanzada la hora octava. Se movían con calma premeditada, autoimpuesta. Las zozobras de los últimos días debían terminar de una vez por todas. Duronia y Tito estaban arrestados en casa. Duronia había enviado a su esclava de confianza, Liguria, al Foro y a casa de Plautia para que averiguara lo que estaba ocurriendo. El domicilio de los Atinios estaba vigilado como el de los Ebucios. Al ver soldados en la puerta, Liguria no se atrevió a acercarse. Probó a enterarse en el mercado, a captar conversaciones antes de preguntar. No fue difícil. No se hablaba de otra cosa en Roma. El miedo estaba en la calle porque las recompensas prometidas por el Senado abrían camino a denuncias malintencionadas y tal vez infundadas. Los rumores, que constituían la vía de comunicación en Roma, ya estaban consolidados: las Bacanales habían engendrado crímenes nefandos, abusos de menores, niños estuprados, sodomía, adulterio, apropiación indebida, haciendas malbaratadas...

Duronia no tenía mucho apetito, pero Tito, habituado a los placeres de la mesa, no iba a dejar pasar los platos. Vajilla de plata. Picaron unas aceitunas y unos huevos de codorniz. Degustaron un atún en salazón antes de que les fueran presentadas unas tórtolas cocinadas con vino y miel y aderezadas con aligustre, bayas de mirto y, por supuesto, con garo. Después, un jamón de cerdo asado. La fuente con dulces, que contenía una tarta fría y buñuelos, todo ello bañado con miel, quedó intacta.

Tito bebió en abundancia. Había elegido un prestigioso caldo de Campania que estaba ganando posiciones con fuerza en el mercado de la urbe. La región, en manos de latifundistas romanos, senadores y caballeros en su mayor parte, había recuperado con fuerza su producción tras la guerra. El vino era excelente: procedía de la montaña de Masico, donde, según la tradición, vivía un humilde pero hospitalario campesino llamado Falerno que acogió con generosidad a Baco cuando este apareció de incógnito. En gratitud, el dios le reveló el secreto de la elaboración de su excepcional caldo blanco.

Apenas conversaron. Lo tenían todo hablado. La marcha de Publio había roto la relación. La desconfianza se había abierto camino definitivamente en Duronia. Los interrogatorios acabaron por abatirlos.

Por último, el esclavo camarero les presentó también un plato que Duronia había dejado listo. Contenía abundantes semillas de estramonio. Las masticaron e ingirieron acompañadas de aquel excelente vino. «Agridulce fin de banquete», comentó Tito al brindar con Duronia.

Recordaron los ritos por unos instantes, cuando se conocieron. Después, pronunciaron una plegaria. Notaron la boca seca. Volvieron a beber. Les fue ganando una sensación de debilidad plácida, de relajación muscular, y se dejaron vencer acostados por completo sobre los lechos. La conciencia fue cediendo espacio a un trance no muy diferente de los que habían conocido en los misterios. Se sintieron transportados. Hablaban sin entenderse ni escucharse, deliraban y, con los ojos entrecerrados, veían. La agitación intensa dejó paso al reposo y al sueño. Ya no despertaron.

HERENNIO

Herennio perdió la noción del tiempo. Encerrado en aquel antro cavernario, sumido en la tiniebla extrema, sintiendo el techo rozando casi su cabeza, se ensimismó. La puerta volvió a abrirse y alguien más fue empujado dentro. No llegó a verlo. Aventuró una palabra, la contraseña:

—Leteo —dijo.

—Mnemósine —le respondieron.

La escena se repitió varias veces. El espacio era reducido. Las conversaciones, obsesivas. Los que llegaban eran iniciados que habían sido delatados. Arrojaron dentro a una mujer, una viuda sin hijos ni familia. Intentaron refugiarse en las enseñanzas. Ingresó Lucio Opicerno junto con su madre, Genucia. No tenían más familia. Llegó también una esclava. Había sido azotada y torturada. Su espalda era una llaga, respiraba agitada, jadeaba y perdía el conocimiento para volver a recuperarlo entre quejidos.

El lodazal crecía. Los cuerpos, víctimas del terror, estaban descontrolados. A medida que las horas pasaban los olores, que al principio resultaban hediondos, se impregnaban hasta abotargar los sentidos y pasar inadvertidos.

Lucio, que había accedido al sacerdocio del culto, pronunció plegarias y fue seguido en los rezos. Cuando el silencio se hizo, resultó insoportable. Comenzaron entonces los himnos, cánticos gozosos y cuerpos cimbreantes, que recordaban y aspiraban a evadirse. Faltó tiempo.

La puerta de la mazmorra se abrió. Se llevaron a las mujeres. Los cánticos redoblaron mientras los vientres se encogían, retorcidas las entrañas. En la oscuridad no se veían lágrimas.

La puerta volvió a abrirse. Lucio Opicerno y Herennio fueron obligados a salir. Los condujeron a la estancia abovedada que habían visto antes de entrar. La luz de las antorchas les permitió vislumbrar la sala vacía. No había rastro de las mujeres. Se estaban preguntando por su suerte porque la propia les aterrorizaba. Entre dientes, Lucio pretendía orar, pero apenas podía articular la mandíbula. Herennio pensaba en sus hijas y en Matiena. No había sabido nada más de ellas. Esperaba que pudieran salvarse. Fue su último pensamiento racional.

Los sacaron a la luz exterior, que los cegó. En el área pública frente al Senado, el Comicio, donde se reunía la asamblea popular, donde los poderes de Roma se concitaban para regir una ciudad dueña ya de un imperio, se habían congregado centenares de curiosos atraídos por el espectáculo de la muerte. Los reos pudieron ver cómo los verdugos retiraban los cuerpos sin vida de las mujeres, el de la esclava desnuda con la espalda lacerada y el de la matrona romana, una ciudadana, viuda de un itálico. Habían sido estranguladas públicamente.

Lucio Opicerno corrió la misma suerte.

En cuanto a Herennio, que había visto un tronco de madera como los que usaban los carniceros embebido del tono pardo oscuro de la sangre seca, reconoció que le estaba destinado. A su lado, apoyada, el hacha que sella el destino de los ciudadanos romanos. El privilegio de la decapitación.

MINIO

Minio había sido encadenado por mandato del cónsul, que no quiso mostrar su desconcierto después de escucharle. Pensó enviarlo a la cárcel, pero no lo hizo. No quería que pudiera conversar con su hermano. Era preferible mantenerlos separados. Y había algo más: logró inquietarle personalmente, le hizo dudar... No se atrevió a dictar su ejecución. Se trataba de un responsable clave en las Bacanales. Sin embargo, su profunda condición mística había logrado intimidar a Espurio. No logró acusarlo de delitos ni nadie le denunció por abusos carnales ni por apropiación de bienes. Su condición carismática le iba a salvar.

Lo mantuvo en arresto domiciliario. Y así, le fueron llegando a Minio noticias por los esclavos de la casa. En Roma se habían multiplicado los suicidios. Esa había sido la suerte de los hermanos Atinios y de su madre Plautia. No habían dudado en aprovechar el privilegio que les fue concedido por pertenecer a una familia incorporada a la nobleza. Los parientes intercedieron hasta donde pudieron, o tal vez hasta donde quisieron, pues había que lavar el buen nombre gentilicio purgando la culpa del oprobio.

Llegaron a varios millares, solo en Roma, las ejecuciones. Al menos cuatro mil. Mujeres, sobre todo, pues eran ellas también las más numerosas en el culto. Inculpadas por delatores, solo fueron estranguladas en público las que no tuvieron parientes para hacerse cargo de ellas discretamente. El resto, la inmensa mayoría, fueron devueltas a sus familias para que fueran ajusticiadas en la paz del hogar, guardando en sordo secreto la infamia de la bacante condenada. Unas ingirieron veneno. Otras, en cambio, las que dependían de padres, hermanos o tutores más tradicionales, o estaban sometidas a la mano de un esposo más autoritario, fueron estranguladas.

Los días que le quedaban a Minio estaban contados. Y vivía en el desasosiego de la incertidumbre. Sufrió por sus sobrinas y su cuñada, que durante días ignoraron la suerte de Herennio antes de poder llorarle. Y después lo hicieron sin poder honrar su cuerpo con exequias: había sido arrojado al estercolero de las Esquilias como el de todos los condenados, como el de los esclavos. Sufrió por el destino de su madre sin él, confiando en que quedara acompañada por Lidia en aquella casa, arrestada en su propio mundo interior, muerta en vida, feliz ausente. Sufrió por los fieles, como buen pastor, como un Baco que tras dirigir el rebaño se ve impotente para protegerlo y deposita su esperanza última en una promesa no terrenal.

Y sufrió luego por él mismo, cuando vinieron a buscarlo, lo encadenaron y se lo llevaron, pensó que camino de la ejecución. Sin embargo, los soldados que lo escoltaban se alejaron de Roma, hacia el sur, camino de Ardea. Se trató de una decisión calculada. La ciudad, una colonia de ciudadanos romanos, había sido una de las insumisas durante la guerra con Aníbal, de las que al noveno año de sangría económica y de reclutamientos inflexibles se resistió a seguir ayudando a Roma. Minio llegó a Ardea con un encargo del Senado para la ciudad: el prisionero debía permanecer en arresto vigilado. Había que evitar por todos los medios la fuga y el suicidio. Roma no quería mártires, necesitaba caudillos ejemplarmente caídos, sometidos a perpetuidad.

HISPALA

El año político llegaba a su fin cuando Espurio Postumio Albino regresó de su periplo por Italia dedicado a perseguir las Bacanales, a destruir e incendiar santuarios no protegidos por tradición, no consagrados o avalados por los usos y costumbres de varias generaciones. No tenía vencidos que hacer desfilar, ni tierras conquistadas, ni un botín que exhibir, ni soldados a los que recompensar. No tenía un triunfo que celebrar al fin de su mandato.

Pero no se resignaba a no cobrar su peculiar gloria personal. Sometió a debate la cuestión de las recompensas y el Senado, en aquel año de dinero abundante, de tesoro saneado por la rapacería de Manlio Vulsón en tierras gálatas, aprobó que los cónsules decidieran sobre las inmunidades de los delatores implicados en la secta y sobre las recompensas, pero decidió más: los cuestores urbanos debían abonar a cargo del tesoro público cien mil ases de bronce respectivamente, tanto a Publio Ebucio como a Hispala Fecenia.

Además, se le indicó, por el mismo Senadoconsulto, que acordara con los tribunos de la plebe la celebración de un plebiscito en la asamblea. Se trataba de aprobar en votación popular los restantes términos fijados por el Senado como derechos concedidos a aquellos benefactores de Roma. En el Comicio, desde la tribuna de los Rostros, ante el pueblo de Roma reunido en asamblea, Lucio Pupio dirigió una pregunta a la plebe:

—Al ciudadano Publio Ebucio y a la liberta Hispala Fecenia, cuyos testimonios han permitido desvelar la conjura intestina que los enemigos de la República estaban fraguando y los innumerables crímenes de una religión extranjera ocultos bajo la apariencia de Bacanales, yo os pregunto, quirites, ¿cómo queréis que se les recompense? —Y a continuación leyó el Senadoconsulto emitido por los padres de Roma para su aprobación—: En cuanto al quirite Publio Ebucio, que se le dé por cumplido el servicio militar de forma que no deba servir a las armas si no quiere, ni el censor le asigne caballo público como le corresponde en su calidad de caballero si no es esa su voluntad.

»En cuanto a Hispala Fecenia, que tenga derecho a dar y enajenar sus bienes libremente, a casarse fuera de su familia si lo desea, y a elegir tutor por voluntad propia, con la misma validez que si le hubiera sido asignado por un marido en disposición testamentaria.

»Asimismo, que le esté permitido casarse con un hombre nacido libre sin que ello signifique perjuicio o descrédito en absoluto para quien la tome por esposa.

»Asimismo, que los cónsules y pretores en ejercicio y los que les sucedan se ocupen de que no sufra daño alguno y esté segura. Esto es lo que el Senado quiere y lo que considera justo que así se haga.

—Poco lugar queda para el amor en Roma, Hispala.

—Al contrario, Publio. Ahora nada nos impide vivir juntos.

Hablaban en el lecho. Publio tumbado, vencido; ella reclinada sobre su brazo izquierdo contemplándolo, estudiándolo. Acababan de reencontrarse ardientemente, de satisfacer los impulsos contenidos durante meses de separación. Publio había madurado. Llegó vistiendo su toga viril. Atrás quedaban la adolescencia y la tutela.

—Las recompensas han sido muy generosas. Nunca imaginé algo así. A ti te restituyen una buena parte de tu fortuna menguada. Yo soy libre y puedo decidir por mí misma. Hasta se me ha habilitado para un matrimonio honorable. Podríamos... casarnos, si quisieras.

La cortina de la alcoba se movió y entró Aníbal en la estancia. Reclamaba atención. Hispala no quiso cogerlo. Publio ni se inmutó.

Sulpicia

—Es extraño todo lo que ha ocurrido. He pensado mucho en ello. Y hay algo que no consigo entender —le interpeló Sulpicia—: Pacula, Genucia, Plautia... todas son madres y todas han iniciado a sus hijos. Yo, siendo madre como soy, no llevaría a mis hijos a un ritual de perdición.

—Eso se lo he oído decir a ellas, Sulpicia —repuso Espurio con fastidio—. Sin embargo, yo he defendido los intereses de la República. Los Libros Sibilinos decidieron que los romanos erigieran un templo a Ceres, Líbera y Líber. Era un culto que el colegio de pontífices aceptó y, desde entonces, los plebeyos honran a su abuela, a su madre y al propio Baco. A partir de ahí, las mujeres dieron forma a unos misterios que las transportan a una locura difícil de aceptar. Se puede asumir y así lo ha hecho la tradición. Sin embargo, lo intolerable ha sido cómo se ha profanado el culto admitiendo hombres afeminados, y con el ministerio de sacerdotes que, hasta donde he podido averiguar, exhibían falos y los enseñaban a todos los que se iniciaban como parte de los misterios. ¡Solo los dioses saben cuántas lujurias se han cometido! Ese culto ya no es el que mis antepasados trajeron a Roma. Y esa, Sulpicia, ha sido y es mi causa.

—Con lo que me dices, Espurio, más me cuesta entender que ellas hayan querido eso para sus hijos —repuso Sulpicia que conocía, además, lo que era un culto de misterios y vino—. Ha habido cambios, es cierto; todo parece haberse estropeado al admitir a los hombres, pero de ahí a cometer delitos... Los delitos han de ser difíciles de demostrar.

—Para eso están las delaciones, Sulpicia. El destino ha querido que sea yo el que purifique ese culto extranjero y eso es lo que he pretendido hacer, recuperar los ritos antiguos. El Senado ha tomado la decisión de admitir grupos de adoradores que sean mixtos y que se mantengan en células pequeñas. No me gusta, aunque lo acato. En todo caso, la Curia apreció lo que expuse: los senadores temían que se estuviera gestando una conjuración intestina y yo averigüé cómo estaba urdiéndose. Las Bacanales se estaban convirtiendo en un problema político.

—Yo he adorado toda mi vida a nuestros dioses y estuve casada con un pontífice. Comprendo lo que se ha hecho. Si era necesario para la República, debía hacerse —reconoció Sulpicia con firmeza; luego bajo la cabeza—. Serán los años, pero no entiendo a los ciudadanos de Roma. Embarcarse en un culto extranjero que destruye la moral personal me parece poco edificante para un fiel, ¿no crees?

—Ellos creen que garantiza la salvación personal, no su destrucción. No se dan cuenta de cómo los degrada, aunque eso carece de importancia. No es el individuo, sino la República lo que importa. La tradición no avala ese culto. No es un culto oficial. No es una religión de ciudadanos. Se trata de una religión doblemente extranjera, no solo porque vino de fuera sino también porque une a romanos con no romanos. Hermana a libres, libertos y esclavos. Esto es lo que constituye una verdadera amenaza conspirativa contra el Estado, Sulpicia. Es apolítica, pero no por no estar aceptada por el colegio de pontífices ni por nuestros mayores, sino porque atenta contra el orden.

—Probablemente tienes razón, Espurio. Y no puedo ser yo quien te contradiga. En su momento me puse al frente del orden de matronas como la más casta. Me correspondió encabezar la unidad de las mujeres en pro de una República que enviaba al sacrificio a sus hombres, cuando las viudas llenaban por decenas de millares las calles. Por eso ahora me cuesta asumir que esas mismas matronas o sus hijas, miles de mujeres, deban optar entre el suicidio o morir estranguladas. Que esa misma Republica que requirió de ellas, les vuelva la espalda y las inmole. Yo cumplí mi deber con la República, como haces tú. A mí los años me han demostrado que ella sí es una madre que no duda en sacrificar a sus hijos.

—Tú lo has dicho, Sulpicia. Yo cumplo con mi destino ahora. Espero que los años también me permitan envejecer y quizá me torne crítico como tú. Por el momento, me mueven un empeño personal y familiar, salvar un culto ancestral, y una misión superior que me ha encomendado la República: depurar ese culto sin eliminarlo. Me aplico a aquella misión, mi empeño personal, cumpliendo esta, el encargo del Senado. Y confío en que la causa sea suficientemente memorable como para que los anales, que no podrán consignar el triunfo de Espurio Postumio Albino durante su consulado, al menos registren cómo reprimió la conjuración intestina de las Bacanales. Por el momento, el año acaba y parece que se me va a otorgar un sacerdocio como augur.

—Me alegro por ti, Espurio. Un justo premio a los servicios prestados. Probablemente, nadie lo merezca más, pues nadie ha hecho tanto últimamente por la religión de nuestros antepasados como tú. No obstante, hay algo que tengo presente y que tal vez tú hayas olvidado.

—Me intrigas, Sulpicia —repuso Espurio con impaciencia.

—Me refiero a lo ocurrido durante tus esponsales. No fuiste consciente, me pareció, de cómo un buen número de los sacerdotes que asistió al convite se asustó al contemplar el derramamiento del vino al final del banquete. Entre aquellos pontífices y augures cundió entonces el deseo de partir. Tengo para mí que tu destino ya estaba escrito y que se ha cumplido ahora, este año. En aquella ocasión, cuando se hablaba de tu futuro político, se derramó el vino de Baco. En tu consulado se ha derramado su sangre. Tu designación como augur es un premio que te otorga la República. Te debe inquietar, sin embargo, no ya tu nombre en los anales de la historia, sino el juicio que quede sobre ti en la memoria de los hombres.

PACULA

En un banco del jardín a la sombra de una higuera de ramas retorcidas, repletas de hojas, una anciana contemplaba los asfódelos. Largos tallos habían crecido dejando a sus pies las matas circulares de hojas en cinta. En los racimos de capullos, solo quedaban abiertos los últimos, los más altos. Los otros se habían caído ya, cumplida su vida. En cada uno, seis pétalos blancos, firmes, se desplegaban como los radios de un hexágono, urdiendo una celda imaginaria para albergar sus seis estambres rematados por vesículas anaranjadas de polen en torno al pistilo esbelto, adusto, que parecía resistirse a la fecundación, allí cercado.

Fue ella quien había decidido plantarlos cuando aún podía. Su hijo Minio no quiso contrariarla. Lo consideró una ocurrencia siniestra, premonitoria. En campos poblados de asfódelos bajo un éter gris y un resplandor tenue, mortecino, vagan las almas en el inframundo.

Entonces, aquella cabeza grande, desproporcionada para un cuerpo enjuto y largo, mantenía su lucidez. Poco a poco, la mujer había quedado apergaminada, piel sobre huesos y cabello ralo, que gustaba de llevar suelto, blanco como su larga túnica. Sus ojos extraviados escondían un enigma. Balbuceaba, decía palabras inconexas.

Siempre le gustó estar sentada en aquel lugar. Pasaba horas acompañada por Lidia, la anciana nodriza. Hablaban de todo, de los tiempos en aquel apartamento cuando Minio vivía, de la infancia de los niños, de las bacantes a las que también Lidia conocía, pues había sido mensajera. Las complacía. Lidia la observaba. Fue notando cómo se alejaba, cómo se perdía en la distancia aparente del olvido o de la demencia. La preguntaba si estaba bien, a gusto. Ella respondía invariablemente «sí». Y eso era todo.

En los días aciagos, cuando llegaron los soldados y se llevaron a Minio, y durante el arresto, perdió la serenidad sin recuperar aparentemente la conciencia. Solo sentía. Se llevaba las manos al vientre, al ombligo. Los dedos, falanges sin carne cubiertas por una piel fina, transparente, se contraían con rigor, las vértebras de su cuello crecían, rígidas las escuálidas fibras cervicales, mientras ella alzaba la barbilla, sin queja.

Había sufrido como ausente. Después de aquello, recuperó el sosiego. Por momentos sus ojos extraviados entraban en actividad febril y profería palabras inconexas, oráculos sin interpretar. Lidia no tenía duda entonces. Conocía los trances y sabía que ella estaba lejos, distante, pero plena, gozosa. En esas ocasiones la envidiaba. Después de uno de aquellos éxtasis, se serenó y la miró. Sus ojos volvieron a recuperar por un momento el brillo y la lucidez, y sus rasgos se suavizaron. Pronunció una palabra, la última antes de regresar: «Mnemósine».

Nota del autor

La persecución emprendida contra las Bacanales en Roma en el año 186 a.C. se prolongó al menos cinco años en territorio itálico. Permitió desarrollar un proceso de depuración que irradió temor e incertidumbre en el seno del cuerpo social del Imperio que Roma estaba gestando, y restituyó la verdadera dimensión autoritaria y militarista del poder romano ante los pueblos itálicos aliados y dominados.

Roma cerraba así otro de los efectos perniciosos y desestabilizadores provocados por la más grave crisis experimentada en más de cinco centurias de historia expansiva que llevaba protagonizadas: la Guerra Anibálica, la Segunda Guerra Púnica (218-2011 a.C).

La historia que se ha escrito sobre ese conflicto ha quedado invariablemente asociada a las imágenes fulgurantes de los genios militares de Aníbal y Publio Cornelio Escipión y se ha sesgado hacia la dimensión militar. Queda por escribir —y no menudean los datos— la historia social.

Las madres báquicas que fueron depuradas habían sufrido la guerra o habían nacido durante su transcurso. Se trata por tanto de una generación que corre una doble suerte: la de experimentar las zozobras, las pérdidas y las incertidumbres, por un lado, y la de asistir, por otro lado, a una emancipación personal sobrevenida con frecuencia de manera traumática.

El orden establecido, que vive en ese momento su periodo más álgido, el de la República Clásica, corresponde a un sistema político participativo: cargos políticos anuales y colegiados que se eligen en comicios populares, desempeñados por miembros de una clase rectora aristocrática —la nobleza patricio-plebeya—, y que se integran en el Senado. Queda poco espacio abierto para la promoción de algún advenedizo plebeyo —*novus homo*—, y, en todo caso, cuando acceda, se tratará de un integrante de la élite económica de los caballeros.

Hablar de la plebe que participa en las asambleas es referirse a una minoría social cuya importancia proporcional mengua progresivamente, a medida que el Imperio se hace más grande: se trata de los ciudadanos, el pueblo romano, la base social que rige desde Roma los destinos de Italia, de Sicilia, Córcega, y Cerdeña. Además, se va a ir adueñando del solar hispano, ocupando el Levante y sur peninsulares durante la guerra, y proseguirá las operaciones en territorio ibérico tras concluir el conflicto con los cartagineses. Para el momento en que se desata la persecución contra las Bacanales, los éjércitos romanos han derrotado además a Filipo V de Macedonia y han devuelto la libertad a Grecia, que ha caído en una situación de protectorado; y también han conseguido derrotar a Antíoco IV, el monarca asiático. Con todo, Roma ha pasado de sufrir la crisis más amenazadora de su historia a manos cartaginesas, a convertirse en la potencia hegemónica del Mediterráneo, estableciendo un arbitraje global.

El entramado social muestra por tanto una composición muy heterogénea: la suerte de Roma encubre bajo un manto dominador a un sinfín de pueblos y naciones en situaciones diplomáticas muy diversas —hay aliados, protegidos y dominados— y con estatutos jurídicos diferenciados —ciudadanos romanos, ingenuos libres, libertos y esclavos—. Cada cual vivía con sus propias inquietudes, sus preocupaciones, sus fatigas o sus ambiciones.

En ese mosaico multiforme las mujeres sirvieron a la articulación del cuerpo social romano. Por ese motivo, su incipiente progreso emancipador devino inquietante.

Los acontecimientos, las cronologías y todos los personajes principales de esta novela, salvo los secundarios que corresponden a algunas matronas y esclavos, están acreditados documentalmente. La narración se soporta sobre datos procedentes de la *Historia de Roma* de Tito Livio (39, 8-19), y lo hace de modo especialmente directo en los contenidos de alguno de los discursos, plebiscitos y Senadoconsultos. Poseen un valor documental irreemplazable para conocer los cargos contra las Bacanales y el proceso inquisitorial, pero han sido reformulados. Livio constituye la fuente de información ineludible, aunque sesgada: es moralizante, tradicionalista y prosenatorial. El texto exacto del Senadoconsulto contra las Bacanales se conserva además en una inscripción en bronce hallada en Tiriolo (Calabria, sur de Italia). Con todo, se ha elaborado un hilo argumental literario avalado por la documentación histórica disponible, muy limitada, pero clave para construir el relato.

Obviamente, se ha novelado la trama para tejer un discurso narrativo que se permite licencias literarias. Si lo desea, el lector interesado podrá encontrar un relato histórico riguroso y una bibliografía muy amplia en otras de mis obras que respaldan y avalan los contenidos de esta novela:

La casa romana, Akal, Madrid, 1999.

Corrupta Roma, La Esfera de los Libros, Madrid, 2015.

Bacanales. El mito, el sexo y la caza de brujas, Siglo XXI, Madrid, 2018.

La sombra de Aníbal. Liderazgo político en la República Clásica, Siglo XXI, Madrid, 2020.

Glosario

Arúspice: sacerdote romano especializado en la adivinación según un método de origen etrusco, que se basaba en la observación de las entrañas de los animales sacrificados.

Atriense: esclavo de servicio doméstico con funciones análogas a las de un mayordomo.

Atrio: espacio central en la casa tradicional romana de posición acomodada o noble *(domus)*. En torno al atrio, comúnmente un patio descubierto, se disponían las estancias de la vivienda. Desempeñaba un papel primordial en la faceta pública del domicilio: se trataba del lugar al que accedían los clientes para saludar a su patrono al amanecer y donde aguardaban a ser recibidos en el tablinio. Podía exhibir un armario con los retratos en cera de los magistrados más elevados de la familia y el lararario.

Augur: sacerdote romano integrante de un colegio de nueve miembros que se especializaba en la ejecución y observancia de los rituales, así como en la detección de presagios acerca de la voluntad de los dioses a partir de signos como el vuelo de las aves, la ingesta por parte de los pollos sagrados, las señales en el cielo y otros augurios.

Carrera política (cursus honorum): secuencia de magistraturas ordenadas jerárquicamente que desempeñaba un noble romano de extracción patricia o plebeya. Comenzaba con el tribunado de la plebe o la cuestura, y continuaba con los cargos de edil, pretor y cónsul. Las carreras más selectas se cerraban con la censura, cargo que, a diferencia del resto que son anuales, se desempeñaba durante año y medio y se elegía solamente cada lustro.

Cenáculo: apartamento en una *insula* o inmueble de varios pisos.

Censor: magistratura romana que cierra la carrera política de manera muy selecta. Se elegían dos cada cinco años, comúnmente entre los cónsules que habían triunfado y gozaban de mayor popularidad. Se encargaban de hacer el censo de ciudadanos clasificándolos en clases censitarias para el pago de tributos. Renovaban las bajas que se habían producido en el Senado incorporando sobre todo a los últimos magistrados. Tenían otras funciones como vigilar la correcta observancia de las costumbres y la moral y adjudicaban contratos de obras públicas, de recaudación y de suministros.

Comicio: lugar de reunión en el Foro Romano de las asambleas. Estaba presidido por una tribuna de oradores *(Rostra)* y se ubicaba frente a la Curia. Se denominan comicios también a los procesos electorales organizados por tribus o circunscripciones territoriales en Roma (comicios tributos) o siguiendo el criterio que se usaba para el reclutamiento militar (comicios centuriados).

Compluvio: disposición convergente, con vertientes hacia el interior del patio, en el tejado de un atrio.

Cónsul: alto magistrado romano que desempeña la jefatura política y militar en Roma, culminando la carrera política. Se elegían dos por año.

Cuestor: magistratura básica en el inicio de una carrera política. Sus atribuciones se centraban en la gestión de fondos del erario romano y de las arcas del ejército en campaña.

Curia: cámara de reunión del Senado en el Foro romano. El Senado podía reunirse en otros lugares, sobre todo en templos ubicados extramuros en el Campo de Marte.

Decenviro de los sacrificios: miembro de un colegio de diez sacerdotes con funciones rituales y a los que se encomendaba la custodia y consulta de los Libros Sibilinos.

Dictador: magistratura excepcional en la República romana, de carácter unipersonal que surgió para atender crisis bélicas y que se recuperó eventualmente, por ejemplo, para dirigir los procesos electorales del año siguiente cuando

ninguno de los cónsules se hallaba en Roma. Era designado por el cónsul y excepcionalmente por el pueblo. Su autoridad era plena y extraordinaria, superior a la de cualquier
magistrado y su mando se limitaba improrrogablemente a
un máximo de seis meses.

Domus: casa de nivel acomodado o noble. Se caracterizaba
comúnmente por la presencia de un atrio. De manera fi-
gurada aludiría al domicilio de las familias romanas, las
gentes de la nobleza patricio-plebeya.

Edil: magistratura intermedia, tras la cuestura, en la carrera
política romana. Desempeñaba funciones de intendencia
urbana como garantizar suministros de grano o la organización de juegos públicos, aspectos en los que la generosidad resultaba determinante para poder optar años después a las magistraturas superiores de pretor y cónsul.

Flamen: sacerdote, miembro del colegio de los flámines. Estaba vinculado al culto a una deidad concreta. Existían tres
flámines mayores, consagrados a Quirino, Marte y Júpiter,
y doce menores, adscritos a otras deidades.

Fullonica: tintorería, establecimiento artesanal especializado
en el tratamiento, lavado y tintado de paños.

Impluvio: dispositivo central del atrio hacia donde vierte el
agua de lluvia del compluvio. Contenía una cisterna o pequeño aljibe subterráneo y mostraba un brocal para recuperar el agua.

Jefe de la caballería (magister equitum): magistratura extraordinaria designada por el dictador, y excepcionalmente
por el pueblo. Tuvo en origen función militar, pero se
designó también para ayudar al dictador a presidir los
comicios.

Larario: espacio dedicado a los ritos en el ámbito doméstico.
Presentaba la forma de altarcillo o de edículo adosado.
Otras veces se trata de un pequeño nicho encastrado que
podía contener imágenes de los Lares del lugar, de los Penates que protegían el hogar o del Genio del dueño de la
casa. Concentraba plegarias, ritos, ofrendas y libaciones
de los miembros de la familia.

Orgia: objetos sagrados empleados en los ritos mistéricos. Por extensión, el término se emplea además en relación con los ritos. La condición mistérica de los ritos y la trasmisión de la información de Livio sobre las Bacanales han envuelto el término de otras connotaciones vinculadas con prácticas sexuales desordenadas que el término no tuvo en origen.

Pontifex maximus: distinción que honra al pontífice al que se le encomienda la presidencia del colegio de pontífices, y que encabeza la religión oficial romana.

Pontífice: miembro de un colegio sacerdotal en Roma que desempeñaba funciones religiosas rectoras del culto oficial en ámbitos muy diversos como templos, celebraciones o calendario.

Pretor: magistratura mayor dentro de la carrera política romana que sucedía al edil y antecedía al cónsul. Sus funciones eran de naturaleza judicial, pero atendieron también otros ámbitos (urbano, del derecho de los pueblos conquistados, gobierno provincial) y desarrollaron operaciones militares.

Princeps Senatus: primer senador. Se trataba de una distinción u honor que normalmente recayó en el patricio vivo que hubiera desempeñado la censura con mayor antigüedad. Desde Quinto Fabio Máximo y Publio Cornelio Escipión, recayó en el patricio más prominente.

Procónsul / propretor: magistrado que actuaba generalmente por prolongación del cargo que acaba de desempeñar con funciones de gobernación provincial o para atender a necesidades militares. Mantiene la autoridad y el mando, en base a su *imperium*.

Rex sacrorum: sacerdocio reservado a patricios que dispuso del mayor prestigio en la religión romana, pero cuyas funciones fueron perdiendo relevancia. Mantuvo caracteres muy atávicos. Se trataba de un sacerdocio que, a diferencia de pontífices y augures, inhabilitaba para desarrollar la carrera política.

Salio: sacerdote adscrito al culto a Marte. Se trataba de una modalidad de sacerdocio con aditamentos e indumentaria muy ancestral (túnica bordada, peto, capa roja corta, espada y sombrero apuntado denominado *ápex)*. Desfilaban portando unos escudos sagrados de bronce en la festividad dedicada al dios guerrero, entonando un canto atávico.

Senado: cámara integrada por trescientos miembros vitalicios. Se seleccionaban comúnmente entre los magistrados electos, si bien se pudo designar honorariamente a miembros de familias tradicionales de la nobleza. Su *album* de integrantes era renovado cada lustro por los censores. Constituyó un órgano consultivo decisivo en política exterior romana y determinó fácticamente la acción de los magistrados en la vida de Roma.

Tablinio (tablin(i)um): estancia destacada en la *domus* romana. Normalmente ocupaba una posición axial respecto de la entrada a la casa y presidía el lado opuesto del atrio. Era usada por el *dominus* que en su función de patrono recibía a los clientes y fieles en la *salutatio* matinal. En todo caso, servía como despacho para el cabeza de familia y custodiaba las tablillas que contenían la documentación de la casa.

Tíaso: grupo hermanado o cofradía creada para promover un culto a una deidad. Se manifestaba en forma de comparsa o comitiva en sus ritos.

Tribuno de la plebe: magistratura que podía estar en el origen del *cursus honorum* de un político plebeyo. Eran elegidos en asamblea de la plebe y actuaron como contrapoder atemperador en favor de esta, protegiéndola de la predominancia patricia y de un eventual abuso de poder consular. Eran sacrosantos e inviolables y poseían capacidad de veto respecto de propuestas de ley o decisiones de magistrados.

Vestal: sacerdotisa consagrada al culto a la diosa del hogar Vesta. Eran apartados de sus familias siendo niñas y debían guardar castidad hasta el final de su servicio sacerdotal en el que permanecían al menos treinta años. Mantenían vivo el fuego sagrado en el templo de Vesta.

Drammatis personae

Annia, Pacula: sacerdotisa del culto plebeyo a la triada de Ceres, Líber y Líbera, sacerdotisa de Baco.

Annio, Paco: senador de Capua, padre de Pacula Annia.

Astafia: esclava al servicio de Hispala.

Atinios, Marco y Cayo: miembros de la secta báquica, hijos de Plautia.

Bebio Herennio, Cayo: ciudadano romano, amigo de Minio Cerrinio.

Bebio Herennio, Quinto: senador, hermano del anterior. Tribuno de la plebe en el 216 a. C.

Boyo: esclavo jardinero en Mnemósine.

Calcis: esclava propiedad de Popilia.

Campana: nombre servil de Virria, esclava de Fulvia.

Caninia: esposa de Fecenio y dueña de Hispala.

Cantilio, Lucio: escriba pontificio.

Cecilia Metela: matrona viuda, esposa del pontífice Elio Peto.

Cerrinio, Minio: nombre que portan el esposo y el hijo mayor de Pacula Annia.

Cerrinio, Opio: hermano de Minio —el padre— y cuñado de Pacula Annia.

Cornelio Léntulo Caudino, Lucio: pontífice máximo (221-213 a. C.).

Cosia: esclava de Pacula Annia.

Duronia: bacante, madre de Publio Ebucio hijo.

Duronio, Marco: hermano de Duronia.

Ebucia: tía paterna del joven Publio Ebucio.

Ebucio, Publio: padre e hijo, ciudadanos de rango ecuestre que portan el mismo nombre. El hijo desencadena la persecución.

Fabio Máximo, Quinto (ca. 280-203 a. C.): senador, cinco veces cónsul (233, 228, 215, 214, 209 a. C.), dos veces dictador y censor (230 a. C.).

Fecenio: proxeneta, dueño de Hispala.

Filenia: esclava en casa de Sulpicia y Quinto Fulvio Flaco.

Floronia: sacerdotisa vestal.

Fulvia: matrona romana, hija de Sulpicia y Quinto Fulvio Flaco; esposa de Espurio Postumio Albino.

Fulvio Flaco, Quinto: senador, cuatro veces cónsul (237, 224, 212, 209 a. C.) y censor (231 a. C. Abdicó).

Fundanio Fúndulo, Marco: tribuno de la plebe en 213 a. C.

Gala: esclava cocinera en Mnemósine al servicio de Pacula.

Genucia: bacante, madre de Lucio Opicerno.

Halisca: esclava en casa de Sulpicia y Quinto Fulvio Flaco.

Herennio Cerrinio: hijo menor de Pacula Annia y Minio.

Hiperión: esclavo, amante de Popilia.

Hispala Fecenia: esclava hispana prostituta, iniciada en las Bacanales.

Licinio Craso, Publio: pontífice máximo entre 212 y 183 a. C., cónsul en 205 a. C.

Lidia: esclava de Pacula Annia, nodriza de sus hijos.

Liguria: esclava de servicio personal de Duronia.

Manlio Torcuato, Tito (-202 a. C.): pontífice, dos veces cónsul (235, 224 a. C.) y censor (231 a. C.). Colega de Quinto Fulvio Flaco en su segundo consulado y en la censura (abdicaron).

Matiena: esposa de Herenio.

Maya: liberta griega, partera.

Minio: ver *Cerrinio, Minio.*

Opicerno, Lucio: miembro de la secta báquica, hijo de Genucia.

Opimia: sacerdotisa vestal.

Opio: ver *Cerrinio, Opio.*

Pacula Annia: ver *Annia.*

Pansa: liberto administrador de los bienes de Publio Ebucio y Duronia.

Patroclo: esclavo adolescente en Mnemósine.

Plautia: bacante, viuda y madre de los Atinios, Marco y Cayo. Madre báquica de Duronia.

Popilia: matrona, viuda de Ogulnio.

Postumio Albino, Espurio (-184 a. C.): cónsul (186 a. C.).

Sempronio Rutilo, Tito: segundo esposo de Duronia.

Servilia: matrona, esposa del pontífice máximo Cornelio Léntulo Caudino.

Sulpicia: matrona, esposa de Quinto Fulvio Flaco, designada «la más casta de todas las mujeres romanas».

Tarentia: esclava de Publio Ebucio padre.

Vilio Tapulo, Lucio: tribuno de la plebe en 213 a. C.

Virria: esclavizada en Capua pasa a servir en casa de Sulpicia y se la designa como Campana. Queda al servicio de Fulvia.